Sie möchten keine Neuerscheinung verpassen?
Dann tragen Sie sich jetzt für unseren Newsletter ein!

www.ylva-verlag.de

**Von Rachael Sommers
außerdem lieferbar**

Sag niemals »Nein« zum Glück

Übersetzung aus dem Englischen
von Melanie Pilszek und Astrid Ohletz

Glück trifft Liebe

Rachael Sommers

Kapitel 1

Ein Wolkenmeer aus Schwarz und Weiß braute sich am Horizont zusammen. Chloe nahm den Fuß vom Gaspedal und zuckte, als es ihr nicht gelang, eines der vielen Schlaglöcher auf der schlecht asphaltierten Landstraße zu umfahren.

Auf dem Beifahrersitz schreckte Naomi ruckartig von dem Fenster weg, an dessen Glas sie den größten Teil der letzten Stunde gedöst hatte. »Sind wir …«

»… schon da?«, beendete Chloe die Frage, die ihr schon mindestens zehnmal gestellt worden war, seit sie die Londoner Stadtgrenze verlassen hatten. »Fast. Es gibt eine kleine Verzögerung.« Sie deutete in Richtung der Tierherde, die vor ihnen über die Straße trottete, und brachte ihren Wagen ein paar Meter weiter zum Stehen.

Bei dem Anblick der Tiere hellte sich Naomis Gesicht auf. »Wie süß!«

»Die sind verdammt gefährlich«, gab Chloe zurück. Sie hatte in ihrer Jugend mehr als einen Zusammenstoß mit einer Kuh gehabt.

»Aber sieh dir ihre Gesichter an.« Naomi beugte sich in ihrem Sitz nach vorn und stützte sich dabei mit den Ellbogen auf dem Armaturenbrett ab, um einen besseren Blick zu erhaschen.

Ihre Bewegung irritierte den Labrador, der zu ihren Füßen saß. Bella legte ihren Kopf auf den Sitz zwischen Naomi und Chloe und starrte Letztere mit großen braunen Augen an.

Chloe streckte die Hand aus, um ihre Hündin hinter den Ohren zu kraulen. »Nicht mehr lange«, sagte sie. »Wie geht es dir, meine Hübsche?«

»Ging schon schlechter, aber danke«, antwortete Naomi.

Chloe gab ihr einen Klaps auf den Arm.

»Au! Behandelt man so seine beste Freundin, die einem einen großen Gefallen tut?«

»Ach komm schon, das hat doch überhaupt nicht wehgetan.«

»Hat es doch. Du hast meine Gefühle verletzt«, sagte Naomi ernst.

Chloe rollte mit den Augen.

»Und wie lange braucht eine Kuhherde bitte, um eine Straße zu überqueren?«

Chloe gluckste. »Ist der Reiz des Neuen schon verflogen?«

»Wir sind schon seit Stunden unterwegs, Chloe.« Geduld war noch nie eine von Naomis Stärken gewesen. »Ich muss mal.«

»Ich habe dir doch gesagt, du sollst gehen, als wir an der Tankstelle angehalten haben.«

»Da musste ich noch nicht.«

»Also, da drüben ist ein Busch, wenn du ganz verzweifelt bist.« Chloe deutete nach draußen und musste grinsen, als Naomi die Nase rümpfte. »Es ist ja nicht so, als ob irgendjemand in der Nähe wäre«, fügte sie hinzu.

»Äh, doch. Da drüben ist doch jemand.«

Sie hatte recht. Eine Frau ritt auf einem Pferd hinter den Nachzüglern der Kuhherde. Ihre Jeans steckten in roten Gummistiefeln, die mit Schlamm bedeckt waren, und ihr blondes Haar kräuselte sich um den Kragen ihrer schwarzen Thermoweste.

Als sie an der Vorderseite des Wagens vorbeiritt, holte Chloe tief Luft. Sicher, das Gesicht der Frau war älter geworden und um die Mundwinkel und die Augen zeichneten sich Lachfalten ab. Aber sie war dennoch sofort wiederzuerkennen: Amy Edwards.

Chloe hatte halb gehofft, halb befürchtet, dass sie sie während ihres Aufenthalts hier zu Gesicht bekommen würde.

Amy drehte sich um und hob eine Hand, als wollte sie sich für das Warten bedanken. Als Reaktion duckte sich Chloe in ihrem Sitz, so dass sie halb vom Lenkrad verdeckt war.

»Ähm, was zum Teufel machst du da?« Naomi starrte sie an, als wäre ihr ein zweiter Kopf gewachsen.

»Nichts.«

»Nichts?« Naomis Augenbrauen zuckten. »Es sieht aber nicht nach nichts aus.«

»Es hat mich gejuckt.« Chloe kratzte sich an der Außenseite ihres Knies und versuchte gleichzeitig durch die Windschutzscheibe zu sehen, ohne dabei entdeckt zu werden. Glücklicherweise war Amy bereits in das andere Feld weitergeritten.

»Ja, alles klar.« Naomi hob die Augenbrauen.

Chloe richtete sich in ihrem Sitz auf und trat auf das Gaspedal.

»Kennst du sie etwa?«

Chloe antwortete nicht sofort. Ihre Kehle schnürte sich zu, lang verdrängte Emotionen stiegen in ihr auf und sie umklammerte das Lenkrad so fest, dass ihre Knöchel weiß hervortraten. Was machte Amy hier? Sie hatte damals geschworen nie wieder zurückzukommen, sollte sie Corthwaite einmal verlassen haben. Aber das Gleiche hatte sich Chloe auch geschworen. Und nun war sie hier und fuhr die einzige Straße, die sich durch das Dorfzentrum schlängelte, hinunter, während sie innerlich gegen eine Flut von Erinnerungen ankämpfte.

»Chloe?«

»Ja. Das ist Amy.«

»Amy?«

Aus den Augenwinkeln sah Chloe, wie Naomi die Nase rümpfte.

»Warum kenne ich diesen Namen? Warte.« Ihre Hand griff nach Chloes Ellbogen. »Die Amy? Die, der du immer noch nachgetrauert hast, als wir uns das erste Mal getroffen haben? Die, die dir das Herz gebrochen hat?«

Das ist noch milde ausgedrückt, dachte Chloe und biss die Zähne zusammen. Die erste Liebe hinterlässt immer tiefe Spuren, und ihre Erfahrung als traumatisch zu bezeichnen, wäre noch eine Untertreibung.

»Wusstest du, dass sie noch hier sein würde?«

»Nein.« Hätte Chloe das gewusst, hätte sie vielleicht gezögert, zurückzukommen.

»Geht es dir gut?«

Chloe atmete lange aus. »Ja.« Amys Anwesenheit änderte nichts. Wenn es nach Chloe ginge, würde sie Amy – oder den Rest des Dorfes – während ihres Aufenthalts gar nicht zu Gesicht bekommen. Rein und raus, so schnell wie nur möglich. Das war der Plan und Chloe war fest entschlossen ihn durchzuziehen.

Das Dorf hatte sich nicht verändert und sah immer noch genauso aus, wie sie es in Erinnerung hatte. Eine Handvoll Gebäude lagen an der Hauptstraße. Dazu gehörte unter anderem der Blumenladen, in dem Chloes Mutter gearbeitet hatte. Er befand sich gleich neben dem Kiosk, dem einzigen Ort im Umkreis von vier Meilen, an dem man Milch kaufen konnte. Der Friseur gegenüber war neu und hatte den Metzger ersetzt. Das King's Head, der einzige Pub des Dorfes, stand immer noch stolz an der Straßenecke. Sein Schild schwang stolz im Rhythmus des Windes hin und her.

Sie fuhren an der Kirche vorbei und Chloe bog von der Hauptstraße auf einen Feldweg ab, der einen steilen Hügel hinaufführte. In der Ferne erstreckten sich grüne Felder, gesprenkelt mit Schafen und Kühen am Horizont, während die Berge dahinter staubig braun zum Vorschein kamen. In ein paar Monaten würden sie mit Schnee bedeckt sein, der See, der sich zu ihren Füßen befand, würde vereisen und die Aussicht würde wie eine Fotografie für eine winterliche Schneekugel wirken.

»Wow«, sagte Naomi und nahm den Anblick mit großen Augen auf. »Das ist wunderschön.«

Trotz ihrer Bedenken, nach Hause zurückzukehren, musste Chloe ihr zustimmen. Sosehr sie auch die Londoner Skyline liebte, bei einer Aussicht wieder dieser konnte London nicht mithalten.

Der Feldweg endete in einer Kiesauffahrt. Chloes Elternhaus erhob sich vor ihnen. Es war seit fast drei Jahren nicht mehr bewohnt und das sah man ihm an – die Einfahrt war von Unkraut gesäumt und der Efeu, der sich an der Vorderseite des Hauses emporschlängelte, wucherte wild und bedeckte bereits teilweise die Bogenfenster. Durch den zerbrochenen Holzzaun, der zum hinteren Garten führte, konnte Chloe das Gras sehen, das so hoch gewachsen war, dass sie mit ihren fast 1,73 m vermutlich darin verschwinden würde.

Sie wollte sich gar nicht vorstellen, wie es erst im Haus aussehen musste.

Chloe brachte den Wagen zum Stehen.

Naomi stieß einen leisen Pfiff aus. »Mein Gott, Chloe, ich wusste ja, dass deine Familie stinkreich ist, aber das hier? Dieser Ort ist heftig. Hattet ihr … hattet ihr Diener?«

Chloe musste sich beherrschen, um nicht laut loszuprusten. »Nein. Wir hatten eine Haushälterin, als ich noch jünger war. Irgendwann auch mal einen Hausmeister. Er würde einen Herzinfarkt bekommen, wenn er wüsste, dass ich das Haus und alles drumherum habe so verwahrlosen lassen.«

»Also, es sieht so aus, als hättest du hier einiges zu tun. Bist du dir sicher, dass du dafür bereit bist?«

»Du weißt doch, ich mag Herausforderungen.«

Als Chloe wenig später über die Türschwelle trat, wirbelte Staub von dem Teppich im Flur auf, der sie in ihrem Hals kitzelte. Sie rümpfte die Nase, um ein Niesen zu unterdrücken.

»Ich weiß, was wir als Erstes zu tun haben«, sagte Naomi, die mit ihrer Hand über das hölzerne Treppengeländer fuhr. Sie zeigte Chloe ihre dreckigen Finger. »Das Haus von oben bis unten schrubben.«

»Jap. Bist du nicht froh, dass du mit mir mitgekommen bist?«

»Oh, und wie.« Naomis Stimme triefte vor Sarkasmus, aber sie lächelte dabei.

Chloe stieß sie mit der Hüfte an, als sie an ihr vorbeiging. Dann öffnete sie die Wohnzimmertür. Bella folgte ihr laut schnüffelnd.

Das Wohnzimmer war klein und gemütlich. So, wie sie es in Erinnerung hatte. Seit Chloes letztem Besuch vor drei Jahren, als sie ihren Vater in ein Altersheim in der Nähe von London gebracht hatte, hatte sich hier nichts verändert. Damals hatte sie in weiser Voraussicht die beiden Ledersofas – und einen Großteil der anderen Möbel im Haus – mit großen Laken zum Schutz abgedeckt. Jetzt war sie wirklich froh darüber.

Sie betätigte den Lichtschalter an der Wand und atmete erleichtert auf, als die Glühbirne über ihr aufflackerte. Vor drei Wochen hatte sie das Elektrizitätswerk angerufen und darum gebeten, die Stromversorgung im Haus wieder anzuschalten.

Sie verließ das Zimmer und folgte dem Geräusch klappender Schranktüren bis in die Küche, wo sie Naomi auf den Zehenspitzen stehend vorfand.

»Versteh mich nicht falsch, Chlo, aber ich glaube, dein Vater hat ganz schön gehamstert.«

Chloe stöhnte beim Anblick der stapelweise aufgetürmten Küchenutensilien und des Geschirrs. Weit mehr als ein Mann jemals hätte verwenden können. »Es wird sechs Monate dauern, bis wir alles ausgeräumt haben.«

»Ach was.« Naomi klopfte ihr tröstend auf den Rücken. »Du schaffst das schon.«

Chloe war sich da nicht so sicher, aber sie hatte vorhin auch nicht gelogen – sie liebte Herausforderungen wirklich.

Und ihre erste? Dafür zu sorgen, dass sie nicht bei jedem Einatmen das Gefühl hatte, ihre Lunge aushusten zu müssen. Sie sperrte Bella mit ein paar Spielsachen in der Küche ein, damit der Hund beschäftigt und abgelenkt war. Naomi verschwand mit Bleichmittel, einem Schwamm und Gummihandschuhen nach oben, um die Badezimmer in Angriff zu nehmen, während Chloe sich dem Staub widmete.

Als das Erdgeschoss wieder bewohnbar war und der Staubsauger seinen Dienst getan hatte, befreite Chloe Bella aus der Küche und fuhr mit ihrer Arbeit an der Treppe fort. Sie begann mit den Bilderrahmen an der Wand, wischte vorsichtig die dicke Schmutzschicht auf den Glasscheiben weg und musste über die Szenen, die darunter abgebildet waren, lächeln.

Das erste Bild zeigte ihre Eltern an ihrem Hochzeitstag. Sie starrten sich gegenseitig im Schein der untergehenden Sonne an, als hätten sie selbst den Himmel mit Mond und Sternen geschmückt.

Chloe war mit dem Wunsch aufgewachsen, eine Person zu finden, die sie genauso ansah; die ihr ein so breites Lächeln schenken konnte, dass ihre Wangen schmerzten. Aber heute, mit sechsunddreißig, wartete sie immer noch auf die perfekte Frau.

Seufzend sah sie sich das nächste Foto an, das am Tag von Chloes Geburt geschossen worden war. Sie war in viele Decken gehüllt und ihre Eltern sahen sie an, als bedeutete sie ihnen die ganze Welt.

Das dritte Foto zeigte Chloe und ihre Mutter, die Chloe auf einer Schaukel anschubste. Es war eines der letzten Fotos, die ihr Vater gemacht hatte, bevor ihre Mutter abgemagert und blass war und schließlich der Krankheit, die in ihr wütete, erlag.

Naomi erschien am oberen Ende der Treppe, als Chloe gerade einen weiteren Bilderrahmen säuberte. Diesmal war es ein Foto von Chloe bei ihrer Abschlussfeier mit schwarzem Abschlusshut und Talar. Ihr Vater hatte den Arm um ihre Schulter gelegt und strahlte über das ganze Gesicht.

Chloe fuhr mit der Fingerspitze über das Gesicht ihres Vaters. Tränen stiegen ihr in die Augen.

»Alles in Ordnung?«, fragte Naomi und legte ihr eine Hand auf den Rücken.

»Ja. Manchmal vergesse ich nur, dass er nicht mehr da ist, weißt du?«

»Ich weiß.« Naomi umarmte sie. »Sieht professionell aus, das Foto.«

Chloe lächelte – Naomi, die selbsternannte »Fotografin«, wusste immer genau, was sie sagen musste, um sie aufzuheitern. »Geht so.«

»Unhöflich.«

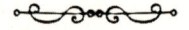

Klirrend fiel ein Teller aus Amys Händen in die Spüle und bespritzte die Vorderseite ihres T-Shirts mit Abwaschwasser.

Gabi, die gerade abtrocknete, drehte sich mit einem Stirnrunzeln zu ihr um. »Alles okay bei dir, Amy? Du siehst aus, als hättest du heute einen Geist gesehen.«

Den Geist meiner Vergangenheit, vielleicht. »Ich wohne schon fast mein ganzes Leben hier. Ich denke, wenn es hier spuken würde, wüsste ich davon.« Sie fischte den Teller aus dem Wasser und schrubbte ihn sauber, wobei sie versuchte, nicht auf die Lichter in der Ferne zu schauen, die sie durch das Fenster sehen konnte.

»Ich weiß nicht«, sagte Gabi, als Amy ihr den Teller reichte. »Geister können heimtückisch sein. Sie tauchen auf, wenn man sie am wenigsten erwartet.«

»Da bin ich mir nicht so sicher.« Als der Abwasch erledigt war, trocknete Amy ihre Hände an dem Handtuch, das Gabi ihr reichte.

»Also?«, fragte Gabi und lehnte sich mit ihrer Hüfte an den Tresen. »Wirst du mir sagen, was los ist?«

Amy wusste, dass Gabi es ihr irgendwann sowieso aus der Nase ziehen würde. Sie seufzte und deutete mit dem Kopf in Richtung des Hauses am Horizont, dessen helle Fenster sich deutlich vom dunklen Himmel der Landschaft abhoben. »Sieht aus, als ob jemand im Haus der Roberts ist. Das hat mich nur überrascht.«

»Ah ja.« Gabi blinzelte, um durch das Küchenfenster sehen zu können. »Ist er nicht vor ein paar Monaten verstorben?«

Amy nickte und erinnerte sich an die traurige Meldung in der Lokalzeitung. Chris Roberts hatte sich größtenteils zurückgezogen, nachdem seine Tochter das Nest verlassen hatte, aber Amy hatte wirklich gute Erinnerungen an den Mann.

»Vielleicht verkaufen sie das Haus. Oder vielleicht zieht jemand ein. Hatte er nicht eine Tochter?«

»Äh, ja, hatte er. Aber sie würde auf keinen Fall wieder zurückkommen.«

»Warum?«

»Sie würde es nicht wollen.« Amy war sich sicher. Warum sollte Chloe in eine Stadt zurückkehren wollen, die sie so schlecht behandelt hatte? Etwas, woran Amy ihren Teil dazu beigetragen hatte. Schuldgefühle breiteten sich in ihrem Bauch aus, so wie es manchmal passierte, wenn sie auf das leere Haus der Roberts blickte.

»Das hast du auch einmal über diesen Ort gesagt.«

»Ja, bevor mein idiotischer Bruder sich die halbe Hand abgehackt hat.«

In diesem Moment schlenderte Danny mit einem sich windenden Dreijährigen auf der Hüfte in die Küche und zeigte ihr mit seiner gesunden Hand, hinter dem Kopf seines Sohnes, den Mittelfinger. »Ich glaube, Sam möchte, dass seine Tía Amy ihn heute Abend badet.«

»Ist das so?«, fragte Amy und blickte in ein Paar große grüne Augen. Als Sam nickte, hob sie ihn aus den Armen ihres Bruders. »Komm schon her, Stinker.«

Sie stapfte die Treppe hinauf und war dankbar, dass sie durch ihren Job ausreichend Muskeln entwickelt hatte. Ihr Neffe wurde wirklich immer schwerer.

Als sie fast oben angekommen waren, wurde die Badezimmertür aufgestoßen und Amys zweiter Neffe, Adam, stürmte heraus und prallte mit ihr zusammen. »Pass auf, Kleiner.«

»Entschuldigung, Tía Amy.« Er sah sie mit seinem patentiert frechen Grinsen an. Sein Grinsen zeigte eine Zahnlücke. Vor einigen Tagen hatte er einen Schneidezahn verloren.

»Hast du es eilig, ins Bett zu kommen, oder was ist los?«

»Abuela hat gesagt, wenn ich brav bin, kann ich vor dem Schlafengehen noch Comics lesen!«

»Hat sie das, ja?« Amy lächelte, als ihre Mutter in einem viel angemesseneren Tempo als Adam durch die Badezimmertür schlüpfte. »Und warst du brav?«, fragte Amy ihn.

»Ich bin immer brav!«

»Da bin ich mir nicht so sicher.« Sie zerzauste sein feuchtes Haar mit ihrer freien Hand.

»Ich war brav, nicht wahr, Abuela?«

»Das warst du«, sagte Leanne und sah ihn mit liebevollen Augen an.

»Na, dann auf.« Amy trat zur Seite, um ihn vorbeizulassen.

Er eilte den Flur entlang zu dem Schlafzimmer, das er sich mit Sam teilte.

Das Zimmer der Jungs war Amys altes Zimmer. Als sie nach Corthwaite zurückgezogen war, war sie in die alte Scheune umgezogen, die zu einer netten kleinen Wohnung umgebaut worden war. Sie und ihr Bruder Danny hatten es achtzehn Jahre lang unter einem Dach ausgehalten – noch länger wäre einfach zu viel gewesen.

»Ich habe das Wasser für dich eingelassen. Es ist noch heiß«, sagte Leanne.

»Danke, Mum.« Amy trat ins Bad und setzte Sam auf den weißen Fliesen ab. Die Badewanne quoll fast über vor Seifenblasen – was, wie Amy vermutete, weniger mit ihrer Mutter und mehr mit Adam zu tun hatte. Sam kicherte, als sie eine dicke Seifenblase herausfischte und sie sich auf die Nase setzte.

»Brauchst du Hilfe mit den Knöpfen, Kleiner?«, fragte sie, als er mit dem Verschluss seiner Jeans kämpfte. Sie wartete, bis er einen Schritt auf sie zukam, bevor sie ihn von seiner Jeans befreite. Dann hob er die Hände in die Luft und sie zog ihm das Dinosauriershirt über den Kopf.

Amys Knie protestierten, als sie sich neben der Badewanne niederließ, um Sam die Haare zu waschen. Auch sie wurde nicht jünger. Amy dachte an die Arthritis ihrer Mutter, die sich von Jahr zu Jahr verschlimmerte, und wusste, dass ihr ein ähnliches Schicksal bevorstand. Das Leben eines Farmers eben, dachte sie und neigte Sams Kopf vorsichtig nach hinten, als sie ihm das Shampoo aus dem Haar wusch. Er hasste es, Wasser in die Augen zu bekommen, und sie wollte um jeden Preis Tränen und Geschrei vermeiden.

Auch den Föhn hasste er und so trocknete sie am Schluss seinen braunen Lockenschopf vorsichtig mit einem Handtuch. Sams Blick blieb dabei auf das Wasser gerichtet, das den Abfluss hinunterwirbelte. Sein Lieblings-PAW-Patrol-Schlafanzug lag schon bereit und als er ihn angezogen hatte, ließ sie sich von ihm an die Hand nehmen und in sein Schlafzimmer ziehen.

Adam war bereits in ein Comic-Heft vertieft und ihre Mutter saß gemütlich in dem Sessel, der zwischen den beiden Betten der Kinder stand.

»Soll ich dir eine Gutenachtgeschichte vorlesen, oder lieber Abuela?«, fragte Amy, nachdem Sam ins Bett geklettert war und sich unter die Decke gelegt hatte.

Eine kleine Hand zeigte in Richtung ihrer Mutter und Amy beugte sich vor, um ihm einen Kuss auf den Kopf zu geben. »In Ordnung, wir sehen uns morgen, Chiquito.« Sie drehte sich zu Adam um und lächelte, als er sich von Supermans Abenteuern losriss, um seine Arme um ihren Hals zu legen. »Buenas noches, Adam. Bleib nicht zu lange auf.«

»Buenas noches.« Obwohl Gabi ihnen beiden ihre Muttersprache beibrachte, hatte Adam den Akzent perfekt drauf, während Amy ... nun ja. Sie konnte ihren nordenglischen Akzent nicht loswerden, egal wie sehr sie sich auch anstrengte. Gabi versicherte ihr immer wieder, dass es der Gedanke war, der zählte.

Unten war die Küche bereits dunkel, aber im Wohnzimmer, in dem Danny und Gabi zusammen auf der Couch saßen, lief noch der Fernseher.

»Gute Nacht«, sagte Amy.

»Du kannst dich zu uns setzen, wenn du willst«, entgegnete Gabi und drehte sich zu ihr um.

»Schon okay.« Amy wollte sich nicht aufdrängen. Die beiden hatten ohnehin nicht genug gemeinsame Zeit für sich allein.

Sie schlüpfte aus der Haustür und sofort stieg ihr der unverwechselbare Geruch von Kühen und Dung in die Nase. Der Himmel war ungewöhnlich klar und der Mond und die Sterne erhellten den steinernen Weg zu ihrem Haus.

In der Ferne erregte das Haus der Roberts noch einmal ihre Aufmerksamkeit. Wer war da drin, und warum? Und hatte es etwas mit dem unbekannten weißen Lieferwagen zu tun, den sie heute gesehen hatte und dessen Fahrer so verzweifelt darum bemüht gewesen war, nicht gesehen zu werden?

~~~

Chloe schlief nicht besonders gut in ihrer ersten Nacht zu Hause.

Sie war an ein Kingsize-Bett mit einer Memory-Foam-Matratze gewöhnt und das Bett, in dem sie gerade lag, ihr altes Bett, hatte eine klumpige Matratze mit gebrochenen Federn, das jedes Mal knarrte, wenn sie sich umdrehte.

Die Stille im und um das Haus herum war geradezu ohrenbetäubend. Chloe hatte nicht den Luxus, sich eine Wohnung in Londons pulsierendem Stadtzentrum leisten zu können, aber selbst am Rande von Twickenham waren die Nächte nie ruhig. Laute Stimmen, wenn die Leute aus Bars und Kneipen strömten, wiegten sie normalerweise in den Schlaf, zusammen mit dem Quietschen von Autoreifen oder dem Dröhnen von Motorrädern.

Aber hier?

Hier gab es nichts außer dem gelegentlichen Schrei einer Eule.

Um fünf Uhr morgens gab sie endgültig auf und griff halb blind nach ihrer Brille auf dem Nachttisch. Für Kontaktlinsen war sie noch nicht wach genug. Bei dem Versuch, diese jetzt einzusetzen, würde sie sich vermutlich eher mit dem eigenen Finger ins Auge stechen.

Bella, die am Fußende des Bettes auf dem Boden ausgestreckt lag, schnarchte in aller Seelenruhe vor sich hin.

Die ersten Strahlen der aufgehenden Sonne drangen durch die dünnen Vorhänge hindurch und trafen auf das vollgepackte Bücherregal. Vielleicht war Lesen eine gute Möglichkeit, um sich die Zeit zu vertreiben. Chloe stand auf und griff nach einem alten Lieblingsbuch, bevor sie sich auf die große hölzerne Fensterbank setzte. So, wie sie es als Kind auch schon immer getan hatte.

»Das ist nicht gut für deine Augen, wenn du so liest«, hörte sie die Stimme ihres Vaters in ihrem Kopf.

Mit einem bittersüßen Lächeln erinnerte sie sich an sein schiefes Kopfschütteln, wenn er sie wieder einmal dabei erwischt hatte, wie sie, in eine Decke eingewickelt, am Fenster stand, während sie eigentlich schlafen sollte. Natürlich hatte er recht gehabt. Ihre erste Brille hatte sie bereits mit zwölf

Jahren bekommen und seitdem hatte sich ihr Sehvermögen mit jedem Jahr verschlechtert.

Irgendwo im Haus wurde knarrend eine Tür geöffnet.

Chloe schaute auf ihre Uhr. Es war erst halb sieben und Naomi war wach und wuselte bereits herum? Das war höchst ungewöhnlich.

Chloe legte das Buch wieder weg und ging hinunter in die Küche. Dort fand sie in der Tat Naomi vor. Verschlafen, die Haare immer noch in das Tuch gewickelt, mit dem sie eingeschlafen war, und mit den Nägeln ungeduldig auf den Tresen klopfend, wartete diese darauf, dass die Nespresso-Kaffeemaschine ihre Arbeit tat.

»Guten Morgen«, sagte Chloe.

Naomi funkelte sie an. »Wieso klingst du so wach?«

»Weil ich schon seit«, Chloe schaute auf die Uhr, »zwei Stunden wach bin.«

»Es ist zu verdammt ruhig hier. Ich komme damit nicht klar.«

»Ich weiß. Du musst nicht bleiben, weißt du. Du könntest zurück in die Stadt fahren.«

»Und dich hier allein zurücklassen? Wirklich nicht.«

»Ich komme schon zurecht. Es ist doch nur für ein paar Wochen.« Sie war nicht undankbar für Naomis Anwesenheit – im Gegenteil –, aber sie wusste, dass zwei Wochen Abwesenheit vom Büro eine lange Zeit waren. »Und ich werde hier sowieso bald allein sein. Wenigstens an den Wochenenden.«

»Ja, aber so kann ich dir wenigstens etwas Arbeit abnehmen. Es macht mir nichts aus, Chlo, ehrlich.«

»Kann ich das schriftlich haben, damit ich in etwa zwölf Stunden, wenn du mürrisch bist und mich verfluchst, einen Beweis dafür habe, dass du das hier aus freien Stücken tust?«

»Es ist noch zu früh für lange Reden.« Naomi seufzte glücklich, als die Kaffeemaschine piepte. Sie füllte zwei Tassen und schob eine über den Tresen zu Chloe. »Wie sieht der Plan für heute aus?«

»Als Erstes werden wir wahrscheinlich mehr Milch besorgen müssen«, sagte Chloe und schüttelte die halbleere Packung, die sie aus dem Kühlschrank geholt hatte. »Dann sollten wir uns daranmachen, die ganzen Sachen zu sortieren.« Sie hatte gehofft, dass diese Arbeit nicht lange dauern würde, aber nach dem, was sie bisher gesehen hatte, war sie nicht mehr sehr optimistisch. »Den Container vollmachen, den ich bestellt habe.«

»Ich denke, du hättest sechs bestellen sollen.«

»Wahrscheinlich.« Chloe seufzte und schaute in einen Schrank, der vor Gerümpel nur so überquoll. »Ich weiß nicht mal, wo die Hälfte von dem Zeug herkommt.«

»Ich werde erst einmal duschen, bevor wir hier irgendetwas tun«, beschloss Naomi und leerte ihre Kaffeetasse. »Wir haben doch heißes Wasser, oder?«

»Ich schätze, das wirst du gleich herausfinden.«

Kapitel 2

Amy stieß die Tür zum Dorfladen mit der Hüfte auf, in den Händen eine große Kiste mit Milch und Eiern.

»Was ist das?«, hörte sie eine Frau aus einem der kleinen Gänge fragen.

Der Cockney-Akzent ließ sie stutzig werden – Touristen waren in Corthwaite zwar nicht völlig ungewöhnlich, aber doch eher selten. Es war nicht so, dass das Dorf viel zu bieten hatte, jedenfalls nicht im Vergleich zu den größeren Städten des Lake Districts, die von Touristen überrannt wurden.

»Was ist was?«, fragte eine andere Stimme.

Als Amy sich der Theke näherte, erhaschte sie einen Blick auf eine hübsche Schwarze Frau, die eine Packung aus einem der Regale nahm.

»Kendal-Minz-Kuchen«, sagte diese und wedelte mit der Packung herum.

»Das klingt interessant.«

»Im Grunde ist es reiner Zucker.«

»Gekauft.«

»Wirklich, Naomi? Das Letzte, was ich brauche, ist, dass du einen Zuckerrausch hast. Oder noch schlimmer, einen Zuckercrash.« Die zweite Frau kam um die Ecke.

Amy ließ beinah die Kiste fallen.

Sie hatte ihr Haar dunkel gefärbt und kurz geschnitten. Durch eine Augenbraue verlief eine Narbe, die bei ihrer letzten Begegnung noch nicht da gewesen war. Aber das breite, schiefe Lächeln würde Amy überall erkennen: Chloe Roberts war zurück.

Die Jahre hatten es gut mit ihr gemeint. Sie wirkte nicht mehr unbeholfen und schlaksig. Ihr Körper war schlank und wirkte sehr erwachsen.

Chloe lehnte sich zu Naomi hinüber und riss ihr den Minzkuchen aus den Händen. »Ich lege ein Veto ein.«

»Muss ich dich daran erinnern, dass keine von uns beiden letzte Nacht viel Schlaf bekommen hat?«, fragte Naomi.

Amy wandte sich hastig ab und zwang sich zu einem Lächeln, während sie die Kiste auf den Tresen hievte und versuchte, das Gespräch hinter sich zu ignorieren.

»Zucker könnte genau das sein, was wir brauchen«, hörte sie Naomi noch sagen.

»Hey, Amy.« Alex sprang auf – von den drei Mitarbeitern des Ladens war er bei weitem der Jüngste und freute sich immer am meisten, sie zu sehen. »Wie …«

Etwas krachte hinter ihnen auf den Boden. Amy drehte sich um.

Chloe kniete auf dem Boden und versuchte verzweifelt die Wasserflaschen aufzusammeln, die sie aus den Regalen gestoßen hatte. »Es tut mir leid«, sagte sie mit feuerroten Wangen, die Arme voll mit so vielen Flaschen, dass es ein Wunder war, dass sie sie nicht alle direkt wieder fallen ließ.

»Ist schon in Ordnung.« Alex sah amüsiert zu, wie Chloe das Regal wieder auffüllte.

Naomi starrte Amy mit zusammengekniffenen Augen an.

Amy wurde ganz flau im Magen. *Ich weiß, was du getan hast*, schien der Blick zu sagen.

»Ich muss gehen«, murmelte Chloe und drückte Naomi die Milchtüte in die Hand, bevor sie zum Ausgang stürmte.

Amy nahm es ihr nicht übel.

»Wie viel macht das?«, fragte Naomi. »Oh, und das hier«, fügte sie nach einer kurzen Pause hinzu und griff nach der Packung Minzkuchen, die Chloe ihr abgenommen hatte.

»3,30 Pfund«, sagte Alex.

Naomi griff mit einer Hand in ihre Tasche.

Ihre Doc Martens waren kaum getragen und ihr langer roter Mantel wirkte teuer. Amy fühlte sich in ihrer mit Schlamm bespritzten Jeans und den abgenutzten Turnschuhen auf einmal ziemlich unelegant. Naomi und Chloe hatten sich mit einer gewissen Vertrautheit unterhalten und die Bemerkung über die schlaflose Nacht ließ Amy darüber grübeln, ob sie vielleicht ein Paar waren. Allerdings bemerkte sie auch den fehlenden Ehering an Naomis linker Hand, als sie ihr Wechselgeld entgegennahm.

»Danke.«

Mit einem letzten verächtlichen Blick in Amys Richtung verließ Naomi den Laden.

Amy atmete einmal tief durch, als sie gegangen war.

»Alles in Ordnung?«, fragte Alex mit hochgezogenen Augenbrauen.

Amy nickte.

Es stimmte also. Chloe war wirklich zurück. War es für immer? Oder nur für einige Zeit? Und würde Amy weiterhin mit ihr zusammenstoßen und Chloe dazu bringen, sich hinter ihrem Lenkrad zu verstecken oder aus der Tür zu stürmen?

Sie hoffte für sie beide, dass die Antwort Nein lautete, aber irgendetwas sagte ihr, dass sie nicht so viel Glück haben würden.

»Herrgott, Chloe, würdest du bitte mal warten?« Naomi holte sie ein, als sie den King's Head erreicht hatte, und hielt sie am Ellbogen fest. »Du bist nicht mehr in London.«

»Tut mir leid.« Chloe wurde langsamer und zog sanft an Bellas Leine, damit diese wieder bei Fuß ging. »Ich weiß, du wolltest dich noch etwas umsehen, aber ich musste da einfach raus.«

»Ich weiß. Aber sie folgt dir nicht.«

Chloe verzichtete darauf, über ihre Schulter zurückzuschauen. »Richtig. Willst du immer noch eine Tour?«

»Nein, ist schon okay. Ich glaube, ich habe schon alles gesehen. Lebensmittelladen, Tierärzte, Blumenladen, Kneipe.« Naomi deutete abwechselnd auf die Gebäude hinter ihnen und dann auf das eine vor ihnen. »Kirche.«

»Macht es dir etwas aus, wenn wir hier einen Stopp machen?«, fragte Chloe und warf einen Blick auf das Tor, das zu dem angeschlossenen Friedhof führte. »Ich möchte etwas überprüfen.«

»Sicher.« Naomi folgte Chloe, als sie einen Weg einschlug, den sie schon lange nicht mehr gegangen war. Schließlich hielten sie vor einem Grabstein mit der Aufschrift *Annie Roberts. Geliebte Ehefrau, Mutter und Freundin.*

Chloe war überrascht, dort einen frischen Blumenstrauß vorzufinden. Sie hatte erwartet, dass der Grabstein bereits zugewachsen war, und war gerührt, ihn stattdessen in nahezu perfekt gepflegtem Zustand vorzufinden.

»Deine Mum?«, fragte Naomi leise.

»Ja. Sie wurde eingeäschert, aber mein Vater wollte, dass wir einen Ort haben, den wir besuchen können, um uns an sie zu erinnern. Ich habe darüber nachgedacht, ob ich für meinen Dad einen Platz daneben finden kann.«

»Das würde ihm sicher gefallen.«

Chloe dachte an die wenigen Erinnerungen, die sie an ihre Mutter hatte. Sie war zu jung gewesen, um sich an viel zu erinnern, aber ihr Vater hatte sie mit seinen Geschichten am Leben erhalten, und Chloe konnte sich noch an ihr Lächeln erinnern, an den Trost ihrer Arme, wenn Chloe sich das Knie aufgeschürft hatte.

»Lass uns zurückgehen«, sagte sie schließlich, wandte sich vom Grabstein ab und hakte sich bei Naomi unter. Der Hügel, der zum Haus führte, war steiler, als sie es in Erinnerung hatte und so waren sie beide außer Atem, als sie oben ankamen.

»Okay. Wo brauchst du mich heute?«, fragte Naomi, trat in das Haus und zog ihre Schuhe aus.

Chloe schürzte ihre Lippen. »In der Küche? Es sei denn, du willst hier unten anfangen.« Sie öffnete die Tür des Schranks unter der Treppe und brachte Stapel von Kisten zum Vorschein. Jede von ihnen musste umgelagert werden, bevor der Klempner am Dienstag kam, um zu sehen, ob Chloe eine Toilette unter der Treppe einbauen konnte.

»Und dir vorenthalten, welche Schätze dein Vater dir hinterlassen hat? Das könnte ich nie.« Mit diesen Worten verschwand Naomi in der Küche. Kurz darauf war das Geräusch von klapperndem Geschirr zu hören.

»Von wegen Schätze«, murmelte Chloe, als sie in der ersten Kiste Dutzende von Fotoalben fand.

Das Gleiche konnte man von den meisten Kisten sagen – sehr zu Naomis Freude, als sie einige Zeit später wieder auftauchte.

»O mein Gott, sind da Fotos von dir drin?«, fragte sie, griff nach einem der Alben und blätterte darin, bevor Chloe sie aufhalten konnte. »Das bist du!« Sie drehte es um, damit Chloe sehen konnte, wie sie damals in die Kamera gegrinst hatte. Drei ihrer Schneidezähne fehlten. »Du warst hinreißend.«

Sie blätterte noch ein paar Seiten weiter und ihr Lächeln wurde mit jeder Seite breiter.

Chloe musste aufpassen, dass Naomi nichts einsteckte, um ihren Freunden zu Hause irgendwelche alten Fotos zu zeigen.

»Was sind das für Haare?«

»Das war Ende der achtziger Jahre in Mode, ganz klar.« Auf dem Bild konnte sie nicht älter als vier oder fünf sein. Man sah den armseligen Versuch ihres Vaters, Zöpfe zu machen, die dann sehr schief von Chloes Kopf abgestanden hatten.

Sie griff nach einem anderen Album. In diesem war sie älter, vielleicht zwölf oder dreizehn. Sie hatte die Hauptrolle in der Schulaufführung gespielt und es gab mindestens zwanzig Fotos von der kläglichen Inszenierung; sie erinnerte sich an ihren Vater, der in der ersten Reihe gesessen hatte, vor Stolz platzend, und dessen Lächeln im Bühnenlicht aufgeblitzt war, wann immer Chloe ins Publikum geblickt hatte.

»Sieht aus, als hättest du eine Karriere auf der Bühne haben können.« Naomi hielt ein Foto von Chloe in der Hand; dieses Mal war es ein Krippenspiel. »Warst du Joseph?«

»Jep.« Sie erinnerte sich an ihre Klassenlehrerin, Miss Wolfe, die ihr mit Eyeliner einen Schnurrbart auf die Oberlippe gemalt hatte. »In diesem Jahr hatten wir nur einen Jungen in der Klasse und der hat sich geweigert, die Rolle zu spielen.«

»Und da bist du natürlich eingesprungen. In der Hoffnung, dass du ein Mädchen küssen darfst?«, fragte Naomi und zog spielerisch die Augenbrauen hoch.

Chloe schnaubte. »Ich glaube, das wäre ein Skandal für das Dorf gewesen.«

»Wer war deine Maria?«

Chloe musste das Foto nicht sehen, um sich darin erinnern zu können. »Amy.«

»Ah. Ihr, äh, ihr standet euch nahe, hm?«

Chloe wusste, dass Amy auf vielen der Fotos war. Sie waren von ihrem vierten bis zu ihrem siebzehnten Lebensjahr praktisch unzertrennlich gewesen. Chloe würde wetten, dass mindestens eines dieser Alben mit Bildern gefüllt war, die Amy mit der Kamera aufgenommen hatte, die Chloes Vater ihr zu Weihnachten geschenkt hatte.

»Wir waren unzertrennlich«, sagte Chloe und blickte auf ein Bild von ihr und Amy auf einem Pferd in einem der Felder der Edwards. Es gab noch viel mehr gemeinsame Fotos: Sie und Amy in der Küche des Bauernhauses, im Baumhaus im Garten, beim Monopoly-Spiel an Chloes Esstisch. Amys Mutter, die einen Arm um Chloes Schulter gelegt hatte, Amys Vater, der ihr beibrachte mit dem Traktor zu fahren. »Ihre Familie hat sich um mich gekümmert. Ich habe meine Mutter verloren und mein Vater war oft geschäftlich unterwegs, also war ich immer bei ihr. Oder sie war hier drüben.«

»Kein Wunder, dass es schwer ist, wieder hier zu sein.«

»Ja.« Chloe legte das Album zurück in die Schachtel – sich in Erinnerungen zu verlieren, würde den Schrank nicht von allein ausräumen und sie hatte einen strikten Zeitplan. »Aber wenigstens ist es nicht für lange.«

Kapitel 3

Chloe summte zu der Musik aus dem Radio, während sie mit dem Spachtel die letzten hartnäckigen Papierfetzen entfernte, die an der Wand klebten. Es war eine befriedigende Arbeit – das Design im Wohnzimmer hatte ihr noch nie gefallen. Eine weiße Tapete, die mit einem Mischmasch aus bunten, grellen Blumen bedeckt war, kollidierte mit der kränklichen grünen Farbe an der Decke. Es sollte eine Hommage an die Blumenkunst ihrer Mutter sein, aber für Chloe war es immer zu … überladen gewesen.

Hoffentlich würde ihr Vater ihr verzeihen, dass sie die Tapete abgerissen hatte.

Ihre Eltern hatten das Haus beim Einzug gemeinsam dekoriert und ihr Vater hatte nach dem Tod ihrer Mutter keine größeren Veränderungen vorgenommen. Es so zu belassen, wie es war, als sie es gemeinsam bewohnt hatten, war Teil seines Bewältigungsmechanismus gewesen.

Aber leider würde Chloe keinen guten Preis für das Haus bekommen, wenn sie die Relikte des fragwürdigen Einrichtungsgeschmacks ihrer Eltern nicht verschwinden ließ.

»Ähm, Chloe?«

Sie drehte sich um.

Naomi sah stirnrunzelnd aus dem Fenster. »Da ist eine Frau auf einem Pferd, die in unsere Richtung reitet.«

Chloe stellte sich neben sie und sah, wie ein prächtiges braunes Shire-Horse in der Einfahrt neben ihrem Wagen zum Stehen kam. Als sie ihr Gesicht näher an die Scheibe drückte, erkannte sie die Frau, die rittlings auf dem Tier saß. »Das ist Amys Mutter.«

»Soll ich sie verjagen?«, fragte Naomi, als Leanne abstieg. »Sagen, dass du ausgegangen bist?«

»Nein, ist schon okay.« Chloe schlüpfte aus dem Zimmer und ging vorsichtig um den Klempner herum, dessen Beine unter der Treppe herausragten. Als sie aus dem Haus trat, traf sie auf Leanne, die sie sofort in eine herzliche Umarmung zog.

»Chloe, du bist es wirklich.« Leanne klang, als ob sie mit den Tränen kämpfte. Sie roch nach Leder, Pferden und Kindheit.

Chloe drückte sie fest an sich.

»Lass mich dich ansehen.« Sie trat einen Schritt zurück und umfasste Chloes Wangen mit ihren Händen. »Du bist zu dünn«, sagte sie und klang dabei so sehr wie Naomis Mutter, dass Chloe unwillkürlich ein Lachen ausstieß. »Aber du siehst gut aus. Das mit deinem Vater tut mir so leid. Er war ein guter Mann.«

»Danke.«

»Oh, es ist so schön, dich zu sehen. Bleibst du länger hier?«

»Äh, nein. Ich bin hier, um zu renovieren und das Haus zu verkaufen. Ich würde dich ja einladen, es dir anzusehen, aber …« Sie warf einen Blick auf das Pferd, dessen Kopf auf Leannes Schulter ruhte.

»Ja, ich nehme an, er würde nicht durch die Tür passen. Das ist Thor.«

»Er ist wunderschön.« Chloe streckte eine Hand aus und ließ Thor an ihr schnuppern, bevor sie seinen Kopf sanft streichelte.

»Reitest du noch?«

»Ich bin seit Jahren nicht mehr geritten.«

»Nun, wir haben immer noch Pferde. Du kannst gern jederzeit vorbeikommen. Es wäre schön, ein wenig zu plaudern und herauszufinden, was du in all den Jahren gemacht hast. Oder besser noch!« Ihre Augen leuchteten auf. »Komm heute zum Abendessen.«

»Oh, ich, äh …« Sie brach ab und versuchte verzweifelt, einen höflichen Weg zu finden, um zu sagen: »Das ist buchstäblich meine Vorstellung von der Hölle auf Erden, nein danke.«

»Deine … Freundin? Ehefrau?« Leannes Blick huschte zum Fenster hinüber.

Chloe drehte sich um und sah, wie der Vorhang wieder an seinen Platz fiel.

»Sie kann auch gern mitkommen.«

»Wir möchten nicht stören …«

»Unsinn, wir würden uns freuen, wenn ihr kommt.«

Wer ist »wir«? Amy und Danny, falls er noch da ist, sind es ganz sicher nicht.

»Ich –«

»Wir essen um sechs«, sagte Leanne und entschied damit einfach, dass Chloe das Angebot annahm. Sie drehte sich wieder zu Thor um und stieg mit einen Fuß in den Steigbügel. »Komm heute Abend vorbei. Gibt es etwas, was du nicht isst?«

»Ich ... nein, aber ...«

»Ausgezeichnet.« Sie schwang sich mit einer faszinierenden Anmut auf Thors Rücken. »Ich sehe euch beide später.« Ein Zungenschnalzen und sie ritten die Gasse hinunter.

Chloe starrte ihnen hinterher. *Was zum Teufel ist da gerade passiert?*

»Was sollte das denn?«, fragte Naomi, als Chloe ins Wohnzimmer zurückkehrte.

Chloe fühlte sich, als wäre sie in einem Albtraum aufgewacht.

»Hey. Bist du in Ordnung?« Naomi legte ihre Hände auf Chloes Schultern und lenkte sie zu der Couch, die sie in die Mitte des Raumes geschoben hatten. Das Staubtuch warf Falten, als sie sich setzte. »Du siehst nicht so gut aus.«

»Sie hat uns zum Essen eingeladen.«

»Du hast Nein gesagt, oder?«

»Sie hätte ein Nein nicht akzeptiert.« Chloe ließ ihren Kopf in die Hände sinken.

Naomi drückte ihre Schulter. »Hey, ist schon okay.« Dann setzte sie sich neben Chloe und legte einen Arm um ihre Schulter. »Wir müssen nicht gehen. Wir können das Licht ausmachen, den Van in der Garage verstecken und so tun, als wären wir überhaupt nicht hier. Oder wir können umdrehen und nach Hause fahren.«

»Das kann ich nicht tun.« Chloe war vieles, aber ganz sicher kein Feigling. Vor achtzehn Jahren war sie vor ihren Problemen davongelaufen und sie hatte nicht vor, das Gleiche noch einmal zu tun. »Nein, wir sollten gehen. Wie schlimm kann es schon werden?«

»Ich weiß es nicht. Aber was auch immer passiert, du bist nicht allein. Ich bin bei dir, okay?«

Chloe zog Naomi in eine Umarmung und legte ihre Arme um ihren Hals. »Ich bin so froh, dass du hier bist.«

»Werd jetzt nicht weich«, sagte Naomi und drückte sie. »Du weißt, dass ich nicht mit weinenden Frauen umgehen kann.«

Chloe lachte. »Ich gebe mein Bestes«, versprach sie und lehnte sich zurück. »Okay, diese Tapete verschwindet nicht von allein.« Sie stupste Naomi in die Seite. »Lass uns weitermachen.«

»Warum hast du nicht Bescheid gesagt? Ich wäre gern mit dir ausgeritten«, sagte Amy, als ihre Mutter mit Thor im Schlepptau in den Stall schritt.

»Du hättest nicht mitkommen wollen, wenn ich dir gesagt hätte, wohin es geht.«

»Und wohin war das?«

»Zum Haus der Roberts. Ich wollte Chloe sehen.«

Amy erstarrte, die Bürste in ihrer Hand schwebte ein paar Zentimeter über Reginas Rücken.

Ihre Mutter sattelte Thor ab.

»Du warst wo?«

»Ich habe sie für heute Abend zum Essen eingeladen«, fuhr Leanne fort.

Amy wurde flau im Magen.

»Du hast was getan?«

»Bist du taub geworden, Liebes?« Sie sagte es sehr freundlich, aber ihr Blick verriet, dass sie sich für eine Antwort wappnete, die ihr nicht gefallen würde.

Amy atmete einmal tief ein und wieder aus, nicht sicher, wie sie auf die Nachricht reagieren sollte.

»Ich dachte, es wäre schön. Es ist schon so lange her, dass wir alle zusammengesessen haben.«

»Hast du vergessen, dass es dafür einen Grund gibt?« Amy konnte erst gar nicht glauben, dass Chloe so eine Einladung annehmen würde. Aber ihre Mutter konnte sehr überzeugend sein, wenn sie wollte. Wahrscheinlich hatte sie Chloe vehement dazu überredet, Ja zu sagen.

»Natürlich habe ich das nicht.« Ihre Mutter schüttelte den Kopf. »Aber vielleicht ist es an der Zeit, das, was damals vorgefallen ist, wiedergutzumachen.«

Amy hatte ihr nie die ganze Geschichte erzählt – um genau zu sein, hatte sie ihr kaum etwas von der Geschichte erzählt –, aber Amy hatte immer vermutet, dass ihre Mutter mehr wusste, als sie zugab. Und sie wusste, dass ihre Mutter ihr die Schuld dafür gab, dass Chloe sich von der ganzen Familie zurückgezogen hatte.

»Wiedergutmachen?« Amy sah sie stirnrunzelnd an. »Nach achtzehn Jahren?«

»Warum nicht? Sie kommt heute Abend und ich erwarte, dass du auch kommst. Es ist ein Familienessen.«

»Und hast du Gabi und Danny Bescheid gesagt?« Amy konnte sich den säuerlichen Gesichtsausdruck von Danny vorstellen, wenn er die Neuigkeit hörte. Er war nie Chloes größter Fan gewesen und nach den schrecklichen Dingen, die er zu ihr gesagt hatte, war Chloe ganz sicher auch nicht seiner.

»Noch nicht, aber das werde ich und sie werden auch dort sein. Genauso wie die Frau, mit der Chloe zusammen ist.«

»Großartig.« Der Sarkasmus brachte ihr einen bösen Blick ein, aber das war Amy egal.

Ihre Mutter ging mit Thor auf die Wiese und ließ Amy mit ihrem eigenen Pferd allein. Regina spürte ihre Aufregung und stampfte mit einem ihrer Hufe auf, woraufhin Amy ihr einen sanften Klaps verpasste. »Warum bist du immer so mürrisch?«

Ein Schnauben war die Antwort.

Kurz drauf trieb Amy ihre Stute an. Sie brauchte jetzt dieses Glücksgefühl, das sie immer beim Galoppieren über die Felder bekam. Jetzt mehr denn je. Reiten war schon immer ihre Fluchtmöglichkeit gewesen, ihr sicherer Ort. Sie sog die frische Luft tief in ihre Lunge ein, als sie Regina zu einem der vielen Feldwege trieb, die das Ackerland durchzogen.

Der Himmel war mit dunkelgrauen Wolken bedeckt, die heftigen Regen ankündigten. Aber das machte Amy nichts aus. Der Wind peitschte durch ihr Haar, als sie in einen zügigen Trab übergingen. Obwohl in Reginas Pferdepass Irish Sports Horse stand, hatte sie das Temperament eines Vollblüters.

Der Wind, der durch Amys Haare rauschte, ihre Wangen kühlte und ihre Augen zum Tränen brachte, reichte leider nicht aus, um ihre aufgewühlten Gedanken zu vertreiben. Dank des Hügels, auf dem es lag, war Chloes verdammtes Haus von überall zu sehen. Egal, wohin Amy auch ritt, das Anwesen zeichnete sich immer am Horizont ab.

Warum hatte sie zurückkommen müssen? Nein. Das war nicht fair. Chloe hatte überhaupt keine Schuld an irgendetwas. Amy allerdings schon. Sie schuldete Chloe eine verdammt gute Entschuldigung. Aber wie sollte sie das anstellen? *Entschuldigung, dass ich mich nicht für dich eingesetzt habe? Entschuldigung, dass ich mich von dir distanziert habe, als die Beschimpfungen anfingen? Entschuldigung, dass ich mit dir hinter verschlossenen Türen rumgeknutscht und dann so getan habe, als hätte es nie etwas bedeutet? Entschuldigung, dass ich dir das Herz gebrochen habe? Dass ich alles versaut habe?*

Damals hatte sie gewusst, dass das, was sie tat, falsch war. Ihr Verhalten war unverzeihlich gewesen.

Amy wusste nicht, wie Chloe es ertragen konnte, mit ihr in einem Raum zu sein. Wären ihre Rollen vertauscht – sie könnte es nicht.

Amy seufzte, verkürzte die Zügel, drehte Regina in einem weiten Kreis und lenkte sie auf den Weg nach Hause. Sie waren beide außer Atem. Amy standen Schweißperlen auf der Stirn und sie wusste, dass sich unter Reginas Sattel Abdrücke finden würden. Trotzdem hatte die Stute immer noch viel Energie, als sie den Weg zurückgaloppierten. Sie hatte die Ohren nach vorn gerichtet, in einer ungewöhnlichen Demonstration von Freude.

Vielleicht wird der heutige Abend gar nicht so schrecklich, dachte Amy und verlangsamte Regina zum Schritt, als das Bauernhaus in Sichtweite kam. Wenn es ihr gelang, sich zu entschuldigen, wäre das vielleicht die Gelegenheit, die Vergangenheit endlich hinter sich zu lassen und neu anzufangen.

Aber nur, wenn Chloe das auch wollte.

Amy hatte nicht vor, sie dazu zu zwingen.

So viel war sie ihr zumindest schuldig.

Kapitel 4

Gegen halb sechs brach die Wolkendecke auf und Regen prasselte gegen die Fenster. Das Wetter passte hervorragend zu Chloes Stimmung. Seit dem Morgen war ihr flau im Magen und ihre Stimmung hatte sich von Stunde zu Stunde verschlechtert.

Das einzig Gute war, dass sie sich in ihre Arbeit hatte stürzen können, um nicht weiter nachdenken zu müssen, und jetzt alle Wände im Erdgeschoss von Tapete befreit waren. Dadurch sah die Wohnung zwar trostlos aus – das Wetter trug nicht gerade zu einer besseren Stimmung bei –, aber nun sie konnte die Wände auf beschädigte Stellen untersuchen. Wie sie vermutet hatte, musste mehr als eine Wand neu verputzt werden. An einigen Stellen fehlte der Putz völlig, so dass der darunterliegende Stein zu sehen war.

Aber das war eine Aufgabe für einen anderen Tag.

»Es ist immer noch Zeit, auszusteigen«, sagte Naomi, als sie ihren Kopf in Chloes Zimmer steckte. »Wenn du das willst.«

Ein verlockendes Angebot, ganz bestimmt, aber Chloe hatte sich ihr bestes Paar schwarzer Röhrenjeans angezogen und war entschlossen, wirklich aus dem Haus zu gehen. »Nein, ist schon okay. Ich schaffe das.«

Naomi sah nicht wirklich überzeugt aus, aber sie widersprach nicht, als sie Chloe die Treppe hinunter folgte. Bella stand schwanzwedelnd an der Tür. Als Chloe nach ihren Stiefeln griff, setzte sie ihren besten Hundeblick auf.

»Es wird nicht lange dauern«, versprach Chloe und krabbelte Bellas Kopf.

Zu Fuß würden sie fünf Minuten benötigen, aber bei dem Regen war das Auto das Transportmittel ihrer Wahl.

»Wir sollten ein Code-Wort vereinbaren«, sagte Naomi, als sie den Weg zur Haustür der Edwards hinaufgingen. »Wenn du dich jemals unwohl fühlst, sag … Gurke, und ich überlege mir eine Ausrede, um zu gehen.«

»Gurke?«, fragte Chloe. Trotz des flauen Gefühls in ihrer Magengegend musste sie lächeln. »Ernsthaft?«

»Was ist falsch an Gurke?«

»Wie soll ich das Wort Gurke in ein lockeres Gespräch einfließen lassen?«

»Du bist eine kluge Frau. Dir wird schon was einfallen.«

»Ich –«

Die Tür öffnete sich und Chloes Worte blieben ihr im Hals stecken.

»Dachte ich mir doch, dass ich Stimmen gehört habe«, sagte Amys Mutter mit einem Lächeln auf dem Gesicht. »Kommt rein, kommt rein.«

Chloe fühlte sich in die Vergangenheit zurückversetzt. In den Jahren seit ihrem letzten Besuch hatte sich hier nur wenig verändert: derselbe Holzboden, die gleiche cremefarbene Tapete im Flur, die große Kommode neben der Tür gefüllt mit verschiedenen Trophäen, die Bilderrahmen an den Wänden verstreut. Auf eine gewisse Art und Weise fühlte es sich immer noch so an, als würde sie nach Hause kommen. Chloe zog ihre Jacke aus und versuchte, all diese Gefühle, die in ihr tobten, zu beruhigen.

»Wir sind uns noch nicht vorgestellt worden«, sagte Amys Mutter zu Naomi. »Ich bin Leanne.«

»Naomi«, antwortete sie und streckte Amys Mutter die Hand hin.

Ihre Augen wurden groß, als Leanne sie stattdessen in eine Umarmung zog.

»Ihr zwei seid also …« Leanne brach ab, nachdem sie Naomi losgelassen hatte, und sah mit hochgezogenen Augenbrauen zwischen ihr und Chloe hin und her.

»Freunde«, antwortete Chloe.

Leanne nickte. »Das Essen ist gleich fertig.« Sie ging den Flur entlang, in die Richtung, aus der der fantastische Essensgeruch kam.

Chloe und Naomi folgten ihr.

»Vergiss nicht«, sagte Naomi mit leiser Stimme, als sie dicht an Chloe herantrat und ihre Hand drückte. »Gurke ist alles, was du sagen musst, wenn du willst, dass ich meine spektakulären schauspielerischen Fähigkeiten zum Einsatz bringe.«

»Da wären wir«, sagte Leanne und führte sie in den größten Raum des Bauernhauses.

Drei Plätze am runden Tisch waren besetzt: einer von Danny. Er hatte immer noch dasselbe zottelige blonde Haar, seine Nase war noch immer krumm von der Schlägerei, in die er mit fünfzehn mit einem der Jungs in der Schule geraten war. Und als er ihr einen Blick zuwarf, waren seine Augen genauso kalt, wie Chloe sie in Erinnerung hatte.

Auf den anderen beiden Plätzen saßen zwei kleinen Jungen mit dunklem Haar. Der ältere der beiden spielte mit Danny Karten und stupste ihn ungeduldig an, damit er weitermachte. Der Jüngere malte auf einem Blatt Papier, übergroße Kopfhörer auf den Ohren.

Eine schlanke Brünette stand an der Arbeitsplatte und lächelte freundlich. Aber dann sah Chloe Amy, die neben der Frau stand und eine Bierflasche in der Hand hielt.

Atmen, ermahnte sich Chloe streng. *Du musst nur ein Abendessen überleben.*

»Das ist Gabi«, sagte Leanne und wies mit einer Handbewegung auf die Brünette. »Dannys Frau.«

»Freut mich, dich kennenzulernen«, sagte Chloe und fragte sich, was man Gabi wohl von ihr erzählt hatte. Wenn man überhaupt von ihr gesprochen hatte.

»Schnapp!«, rief der ältere Junge mit leuchtenden Augen. Seine Hand lag flach auf dem Kartenstapel.

»Das ist Adam«, führte Leanne die Vorstellung fort. »Und sein Bruder Sam.«

Sam sah nicht hoch und Chloe konnte es ihm nicht verübeln. Sie wünschte sich, sie könnte ihren Kopf in einem Buch vergraben und sich nicht an dieser Heuchelei beteiligen.

»Und das ist Chloes Freundin Naomi«, beendete Amys Mutter die Vorstellungsrunde. »Bitte, setzt euch.«

Chloe warf einen Blick in Richtung Tisch und überlegte, wo sie sich am besten hinsetzen sollte. Sie entschied sich schließlich für den Platz neben Adam. Naomi setzte sich neben sie. Die Stühle standen so eng beieinander, dass ihre Schultern sich berührten.

»Kann ich dir etwas zu trinken anbieten?«, fragte Gabi mit einem leichten Akzent, den Chloe nicht einordnen konnte. »Wir haben Wein, Bier und Limonade.«

»Wasser für mich, bitte«, sagte Chloe. Alkohol und Stress zu kombinieren, auf der dunklen, kurvenreichen Straße nach Hause, war wahrscheinlich keine gute Idee.

»Ich nehme ein Bier«, antwortete Naomi.

»Ich hoffe, ihr beide habt nichts gegen Cottage Pie«, sagte Leanne und holte eine Backform aus dem Ofen. »Chloe, ich weiß, das war früher dein Lieblingsessen.«

Das meiste, was Amys Mutter gekocht hatte, war ihr Lieblingsessen gewesen. Chloe hatte ihre begrenzten Kochkünste von ihrem Vater geerbt, der zwar sein Bestes gegeben hatte, aber dessen Essen nie an die selbstgekochten Mahlzeiten der Edwards heranreichen konnte.

»Aber falls nicht, gibt es auch ein paar Chicken Nuggets«, sagte Gabi und zog ein Backblech heraus. Dann schüttete sie die Nuggets zusammen mit etwas Gemüse auf einen PAW-Patrol-Plastikteller. »Sam überlässt dir vielleicht ein paar, wenn du nett fragst.«

»Cottage Pie ist mehr als okay für mich«, sagte Naomi. »Er riecht fantastisch.«

»Danke, Liebes.«

»Sollen wir die Karten weglegen, Mijo?«, fragte Danny, wobei die Anrede mit seinem Akzent ein wenig klobig klang.

Chloe versuchte nicht zweimal hinzuschauen, als er nach dem Kartenspiel griff, denn an seiner rechten Hand fehlten zwei Finger und die Hälfte seines Daumens.

»Kannst du das Sam geben?« Gabi reichte Amy den PAW-Patrol-Teller.

Amy beugte sich über Adams Schulter und klopfte mit den Fingerknöcheln sanft auf den Tisch. Sam blickte auf und nahm einen der Kopfhörer von seinen Ohren. »Essenszeit, Chiquito. Du kannst später weitermalen.«

Er ließ seinen Buntstift zugunsten einer Gabel fallen und setzte seine Kopfhörer wieder auf, als Amy den Teller vor ihn schob.

»Da wären wir.« Leanne und Gabi stellten die vollen Teller nach und nach auf den Tisch. »Guten Appetit.«

Das Essen war so gut, wie Chloe es in Erinnerung hatte – das Fleisch war perfekt gegart und der Geschmack weckte Erinnerungen an gemeinsame Essen in ihrer Kindheit – und als sie Leanne das sagte, strahlte sie.

»Also, Chloe, erzähl uns, was du die ganze Zeit getrieben hast. Was machst du so?«

Chloe konnte geradezu spüren, wie sich ein paar neugierige Augenpaare auf sie richteten. »Ich bin Bauunternehmerin in London.«

»Wie dein Vater?«

»So ähnlich. Er hat mich gefragt, ob ich seine Firma übernehmen will, wenn er in den Ruhestand geht, aber … sie war zu groß für mich. Mehr Business und Planung von Hochhäusern, weniger praktische Arbeit.« Sich die Hände schmutzig zu machen, war der beste Teil des Jobs. »Also half er mir, mein eigenes Unternehmen zu gründen. Wir konzentrieren uns auf kleinere Gebäude. Viele Renovierungen, aber wir haben in letzter Zeit auch einige größere Aufträge bekommen.«

»Wow. Und arbeitet ihr beide zusammen?«

»Ja, aber nicht in der gleichen Firma.«

»Ich habe meine eigene«, sagte Naomi. »Ein Architekturbüro. Und ich bin die Einzige, die Chloe kennt, also kommt sie natürlich zu mir gekrochen, wenn sie die Expertise einer Architektin braucht.«

»Beide Geschäftsführerinnen«, sagte Leanne. »Beeindruckend.«

»Ich möchte aber klarstellen, dass sie mich nachgemacht hat«, sagte Naomi und nahm einen Schluck von ihrem Bier. »Ich habe mich zuerst selbstständig gemacht.«

»Nur etwa einen Monat früher.«

»Hey, es zählt trotzdem.«

Chloe ließ sich trotz ihrer Umgebung auf das vertraute Geplänkel ein. »Und du erinnerst mich immer wieder daran.«

»Und wie habt ihr euch kennengelernt?«

»An der Universität. Naomi war Präsidentin eines der Clubs, dem ich in meiner ersten Woche beigetreten bin. Sie hat mich unter ihre Fittiche genommen.«

»Ich konnte nicht anders. Sie kam zu unserem ersten Treffen, dieses Mädchen vom Land, das sich in die große Stadt verirrt und Angst vor ihrem eigenen Schatten hatte.«

»Hatte ich nicht«, murmelte Chloe, aber es war eine Lüge. Damals waren gerade erst vier Wochen vergangen, seit sie Corthwaite verlassen hatte. Ihr Liebeskummer war noch sehr frisch gewesen und das Schild für den LGBT-Club war ihr sofort ins Auge gefallen. Sie war kaum in der Lage gewesen, ihre eigene Sexualität laut auszusprechen, als sie beitrat, aber Naomi hatte sie schnell aus ihrem Schneckenhaus herausgelockt und Chloe hatte sich sehr schnell in ihrer eigenen Haut wohlgefühlt, umgeben von Gleichgesinnten.

»Hattest du. Und du hast dich ständig verlaufen.«

»London ist eine große Stadt!«

»Das kann ich sehr gut nachvollziehen, Chloe«, sagte Leanne, die sie und Naomi mit einem liebevollen Lächeln betrachtete. »Als Stephen und ich Amy dort besucht haben, haben wir uns auch ständig verlaufen.«

Chloes Blick wanderte zu Amy. »Du warst in London?«

»Ich … ja. Ich habe dort eine Ausbildung in einem Fotostudio gemacht.«

»Wann?« Chloe war so darauf fixiert gewesen, dass sie jetzt beide wieder am selben Ort waren und nun erfuhr sie, dass das schon einmal der Fall gewesen war? Konnten sich damals ihre Wege gekreuzt haben, ohne dass eine von ihnen es bemerkt hatte?

»Vor elf, zwölf Jahren. Ich habe dort ein paar Jahre gelebt, bevor ich hierher zurückgekommen bin.«

Zwei Jahre. Zwei Jahre, in denen sie in derselben Stadt gelebt hatten und Chloe hatte keine Ahnung davon gehabt.

»Hat es dir nicht gefallen?«, erkundigte sich Naomi. »Bist du deshalb zurückgezogen?«

»Nein, ich habe London geliebt. Aber nachdem Dad gestorben war …« Amy brach ab, und der Schmerz über das, was damals passiert war, war in ihren Augen zu sehen.

»Es tat mir leid, das zu hören«, sagte Chloe. In ihrer Kindheit war Stephen immer nett zu ihr gewesen und als ihr Vater ihr von Stephens Tod erzählt hatte, hatte Chloe den Verlust eines guten Mannes betrauert, der zu früh verstorben war.

»Wir vermissen ihn immer noch.« Leanne drehte den Ehering, der an einer Kette um ihren Hals hing, zwischen ihren Fingern. »Aber das weißt du sicher besser als die meisten.«

Chloes Kehle schnürte sich zusammen, als sie an ihren eigenen Verlust erinnert wurde. »Ja, das stimmt wohl.«

»Nach der Beerdigung bin ich zurück nach London gegangen«, fuhr Amy fort und betrachtete das Etikett ihrer Bierflasche. »Aber dann hatte Danny einen Unfall und ich wurde hier mehr gebraucht als dort.«

Das war es also gewesen, was Amy an diesen Ort zurückgezogen hatte, zu dem Job, von dem sie geschworen hatte, dass sie ihn nie wollte.

»Und jetzt denkt sie, dass ihr der Laden gehört«, sagte Danny.

Amy zeigte ihm den Mittelfinger.

»Mami, Amy hizo algo malo!«, rief Adam.

»Verräter«, entgegnete Amy mit einem Lächeln.

Adam streckte ihr die Zunge heraus.

»Englisch, wenn wir Gäste haben, Adam, schon vergessen?« Gabi berührte sanft seine Schulter. »Tut mir leid«, sagte sie und drehte sich zu Chloe und Naomi um. »Es ist schwer, hier draußen die Verbindung zu ihren mexikanischen Wurzeln aufrechtzuerhalten, also versuchen wir, die Sprache so oft wie möglich zu benutzen.«

»Oh, bitte, hör nicht wegen uns auf.« Naomi lehnte sich in ihrem Stuhl zurück, der Teller war leer. »Ich spreche etwas Spanisch. Und seit ich regelmäßig mit meiner Familie konfrontiert werde, versteht Chloe das Wesentliche, auch wenn sie keine Ahnung hat, was gesprochen wird.«

»Stimmt. Obwohl ich jetzt auch etwas Patois kann.« Jamaikanisches Kreolisch war wirklich eine eigene Sprache.

»Du hattest genug Jahre, um es zu lernen.« Naomi drehte sich wieder zu Gabi um. »Woher aus Mexiko kommst du?«

»Guadalajara.«

»Wir haben eine Woche in Cancún verbracht, als ich Chloe einmal zu meiner Familie nach Jamaika gebracht habe. Ich habe mir immer gewünscht, wir hätten länger bleiben können, um mehr zu erkunden. Aber wir haben wenigstens Chichén-Itzá gesehen. Es war wunderschön.«

»Da bist du nicht die Einzige, die so denkt«, sagte Gabi und schaute zu Amy. »Amy und ich haben uns kennengelernt, als sie mit dem Rucksack durch Mexiko reiste, auf der Suche nach dem perfekten Foto.«

»Ich habe mich schon gefragt, warum du Guadalajara gegen diesen Ort hier eingetauscht hast.« Chloe versuchte wirklich, nicht jede Information zu Amy wie ein weiteres Puzzlestück aufzusammeln. Aber sie wollte zu gern wissen, was diese in den letzten achtzehn Jahren mit ihrem Leben gemacht hatte.

»Das ist alles Amys Schuld. Wir sind eine Zeit lang zusammen durch Südamerika gereist. Am Ende hat sie mich gefragt, ob ich England besuchen wolle, um zu sehen, wo sie aufgewachsen ist. Ich kam hier an und hab den hier getroffen« – Gabi griff nach einer von Dannys Händen – »und habe mich verliebt.«

Chloe biss sich auf die Zunge, um nicht zu fragen, *warum*. Vielleicht hatte sich Dannys Persönlichkeit zum Guten geändert, seit sie damals weggegangen war.

»Arbeitest du auch auf der Farm?«, fragte sie stattdessen.

Gabi schüttelte den Kopf. »Nein, ich unterrichte drüben an der Highschool. Spanisch und ein bisschen Geschichte und Geografie, wenn mal wieder jemand ausfällt. Ich liebe es. Die Abwechslung ist schön und weil die Klassen so klein sind, lernt man wirklich alle Kinder kennen.«

Und die Kinder lernen sich auch untereinander kennen, dachte Chloe. *Was nicht immer etwas Gutes ist.*

Sie war erleichtert, als die Teller abgeräumt wurden und Danny begann, seine beiden Söhne nach oben zu scheuchen. Chloe witterte eine Gelegenheit, sich aus dem Staub zu machen. Sie hatte sich schon halb von ihrem Platz erhoben und wollte sich von allen verabschieden, als Amy neben ihrem Stuhl stehen blieb.

»Können wir reden?«, fragte sie und zupfte am Stoff ihrer Ärmel herum.

Und was sagen?, fragte sich Chloe. Hatten sie heute Abend nicht schon genug aus der Vergangenheit ausgegraben? Aber in ihr nagte auch die Neugierde, das juckende Verlangen, zu sehen, was Amy nach all den Jahren zu sagen hatte. »Okay.«

Chloe folgte Amy auf die Terrasse, weg von den neugierigen Blicken der anderen. Ihr Magen schmerzte, als die Tür hinter ihnen zufiel. Der Regen hatte nachgelassen, aber sein Geruch hing immer noch in der Luft und das Holz der Terrasse war unter Chloes Schuhsohlen glatt.

Eines der wenigen Dinge, die sie am Leben auf dem Lande vermisst hatte, war der klare Nachthimmel, ohne die Verschmutzung durch Tausende von Lichtern einer Großstadt. Jetzt, da der Mond und die Sterne von Wolken verdeckt waren, fühlte sich die Dunkelheit bedrückend an.

Amys Gesicht lag im Schatten. Sie rieb die Handflächen aneinander, ihr Mund öffnete und schloss sich, als ob sie um die Worte rang, die sie sagen wollte.

Chloe konnte ihr nicht helfen. Sie war sich nicht einmal sicher, ob sie selbst in der Lage war, ein Wort herauszubekommen, wenn sie es versuchen würde.

Sie betrachtete die Frau vor sich genauer. Die Frau, die ihr einst alles bedeutet hatte und nun eine Fremde war. Ihr Haar war kürzer als in Chloes Erinnerung, aufgehellt durch die lange Arbeit im Freien, und ihre Haut war von den Strahlen der Frühlingssonne gebräunt. Ihre Arme waren muskulöser, ihre Hände hatten Schwielen und waren nicht mehr perfekt maniküRt. Ihre Augen waren die gleichen – intensiv blau. Chloe hatte sie hell und funkelnd in Erinnerung, bis sie auf einmal hart und grausam geworden waren. Jetzt spiegelten sich in ihnen so viele ungesagte Worte.

»Es tut mir leid wegen deines Vaters«, sagte Amy schließlich. »Er war ein guter Kerl.«

»Ja. Das war er.« Irgendwie bezweifelte Chloe, dass es das war, weswegen Amy sie hinausgebeten hatte. Sie wartete, während Adrenalin in ihren Adern pulsierte und ihr signalisierte, davonzulaufen.

»Und auch alles andere tut mir leid.« Amy sah sie intensiv an. »Wenn ich in der Zeit zurückgehen und es ändern könnte ...«

Es gab eine Menge Dinge, die Chloe auch ändern würde, wenn sie die Zeit zurückdrehen könnte. Zum Beispiel hätte sie sich niemals in ihre beste Freundin verliebt.

»Wenn ich zurückgehen und es ändern könnte, würde ich alles anders machen. Aber das kann ich nicht, also ist eine Entschuldigung das Beste, was ich tun kann. Ich weiß, sie ist längst überfällig. Achtzehn Jahre überfällig. Ich weiß, dass ich dich verletzt habe. Ich war geradezu grausam zu dir, habe so viele unverzeihliche Dinge getan. Und du musst das nicht akzeptieren. Gott weiß, ich würde es wahrscheinlich nicht tun, wenn ich an deiner Stelle wäre, aber ich ... ich wollte ... ich brauchte ... du solltest es wissen. Was ich dir angetan habe, war nicht fair.«

Chloes Kehle zog sich unter dem Gewicht von Amys Blick zusammen. Das einzige Geräusch, das die Stille der Nacht durchschnitt, war der Schrei einer Eule.

Achtzehn Jahre hatte sie auf diesen Moment gewartet. Achtzehn Jahre und das hier fühlte sich ziemlich antiklimatisch an. »Du hast recht«, sagte Chloe mit heiserer Stimme. »Es war nicht fair.«

Amy zuckte zusammen.

Aber was hatte sie erwartet? Dass Chloe lächelte und »Okay, kein Problem« sagte, als ob alles, was sich zwischen ihnen aufgebaut hatte, verschwinden würde?

»Es tut mir leid. Ich weiß, dass das nicht annähernd ausreicht, um es wiedergutzumachen. Und es ist keine Entschuldigung, aber damals ... war ich so verwirrt. Ich habe nicht verstanden, was ich da fühle. Ich dachte nicht, dass es normal sei. Du dachtest, ich würde dich nur verarschen, dich zu Übungszwecken benutzen, aber es ... es war nicht einseitig. Ich hatte auch Gefühle für dich, aber ich wusste nicht, wie ich mit ihnen umgehen soll, also habe ich dich von mir gestoßen.«

Chloe blinzelte verwirrt und ließ die Worte auf sich wirken. Die ganze Zeit über hatte sie nicht einmal daran gedacht, dass ihre Gefühle erwidert werden könnten. Achtzehn Jahre und sie hatte endlich die Wahrheit erfahren. Der Beweis, dass sie nicht verrückt war, als sie sicher gewesen war, etwas in Amys Augen gesehen zu haben. Was Amy gerade gesagt hatte, fühlte sich nicht wie eine Rechtfertigung an, eher wie Reue. Es fühlte sich an wie: Was hast du dir dabei gedacht? Es fühlte sich an wie: Wir hätten alles haben können, du und ich, wenn du mit mir geredet hättest.

»Warum erzählst du mir das?«, fragte Chloe. Was erhoffte sich Amy von diesem Geständnis? Warum kratzte sie alte Wunden wieder auf? Chloe hatte nicht um eine Entschuldigung gebeten; sie hatte Amy und das, was zwischen ihnen passiert war, schon vor Jahren hinter sich gelassen und wenn Amy sie einfach in Ruhe gelassen hätte – sie so ignoriert hätte, wie sie es in den Monaten getan hatte, bevor Chloe Corthwaite hinter sich gelassen hatte –, wären sie beide sicher besser dran gewesen.

»Weil du es verdient hast, es zu wissen.« Amy fuhr sich mit einer Hand durchs Haar, ihre Finger zitterten leicht. »Ich wünschte nur, ich wäre mutig genug gewesen, es dir früher zu sagen.«

Das tue ich auch. »Du bist also …« Chloe brach ab. Amy musste es selbst sagen.

»Lesbisch? Ja.« Amy steckte ihre Hände in die Gesäßtaschen ihrer Jeans und wippte auf ihren Absätzen hin und her. »Und wie ich schon sagte – Unsicherheit und Angst sind keine Entschuldigung dafür, dich so zu verletzen, wie ich es getan habe, aber … hoffentlich erklärt das zumindest einiges.«

»Ich weiß nicht, ob ich dir verzeihen kann«, sagte Chloe. »Ich weiß, es ist lange her und wir beide sind jetzt andere Menschen, aber …«

»Ein Gespräch lässt nicht auf magische Weise all den Schmerz und die Verletzung verschwinden«, sagte Amy mit einem traurigen Lächeln. »Ich verstehe schon. Ich hätte gern die Chance, es wiedergutzumachen. Ich weiß, ich verdiene weder deine Vergebung noch deine Zeit und schon gar nicht deine Freundschaft, aber es war schön, dich heute Abend hier zu haben. Etwas über dein Leben zu erfahren. Wenn du dich einsam fühlst, während du hier bist, weiß ich, dass meine Mutter dich gern sehen würde. Und … das würde ich auch gern.«

Für einen Moment rang Chloe nach Worten. »Ich weiß es nicht.« Jahre früher wäre Chloe auf das Angebot sofort angesprungen. Aber nun älter und erfahrener – und nicht mehr das Mädchen, das sie war, als sie Corthwaite vor einer halben Ewigkeit verlassen hatte –, zögerte sie. Der heutige Abend war zu viel gewesen, in jeder Hinsicht, und ihr Kopf war ein einziges Durcheinander.

»Ich glaube, ich brauche etwas Zeit, um über die Dinge nachzudenken.« Um zu entscheiden, ob sie sich die Mühe machen wollte, Brücken zu reparieren, die vor langer Zeit eingerissen worden waren. Zumal sie nur ein paar Monate im Dorf bleiben würde.

»Okay.« Amy senkte den Kopf.

Kurz fühlte Chloe sich an das Mädchen erinnert, das sie einmal gekannt hatte. »Ich –«

Sie wurden durch das Klopfen an der Hintertür unterbrochen.

Chloe versuchte, nicht zusammenzuzucken, als sie Danny in der Tür stehen sah. War er gekommen, um nach ihnen zu sehen? Genau wie in alten Zeiten?

»Willst du die ganze Nacht hier draußen stehen?«, fragte er mit rauer Stimme, den Blick auf Amys Gesicht gerichtet und Chloe völlig ignorierend. »Oder wirst du deine Arbeit machen? Du bist mit dem Nachtmelken dran.«

»Ich weiß, welcher Tag heute ist, danke«, entgegnete Amy mit zusammengebissenen Zähnen und sah auf ihre Uhr. »Es ist noch Zeit.«

»Es ist früh genug.« Er ließ die Tür hinter sich zuschlagen.

Amy rollte mit den Augen.

Chloe blickte dorthin, wo Danny gerade eben noch gestanden hatte. Jetzt, wo er wieder verschwunden war, hatte sie das Gefühl, etwas leichter atmen zu können. »Wie ich sehe, ist er immer noch so ein Sonnenschein.«

»Oh, er ist liebenswürdig. Ich sollte wohl …« Sie zeigte mit dem Daumen über ihre Schulter in Richtung Melkschuppen.

»Ja, natürlich.«

»Es war schön, dich wiederzusehen«, sagte Amy. »Ich bin froh, dass du gekommen bist.«

Chloe konnte nicht dasselbe von sich behaupten. Sie schlüpfte zurück ins Haus, wo Naomi schon wartete. Es war Zeit, sich zu verabschieden und in die Sicherheit ihres eigenen Hauses zurückzukehren.

Kapitel 5

Amy schloss vorsichtig die Ofentür, damit die Red-Velvet-Cupcakes beim Aufgehen nicht zusammenfielen. Die gemeinsamen Backabende mit Gabi waren der Höhepunkt ihrer Woche: Sie nahmen sich gemeinsam Zeit, um abseits vom Rest der Familie kitschiges Reality-TV zu schauen, während Gabi sie über den neuesten Schul-Gossip informierte.

Amy fragte sich, ob ihre eigenen Lehrer auch so gewesen waren – bei einigen der Geschichten, von denen Gabi erzählte, konnte sie sich nicht vorstellen, dass die liebe alte Mrs Peterson oder Mr Murphy damals in der Kaffeepause über so etwas gesprochen hatten.

»Ich sag's dir, Amy, die schlafen miteinander.« Gabi leckte den Löffel mit Teig sauber.

Amy betrachtete sie skeptisch, während sie einen Timer für die Cupcakes einstellte. »Ich finde es schwer zu glauben, dass der Schulleiter mit der Empfangsdame schläft.«

»Du hast noch nicht gesehen, wie sie sich gegenseitig anschauen.«

»Ist er nicht alt genug, um ihr Großvater zu sein? Er war schon der Schulleiter, als ich dort war.«

»Na ja, manche Leute stehen darauf. Stehst du nicht auf ältere Frauen?«

»Okay, Punkt für dich. Aber trotzdem. Du bist schlimmer als die Kinder.«

»Bin ich nicht. Und überhaupt – tu nicht so, als würde es dir nicht gefallen, über alles auf dem Laufenden gehalten zu werden.«

Amy brummte leise vor sich hin und wandte sich dem Abwasch zu. Sie hatte nichts gegen harmlosen Tratsch unter Freunden. Es war die neugierige, heimtückische Art der Menschen, sich in die Angelegenheiten anderer einzumischen, bei der sie ihre Grenze zog.

»Also, erzähl mir, was in deinem Leben los ist«, verlangte Gabi und wischte Mehl und Kuchenteig von der Theke.

»Gabi, du siehst mich jeden Tag. Du weißt, was in meinem Leben vor sich geht: nichts.«

»Falsch.« Gabi lehnte sich gegen das Waschbecken, die Arme vor der Brust verschränkt, den Blick direkt auf Amy gerichtet.

Amy wusste, was sie fragen würde, bevor sie den Mund aufmachte.

»Was läuft da zwischen dir und dieser Chloe?«

Amy schaffte es, einen neutralen Gesichtsausdruck zu bewahren, und schaute stirnrunzelnd auf die Glasschüssel, die sie gerade sauber schrubbte. Nach dem unerträglich peinlichen Abendessen war sie überrascht, dass Gabi so lange gebraucht hatte, um zu fragen. »Was meinst du?«

»Deine Mutter tut so, als wäre Chloe ihre lang vermisste Tochter und doch haben du und Danny gestern Abend kaum ein Wort zu ihr gesagt. Das ist schon seltsam. Und Danny will mir nichts davon erzählen. Spuck's aus.«

»Es ist kompliziert.«

»Nun, wir haben noch zehn Minuten, bis die Cupcakes fertig sind, und eine weitere Stunde, bis sie abgekühlt sind, also komm schon.« Gabi ging zu Amys Couch und tätschelte das Kissen neben ihr. »Erzähl mir alles. Fang ganz am Anfang an.«

»Ich glaube, es ist einfacher, am Ende anzufangen.« Amy setzte sich zu ihr auf die Couch und zog ein Kissen auf ihren Schoß. Sie spielte nervös mit den Fransen an den Rändern. »Ich habe dir schon einmal gesagt, dass ich eine Weile gebraucht habe, um mich mit meiner Sexualität auseinanderzusetzen.«

»Und dass mein manchmal starrköpfiger Ehemann nicht gerade hilfreich war.«

»Ja. Also, als ich jünger war, war Chloe meine beste Freundin. Wir lernten uns am ersten Tag der Grundschule kennen und waren von da an unzertrennlich. Die Leute haben immer gescherzt, dass man keine von uns ohne die andere haben kann. Und als wir älter wurden, fing ich an, Gefühle für sie zu entwickeln, aber damals habe ich es nicht verstanden. Ich wollte diese Gefühle nicht. Ich wusste nicht, was ich mit ihnen anfangen sollte.«

»Hat sie dir wehgetan?« Gabis Augenbrauen zogen sich zu einem Stirnrunzeln zusammen, in ihren Augen glühte es.

Amy schüttelte den Kopf. »Gott, nein. Sie hat mir nie etwas angetan. Ich dagegen …« Sie brach mit einem Seufzer ab, weil sie wusste, dass sie bei dieser Geschichte nicht gut wegkam. Es gab einen Grund, warum sie Gabi noch nie davon erzählt hatte. »Wie auch immer, es stellte sich heraus, dass sie auch Gefühle für mich hatte. Wir haben uns geküsst, ein Mal, auf einer Party. Aus einmal wurde zweimal, aus zweimal wurde im Laufe des Sommers ein Dutzend weiterer Küsse, aber wir haben niemandem davon erzählt. Und wir haben auch nie darüber geredet.«

Manchmal fragte sich Amy, was wohl passiert wäre, wenn sie es geschafft hätten, ehrlich zu sein. Wären die Dinge dann immer noch so gelaufen? »Als unser letztes Schuljahr begann, kamen die Gerüchte auf. Ich weiß nicht, woher sie kamen oder wer sie in die Welt gesetzt hat. Aber die Leute fingen an, über uns zu tuscheln. Ich weiß nicht, woher sie es wussten.« Selbst heute hatte sie keine Idee. »Wir wurden beschimpft, wir haben Freunde verloren, und es war … es war schrecklich. Ich hatte ohnehin schon Probleme und dann beschimpften mich die Leute auch noch als ekelhaft und falsch und ich … ich geriet in Panik. Der einzige Ausweg, den ich sah, war, sie nicht mehr zu treffen, also habe ich mich von ihr distanziert. Ich baute eine Mauer auf. Sagte ihr, dass all diese Küsse nur zum Üben waren und dass ich einen Freund hätte. Und ich konnte sehen, dass es sie fast umbrachte – und mich auch –, aber ich war zu feige, etwas dagegen zu unternehmen.«

»Oh, Amy.«

Amy schaute Gabi nicht an, sondern konzentrierte sich auf ihre Hände, mit denen sie die Fransen des Kissens immer noch bearbeitete. Sie wollte nicht sehen, wie Gabi sie mit Verachtung betrachtete. »Sie hat ein paar Mal versucht, mit mir zu reden, aber ich habe sie immer wieder abgewimmelt und schließlich hat sie aufgegeben. Sie zog von Corthwaite nach London und ich habe nie wieder etwas von ihr gesehen oder gehört.«

»Bis neulich Abend. Deshalb hast du auch so komisch geguckt, als du das erste Mal Lichter im Haus gesehen hast. Als hättest du einen Geist gesehen.«

Der Timer piepte und Amy stand auf, um die Cupcakes aus dem Ofen zu holen. Erfreut stellte sie fest, dass sie perfekt aufgegangen waren.

»Was hast du jetzt vor, wo sie wieder in der Stadt ist?«, fragte Gabi, als Amy wieder auf der Couch saß.

Sie zuckte mit den Schultern. »Ich habe mich bei ihr entschuldigt. Und ich habe gesagt, dass ich sie gern wieder neu kennenlernen würde, wenn sie das möchte.« Amy war klar, dass das vermutlich etwas zu viel verlangt war. »Sie sagte, sie würde darüber nachdenken.«

»Gut.«

In der Hoffnung, dass das Gespräch beendet war, griff Amy nach der Fernbedienung des Fernsehers. Sie hatten vorhin, während einer Folge von *Hochzeit auf den ersten Blick*, die Pausentaste gedrückt.

»Hast du sie geliebt?«, fragte Gabi so beiläufig, dass Amy fast die Fernbedienung fallen ließ.

»Ich … ja. Das habe ich.« Es hatte lange gedauert, bis sie das zugeben konnte. Auch sich selbst gegenüber. Und als sie so weit war, war Chloe schon lange weg und es war viel zu spät, etwas zu tun.

»Und sie hat es nie erfahren?«

»Nein. Und sie wird es auch nie erfahren.« Was hätte es für einen Sinn, es ihr jetzt zu sagen? Alte Wunden aufzureißen und sie noch zu verschlimmern? »Können wir jetzt aufhören, darüber zu reden? Wir haben noch vier Folgen vor uns.«

»In Ordnung«, sagte Gabi, aber der Ausdruck in ihren Augen ließ Amy glauben, dass dies nicht das letzte Mal sein würde, dass sie dieses Gespräch führten. »Schauen wir mal, wer sich diese Woche streitet, ja?«

Chloe strich mit der Kante ihrer Kelle über die Wand und glättete den darunterliegenden Putz. Viele Menschen hassten das Verputzen – Naomi eingeschlossen –, aber Chloe machte es nichts aus. Die Bewegungen gingen ihr inzwischen ganz natürlich von der Hand, ein Prozess, der sich durch jahrelange Übung eingeprägt hatte. Sie mochte den methodischen Ablauf und dass sie dabei etwas Altes und Rissiges zu etwas Neuem machen konnte. Außerdem beruhigten sie die sich wiederholenden Bewegungen und boten ihr die Möglichkeit, ihren Gedanken freien Lauf zu lassen.

Natürlich fiel ihr als Erstes alles ein, was am Vorabend passiert war. Die Enthüllung von Amys Sexualität und deren Entschuldigung. Chloe wusste nicht, ob sie wieder Freunde sein konnten, aber wenigstens fürchtete sie sich nicht mehr, Amy im Dorfladen zu begegnen. Das war ein wirklich positiver Punkt.

Mit einem letzten Schwung der Kelle trat Chloe zurück, um ihr Werk zu betrachten und nach Mängeln zu suchen. Als sie keine fand, ließ sie die Kelle in einen Eimer mit Wasser fallen und strich sich mit dem Ärmel die Schweißperlen von ihrer Stirn. Es war ein untypisch warmer Frühlingstag und die Sonne, die durch die Wohnzimmerfenster schien, verwandelte das Haus in eine Art tropisches Gewächshaus.

Sie hoffte, dass das auch so blieb – der Putz würde dann schneller trocknen.

Das Obergeschoss stand als Nächstes auf der Liste der Dinge, die sie in Angriff nehmen wollte. Einschließlich der Räume, die sie bisher gemieden hatte. Die Tür zum Schlaf- und Arbeitszimmer ihres Vaters war seit ihrer Rückkehr fest verschlossen geblieben. Aber es war an der Zeit, diesen Schritt zu machen.

Bella lag ausgestreckt im Sonnenlicht und hob nicht einmal den Kopf, als Chloe über sie hinwegstieg. Chloe nahm das Radio mit nach oben und betrat das Arbeitszimmer ihres Vaters.

Laken zum Schutz vor Staub waren über die Möbel drapiert. Chloe zog diese weg. Darunter befanden sich der große Mahagonischreibtisch, hinter dem er so viel Zeit verbracht hatte, das Ledersofa am Fenster, auf dem Chloe früher ihre Hausaufgaben gemacht hatte, und die großen Regale, die bis zum Rand mit Büchern gefüllt waren.

Der Schreibtischstuhl knarrte, als sie sich daraufsetzte und wahllos eine der Schreibtischschubladen aufzog. Dort lagen Dutzende von Notizbüchern, gefüllt mit dem unordentlichen Gekritzel ihres Vaters, mit Notizen von Besprechungen mit Kunden und mit ein paar hastigen Skizzen von Bauplänen.

In der untersten Schublade fand sie einen unbeschrifteten Schuhkarton. Chloe legte ihn sich vorsichtig auf die Knie und hob den Deckel hoch. Ihr stockte der Atem, als sie einige der Habseligkeiten ihrer Mutter entdeckte: eine fast leere Parfümflasche, deren Etikett schon lange verblasst war, die aber dennoch ein leichter Duft umgab. Chloe schloss die Augen und hielt den Deckel an ihre Nase, in der Hoffnung, dass er eine Erinnerung an die Frau wecken würde, die den Duft getragen hatte. Ein Schal lag unter der Flasche, dünn und seidig und Chloe erkannte das Blumenmuster von unzähligen Fotos, die ihr Vater ihr im Laufe der Jahre gezeigt hatte.

Ihre Finger streiften über eine Samtschachtel – die Ehe- und Verlobungsringe, von denen Chloe wusste, dass ihr Vater sie ihr hatte schenken wollen. Zu seinen Lebzeiten war sie allerdings nie der Person begegnet, der sie einen Antrag hätte machen wollen. Sie fand auch einen Zettel, dessen Ränder zerknittert und abgenutzt waren. Die Buchstaben waren kaum zu erkennen und Chloe fragte sich, wie oft er dieses Stück Papier herausgezogen und mit den Fingern über die Worte gefahren war. So wie sie es jetzt tat. Tränen stiegen ihr in die Augen und sie steckte den Zettel vorsichtig weg, um ihn nicht zu beschädigen.

Sie blätterte in einem anderen Fotoalbum, das in einer der Schubladen lag, als sie hörte, wie die Haustür aufging.

»Chloe?« Naomis Stimme klang von unten herauf.

»Ich bin hier«, rief Chloe und wischte sich schnell über die Augen, als Naomis Schritte auf der Treppe zu hören waren.

»Du hättest das Gesicht des Managers sehen sollen, als ich mit all diesen Kisten ankam, Chloe. Ich glaube, wir haben ihn ...« Sie stand in der Tür und runzelte die Stirn, als sie einen Blick auf Chloes Gesicht warf. »Hey, was ist los?«

»Mir geht's gut.« Sie brachte ein trauriges Lächeln zustande.

Naomi war sofort an ihrer Seite.

»Ich … ich vermisse sie nur, weißt du?« Sie zeigte Naomi das Foto auf ihrem Schoß, auf dem ihre Eltern vor dem Eiffelturm standen und so unglaublich verliebt aussahen.

»Ich weiß. Sie sehen glücklich aus.«

»So glücklich, dass er ihren Tod nie überwunden hat. Ich kann mir nicht vorstellen, jemals so für jemanden zu empfinden.«

»Ich auch nicht.« Naomi beobachtete, wie Chloe mit einem Finger über das Gesicht ihrer Mutter strich. »Kommst du damit zurecht, den Rest der Sachen zu sortieren? Wenn es zu sehr wehtut, kann ich dir helfen. Ich kann es für dich tun.«

»Nein, ich glaube, ich muss es tun«, sagte Chloe und legte das Album auf den Tisch. »Ich muss sehen, was da drin ist, weißt du? Etwas Hilfe wäre allerdings nett. Es ist eine Menge.«

»Sag mir, was ich tun soll.«

Chloe wusste nicht, womit sie eine so gute Freundin wie Naomi verdient hatte. Sie würde ihr als Dank eine schöne Flasche Merlot kaufen müssen, wenn das alles vorbei war.

Die hatte sie mehr als verdient.

Amy beobachtete entsetzt, wie ein Fußball von Adams Stiefel abprallte, den Kopf einer seiner Mitspielerinnen traf und das arme Mädchen von den Füßen riss.

Scheiße.

Amy war schneller an Jennas Seite als ihre Mutter, während Adam die Hand vor den Mund hielt und mit vor Entsetzen aufgerissenen Augen auf sie zulief.

»Es tut mir leid! Das wollte ich nicht!« Er sah erschrocken aus, als er neben Amy zum Stehen kam.

»Ganz ruhig«, sagte Amy und stützte Jenna, die versuchte, wieder auf die Beine zu kommen. »Bist du okay? Siehst du irgendwelche Sterne?«

»Nein, es ist helllichter Tag.«

Amy lächelte, drehte Jennas Kopf sanft zur Seite und untersuchte die Stelle, an der der Ball sie getroffen hatte. Zum Glück waren Kinderfußbälle so leicht, dass sie bezweifelte, dass der Aufprall überhaupt einen blauen Fleck zurücklassen würde.

»Geht es dir gut, Baby?«, fragte Jennas Mutter beunruhigt.

Jenna nickte. »Kann ich jetzt gehen?«

Amy ließ sie los und sah dabei zu, wie Jenna zu ihren anderen Freunden rannte, glücklich und beeindruckt, wie immer.

Amy wünschte, alle Kinder wären so locker, wenn sie stürzten. Normalerweise gab es mehr Geschrei. »Es geht ihr gut, Adam«, sagte Amy und zerzauste sein Haar. »Unfälle passieren.«

Vor allem wenn man eine Gruppe von Sechsjährigen im Fußball trainierte. Das war keine Rolle, in der sich Amy jemals gesehen hatte, aber jetzt konnte sie sich nicht vorstellen, das nicht mehr zu tun. Sie liebte es, die Kinder dabei zu beobachteten, wie sie dem Ball hinterherjagten. Sie liebte es, den Jubel der Kleinen zu hören, wenn ihnen etwas gelang. All das war ein unbeschreiblich gutes Gefühl.

Als Amy auf die Uhr sah, beschloss sie, für heute Schluss zu machen. Ein Pfiff mit der Pfeife zog die Aufmerksamkeit aller auf sich. »Ich glaube, das reicht für heute. Wer kann die meisten Kegel einsammeln?« Eines hatte sie schon früh gelernt: Wenn man Dinge in einen Wettbewerb verwandelte, wurden sie schneller erledigt.

Jenna, die Gewinnerin, trottete mit ihrer Mutter los, nachdem sie Amy die Kegel übergeben hatte. Sie schien den Schuss auf ihren Kopf längst vergessen zu haben.

»Auf geht's, Adam.« Amy sammelte die restlichen Trainingsutensilien ein und machte sich auf den langen Weg zurück zum Parkplatz. »Lust auf ein Getränk?«

»Ja!«

Amy liebte ihre gemeinsamen Sonntagvormittage, ein paar kostbare Stunden abseits der Farm. Adam verbrachte die fünfminütige Fahrt zum King's Head damit, über das Training zu plaudern und sein Körper bebte förmlich vor Aufregung, weil er alle fünf Elfmeter versenkt hatte.

Im Pub war es ruhig, die BBC-Nachrichten im Fernsehen übertönten die Gespräche der wenigen Gäste. Amy zögerte für einen Moment, als sie Chloe und Naomi entdeckte, die gemeinsam über einem Tablet hockten, während ein schwarzer Labrador zu Chloes Füßen lag. Chloe lachte über etwas, das Naomi gesagt hatte. So frei und ungehemmt hatte Amy sie wirklich schon ewig nicht mehr erlebt und sie schluckte einen Stich unerwarteter Eifersucht hinunter.

Die beiden hatten sie nicht bemerkt, also ging sie weiter zur Bar.

Mark lächelte sie an. »Lass mich raten«, sagte er und stellte das Glas ab, das er gerade polierte. »Ein Pint Cola Light und einen Erdbeermilchshake?«

»Das klingt ja fast so, als ob wir immer dasselbe bestellen.«

»Tscha«, sagte er und grinste, während er begann, den Mixer für Adams Milchshake zu füllen.

Amy bemerkte amüsiert, dass er bereits alle Zutaten bereitgelegt hatte.

Als der Mixer fertig war, fügte er hinzu: »Hast du gestern Abend das Spiel gesehen?«

»Leider.«

»Wir waren schrecklich«, sagte Adam.

Amy zerzauste sein Haar.

»Es gibt immer eine nächste Saison, oder?«, entgegnete Mark und stellte ihre Drinks mit Schwung vor ihnen ab. »Irgendwann muss man ja mal was gewinnen.«

»Da würde ich mir keine Hoffnungen machen.«

Adam zupfte am Ärmel ihres Kapuzenpullis, während er in Chloes Richtung schaute. »Tía Amy, ist das nicht deine Freundin?«

Chloe saß allein am Tisch. Amy sah durch das Kneipenfenster, dass Naomi draußen mit dem Telefon am Ohr hin und her lief. »Ja.«

»Darf ich ihren Hund streicheln gehen?«

»Ich weiß nicht, Adam …« Wenn Chloe Freiraum wollte, würde Amy ihn ihr geben.

»Bitte?«

»Du kannst sie ja mal fragen«, entschied sie.

Er fiel in seiner Eile fast vom Barhocker.

»Aber höflich!«

Sie sah zu, wie er sich Chloe und ihrem Hund näherte.

Chloe lächelte, als er sich hinunterbeugte, um die Ohren des Labradors zu streicheln. Als die Zunge über seine Wange leckte, hallte sein Kichern durch den Raum.

»Ich wusste nicht, dass sie zurück ist«, sagte Mark und folgte Amys Blicken. »Sie hat erzählt, dass sie jetzt auf dem Bau arbeitet, wie ihr Vater. Er wäre stolz auf sie.«

»Ja, das wäre er.«

Chloe sah hoch und ihre Blicke trafen sich. Sie nickte in Richtung des leeren Stuhls an ihrem Tisch.

Amy nahm die Einladung an, griff nach ihrem Drink und legte einen Fünfer auf die Theke, während sie sich von Mark verabschiedete.

»Adam hat mir gerade alles über das Fußballtraining erzählt«, sagte Chloe, als Amy sich setzte. »Du bist Trainerin?«

»Das bin ich.« Falls Chloe überrascht war, konnte man es ihr nicht im Gesicht ablesen. »Seit zwei Jahren. Und jetzt sind sie alt genug für richtige Wettkämpfe. Unser erster findet in ein paar Wochen statt.« Amy lächelte zu Adam hinunter, der auf dem Boden kniete und den Kopf des Hundes in seinem Schoß hatte.

»Wir werden gewinnen«, sagte er, immer voller Zuversicht.

»Auf welcher Position spielst du, Adam?«

»Stürmer.«

»Ach ja? Da hat deine Tante immer gespielt, als wir noch zur Schule gegangen sind.«

»War sie gut?«

»Sie war ganz okay«, sagte Chloe.

Amys Kinnlade fiel herunter. »Ich war besser als du!«

»Das ist Ansichtssache.« Chloes Lippen verzogen sich zu einem neckischen Lächeln.

Amy konnte ihr Glück kaum fassen. Konnte das hier wirklich so einfach sein? Konnten sie vielleicht wieder Freundinnen werden und alles hinter sich lassen?

»Wenn Adam also in deine Fußstapfen tritt, bedeutet das, dass du ihn auch zu einem Tottenham-Fan gemacht hast?«

»Natürlich.«

»Ekelhaft.«

Amy schnaubte. Durch das Fenster sah sie, wie Naomi sie skeptisch beobachtete. Dem Blick nach zu urteilen, vermutete Amy, dass Chloe nicht die einzige Person war, die sie für sich gewinnen musste.

»Wie läuft's mit dem Haus?«, fragte sie und wandte sich wieder Chloe zu. »Ich habe neulich gar nicht gefragt.«

»Gut. Ich habe alles neu verputzt und alle Rohrleitungen verlegt, um unten eine neue Toilette einzubauen. Wir haben gerade nach einer passenden gesucht.« Sie entsperrte das Tablet, das auf dem Tisch lag. »Du kennst nicht zufällig ein Geschäft in der Nähe, oder? Ich gebe mein Geld lieber kleineren Geschäften, aber ich weiß nicht, wo man hier in der Gegend am besten hingeht.«

»Ich kenne etwas, das auf deine Beschreibung passt. Darf ich?«

Chloe reichte ihr das Tablet.

Amy öffnete die Karten-App und zoomte auf eines der nahe gelegenen Dörfer. »Hier. Es ist ein Familienbetrieb und ich habe schon mit ihnen zusammengearbeitet. Sie sind auch einer meiner regelmäßigen Lieferanten, also kann ich dir bestimmt ein gutes Angebot raushandeln. Wenn du Interesse hast, könnte ich dich dorthin bringen und du schaust es dir mal an.«

Chloe zögerte.

Amy verfluchte sich dafür, dass sie so bereitwillig ihre Hilfe angeboten hatte. Chloe hatte gesagt, dass sie Zeit brauchte, und jetzt war Amy hier und überschritt bereits ihre Grenzen.

»Das … wäre wirklich nett.«

Amy schluckte ihre Überraschung hinunter. »Ich fahre jeden zweiten Tag dorthin, also sag mir Bescheid, wenn du mitkommen willst.«

»Wir fahren heute Abend zurück in die Stadt«, sagte Chloe.

Amy versuchte, ihre Enttäuschung zu verbergen – sie hatte nicht damit gerechnet, dass Chloes Aufenthalt in Corthwaite so kurz sein würde.

»Aber vielleicht nächstes Wochenende?«

»Du fährst jedes Wochenende von hier nach London?«, fragte Amy und zog die Augenbrauen hoch. »Ist das nicht eine fünfstündige Autofahrt?«

»Jap.« Chloe zog eine Grimasse. »Freitags hoch, sonntags zurück. Es ist nicht ideal, aber ich kann mir beim Umbau nicht zu viel Zeit lassen. Höchstens ein paar Monate.«

Enttäuschung machte sich in Amy breit. »Trotzdem. Mir graut davor, deine Benzinrechnung zu sehen.«

»Das wird nicht schön«, stimmte Chloe zu. »Wir sollten uns langsam auf den Weg zurück zum Haus machen. Es gibt noch ein paar Dinge, die ich erledigen möchte, bevor wir abreisen. Aber wir sehen uns dann nächstes Wochenende?«

»Klar.«

»Komm schon, Bella.« Die Hündin stand auf und streckte sich.

Adam gab ihr eine letzte Streicheleinheit.

»Es war schön, dich wiederzusehen.«

»Ja, dich auch.«

Amy sah ihr zu, wie sie den Pub verließ.

Draußen hakte sich Chloe bei Naomis unter und zog sie zurück zum Haus, wobei Bella den Weg anführte.

Amy freute sich schon auf das nächste Wochenende.

Kapitel 6

Selbst ein doppelter Espresso aus Chloes Lieblingscafé reichte nicht aus, um ihr das Gefühl zu geben, wach zu sein. Mühsam unterdrückte sie ein Gähnen, als sie und Bella am Montagmorgen die Treppe zu ihrem Büro hinaufgingen. Sie hatte sich extra ein paar Stunden mehr Schlaf gegönnt und sich erst mittags auf den Weg ins Büro gemacht statt wie üblich um acht Uhr morgens. Trotzdem war sie immer noch hundemüde.

Sie wollte nicht daran denken, wie sie sich in ein paar Wochen fühlen würde. Jedes Wochenende zum Lake District und wieder zurück zu fahren, würde sie auslaugen.

Maria saß hinter der Rezeption und lächelte sie an.

Chloe löste die Leine von Bella, damit sie Marias Spaniel Dash begrüßen konnte.

»Hallo, Chefin. Jin wird sich freuen, dich zu sehen.«

»Hat er sich oft aufgeregt?«

»Nein, es ging ihm nicht allzu schlecht. Wir mussten ihm allerdings ein paar Mal sein Handy abnehmen. Ich glaube, wenn es nach ihm gegangen wäre, hätte er dich pausenlos angerufen.«

Chloe lachte und warf einen Blick auf ihren Stellvertreter, der auf der anderen Seite des Büros saß. Er hatte ihre Anwesenheit noch nicht bemerkt und starrte stirnrunzelnd auf seinen Computerbildschirm. Seine Brille rutschte ihm dabei langsam von der Nase, während er mit dem Kopf zu der Musik wippte, die über seine Kopfhörer lief.

»Der Laden steht noch, also würde ich sagen, er hat gute Arbeit geleistet.«

»Er ist ein würdiger Vertreter, aber es ist gut, dass du wieder zurück bist.«

»Es ist gut, zurück zu sein.« Zurück in der Normalität, wo keine Geister der Vergangenheit auf sie lauerten. Hier wusste sie genau, was sie erwartete. Es reichte schon, dass sie immer wieder an die Ereignisse der letzten zwei Wochen denken musste. Hatte sie einen Fehler gemacht, als sie zugestimmt hatte, mehr Zeit mit Amy zu verbringen? Es war so einfach gewesen, im King's Head freundlich zu ihr zu sein. Das bedeutete aber nicht, dass Chloe bereit war zu verzeihen. Ein einziges Gespräch konnte nicht alles ungeschehen machen, was zwischen ihnen passiert war.

Sie schüttelte den Kopf, ging zu ihrem eigenen Schreibtisch und winkte Devon zu. Alle anderen Mitarbeiter waren anscheinend im Außeneinsatz unterwegs. Jin nahm ihre Anwesenheit immer noch nicht wahr und Chloe beschloss, abzuwarten, wie lange es dauerte, bis er sie bemerken würde.

Die Antwort war: Lange genug, um ihren Computer hochzufahren und ihre lange Liste ungelesener E-Mails halbwegs zu beantworten.

»Du bist wieder da«, sagte er schließlich mit großen Augen.

»Seit etwa einer halben Stunde. Wollte dich nicht stören.«

»Tut mir leid, ich bin gerade die Präsentation für morgen durchgegangen. Kann ich sie später mit dir durchgehen? Dich auf den neuesten Stand bringen?«

»Sicher, aber ich möchte, dass du sie hältst.«

»Wirklich?«

»Ja. Du hast sie schließlich gemacht«, sagte Chloe. »Du bist derjenige, der das Projekt in- und auswendig kennt.« Sie hatten vor zwei Monaten den Zuschlag für die Neugestaltung eines Hörsaals erhalten und Chloe war mehr als glücklich gewesen, Jin den Großteil des Projekts zu überlassen. »Du hast es verdient.«

»Ich werde mich bedanken, wenn es vorbei ist«, sagte er und wirkte eine Spur blasser als sonst.

»Du schaffst das schon.« Sie beugte sich vor und tätschelte seine Schulter. »Und ich bin da, um dich moralisch zu unterstützen. Wie sieht es mit dem Grundstück in der Harrison Street aus?«

»Gut. Ich habe die Grundrisse hier, zusammen mit den Inspektionsberichten und einigen Ideen, die Chris und ich hatten, was wir daraus machen könnten.« Er reichte ihr eine Mappe. »Wir haben die Schlüssel, falls du es dir ansehen willst.«

»Heute nicht«, antwortete Chloe, die nicht vorhatte, das Büro zu verlassen, bevor der Tag zu Ende war. Die Aussicht, in die U-Bahn zu steigen, war wenig verlockend. »Aber vielleicht Ende der Woche.«

»Wollen wir die Präsentation vor oder nach dem Mittagessen durchgehen? Devon und ich haben gestern Abend zu viel gekocht, also haben wir dir Reste mitgebracht.«

»Habt ihr?«

»Jap. Hähnchen-Donburi.«

»Ich wusste, dass ich dich aus einem bestimmten Grund eingestellt habe.«

»Es ist auch genug für dich da, Maria«, sagte Devon, legte den Hörer auf und streckte die Arme über den Kopf. »Wenn du willst.«

»Oh, sehr gern. Du weißt, dass ich deine Kochkünste nie ablehnen kann.«

Die vier gingen in die Büroküche. Chloe lief das Wasser im Mund zusammen, als sie einen Blick auf den Behälter warf, den Jin gerade in die Mikrowelle stellte. Dank ihm, Devon und Naomis Familie würde Chloe trotz ihrer begrenzten Kochkünste niemals verhungern.

»Also, Chloe«, begann Devon und setzte sich an seinen üblichen Platz am Tisch. »Wie war es, nach Hause zu kommen?«

»Nicht so schlimm, wie ich gedacht habe.«

Jin reichte ihr einen Teller, auf dem das Essen vor sich hin dampfte.

Sie nahm ihn mit einem dankbaren Lächeln entgegen. »Und mit dem Haus geht es auch ganz gut voran.«

»Ist es in einem schlechten Zustand?«

Sie schüttelte den Kopf, den Mund voller Reis. »Besser als einige der Projekte, die wir angenommen haben. Es ist zwar alt, aber mein Vater hat es gut in Schuss gehalten, bevor er krank wurde. Die Dinge brauchen nur eine Auffrischung. Ein bisschen Farbe, neue Tapeten. Küche und Bäder werden etwas mehr Zeit und Arbeit in Anspruch nehmen, aber nichts allzu Großes.«

»Wir könnten ein paar Teams hinschicken, wenn du willst«, schlug Jin vor. »Die dir zur Hand gehen und die Arbeit erleichtern. Es muss anstrengend sein, hin und her zu pendeln.«

»Ich weiß, aber ich ... ich muss das allein tun.« Der Gedanke, dass jemand anderes im Haus war, der Dinge herausriss und ersetzte, die ihr Vater dort eingebaut hatte, gefiel ihr nicht. Es war ihr Haus – es war ihr Zuhause gewesen – und es fühlte sich für Chloe richtig an, die Arbeit selbst zu tun.

»Bist du sicher?« Jin sah nicht überzeugt aus.

Chloe wusste, dass er ihre Entscheidung zwar so oder so unterstützen würde, aber sie nicht verstand. »Ja. Es sind ja nur ein paar Monate. Und du hast bewiesen, dass du mehr als fähig bist, die Stellung zu halten, wenn ich nicht da bin.«

※

»Mum hat eine Nachricht geschickt«, sagte Naomi. »Was dagegen, wenn wir auf dem Weg am Markt halten? Sie hat mir eine Einkaufsliste gegeben.«

»Überhaupt nicht.«

Als sich die Türen des Zugs an der Brixton Station öffneten, schlüpften sie hindurch und schlängelten sich durch die Menschenmassen, die auf dem

Bahnsteig standen, in Richtung Ausgang. Auch draußen wimmelte es nur so von Menschen, ein krasser Gegensatz zu dem verschlafenen Dorf im Lake District. Chloe machte das allerdings nichts aus. In der Stadt war immer etwas los und sie liebte die Anonymität, die Möglichkeit, nahtlos mit der Menge zu verschmelzen.

»Was braucht sie?«, fragte Chloe und folgte Naomi in die belebte Markthalle.

»Ackee, Kochbananen und Piment.«

Bei dem Gemüsehändler hatte Chloe im Laufe der Jahre Dutzende Male eingekauft und die beiden Frauen hinter dem Tresen lächelten, als sie sich dem Stand näherten.

»Kommt deine Schwester heute Abend?«, fragte Chloe und hielt Naomi ihre Arme hin, damit sie sie mit den Einkäufen beladen konnte.

»Nein, sie arbeitet.«

»Ich könnte nie nachts arbeiten. Schon gar nicht als Chirurgin. Da würde ich auf dem OP-Tisch einschlafen.«

Nach ihrem Einkauf machten sie sich auf den kurzen Weg zum Haus, in dem Naomis Eltern wohnten.

Ihre Mutter begrüßte sie mit einer Umarmung. »Ich habe euch vermisst.«

»Wir waren nur zwei Wochen weg, Mum.«

»Genau. Zwei Familienessen habt ihr verpasst«, tadelte Jada sie, ließ sie los und führte sie in die Küche, wo Naomis Vater am Tisch saß und die Zeitung las. »Und, wie war deine Reise in den Norden? Habt ihr uns vermisst?«

»Ich habe deine Kochkünste vermisst. Chloe hat mich mehrmals fast vergiftet.«

»Habe ich nicht. Immerhin hast du jeden Abend gekocht.«

Naomi grinste und beugte sich vor, um ihrem Vater einen Kuss auf die Wange zu geben. »Aber es war gut. Anders. Und so ruhig! Ich glaube, dass ich nicht eine Nacht richtig schlafen konnte.«

»Als ob ich das nicht wüsste«, sagte Chloe und setzte sich auf ihren Stammplatz. »Meine arme Kaffeemaschine konnte kaum mit der Nachfrage an Kaffee mithalten.«

»Nun, ich bin froh, dass ihr beide zurück seid. Und ich hoffe, ihr habt Hunger.«

Chloe war es auf jeden Fall. Ihr Magen knurrte, als Jada einen der Pfannendeckel anhob und der Duft diverser Gewürze in die Luft stieg.

»Wie ist die Arbeit gelaufen?«, fragte Naomi und nahm zwei Flaschen Bier aus dem Kühlschrank.

»Viel zu tun«, antwortete Leroy und blätterte in seiner Zeitung zum Rätselteil. »Wollt ihr beim Kreuzworträtsel helfen?«

»Ich finde, Hilfe ist ein schwammiger Begriff«, sagte Naomi, setzte sich neben Chloe und schob ihr ein Bier zu. »Aber mach ruhig.«

»Junge Kuh. Fünf Buchstaben.«

Naomi sah Chloe mit hochgezogenen Augenbrauen an. »Das solltest du wissen.«

»Wieso?«

»Du bist praktisch auf einem Bauernhof aufgewachsen.«

»Ich habe mich nicht gerade für landwirtschaftliche Prozesse interessiert.«

»Darauf wette ich«, entgegnete Naomi und wackelte mit den Augenbrauen.

Chloe versetzte ihr einen Schlag gegen die Schulter.

»Au! Das war nicht nötig.«

»Versuch's mal mit Färse«, schlug Jada vor und verteilte große Löffel Reis auf vier Teller.

Chloe juckte es in den Fingern, ihr zu helfen, aber sie wusste, dass sie nur zur Seite geschoben würde, wenn sie Hilfe anbot.

»Siehst du, Dad, du brauchst uns nicht. Wir bremsen dich nur aus.«

»Hass«, sagte er und ignorierte Naomi. »Zehn Buchstaben.«

»Abscheu?« Chloe schlug vor: »Oder feindselig.«

»Antipathie«, sagte Naomi. »Das war schon mal in einem Kreuzworträtsel.«

»Vielleicht kommen wir später darauf zurück«, meinte Leroy und schob die Zeitung beiseite, um Platz für den Teller zu schaffen, der vor ihm abgestellt wurde. »Vielen Dank, Liebes.«

Chloe bedankte sich ebenfalls, als sie ihren eigenen Teller mit Curryhühnchen entgegennahm. Die Dinner-Abende mit den Alleyenes waren der beste Teil ihrer Woche. Sie mochte ihren Freiraum, mochte es, allein zu leben, aber ein gutes Essen und eine noch bessere Gesellschaft hatten etwas Behagliches, nach dem sich Chloe immer wieder sehnte.

»Wie war die Arbeit für euch beide diese Woche?«, fragte Leroy. »Habt ihr alles aufgeholt, was liegen geblieben ist?«

»Es gab nicht viel nachzuholen – Emil hat mir täglich E-Mails geschickt mit einer Zusammenfassung seiner Arbeit, Gott sei Dank. Das Foster-Gebäude kommt gut voran. Ich hoffe, dass die Pläne nächste Woche genehmigt werden, damit ich mich endlich auf andere Dinge konzentrieren kann.«

»Wie zum Beispiel ein dreistöckiges Stadthaus in separate Wohnungen umzubauen?«, fragte Chloe hoffnungsvoll.

»Vielleicht«, sagte Naomi.

Chloe streckte ihr die Zunge heraus.

»Ich komme nächste Woche vorbei und schaue es mir an und dann können wir ein Brainstorming machen.«

Nachdem sie fertig gegessen hatten, übernahmen Chloe und Naomi den Abwasch, während ihre Eltern das Kreuzworträtsel lösten. Dann war es Zeit für einen Film und die vier versammelten sich im Wohnzimmer, während Leroy die Fernbedienung in die Hand nahm. Er war an der Reihe, den Titel auszusuchen.

»Worauf haben wir heute Abend Lust, Ladys?«, fragte er und öffnete die Netflix-App.

»Horror«, schlug Chloe vor.

Naomi verpasste ihr mit dem Sofakissen einen Schlag in die Seite.

»Behalte das lieber«, sagte Chloe und grinste. »Du wirst es brauchen, um dich dahinter zu verstecken.«

»Wir hatten letztes Mal Horror«, protestierte Naomi.

»Nein, hatten wir nicht.« Leroys Stimme war herzlich, als er zum Horrorabschnitt scrollte. »Wir hatten ein Musical.«

»Ich glaube, du irrst dich«, sagte Naomi. »Müssen wir dein Gedächtnis überprüfen lassen?«

»Ich bin Arzt, Naomi«, sagte er mit fester Stimme. »Ich glaube, ich kenne die Anzeichen. So, da wären wir. Das sieht gut aus.«

Das Standbild zeigte einen blutigen Handabdruck auf einem Fenster.

Naomi seufzte, akzeptierte die Niederlage und drückte das Kissen fest an ihre Brust. »Schön. Aber wenn ich heute Nacht nicht schlafen kann, dann werde ich dich anrufen, Chloe.«

»Ich werde sichergehen, dass mein Handy auf lautlos gestellt ist.«

Naomi grummelte leise vor sich hin und Chloe streckte sich auf der Couch aus. Sie wusste, dass sie mehr Zeit damit verbringen würde, auf Naomis Reaktionen zu achten, als auf den Film selbst. Jada war normalerweise genauso schlimm, aber sie schien heute Abend vorbereitet zu sein, bewaffnet mit Stricknadeln.

Der Film war schrecklich, aber das machte Chloe nichts aus. Naomi war extrem unterhaltsam und Chloe genoss das Gefühl, zu Hause zu sein.

Kapitel 7

Amy schlug immer wieder mit dem Hammer auf den hölzernen Zaunpfahl und trieb ihn tiefer in den Boden. Schließlich trat sie zurück, zerrte versuchsweise an dem Pfahl und lächelte, als er sich nicht rührte. Gut, dass sie bemerkt hatte, dass er lose war, bevor sie ihren Stier auf seine neue Weide ließ – er war schon einmal ausgebrochen und der Versuch, ihn einzufangen, war ein Albtraum gewesen. Sie hatte keinen Bedarf, das zu wiederholen.

Amy wollte gerade zum Hof zurückgehen, als sie eine Gestalt bemerkte, die den Weg entlangging, der neben dem Feld verlief. Begleitet wurde die Person von einem schwarzen Labrador. Chloe war also wieder da.

Als sie bemerkte, dass Amy in ihre Richtung schaute, hob sie eine Hand zum Winken.

Amy blieb stehen, testete die anderen Pfosten des Zauns – obwohl sie dies vorhin schon einmal getan hatte – und wartete.

»Hey«, rief Chloe. »Hast du Spaß?« Sie deutete auf den Hammer in Amys Hand.

Amy schwang ihn auf ihre Schulter. »O ja. Eine gute Möglichkeit, meine Aggressionen loszuwerden.«

»Hast du eine Menge davon?«

»Ich arbeite mit Danny – was denkst du denn?«

Chloe gluckste und zog sanft an Bellas Leine, um sie davon abzuhalten, zu weit vorauszulaufen. »Steht dein Angebot, mich zu diesem Sanitärladen zu bringen, noch?«

»Ja, klar. Ich werde …« Sie hielt inne, als sie Hufe auf Beton hörte. »Das höre nicht nur ich, oder?«

»Nein. Es klingt wie –«

Ein Pferd galoppierte aus der Richtung des Bauernhauses auf sie zu. Regina. Die Steigbügel schlugen gegen ihre Seiten. Die Ohren waren spitz nach vorn gerichtet.

Chloe rührte sich keinen Millimeter. Sie und Bella standen direkt im Weg des Pferdes.

Amy sprang durch die Lücke im Elektrozaun. Sie stieß sowohl Chloe als auch Bella aus dem Weg.

Regina raste an ihnen vorbei.

Bella kläffte der Stute hinterher.

Erst jetzt bemerkte Amy, dass Chloes Arm leicht blutete. In ihrer Eile hatte Amy sie in den Zaun gestoßen.

»Scheiße, tut mir leid«, sagte Amy.

Immer mehr Blutperlen bildeten sich auf Chloes Arm.

»Geht es dir gut?«

»Ja, es ist nicht allzu tief.« Chloe drückte ihre Handfläche auf die Wunde. »Besser, als totgetrampelt zu werden.«

»Zeig mal her.« Amy schob Chloes Hand zur Seite und sah sich die Verletzung genau an. »Sieht übel aus. Komm mit. Ich habe einen Erste-Hilfe-Kasten im Haus.«

»Das ist nicht nötig«, sagte Chloe.

Aber Amy wandte sich bereits in Richtung der Farm.

»Solltest du dem Pferd nicht hinterhergehen?«

»Sie läuft nicht weit weg. Sie wird sich irgendwo mit Gras vollstopfen und irgendwann überglücklich wieder zurückkommen.«

»Wo ist sie überhaupt hergekommen?«

»Amy!« Danny tauchte mit wutverzerrtem Gesicht und schlammbespritzten Kleidern auf. »Ich werde dein verdammtes Pferd umbringen.«

»Da hast du deine Antwort«, flüsterte Amy. An ihren Bruder gewandt rief sie: »Das geschieht dir recht. Du weißt, dass sie dich nicht mag. Ich weiß nicht, warum du immer wieder versuchst mit ihr auszureiten. Oh, warte, ich weiß es. Es ist Dickköpfigkeit.«

Er funkelte sie an.

Amy war überrascht, dass kein Dampf aus seinen Ohren kam. »Und da du derjenige bist, dem sie weggelaufen ist, kannst du sie auch suchen gehen. Sie ist in diese Richtung gelaufen.« Amy deutete hinter sich und hielt Chloes Ellbogen fest, ohne Danny die Chance zu geben, zu protestieren. »Komm schon. Lass uns deinen Arm verarzten.«

⸺⚬⚬⚬⸺

Chloe hatte erwartet, dass Amy sie zum Bauernhaus bringen würde. Stattdessen gingen sie in eine der Scheunen, die damals halb verfallen und als Lagerraum genutzt worden war. Erstaunt sah sie sich um. Die Scheune war zu einem offenen, hellen und luftigen Wohnraum umgebaut worden. In der Mitte des Raums lag ein grauer Plüschteppich. An den Wänden und im Dach waren freiliegende Balken zu sehen und eine Holzleiter führte zu einer Nische, in der Chloe ein Bett stehen sah.

»Wow.« Sie sah sich mit großen Augen um. »Das ist wunderschön. Und du wohnst hier?«

»Jap.« Amy war gerade dabei, ihre Gummistiefel auszuziehen. Dann ging sie lächelnd zur Küchenzeile. Dort konnte man durch große, breite Fenster auf die Felder blicken. »Ich habe die Scheune umbauen lassen, als ich wieder hierhergezogen bin. Nachdem ich sechs Jahre lang allein gelebt hatte, kam ich in dem Bauernhaus mit Danny und meiner Mutter nicht mehr zurecht. Ich habe gern meinen eigenen Platz und etwas Abstand.«

Sie holte einen Erste-Hilfe-Kasten aus einem der Küchenschränke und stellte ihn auf den hölzernen Esstisch. Dann zog sie mit dem Fuß einen Stuhl heran. »Setz dich.«

»Hast du ein Handtuch?«, fragte Chloe mit einem Blick auf Bella, die dicht an ihre Beine gedrückt war. »Ihre Pfoten sind schlammig.«

»Ist schon in Ordnung. Ich kann nachher den Boden wischen, wenn es nötig ist. Es ist ja nicht so, als ob er noch nie Schlamm gesehen hätte.«

Chloe löste Bellas Leine und ließ sie nicht aus den Augen, während die Hündin sich in dem ungewohnten Raum umschaute und hier und da schnüffelte.

»Hast du das hier alles selbst gemacht?«, fragte Chloe und ließ sich auf den Stuhl fallen.

»Gott, nein. Ich habe viel zu den Plänen beigetragen, aber das war's auch schon. Daher kenne ich auch die Leute von dem Sanitärladen. Sie haben mein Badezimmer eingebaut.« Sie nickte in Richtung des abgetrennten Bereichs der Scheune. »Ich muss deinen Arm sehen, wenn ich dich zusammenflicken soll«, sagte sie.

Chloe drückte ihn immer noch eng an ihre Brust. »Ich kann das selbst machen. Ich kenn mich mit Verletzungen aus.« Der Gedanke an Amys Hände auf ihrer Haut löste in Chloe ein flaues Gefühl aus.

Amy sah sie mit einem kühlen Blick an. »Mag sein, aber es ist meine Schuld, dass du verletzt worden bist. Also lass mich bitte helfen.«

Zögernd streckte Chloe ihren Arm aus. Als Amy mit einem antiseptischen Tuch über die Wunde wischte, holte sie tief Luft. Der stechende Schmerz ging ihr durch und durch.

»Tut mir leid«, sagte Amy.

Chloe versuchte, gleichmäßig weiterzuatmen, während Amys federleichte Berührungen sie quälten.

»Es ist nicht sehr tief, aber dafür ganz schön lang. Zu lang für ein Pflaster.« Amy nahm einen Verband, schnitt ihn zurecht und wickelte ihn fest um Chloes Unterarm. »So ist es gut. Wann hast du dich das letzte Mal gegen Tetanus impfen lassen?«

»Ich bin da auf dem neuesten Stand. Das ist bei meinem Job notwendig. Ich habe mir im Laufe der Jahre schon viele Nägel irgendwo reingehauen.«

»Du warst schon immer tollpatschig. Weißt du noch, als du dir den Knöchel verstaucht hast?«

»Das war Sturheit, nicht Tollpatschigkeit. Und deine Schuld, wenn ich mich richtig erinnere.«

»Nur weil ich dich zu etwas herausgefordert habe, heißt das nicht, dass du es auch tun musst«, argumentierte Amy. Ein Lächeln umspielte ihre Lippen – das sofort wieder verschwand, als ihr anscheinend klar wurde, was sie gesagt hatte.

Chloe war siebzehn Jahre alt gewesen, als sie gemeinsam auf einer Party waren, zu der sie nicht hatte gehen wollen. Amy hatte sie irgendwann allein in einem Raum gefunden, in dem Chloe sich versteckt hatte, um nicht bei einer Spielrunde *Wahrheit oder Pflicht* mitmachen zu müssen. *Küss mich*, hatte sie gesagt, mit dunklen Augen und bereits angetrunken. *Ich will wissen, wie es sich anfühlt*. Und Chloe …

Chloe war nicht in der Lage gewesen, zu widerstehen.

Sie seufzte. Etwas lag schwer und erstickend zwischen ihnen in der Luft.

»Ich, ähm …« Chloe räusperte sich. »Ich sollte zurückgehen. Ich muss noch ein Bad streichen und Fliesen verlegen.«

»Klar, natürlich.« Amy ging einen Schritt zurück, bis ihr Rücken gegen den Küchentisch stieß. Ihre Wangen glühten leicht.

Chloe fragte sich, ob ihre Erinnerungen sich unterschieden oder identisch waren. Und vor allem fragte sie sich, was in aller Welt Amy sich damals dabei *gedacht* hatte.

Aber sie hatte nicht vor zu fragen.

Die Dinge zwischen ihnen waren jetzt schon schwierig genug.

»Willst du … willst du immer noch, dass ich dich zum Laden bringe? Ich gehe am Sonntag dorthin.«

Chloe zögerte.

Enttäuschung huschte über Amys Gesicht. »Ich werde dir die Adresse geben. Sag ihnen, dass sie dir den Family-and-Friends-Rabatt geben sollen.« Amy griff nach einem Stück Papier.

Allein dort hinzugehen, ohne Amy, wäre einfacher, unkomplizierter. Und doch zögerte Chloe. Bis vor wenigen Momenten hatte sie sich amüsiert – das lockere Geplänkel, in das sie beide wieder verfallen waren, der kleine Einblick in das Leben, das Amy in Chloes Abwesenheit geführt hatte. Sie war vielleicht noch nicht bereit, Amy zu verzeihen, aber sie wollte gern mehr erfahren und nicht einfach so wieder aus Amys Leben verschwinden.

Nein. Sie wollte die Tür zu Amy einen Spalt breit offen lassen, nur um zu sehen, was vielleicht passieren würde. »Nein, ist schon okay. Es wäre schön, wenn wir zusammen gehen könnten.«

Amys Gesicht hellte sich auf, Hoffnung blitzte in ihren Augen auf. »Ist neun Uhr für dich in Ordnung? Ich hole dich dann vom Haus ab.«

»Sicher.« Chloe stand auf, schaute über ihre Schulter und entdeckte Bella auf dem Teppich vor Amys Kamin. »Danke für die Erste Hilfe.«

»Jederzeit.«

»Los geht's, Nervensäge.« Sie nahm Bella wieder an die Leine und machte sich auf den Weg nach Hause.

Auf dem Weg traf sie Danny. Er hatte Regina gefunden. Sein Gesicht war rot von der Anstrengung und seine Kleidung war noch schmutziger.

Mit einem Grinsen ging sie an ihm vorbei.

Kapitel 8

Sonntagmorgen um viertel nach neun klopfte jemand an Chloes Haustür. Als sie öffnete, stand vor ihr eine gestresst wirkende Amy.

»Ich bin spät dran, tut mir leid. Ich muss auf dem Weg noch ein paar Stopps einlegen. Ist das in Ordnung?«

»Kein Problem.« Chloe beugte sich vor, um Bella zum Abschied kurz zu tätscheln. Sie ignorierte den bettelnden Blick. Ihr Hund blieb nicht gern allein zurück.

Auf dem Weg zum Auto fragte sie: »Ist alles in Ordnung?«

»Ja.« Amy wartete, bis Chloe sich angeschnallt hatte, bevor sie den Zündschlüssel drehte. »Ich hatte heute Morgen ein eingeklemmtes Kalb, aber wir haben es noch geschafft.« Sie hielt das Lenkrad fest umklammert.

»Ich beneide dich nicht. Das muss anstrengend gewesen sein.«

»Es ist kein Zuckerschlecken«, antwortete Amy mit einem schiefen Lächeln. »Aber das ist es wert.« Wenig später hielt sie im Dorfzentrum, schnallte sich ab und hatte die Tür schon zur Hälfte geöffnet, bevor sie die Handbremse ganz festzog. »Bin gleich wieder da.«

»Brauchst du Hilfe?«

»Nein, schon gut. Du kannst hierbleiben.«

Chloe sah ihr nach, wie sie mit einer Kiste unter dem Arm im Dorfladen verschwand. Es war zwei Wochen her, als sie Amy dort zum ersten Mal begegnet war. An dem Morgen hatte sie fast einen Nervenzusammenbruch erlitten und jetzt hatte sich schon so viel zwischen ihnen verändert. Nun saß sie angeschnallt in Amys Lieferwagen und konnte nur hoffen, dass es zwischen ihnen weiter so gut laufen würde.

Kurz darauf kehrte Amy zurück, um eine weitere Kiste zu holen, die sie an Mark weitergab, der vor der Tür des King's Head auf sie wartete. Als sie sich wieder zum Wagen umdrehte, lachte sie. Ihre Augen leuchteten und Sonnenstrahlen streichelten ihr Haar.

Es war nicht fair, dass die Jahre so gut zu Amy gewesen waren. Mit achtzehn war sie hübsch gewesen, aber mit sechsunddreißig war sie wunderschön und Chloe wünschte sich, dass ihr das egal sein könnte.

»Noch zwei Stopps«, sagte Amy ein wenig außer Atem, als sie sich wieder hinter das Steuer setzte. »Und dann sind wir wirklich auf dem Weg zu unserem Ziel.«

Alle Stopps, die sie noch einlegten, waren Häuser am Rande des Dorfes. Amy ließ den Motor laufen, während sie hinauslief, um die leeren Glasmilchflaschen vor den Haustüren gegen volle auszutauschen.

»Und du machst das also jeden Tag?«, fragte Chloe, als Amy wieder im Wagen saß. »Die Auslieferungen?«

»Ja, ich fahre los, sobald die morgendliche Hausarbeit erledigt ist. Danny macht alles, was irgendwie mit Landwirtschaft zu tun hat und wir haben einen Landarbeiter, Jack, der sich um das Sterilisieren und Waschen der Flaschen kümmert und den Tankwagen zur Eisdiele bringt.«

Chloe hörte gebannt zu, fasziniert von dem, was Amy tagtäglich tat. Sie konnte sich noch so gut an die Frau erinnern, die nie vorgehabt hatte, den Familienbetrieb zu übernehmen. »Moment, ihr habt eine Eisdiele?«

»Nicht unsere, um genau zu sein. Wir liefern die Milch. Um ehrlich zu sein, hat uns das über Wasser gehalten. Als ich den Laden übernommen habe, lief es gar nicht gut. Danny hatte den Betrieb zwei Jahre lang geleitet, aber er wusste nur, was Dad ihm beigebracht hatte und in all den Jahren hat sich so viel verändert. Die Bewirtschaftung des Landes und und das Futter für die Tiere sind teurer geworden, aber die Milch immer billiger. Nur das zu machen, was man immer schon gemacht hat, reicht nicht mehr. Man muss neue Wege gehen und sich ständig neu erfinden.«

Ihr Blick war auf die kurvenreiche Straße gerichtet, während sie sprach und ihre Finger tippten im Rhythmus des Liedes, das im Radio lief. »Sie hatten es schwer und dann hatte Danny seinen Unfall. Gabi hatte keine Ahnung von der Landwirtschaft und Mum schaffte es nicht allein, also ... kam ich zurück. Habe ein paar Änderungen vorgenommen. Wir bekamen ein Biosiegel und fingen an, Eiscreme herzustellen. Das hat geholfen, um uns vor dem Untergang zu bewahren.«

»Nun, soweit ich sehen kann, hast du gute Arbeit geleistet. Und ich will die Adresse dieser Eisdiele.«

Amy gluckste. »Wenn du willst, nehme ich dich an einem Wochenende mit und zeige dir alles.«

»Ich würde mich freuen.«

Amy blickte kurz von der Straße weg und begegnete Chloes Blick. Ihr Lächeln war weich und offen.

Vielleicht war es ja doch möglich, dass sie wieder Freundinnen wurden.

~~~~~~~

»Geh schon mal rein«, sagte Amy, als sie auf den Parkplatz von Smiths Bathrooms fuhren. »Ich bringe noch ein paar Sachen zum Haus nebenan.«

Als Chloe die Tür aufstieß, bimmelte eine Glocke. Der Laden war klein, aber gemütlich, und es gab eine erstaunlich große Auswahl an unterschiedlichen Waschbecken, Toiletten und Badewannen.

Hinter dem Tresen stand ein Mann, ein aufgeschlagenes Buch in der Hand. »Sagen Sie mir Bescheid, wenn Sie Hilfe brauchen«, sagte er, anstatt zu ihr zu stürmen und sie mit Fragen zu bombardieren.

Chloe gefiel der Laden bereits.

Sie hatte schon eine gewisse Vorstellung von dem, was sie wollte. Schlicht und modern war ihr Modus Operandi und sie freute sich, dass sie mehr als ein Waschbecken und eine Toilette fand, die dazu passten.

Sie war gerade dabei, ein Waschbecken auszumessen, als Amy sich zu ihr gesellte. Der Mann hinter dem Tresen wurde bei ihrem Anblick hellwach.

Amy schien es nicht zu bemerken.

»Hast du etwas gefunden, das dir gefällt?«, fragte sie und lehnte sich mit der Hüfte gegen eines der Waschbecken.

»Hm, hm. Und zum Glück passt es perfekt.« Sie drehte sich um und fragte den Angestellten: »Haben Sie die hier auf Lager? Und welche von diesen Toiletten?«

»Lassen Sie mich nachsehen.« Er legte sein Buch beiseite und ging zum Schreibtisch.

Chloe ging zum Tresen.

Amy folgte ihr.

»Du tauschst doch nicht etwa schon dein Bad aus, Amy?«, fragte der Angestellte.

»Ganz und gar nicht, Brendan. Chloe hat mich um Empfehlungen gebeten und ihr seid die besten Badezimmerleute, die ich kenne.«

»Sind wir nicht die einzigen Badezimmerleute, die du kennst?«

»Interpretationssache«, entgegnete Amy.

Er grinste.

»Wenn sie dieselben zehn Prozent Rabatt bekommen könnte, die dein Vater mir letztes Mal gegeben hat …«

»Ich werde sehen, was ich tun kann. Sieht aus, als hätten wir beides auf Lager.«

»Kann ich die Sachen direkt mitnehmen?« Wenn Chloe das Bad fertigstellen könnte, noch bevor sie wieder abreisen musste, wäre sie ihrem Zeitplan sogar voraus.

»Äh, klar. Aber wenn Sie eine Installation wollen, können wir erst nächstes Wochenende einen Termin vereinbaren.«

»Das wird nicht nötig sein.«

Er nickte und kritzelte etwas auf einen Zettel. »Ich kann beides für … 275 Pfund machen.«

Das war ein besserer Preis, als Chloe erwartet hatte.

»Wenn Sie Ihren Wagen nach hinten bringen, lade ich die Sachen für Sie auf«, sagte Brendan und reichte Chloe die Quittung.

Amy stieß mit ihrer Schulter gegen Chloes, als sie wieder nach draußen gingen. »Siehst du, ich habe dir doch gesagt, dass ich dir ein gutes Angebot klarmache.«

»Das hast du. Ich habe nur nicht erwartet, dass es daran liegt, dass der Typ hinter dem Tresen in dich verknallt ist, aber …«

»Was?« Amy sah sie mit großen Augen an.

Chloe schnaubte. »Ach, komm schon. Er hat geleuchtet wie ein Weihnachtsbaum, als du zur Tür hereingekommen bist.«

»Hat er nicht.«

»Hat er doch! Ist dir das nie aufgefallen?«

»Nein.« Amy runzelte konzentriert die Stirn, während sie den Lieferwagen zur Ladezone auf der Rückseite des Ladens fuhr. »Aber selbst wenn … er ist nicht wirklich mein Typ.« Amy grinste.

Chloe biss sich auf die Lippe. Zu sehen, dass Amy – die sie immer nur hinter verschlossenen Türen geküsst hatte, die auf diese Übungen bestanden hatte, damit ihr erster Kuss mit einem Jungen keine Katastrophe werden sollte – so selbstsicher war, war verblüffend. Aber es war schön, zu sehen, dass Amy jetzt dieses Selbstvertrauen hatte. Das konnte in Corthwaite nicht einfach sein. »Darf ich dich etwas fragen?«

Amy nickte.

»Wann … wann hast du es gewusst? Dass du lesbisch bist?« Die Frage hatte sie beschäftigt, seit Amy es ihr erzählt hatte; sie wollte die Geschichte dahinter wissen. Verstehen, wie sehr sie sich von ihrer eigenen unterschied.

»Ich glaube, tief im Inneren habe ich es schon immer gewusst, aber es hat eine Weile gedauert, bis ich es herausgefunden habe. Zu wissen, dass es nicht nur du warst.«

Chloe schluckte. Sie hatte sich immer noch nicht an den Gedanken gewöhnt, dass Amy einmal Gefühle für sie gehabt hatte.

»Erst nachdem du weg warst – nachdem wir beide weg waren –, habe ich mich richtig damit abgefunden.«

»Und wissen es die Leute hier?«

»Ich meine, ich habe keine Coming-out-Party auf dem Dorfplatz geschmissen«, antwortete Amy grinsend.

Chloe rollte mit den Augen.

»Aber ja. Ich habe Frauen gedatet. Ich habe es nicht verheimlicht. Die Dinge hier haben sich seit unserer Kindheit verbessert.«

Also, viel schlimmer hätte es auch nicht werden können. Chloe fragte sich, mit was für Frauen Amy ausgegangen war, entschloss sich aber, nicht danach zu fragen.

Es war seltsam, wie leicht und schnell die Dinge zwischen ihnen wieder ins Lot kamen. Das hatte sie wirklich nicht erwartet und sie war immer noch misstrauisch, egal wie sehr sich Amy scheinbar verändert hatte. Konnte sie ihr wirklich wieder vertrauen? Chloe wusste es nicht.

Brendan klopfte hinten an den Wagen und Amy hüpfte aus der Tür. Chloe half, alles hinten einzuladen und die Sachen um Amys Kisten herum zu verstauen. Zuletzt prüfte sie noch einmal, dass alles sicher verladen war, bevor sie schließlich die kurze Heimreise antraten.

»Wie lange brauchst du, um alles zusammenzubauen?«, fragte Amy.

»Ich hoffe, dass ich es schaffe, bevor ich nach London zurückfahre.«

Amy sah sie überrascht an. »So schnell?«

»Wenn man es ein paar Mal gemacht hat, ja. Und die ganzen Rohre sind ja schon verlegt, also muss man nur noch alles anschließen.«

»Wie oft hast du das schon gemacht?«

»Keine Ahnung. Jetzt, wo ich das Unternehmen leite, weniger.«

»Hast du andere Leute, die das für ich übernehmen?«

»Ja, aber manchmal vermisse ich diese Art von Arbeit. Sosehr ich auch die Planung und die Recherche eines Projekts mag, am meisten freue ich mich, wenn ich selbst Hand anlegen kann. Meine Hände schmutzig zu machen. Ich nehme jede Chance wahr, die sich mir bietet, aber … oft gibt es andere Dinge, die ich stattdessen tun sollte.«

»Ist das der Grund, wieso du dich selbst um das Haus kümmerst?«

»Zum Teil. Aber auch, weil es mein Haus ist. Ich bin zwar schon eine Weile nicht mehr hier gewesen, aber ich bin dort aufgewachsen. Ich habe so viele

Erinnerungen. Es ist schön, alles zu sortieren und abzuschließen, auch wenn es gleichzeitig traurig ist.«

Amy nickte. »Es ist schwer. Ich weiß noch, wie ich das nach Dads Tod tun musste. Sein Büro und alle seine Unterlagen waren ein einziges Chaos. Natürlich nicht für ihn – er hat immer gesagt, er wüsste genau, wo alles ist –, aber er hat uns keinen Plan hinterlassen. Es hat Wochen gedauert, bis wir alles geordnet hatten.«

Das Erlebte war etwas, was sie verband. Chloe hatte keine Ahnung, wie sie mit dem Tod ihres Vaters zurechtgekommen wäre, als sie noch in ihren Zwanzigern war. »Mein Vater sagte, es kam ganz plötzlich?«

»Ein Schlaganfall«, sagte Amy, die Hände fest am Lenkrad. »An einem Tag ging es ihm noch gut, und am nächsten ...«

»Das tut mir leid.« Der langsame Verfall ihres eigenen Vaters war zwar nicht angenehm mit anzusehen gewesen, aber wenigstens hatte sie Zeit gehabt, nach und nach Abschied zu nehmen. »Ich kann mir nicht vorstellen, wie schwer das war.«

»Alzheimer kann auch kein Spaß gewesen sein.«

Chloe warf Amy einen scharfen Blick zu – ihr war nicht bewusst, dass die Einzelheiten der Krankheit ihres Vaters allgemein bekannt waren.

»Mum hat es vermutet. Sie haben nicht viel miteinander geredet, nach allem, was passiert ist, aber ein paar Mal ist er ihr im Dorf über den Weg gelaufen und hat angefangen so zu reden, als wäre deine Mutter noch am Leben. Danach hat sie immer wieder mal nach ihm geschaut. Aber ein paar Monate später ist er dann weggezogen.«

»Er hat das nie erwähnt.« Er hatte die Edwards überhaupt nicht erwähnt. »Ich habe ihn näher zu mir geholt, als es ihm immer schlechter ging. Nicht weit von meiner Wohnung entfernt gibt es ein Altersheim mit einer sehr guten Alzheimer-Station. Ich glaube, es hat ihm dort gefallen. Besser, als wenn er ganz allein in diesem großen Haus eingesperrt gewesen wäre.«

»Und du konntest ihn öfter sehen.«

»Jeden Tag, nachdem ich im Büro fertig war.«

»Er muss dir fehlen.«

»Ja.« Chloe senkte den Blick und spielte an einem losen Faden an den zerrissenen Knien ihrer Jeans herum. »Wann ... wann wird es einfacher?«, fragte sie mit zugeschnürter Kehle. »Zu wissen, dass sie nicht mehr da sind?«

Bei ihrer Mutter war sie zu jung gewesen, um wirklich zu trauern, und ihre Erinnerungen waren verschwommen. Sie hatte ihre Mutter vermisst – natürlich hatte sie sie vermisst –, aber es war fast so, als würde sie eine Aufnahme von etwas vermissen, das sie nie ganz hatte begreifen können. Aber nachdem sie ein Leben lang in der Lage gewesen war, das Telefon in die Hand zu nehmen und mit ihrem Vater zu sprechen oder sich in einen Sessel zu kuscheln und ihm beim Erzählen zuzuhören, hatte sie immer noch Probleme damit, dass er nicht mehr da war.

»Es hat lange gedauert. Selbst jetzt gibt es noch Tage, an denen ich durch die Scheune gehe und ihn noch dort stehen sehe, obwohl es schon elf Jahre her ist. Aber ich weiß, er würde nicht wollen, dass ich herumsitze und darüber traurig bin. Vor allem wenn das den Betrieb seiner geliebten Farm beeinträchtigt.« Amys Lippen verzogen sich zu einem eher gezwungen wirkenden Lächeln.

»Er wäre stolz auf dich«, sagte Chloe mit sanfter Stimme.

Amy atmete schwer ein. »Das hoffe ich. Manchmal frage ich mich … Ich musste mich so sehr verändern, weißt du? Ich weiß nicht, was er darüber denken würde.«

»Er würde sich freuen, dass du tust, was du kannst, um den Laden über Wasser zu halten.«

Amys Blick wanderte zu ihr, Tränen glänzten in ihren Augen. »Wie schaffst du das nur?«

»Was?«

»So nett zu mir zu sein.«

Chloe blinzelte, verblüfft über die Frage. »Ich … ich dachte, das ist es, was du wolltest.«

»Das ist es auch.« Amy holte tief Luft und fuhr sich mit einer Hand durchs Haar. »Das ist es auch, aber ich weiß nicht, wie du das schaffst. Dass du mich nicht hasst.«

»Das habe ich«, sagte Chloe.

Amy umfasste das Lenkrad so fest, dass ihre Knöchel weiß wurden.

»Lange Zeit habe ich das getan. Aber mir ist klar geworden, dass ich die Vergangenheit nicht ändern kann, sosehr ich es auch möchte. Und alles, was passiert ist, hat mich zu der Person gemacht, die ich heute bin. Und ich bin glücklich. Es hat keinen Sinn, sich bei den Fehlern der Vergangenheit aufzuhalten. Fehler, die wir gemacht haben, als wir zu jung waren, um es besser zu wissen. Es macht keinen Sinn, sich immer mehr und weiter zu quälen. Das verändert nichts.«

Amy streckte eine Hand aus, legte ihre leicht zitternden Finger auf Chloes Unterarm und drückte diesen sanft. »Ich danke dir.«

Als Amy den Wagen zum Stehen brachte, merkte Chloe erst, dass sie wieder am Haus angekommen waren. Sie hatten einen gemeinsamen Vormittag überstanden und sie fühlte sich in Bezug auf Amy so wohl wie schon lange nicht mehr.

»Willst du reinkommen?«, fragte sie, als sie bemerkte, wie Amy zur Haustür blickte. »Um zu sehen, was ich aus dem Haus mache?«

»Gern.«

<hr />

»Es ist ein bisschen unordentlich.« Chloe schaffte es gerade noch, ihre neue Toilette an die Treppe zu lehnen, bevor Bella sich auf sie stürzte.

Der Schwanz des Labradors schlug heftig gegen Amys Beine.

»Das gehört sich so, wenn man renoviert.« Amy sah sich um. Alles um sie herum war vertraut und ungewohnt zugleich. An den Wänden hingen keine Bilder mehr und auch die Tapete war entfernt worden. Durch die offene Wohnzimmertür entdeckte sie eine große Ledercouch und einen Fernseher, die Schränke und Bücherregale waren längst verschwunden. »Es ist so leer.«

»Ja. Aber Hilfsorganisationen, die die Möbel abgeholt haben, können sie schlicht besser gebrauchen. Ich kann in meiner Wohnung nichts mit ihnen anfangen und es ist schlicht einfacher, ein leeres Haus zu verkaufen.«

Auch wenn Amy das einleuchtete, schmerzte der Gedanke an Chloe hier draußen in diesem leeren Haus.

»Es wird besser aussehen, wenn die Wände nicht mehr so kahl sind.«

»Wann wird das sein?«

»Das dauert noch«, antwortete Chloe. »Die Küche steht als Nächstes auf meiner Liste.« Sie stieß die Tür auf und winkte Amy herein. »Wie du sehen kannst, ist dieser Raum nicht einmal annähernd leer.«

»Gott, es ist, als würde man in der Zeit zurückreisen.« Dieselben Kiefernholzschränke und glänzenden Holzarbeitsplatten, der alte Gasherd, auf dem Chloes Vater versucht hatte, Essen zu kochen: seine Spezialität waren Rührei und Bohnen auf Toast. In der Ecke stand ein kleiner Tisch mit drei Stühlen und Amy fragte sich, ob ihre und Chloes Initialen noch zu sehen waren, die sie dort ins Holz geschnitzt hatten.

»Nicht mehr lange. Bald wird alles herausgerissen.«

Amy fragte sich, ob am Ende alle erkennbaren Spuren ihres gemeinsamen Lebens hier verschwunden sein würden. Würde das eine Art Katharsis verschaffen, die Erinnerungen an einen Ort zu entfernen, der sie so sehr verfolgte? Würde sie überhaupt noch an diesen Ort denken, wenn das Haus verkauft war? Würde Amy jemals aufhören, es als das Haus der Roberts zu sehen, selbst wenn jemand anderes eingezogen war? Würde sie jemals einen Blick auf die Lichter auf der anderen Seite der Felder werfen und nicht an Chloe denken?

Chloe sah sie stirnrunzelnd an.

»Hast du dir schon eine neue Küche ausgesucht?«, fragte Amy, in der Hoffnung, dass Chloe nicht fragte, an was sie gerade gedacht hatte. »Oder brauchst du auch noch ein paar Küchenleute?«

Chloe kicherte und tippte mit den Fingern auf eine Mappe, die auf dem Tisch lag. »Ich habe schon eine ausgesucht.«

»Darf ich mal sehen?«

»Klar.« Chloe blätterte durch die Seiten.

Amy erhaschte einen Blick auf Teppichmuster und Tapetenproben, Farbkleckse und Badezimmerfliesen, Beispiele für Duschen und Badewannen, die aus Katalogen ausgeschnitten waren.

Auf einer Seite war eine Küche mit einem roten Stift eingekreist. »Hier.«

»Wow.« Glatte graue Schränke und eine schwarze Quarzarbeitsplatte mit integriertem Kochfeld. »Das ist wunderschön.«

»Danke. Komm, ich zeig dir, wo ich die neue Toilette eingebaut habe.«

Was früher nur ein Abstellraum unter der Treppe gewesen war, war jetzt nicht mehr wiederzuerkennen: frische weiße Farbe und blaue Fliesen an den Wänden, graues Linoleum auf dem Boden. Chloe trug die neue Toilette hinein und stellte sie an die dafür vorgesehene Wand.

»Das ist unglaublich. Ich wusste nicht, dass hier unten so viel Platz ist.«

»Ehrlich gesagt, ich auch nicht. Es war vollgestopft mit Kartons.« Sie lächelte stolz und fing an, die Toilette auszupacken.

»Brauchst du, ähm, Hilfe bei der Fertigstellung? Du hast ja einen engen Zeitplan.«

Chloe stoppte und wandte sich mit einer hochgezogenen Augenbraue an Amy. »Hast du viel Erfahrung mit dem Zusammenbau von Badezimmermöbeln?«

»Also, nein.« Ihre Wangen verfärbten sich unter Chloes Blick. »Aber … ich schätze, ich bin irgendwie neugierig, wie es am Ende aussieht. Ich kann dir Werkzeug reichen. Dir Tee machen.«

»Ich bin eher das Kaffee-Girl«, sagte Chloe und steckte ihre Hände in die Gesäßtaschen ihrer Jeans. »Aber wirst du nicht auf der Farm benötigt? Das

Letzte, was ich brauche, ist, dass dein Bruder herkommt und mich anschreit, weil ich dich von der Arbeit abhalte.«

»Lass Danny meine Sorge sein. Sie brauchen mich sowieso erst wieder in ein paar Stunden.«

Chloe zuckte mit den Schultern. »Na gut. Aber du wirst dich langweilen. Eine Toilette einzubauen ist nicht gerade die aufregendste Tätigkeit.«

Vielleicht. Aber Amy war sich sicher, dass sie sich nicht langweilen würde.

Chloe krempelte die Ärmel hoch und kniete sich auf den Boden, um Werkzeuge auf einem Handtuch neben dem Spülkasten und der Toilettenschüssel auszulegen.

Amy fragte sich, ob ihre Anwesenheit eine unwillkommene Ablenkung war, aber dann erkannte sie den Blick in Chloes Augen. Sie hatte ihn schon tausendmal gesehen. Immer dann, wenn Chloe hochkonzentriert ein Rätsel oder ein Problem zu lösen versuchte. Es war dann unmöglich, sie abzulenken. Amy hatte es immer wieder versucht, wenn sie Mathe-Hausaufgaben gemacht hatten. Ohne Ergebnis.

Mit dem Schraubenzieher in der Hand bewegte sich Chloe mit einer beeindruckenden Leichtigkeit. Sie befestigte den Spülkasten problemlos am Sockel.

Amy versuchte, nicht zu sehr zu starren, als Chloe das fertige Produkt an der Wand anbrachte. Die Muskeln ihrer Unterarme spannten sich bei der Anstrengung an. Eine nicht ganz unwillkommene Erinnerung daran, dass Chloe nicht mehr die gleiche dürre Teenagerin war, die Amy so gut gekannt hatte.

Nein, das war wirklich nicht mehr die junge Chloe. Sie war in mehr als einer Hinsicht erwachsen geworden: körperlich, ja. Aber da war auch ein gesundes Selbstbewusstsein, das früher nicht existiert hatte. Das mit der Zeit gewachsen war, weit weg von dem Ort, an dem die Menschen so sehr versucht hatten, Chloe kleinzumachen.

Aber da gab es auch Dinge, die sich nicht verändert hatten. Zum Beispiel die Art, wie Chloe herumhampelte, als sie Amys Blick auf ihrem Rücken spürte, und wie sich ihre Ohrenspitzen rot färbten.

»Du starrst.«

»Tut mir leid«, sagte Amy mit einem Grinsen, obwohl es ihr überhaupt nicht leidtat. Dieser Einblick in Chloes Leben war faszinierend und ein kostbares Geschenk. Sie sah so entspannt aus, mit der Wasserwaage in einer Hand und einem Bleistift hinter dem Ohr. »Das machst du wirklich super.«

»Prüfen, ob Dinge gerade sind?«, fragte Chloe mit einer hochgezogenen Augenbraue.

Amy schüttelte den Kopf. »Nein. Das alles. Vor nicht allzu langer Zeit war das hier noch voller Kisten, und jetzt ist es etwas ganz Neues.«

»Das ist mein Job«, sagte Chloe und versuchte, ihr Lächeln zu verbergen, indem sie sich umdrehte und mit dem Bleistift an der Wand markierte, wo sie Löcher bohren musste, um die Toilette zu befestigen.

»Ich weiß, aber es zu sehen ist etwas anderes. Ich versuche, Chloe, die Bauexpertin, mit Chloe, der Teenagerin, die ich kannte, in Verbindung zu bringen, und … es funktioniert einfach nicht. Ich weiß, dass dein Job dem ähnelt, was dein Vater getan hat. Aber, es ist nicht das, was ich von dir erwartet habe.«

»Und die Leitung der Familienfarm war das, was du dir für dich vorgestellt hast?«

»Touché. Da sieht man mal wieder – mit achtzehn hat man all diese großartigen Vorstellungen von der Zukunft und … keine davon wird wahr.« Mit achtzehn war Amy naiv und starrköpfig gewesen und fest entschlossen, die nächste große Fotografin zu werden, etwas aus sich zu machen und ihre Bilder an große Galeriewände zu hängen.

»Wenn man ein Kind ist, hat man keine Ahnung, was das Leben einem alles für Steine in den Weg legen kann.« Chloe klang traurig. Sie zeichnete eine schnelle Skizze auf das Linoleum um den Sockel der Toilette.

Amy dachte an die Mutter, die Chloe verloren hatte, als sie noch so jung war, an verstohlene Küsse hinter verschlossenen Türen, an den Blick in Chloes Augen, als Amy in den Fluren ihrer Highschool an ihr vorbeigelaufen war, als würde sie sie nicht kennen. Das Geflüster, die Verleumdungen, die Sticheleien, von denen Amy befürchtet hatte, dass sie sich auch gegen sie richten würden. Ein Mädchen, jung und mit gebrochenem Herzen, das aus der Heimatstadt in die hellen Lichter einer großen Stadt flüchtete. Eine Stadt, die weit genug entfernt war von ihrem Zuhause, um die ständigen Hetzreden, die sie zurückgelassen hatte, zu übertönen.

Amy fragte sich, ob Chloe sich je mit ihr angefreundet hätte, wenn sie gewusst hätte, welche Wendungen ihr Leben nehmen würde.

Amy schluckte den Kloß in ihrem Hals herunter, das unerwartete Gewicht, das schwer auf ihren Schultern lastete. Chloe hatte ihr gesagt, sie solle aufhören, sich selbst zu quälen. Sie wollte gern nach vorn blicken, was sie nicht konnte, wenn sie weiter in der Vergangenheit schwelgte, gehemmt von der Schuld, die sie nie wirklich hatte loslassen können. Selbst nach all dieser Zeit.

»Geht es dir gut?«, fragte Chloe und blickte Amy mit gerunzelter Stirn an.

»Ja.« Sie zwang sich zu einem Lächeln und hoffte, dass es überzeugend klang. »Wie bist du eigentlich dazu gekommen, das hier zu machen? Warst du nicht auf der Uni für Ingenieurwesen?«

»Doch, war ich. Aber es hat mir keinen Spaß gemacht. Jedenfalls nicht so sehr, wie ich es mir vorgestellt hatte.« Sie griff um Amy herum und schnappte sich die Bohrmaschine. »Ich habe als Kind immer Sachen zusammengebaut, Lego und Modelle«, sagte sie, während der Bohrer surrte und sich erst in die Wand und dann in den Boden bohrte.

Amy erinnerte sich sehr gut daran, an Modelle, die überall in diesem Haus und in ihrem eigenen Zuhause verstreut gewesen waren. Sie selbst hatte keine Geduld für all das gehabt und Chloes unerschütterliche Konzentration nie verstanden.

»Ich dachte, Ingenieurwesen, größere Dinge zu bauen, wäre genau das Richtige für mich. Aber … ich weiß nicht. Es stellte sich heraus, dass mir die praktische Arbeit mehr Spaß macht als alles andere. Ich habe während meines Praxissemesters ein Praktikum bei einem großen Bauunternehmen gemacht und es hat mir gefallen. Sie boten mir einen Job an, nachdem ich fertig war und ich nahm ihn an. Sehr zum Missfallen meines Vaters.«

»Er war nicht einverstanden?«

»Ich glaube, er war beleidigt, dass ich keine Stelle in seiner Firma wollte. Er war nicht verbittert darüber oder so. Er unterstützte mich, auch wenn er nicht unbedingt einverstanden war. Das war das Gute an ihm.«

»Ja, so war er.«

»Und was ist mit dir?«

»Was ist mit mir? Du weißt doch, wie ich hier gelandet bin.«

»Teilweise, klar. Ich weiß, dass du an der Uni in Manchester Fotografie studiert hast und dass du einen Zwischenstopp in Mexiko eingelegt hast. Dass du irgendwie in London gelandet bist und zurückkamst, als du deinen Vater verloren hast, aber das scheint nicht die ganze Geschichte zu sein.«

»Das ist der interessanteste Teil«, entgegnete Amy und lehnte sich gegen den Türrahmen.

Chloe legte die Bohrmaschine hin. Ihre Zunge hing im Mundwinkel, als sie die Toilette an ihren Platz stellte. Ein triumphierendes Lächeln breitete sich auf ihren Lippen aus, als die Löcher, die sie gebohrt hatte, perfekt passten. »Und wenn ich das alles interessant finde?«, flüsterte Chloe.

Amys Herz schlug etwas schneller.

»Du bist um die Welt gereist.«

»Ich habe Teile der Welt bereist.«

»Trotzdem. Erzähl mir davon. Warum Mexiko?«

»Die Ruinen, hauptsächlich. Und die Schönheit des Landes. Der Traum eines jeden Fotografen, wirklich. Aber ich habe viel mehr von Südamerika gesehen. Ich habe die Angel Falls und Machu Picchu besucht. Fast wäre ich nicht zurückgekommen, aber dann bekam ich die Praktikumsstelle in London. Und ich habe mich verliebt.«

»Wie das Leben so spielt«, sagte Chloe.

Amy nickte, weil sie wusste, dass ein Teil ihres Herzens immer noch in London war.

»Hast du es jemals bereut? Dass du hierher zurückgekommen bist?«

Amy zögerte nicht und schüttelte den Kopf. »Versteh mich nicht falsch – an manchen Tagen wünschte ich, ich würde mit einer Kamera um den Hals durch die Maya-Ruinen streifen, aber … ich habe hier etwas aufgebaut, verstehst du? Etwas, das mir gehört.«

Chloe nickte.

Amy fragte sich, ob sie genauso über ihre eigene Firma dachte. Ob diese ein Stück von Chloe war, das sorgfältig aufgebaut wurde und zu etwas Wunderbarem heranwuchs.

»Fotografierst du noch?«

»Schon seit einer Weile nicht mehr. Ich habe eine Dunkelkammer in die Scheune eingebaut, aber ich habe irgendwie … die Motivation verloren, als ich hierher zurückkam. Ich habe nicht mehr so viel Zeit dafür.«

»Wenn du jemals wieder damit anfängst, würde ich die Bilder gern sehen. Du warst schon damals richtig gut.«

»Danke.« Amys Wangen wurden warm und sie war dankbar, dass Chloes Aufmerksamkeit auf das Festziehen der letzten Schrauben gerichtet war.

Chloe rüttelte an der Toilette, um zu prüfen, ob sie fest war. »Das sieht doch gut aus.« Sie richtete sich auf. »Eine Toilette, komplett montiert. War doch gar nicht so schwer, oder?«

»Für dich vielleicht. Ich werde ganz sicher nicht darauf bestehen, meine auszutauschen und selbst einzubauen, wenn sie mal kaputtgeht.«

»Das brauchst du nicht«, sagte Chloe. »Du kannst mich anrufen.«

»Dafür bräuchte ich deine Nummer.«

»Oh, stimmt.« Chloe holte ihr Handy aus der Hosentasche. »Wie ist deine?«

»Bist du sicher?«

Chloe zuckte mit den Schultern. »Warum nicht? Wir versuchen doch, Freunde zu werden, oder?«

Amy bemühte sich, nicht zu breit zu lächeln, als sie ihre Nummer herunterratterte. Ein paar Minuten später summte ihr Telefon mit einer eingehenden SMS.

Die Dinge zwischen ihnen wurden mit jedem Moment, den sie miteinander verbrachten, einfacher, vertrauter und Amy fühlte sich leichter, spürte Hoffnung in ihrem Herzen, während sie sich mit beiden Händen an diese kostbare zweite Chance klammerte und sich schwor, sie festzuhalten.

Kapitel 9

»Tut mir leid, dass ich zu spät bin«, flüsterte Chloe und ließ sich in der Schulturnhalle auf den leeren Platz neben Naomi fallen. Regentropfen liefen von ihrer Jacke auf den Holzboden. »Die Züge hatten wegen des Sturms Verspätung.«

Selbst jetzt, inmitten des leisen Geplauders der Freunde und Familien der Kinder der St.-Stephen's-Grundschule, konnte Chloe den Wind draußen heulen hören. Sie wäre beim Verlassen des Bahnhofs fast umgeweht worden.

»Ich musste gegen eine ältere Dame kämpfen, um den Platz für dich freizuhalten.« Naomi sah sie ernst an.

Neben ihr rollte Jada mit den Augen. »Beachte sie gar nicht. Geht es dir gut, Liebes? Du siehst völlig durchnässt aus.«

»Mir geht's gut.« Chloe schlängelte sich aus ihrer Jacke und winkte Kiara und Tristan zu, die hinter ihnen saßen. »Wie geht es den Kindern?«

»Tessa ist nervös und Zara ist voller Tatendrang«, sagte Naomi.

Chloe nickte. Zara war die selbstbewusstere von Naomis Nichten.

»Ich bin so froh, wenn das hier vorbei ist. Ich habe in den letzten zwei Monaten jeden Tag das gleiche verdammte Lied gehört.«

»Bitte. Du liebst es doch.«

Naomi grummelte, aber sie lächelte, als das Licht gedimmt wurde und der Vorhang sich hob und eine Gruppe von Kindern auf der Bühne zum Vorschein kam. Tessa und Zara gehörten mit dazu.

Was Schulaufführungen anging, so war die musikalische Aufführung von Hänsel und Gretel nicht die schlechteste, die Chloe je gesehen hatte. Die Kinder waren bezaubernd und stolperten über ihren Text, weil sie es so eilig hatten, alle Wörter herauszubringen. Naomi sprach den Text von Tessa und Zara die ganze Zeit über mit – eine Tatsache, mit der Chloe sie ewig aufziehen würde.

Nach der letzten Verbeugung am Ende des Stücks wuselten die Kinder ins Publikum und Tessa lief direkt zu ihrer Familie.

»Chloe!« Tessa sprang ihr in die Arme.

Mit acht Jahren war sie nicht mehr so leicht zu fangen wie mit vier, aber Chloe schaffte es immer noch. Allerdings nicht mehr lange – Tessa schien jedes

Mal, wenn Chloe sie wieder sah, mindestens einen Zentimeter gewachsen zu sein.

»Ich wusste nicht, ob du kommen würdest.«

»Und deinen großen Auftritt verpassen? Auf gar keinen Fall.«

»Hat es dir gefallen?«

»Ich habe es geliebt, Munchkin. Du warst fantastisch.«

Tessa verbarg ihren Kopf in Chloes Schulter. Später schmiegte sie sich an ihre Seite und Chloe schlang einen Arm um die Schultern der Kleinen.

»Ich habe dich vermisst«, sagte Tessa. »Ich habe unsere Samstage mit dir und Tante Naomi vermisst.«

Chloe fühlte sich schuldig, dass die Zeit mit Tessa und Zara zu den Opfern gehörte, die sie hatte bringen müssen. »Ja? Ich habe sie auch vermisst.«

»Ist das Haus fast fertig?«

»Noch nicht«, sagte sie.

Tessas verzog traurig das Gesicht. »Aber es wird bald fertig sein.«

»Können wir es sehen?«

»Äh, noch nicht.« Das Haus war voller Gefahrenquellen und Chloe wollte gar nicht daran denken, welchen Unfug die beiden anstellen würden, sobald sie ihnen den Rücken zukehrte. »Vielleicht wenn ich ein wenig aufgeräumt habe. Ich sag dir was«, fügte sie hinzu, als Tessa weiterhin unglücklich aussah. »Wie wäre es, wenn ich deine Mum frage, ob ich an einem Nachmittag nach der Schule vorbeikommen kann? Ich führe dich aus.«

»Kann ich auch mitkommen?«

Chloe drehte sich um und schaute in Zaras Augen, die vom Gespräch mit ihren Freunden zurückgekommen war. »Natürlich darfst du.«

»Hat dir mein Lied gefallen?«

»Ja, und wie. Hattest du Spaß?«

»Ja! Und Mama hat gesagt, wir gehen jetzt Eis essen.«

»Eis essen, ja? Bei diesem Wetter?« Chloe sah Kiara an.

Sie zuckte mit den Schultern. »Zu meiner Verteidigung: Ich habe es versprochen, bevor ich die Wettervorhersage gesehen habe. Sind alle bereit?« Als jemand vor ihnen die Tür aufstieß, verzog sie ihr Gesicht. Regen prasselte mit Wucht vom Himmel. Sie seufzte. »Wir werden wahrscheinlich rennen müssen, damit wir nicht zu nass werden.«

Das taten sie auch und liefen durch die Straßen zur nahe gelegenen Eisdiele, Chloe mit Zaras Hand in der einen und Tessas in der anderen. Sie liefen durch Pfützen, die ihre Socken und ihre Jeans durchnässten. Es war schwer, sich darüber zu ärgern, wenn das Lachen der Mädchen so laut und herzhaft klang.

»Also gut, was wollt ihr?«, fragte Chloe und ging zum Tresen, während sie darauf warteten, dass der Rest der Familie zu ihnen stieß.

Zara drückte ihr Gesicht gegen die Scheibe und ließ ihren Blick über das Tagesangebot schweifen. »Schokolade-Brownie.«

»Cookie Dough, bitte«, sagte Tessa, ohne auf die Geschmacksrichtungen zu achten – sie war ein Gewohnheitstier, während Zaras Geschmack sich so oft änderte, dass es für Chloe oft schwierig war, mitzukommen.

»Ihr zwei sucht euch einen Tisch, während ich bestelle.«

Sie wählte für sich selbst eine Kugel Salted Caramel und überließ es Naomi, sich um die Bestellungen der anderen zu kümmern. Chloe setzte sich mit den anderen an einen Tisch neben dem Fenster, an dem Jada die Aufnahmen abspielte, die sie von der Aufführung aufgenommen hatte.

Chloe vermutete, dass sie bald das ganze verdammte Stück zitieren konnte, aber es machte ihr nicht wirklich etwas aus. Sie musste an ihren Vater denken, der bei ihren Schulaufführungen immer mit einem riesigen Camcorder in der Hand in der ersten Reihe gesessen hatte.

Der Regen trommelte weiter gegen die Scheiben und ließ in seiner Kraft nicht nach. Das verhieß nichts Gutes für eine reibungslose Fahrt nach Norden am nächsten Morgen. Eine Tatsache, auf die Jada gern hinwies, als sie sich wenig später mit vollen Mägen trennten.

»Sei vorsichtig, wenn du morgen den ganzen Weg fährst«, sagte sie und zog Chloe in eine Umarmung in der Tür der Eisdiele. »All diese Landstraßen ...«

»Ich komme schon klar. Ich habe den Van, schon vergessen? Und ich werde langsam fahren.« Sie drehte sich zu Zara und Tessa um, deren Arme sich schnell um ihre Taille legten. »Wir sehen uns bald wieder, okay? Benehmt euch.«

»Das werden wir!«

Nach einer weiteren Umarmungsrunde joggten sie und Naomi aus der Tür und waren bald durchnässt, obwohl der Bahnhof nur ein paar Minuten entfernt war. Chloe warf dem Himmel einen bösen Blick zu und fragte sich, ob der Regen bis zum Morgen nachlassen würde.

Sie hoffte, dass das Wetter in Corthwaite besser sein würde.

※

Der Regen schlug hart auf das Fenster und der Wind ließ die Scheiben im Rahmen klappern. Sam drückte sich zitternd enger an Amys Seite unter der

Decke, die sie sich teilten. Amy legte einen Arm um seinen Rücken, zog ihn an sich und strich ihm durch das Haar. »Es ist okay.«

»Das geht vorbei«, sagte Adam mit einem Mund voller Popcorn. Die Schüssel auf seinem Schoß leerte sich in beängstigendem Tempo. Vielleicht war es keine so gute Idee gewesen, ihm etwas Süßes zu geben – der Zuckerrausch würde ihn die ganze Nacht wach halten.

»Willst du deine Kopfhörer?«, fragte Amy, aber Sam schüttelte den Kopf. »Sollen wir den Fernseher lauter stellen? Um den Sturm zu übertönen?« Sie griff nach der Fernbedienung und drückte auf die Lautstärketaste, bis Adam kicherte und der Film durch die Lautsprecher hallte. »So besser?«

Sam nickte, den Daumen im Mund und den Blick fest auf den Fernsehbildschirm gerichtet. Sein Zittern ließ nach und Amy atmete erleichtert aus. Ihre Mutter war extrem gut darin, wenn es darum ging, ihn zu beruhigen, aber Amy wollte sie an ihrem freien Abend nicht stören. Amys Filmabende mit ihren Neffen verschafften dem Rest der Familie eine Pause – nicht, dass sie glaubte, dass Danny und Gabi im Moment dankbar dafür waren.

Sie hatten sich wirklich einen schlechten Abend ausgesucht, um zu einem romantischen Dinner auszugehen.

Ein Blitz erhellte das Zimmer und Amy dachte an ihre armen Tiere. Sie war froh, dass sie sie reingebracht hatte, bevor der schlimmste Regen eingesetzt hatte. Hoffentlich stieß keines der blöden Viecher die Eimer um, die sie strategisch in der Scheune aufgestellt hatte, um die Tropfen vom undichten Dach aufzufangen.

Mit etwas Glück würde sich das Wetter über Nacht ändern und ihr die Möglichkeit geben, morgen den Schaden zu begutachten. Angesichts der Farbe des Himmels war sie allerdings nicht allzu zuversichtlich. Anfang Juli sollten die Abende heller sein, aber Amy hatte schon seit Stunden keinen einzigen Sonnenstrahl gesehen.

Sie wollte gar nicht daran denken, was der Regen alles anstellen würde. Hoffentlich hielten ihre Hochwasserschutzvorrichtungen dem Wasser stand.

Das Telefon surrte auf dem Couchtisch und Amy griff danach. Erstaunt sah sie Chloes Namen auf dem Bildschirm. Seit sie die Nummern ausgetauscht hatten, hatten sie sich noch nicht angerufen.

»Bitte sag mir, dass das Wetter dort besser ist als hier.«

»*Kommt darauf an, was du unter besser verstehst*«, schrieb Amy mit einem Lächeln auf dem Gesicht. »*Es regnet jetzt seit sieben Stunden ununterbrochen. Wenn du das nächste Mal kommst, bin ich vielleicht nicht mehr da. Vielleicht bin ich weggespült worden.*«

»*Ist viel überschwemmt?*«

»*Dazu müsste ich mich nach draußen trauen, um nachzusehen, was ich nicht tun werde. Ich habe allerdings ein paar undichte Stellen. Kennst du jemanden, der helfen könnte?*«

»*Danny?*«

Amy schnaubte.
Adam stieß sie mit dem Ellbogen an, weil sie es wagte, das Schlusslied zu unterbrechen.

»*Ich bitte dich. Er würde es nur noch schlimmer machen.*«

»*Wenn ich es bis dorthin schaffe, komme ich vorbei und schaue es mir an.*«

Amy lächelte und wischte die Nachricht weg, als der Abspann lief. Sie musste die Jungs ins Bett bringen.
Als sie sich wenig später neben sie ins Bett gequetscht hatte, Sam eng an sich gedrückt, als könnten ihre Arme allein das Donnergrollen abwehren, öffnete sie wieder den Nachrichtenverlauf. Als sie noch Kinder waren, hatte Chloe nur wenige und spärliche SMS geschickt. Es gab damals praktisch noch keine Mobiltelefone. Es gab keine Nachrichten, die sie hätte lesen können, wenn sie traurig war, keine Gespräche, die sie wiedererleben konnte, wenn sie sie vermisste oder sich in eine einfachere Zeit zurückwünschte.
Aber jetzt waren die Dinge anders – so viele Dinge waren anders – und wenn sie den Kontakt wieder verloren, sobald Chloe in die Stadt zurückkehrte, die sie liebte, hätte Amy wenigstens eine Spur von Chloe, eine greifbare Erinnerung, damit Amy sich immer wieder an sie erinnern konnte.

Kapitel 10

»Wieso musst du immer in die Pfützen springen?« Chloe starrte Bella verärgert an, nachdem diese in eine tiefe Pfütze gesprungen war und Chloes Jeans von oben bis unten bespritzt hatte.

Bellas Antwort bestand in einem fröhlichen Schwanzwedeln. Sie zerrte an der Leine und zog Chloe weiter in Richtung Dorfzentrum.

Obwohl die Hauptstraße eher einem Fluss als einer Straße glich, schien es keine allzu großen Hochwasserschäden zu geben. Sandsäcke waren sorgfältig vor die Türen geklemmt worden, um das Schlimmste abzuwehren. Jeder, der hier wohnte, war auf diese Umstände vorbereitet. Überflutungen fanden regelmäßig statt.

Mark, der vor dem King's Head stand, winkte, als er Chloe und Bella auf sich zukommen sah.

»Habt ihr den Sturm gut überstanden?«

»Da gibt es nicht viel zu überstehen – ich bin erst vor ein paar Stunden hier angekommen. Wie sieht es bei euch aus?«

»Alles gut, bis auf dieses verdammte Schild.« Mark stupste mit dem Fuß gegen das Metallschild, auf dem der Namen des Pubs stand. Es hing normalerweise an der Wand, lag jetzt aber auf dem Boden. »Der Wind hat es runtergerissen und mein Rücken ist zu kaputt, um es selbst zu wieder aufzuhängen.«

»Oh. Also, ich, äh, ich könnte es für dich wieder aufhängen, wenn du willst«, bot Chloe an und kratzte sich im Nacken.

»Wirklich?«

»Klar«, antwortete Chloe und zuckte mit den Schultern. Sie hatte nichts gegen Mark – er war schon früher immer nett zu ihr gewesen und er hatte sie bei ihrem ersten Besuch im Pub mit einem warmen Lächeln und einem Gratisbier begrüßt. »Hast du eine Leiter?«

Er nickte und verschwand.

Chloe wickelte Bellas Leine um einen nahe gelegenen Laternenpfahl, damit sie nicht im Weg war.

»Hier, bitte.« Mark tauchte mit einer kleinen hölzernen Trittleiter unter dem Arm wieder auf. »Danke, dass du das machst, Chloe.«

»Kein Problem.« Chloe stellte die Leiter hin und kletterte hinauf, um die Stelle an der Wand zu begutachten, von der die Halterung herausgerissen worden war. »Vielleicht muss ich ein paar neue Löcher bohren«, rief Chloe. »Ich glaube nicht, dass diese hier noch mal halten werden.«

»Ich besorge dir eine Bohrmaschine.«

»Ist das so in Ordnung?«, fragte Chloe wenig später mit dem Bohrer in der Hand. Sie deutete auf eine Stelle. »Es sollte ja sicher so aussehen wie vorher.«

»Solange es da oben hängen bleibt, kannst du es anbringen, wo du willst«, antwortete Mark und hielt die Leiter fest, während Chloe vorsichtig Löcher in die Wand bohrte. Bald war die Halterung befestigt, und das King's-Head-Schild schwang sanft im Wind.

»Sei bloß vorsichtig, Chloe«, rief Amy. Sie stand nur ein paar Meter entfernt und hatte eine Kiste in den Händen. »Wenn die Leute dich sehen, werden sie dich wie die Dorfhandwerkerin behandeln.«

»So wie du es vorhast, meinst du?« Chloe wischte die staubigen Hände an ihrer Jeans ab. Ihre Hose war eh mit Schlamm bespritzt und musste dringend gewaschen werden.

»Ganz genau.«

»Um wie viel Uhr soll ich vorbeikommen?«

»So gegen zwei, wenn dir das recht ist?«

»Ich bin mir nicht sicher, ich schaue mal in meinem Terminkalender nach …« Chloe griff nach ihrem Handy.

Amy streckte ihr die Zunge raus.

»Wir sehen uns dann.«

»Lieferung zum üblichen Platz, Mark?«

»Ja, bitte.«

Amy verschwand mit der Kiste in der Kneipe.

Chloe versuchte, ihr nicht hinterherzustarren. Die Dinge liefen erstaunlich gut zwischen ihnen und es war schön, ein vertrautes Gesicht in der Stadt zu haben. Aber sie konnte die aufkommende Sorge nicht verhindern, das Gefühl, dass erneut etwas Schlimmes zwischen ihnen passieren würde.

»Sie ist eine von den Guten«, sagte Mark und lächelte sanft, als Amy aus dem Pub kam und den beiden auf dem Weg zurück zu ihrem Wagen zuwinkte. »Macht einen tollen Job auf der Farm. Und dann bist da noch du.« Er drehte sich zu ihr um, ohne sein Lächeln zu unterbrechen. »Reparierst Dinge. Eigenes Bauunternehmen. Das hast du gut gemacht.«

Chloes Wangen wurden warm und sie richtete ihren Blick auf ihre Gummistiefel. »Danke.«

»Danke hierfür.« Er warf einen Blick auf das Schild. »Ich weiß es zu schätzen.«

»Jederzeit wieder«, sagte Chloe. Sie griff in ihre Tasche und zog eine Visitenkarte aus ihrem Portemonnaie. »Meine Nummer steht hier drauf. Ruf mich an, wenn du etwas brauchst.«

Mark grinste. »Ich nehme dich beim Wort.«

Das tat er auch, wie sich bald herausstellte – allerdings nicht zu seinem eigenen Nutzen. Chloe räumte gerade das letzte Bücherregal im Arbeitszimmer ihres Vaters aus, als ihr Telefon klingelte und eine unbekannte Nummer auf dem Display erschien.

»Hallo?«

»Hallo?«

Sie kannte die Stimme am anderen Ende des Telefons nicht und Chloe fragte sich, ob sich jemand verwählt hatte.

»Ist da Chloe? Chloe Roberts?«

Also doch kein Irrtum. »Äh, ja. Wer ist denn da?«

»Hier ist Mrs Peterson.«

Peterson ... Der Name kam ihr bekannt vor. Telefonierte sie etwa gerade mit ihrer alten Mathelehrerin? Mrs Peterson war damals schon eine der älteren Lehrkräfte gewesen, aber auch eine der nettesten, die trotz Chloes völliger Hilflosigkeit bei einfachen Gleichungen nie frustriert war.

»Wie kann ich Ihnen helfen, Mrs Peterson?«

»Ich hoffe, du hast nichts dagegen, dass ich dich einfach so anrufe, Liebes, aber ich war auf meinem täglichen Spaziergang durch das Dorf – ich muss ja aktiv bleiben, weißt du – und ich bin Mark begegnet. Ein netter Mann, dieser Mark. Er nimmt sich immer Zeit, um mit mir zu reden.«

Eine andere Sache, an die sich Chloe bei Mrs Peterson erinnerte? Sie redete gern und viel.

»Wie auch immer, ich habe mit Mark gesprochen und er hat mir erzählt, dass du sein Schild repariert hast.«

»Das habe ich.«

»Nun, mein Zaun hat bei dem Sturm ein paar Platten verloren und jetzt kann ich meine Hunde nicht mehr in den Garten lassen. Ich möchte nicht, dass sie weglaufen, verstehst du? Ich habe mich gefragt, ob du vielleicht kommen und für mich danach sehen könntest. Ich habe meinen Sohn gefragt, aber er kann frühestens am Sonntag kommen und ich glaube nicht, dass wir so lange warten können. Es ist aber in Ordnung, wenn du keine Zeit hast.«

»Oh.« Chloe blinzelte, etwas überrascht von der Bitte. Aber warum nicht? Das war das Mindeste, was sie tun konnte, um Mrs Peterson etwas von dem zurückzugeben, was diese in Chloes Ausbildung investiert hatte. »Äh, ja, sicher, ich kann versuchen, den Zaun für Sie zu reparieren. Wohnen Sie immer noch in der Häuserreihe hinter den Tierärzten?«

»Ja, genau. Nummer drei. Vielen Dank, Liebes.«

»Kein Problem, Mrs Peterson. Ich bin schon auf dem Weg.« Als das Gespräch beendet war, griff sie nach ihrem vertrauten Werkzeugkasten und zog sich ein Paar Turnschuhe an. »Ich fürchte, ich muss dich wieder allein lassen«, sagte sie zu Bella. Sie gab ihr ein paar Leckerlis, während sie sie in der Küche einsperrte, damit sie keinen Unsinn anstellte. »Ich bin bald wieder da.«

Anscheinend hatte Amy recht gehabt – es schien, als würde sie wirklich die Dorfhandwerkerin werden. Aber es machte ihr nichts aus. Es tat gut, sich nützlich zu fühlen, auch wenn sie dadurch etwas weniger Zeit für ihr eigenes Projekt hatte.

Als Chloe vor dem Haus von Mrs Peterson anhielt und den Motor abstellte, wurde die Haustür geöffnet.

»Hallo, Mrs Peterson.« Chloe hörte das Kläffen von Hunden, als sie sich dem Haus näherte.

Ihre alte Lehrerin versuchte, drei Bichon Frisé in Schach zu halten. »Chloe, schön, dich wiederzusehen.«

»Sie können sich wohl nicht erinnern, wie sie stundenlang versucht haben, mir Algebra beizubringen?«, fragte Chloe und beugte sich vor, um aus ihren Turnschuhen zu schlüpfen, bevor sie das Haus betrat. Kaum hatte sie einen Schritt über die Türschwelle gemacht, wurde sie sofort stürmisch von allen drei Hunden begrüßt.

»So schlecht warst du gar nicht, Liebes.« Mrs Peterson tätschelte Chloes Schulter. »Danke, dass du hergekommen bist.«

»Kein Problem.«

»Ich wusste nicht, dass du wieder in der Stadt bist. Mark sagte, du bist hier, um dein altes Haus zu verkaufen?«

»Das ist der Plan.« Chloe warf einen Blick durch das Küchenfenster auf die drei herausgerissenen Zaunplatten. »Das dürfte nicht allzu lange dauern.«

»Kann ich dir etwas zu trinken anbieten? Ich habe heute Morgen frische Limonade gemacht.«

»Limonade wäre wunderbar.« Chloe wartete, bis Mrs Peterson ihr das Glas reichte, bevor sie zur Hintertür hinausschlüpfte.

Glücklicherweise schien keine der Zaunplatten beschädigt zu sein. Sie waren nur aus den Pfosten gerissen worden, also musste sie sie nur wieder einhämmern und sicherstellen, dass sie gerade saßen.

Der Vorgang dauerte nicht lange.

Mrs Peterson sah unendlich dankbar aus, als Chloe wieder ins Haus kam.

»Ich glaube, der Sturm hat Ihre Pfosten gelockert, so dass sie vor dem nächsten starken Wind noch einmal gesichert werden müssten, sonst geht der Zaun wieder kaputt. Ich habe zu Hause noch etwas Beton. Wenn wir das nächste Mal ein paar trockene Tage haben, komme ich und erledige das für Sie.«

»Danke, Chloe. Mein Mann hat sich früher immer um alles gekümmert.« Sie drehte den Ehering an ihrem Finger. »Es gibt so viele Dinge, die er getan hat, die ich immer für selbstverständlich gehalten habe.«

»Wie lange ist es her, dass er gestorben ist?«

»Es ist jetzt ungefähr ein Jahr her. Mein Sohn wohnt ein paar Städte weiter, aber er hat eine eigene Familie, deshalb schafft er es nicht allzu oft, hierherzukommen. Wenigstens habe ich die Hunde, die mir Gesellschaft leisten.«

Das kleine Rudel kauerte zu ihren Füßen und angesichts ihres makellosen Fells und ihrer runden Bäuche hatte Chloe keinen Zweifel daran, dass sie sehr verwöhnt waren.

»Möchtest du zum Mittagessen bleiben?«

Mrs Peterson sah so hoffnungsvoll aus und klang so einsam, dass Chloe nicht anders konnte, als zuzustimmen. »Ja, sehr gern.«

Mrs Petersons Gesicht hellte sich auf und sie deutete auf einen der Stühle an dem kleinen Tisch in der Ecke der Küche. »Bitte setz dich. Es dauert nicht lange.« Als Chloe ihre Hilfe anbot, winkte sie ab, während sie eilig einen Topf mit selbstgemachter Suppe auf dem Herd erhitzte.

»Erzähl mir, was du in den letzten Jahren gemacht hast«, sagte sie, als sie wenig später eine dampfende Schüssel vor Chloe stellte. Sie füllte ihr unaufgefordert ein weiteres Glas Limonade ein. »Dein Vater hatte mir erzählt, dass du in London geblieben bist. Es tut mir übrigens leid für deinen Verlust. Das hätte ich schon früher sagen sollen.«

»Danke.« Chloe wusste, dass ihr Vater hier einen bleibenden Eindruck hinterlassen hatte. »Und ja, das ist richtig.«

»Gefällt es dir dort?«

»Ja.«

»London hat einen anderen Rhythmus als Corthwaite, aber ich kann mir vorstellen, dass das für ein junges Mädchen wie dich keine schlechte Sache ist.«

Chloe war seit bestimmt zehn Jahren nicht mehr als junges Mädchen bezeichnet worden und fühlte sich an den meisten Tagen, an denen ihre Rückenschmerzen sie quälten, auch nicht so. »Nein, es macht mir nichts aus. Es gibt immer etwas zu tun und es gibt genug Kunden, so dass das Geschäft boomt.«

»Du hast eine eigene Firma?«

»Ein Bauunternehmen. Deshalb bin ich so gut im Reparieren von Zäunen.«

»Das hätte ich nicht gedacht, dass du das mal machen würdest.«

»Ach ja?« Chloe hatte nie darüber nachgedacht, dass Lehrer sich über ihre Schüler genauso eine Meinung bildeten wie Schüler über ihre Lehrer. »Als was hätten Sie mich denn gesehen?«

»Ich bin mir nicht sicher.« Mrs Peterson schürzte die Lippen und betrachtete Chloe über den Rand der Teetasse, die sie in beiden Händen hielt. »Du warst schon immer ruhig und zurückhaltend, also hätte ich dich nicht unbedingt als eine Person eingeschätzt, die gern Verantwortung trägt. Etwas Praktisches zu machen, klingt allerdings richtig. Du warst immer unruhig, wenn wir Doppelstunden hatten.«

»Die habe ich gehasst. Nicht böse gemeint.«

Sie lachte. »Schon gut. Ich habe sie auch gehasst.«

»Unterrichten Sie noch?«

»O nein, ich habe mich vor ein paar Jahren zur Ruhe gesetzt. Ich helfe aus, wenn sie mal eine Vertretung brauchen und ich gebe auch ein bisschen Nachhilfe, um den Geist aktiv zu halten, weißt du. Aber sonst hat sich an der Schule nicht viel verändert, seit du weg bist.«

»Es fühlt sich an, als hätte sich hier gar nichts verändert.«

»Ja, da hast du recht. Kleinigkeiten schon, aber das ist wirklich alles. Das macht es aber einfacher, mit allem Schritt zu halten.«

Chloe versuchte, Mrs Peterson beim Abräumen der Teller zu helfen, wurde aber prompt weggeschickt. Ihre alte Lehrerin hatte den stählernen Blick nicht verlernt, den sie damals benutzt hatte, als die Kinder in der Klasse nicht wussten, wann sie den Mund halten sollten.

Als es schließlich Zeit war zu gehen, bummelte Chloe noch für einen Moment an der Haustür. Der Gedanke, dass Mrs Peterson sich hier draußen allein und isoliert fühlte, gefiel ihr nicht. »Ich komme mit dem Beton zurück, sobald ich kann«, versprach sie. »Passen Sie auf sich auf.«

»Du auch, Liebes. Magst du Scones?«

Chloe hielt auf halbem Weg inne, als sie die Frage hörte, und drehte sich zu Mrs Peterson um. »Scones?«

»Ja, Scones. Ich werde dir welche machen, wenn du das nächste Mal kommst. Als Dankeschön.«

»Oh. Das müssen Sie nicht, Mrs Peterson.«

»Ich weiß, aber ich würde es gern tun.«

»Wenn das so ist, dann ja, sehr gern.«

»Ich werde eine Ladung für dich bereithalten.« Sie wartete an der Tür, bis Chloe ihren Wagen gestartet hatte, und winkte zum Abschied.

Chloe lächelte. Vielleicht war es doch keine ganz so schlechte Idee gewesen, wieder zurückzukommen.

Amy beugte sich vor und sah in den Motorraum. Warum hatte der Traktor vorhin nur gestottert, als Danny ihn starten wollte?

Sie wurde aus ihren Gedanken gerissen, als sie das Knirschen von Schritten auf Kies hörte. Sie drehte sich um und starrte Chloe sprachlos an. Ausgerüstet mit einem Werkzeuggürtel und unbekleideten muskulösen Armen sah sie aus wie ein feuchter Traum. Wenn es noch irgendwelche Zweifel gegeben hatte, wie attraktiv sie Chloe fand – dann waren die jetzt hinfällig. Allerdings wäre es sicher nicht gut, wenn sie dabei erwischt wurde, wie sie sabberte.

»Hey. Deine Mum hat gesagt, du wärst hier draußen. Obwohl ich dachte, dass sie lügt.«

»Wieso?«, fragte Amy und wischte sich die Hände an einem Handtuch ab.

»Weil die Amy, die ich früher kannte, sich nie die Hände schmutzig gemacht hätte.«

»Du hast ja keine Ahnung, wo meine Hände schon überall gewesen sind«, sagte Amy und meinte damit eingeklemmte Kälber und mit Kolik befallene Kühe, kranke Neffen und verletzte Pferde. Aber der leichten Röte auf Chloes Wangen nach zu urteilen, hatte diese den Kommentar anders aufgefasst. Amy stemmte ihre Hände in die Hüften. »Nicht so!«

»Ich habe nichts gesagt!«

»Du vielleicht nicht, aber dein Gesicht schon.« Amy biss sich auf die Zunge, um nicht so zu sticheln, wie sie es früher vielleicht einmal getan hätte.

»Und du reparierst jetzt Traktoren?«

Amy zuckte mit den Schultern und klappte die Motorhaube zu. Das hier musste warten. Danny konnte erst mal den alten Traktor benutzen.

»Ich beschäftige mich mit den Grundlagen. Das erspart mir die Mühe, einen Mechaniker zu rufen, wenn es sich um ein kleines Problem handelt.«

»Beeindruckend. Ich weiß, wie man einen Reifen wechselt und das war's auch schon.«

»Mehr, als manche Leute wissen. Komm, ich zeig dir das Dach.« Sie führte Chloe in den Kuhstall und zeigte ihr die Eimer. »Wie du sehen kannst, gibt es einige Löcher.«

»Ich sehe mir das mal an. Hast du eine Leiter?«

»Hab ich schon an die Wand gestellt.«

Amy stellte sich mit einem Fuß auf die unterste Sprosse, während Chloe hinaufkletterte.

Kaum hatte sie das Dach betreten, lehnte sie ihren Kopf über die Seite. »Ich sehe dein Problem. Der Filz hat sich gelöst.«

»Ich hätte es vielleicht einfach selbst kontrollieren sollen«, sagte Amy, als Chloe verschwand und Hämmern von oben zu hören war. »Das hätte dir den Weg erspart.« Sie hatte ein schlechtes Gewissen, weil ihre Bitte Chloe daran hinderte, an ihrem eigenen Projekt weiterzuarbeiten.

Aber Chloe sah unbeeindruckt aus, als sie wieder nach unten kletterte. »Schon in Ordnung. Obwohl es heute mein dritter Job ist – vielleicht sollte ich anfangen, Geld zu verlangen. Allerdings hat Mrs Peterson gesagt, sie würde mir Scones backen, also ist das wohl eine Form der Bezahlung.«

»Mrs Peterson?« Amy traf im Dorf manchmal auf ihre alte Mathelehrerin. Die Frau redete gern und Amy war immer für einen Schwatz zu haben.

»Ja, genau. Habe ihren Zaun repariert.«

»Also, ich kann dir zwar keine Scones anbieten, aber ich glaube, wir haben noch etwas Tiramisu von gestern Abend übrig. Oder ich könnte dich mit Ponyreiten bezahlen.«

»Auf dem Pferd, das mich und deinen Bruder am selben Tag beinah umgebracht hat?«

»Nein, das ist meins. Wir haben aber noch zwei andere, die weit weniger gefährlich sind.«

»Vielleicht an einem anderen Wochenende«, sagte Chloe. »Zu Tiramisu würde ich allerdings nicht Nein sagen.«

»Dachte ich mir schon.« Der Schlüssel zu Chloes Herz war schon immer gutes Essen gewesen. »Dann komm.«

Die Küche im Haupthaus war leer und Amy genoss die Stille, während sie das versprochene Dessert aus dem Kühlschrank herausholte.

»Wo sind denn alle?«, fragte Chloe und setzte sich an den Tisch.

»Gabi und Adam sind in der Schule und Danny ist mit Sam in einen Streichelzoo gegangen. Mum wird irgendwo in der Nähe sein. Wahrscheinlich macht sie ein Nickerchen. Sie hat es sich weiß Gott verdient.«

»Arbeitet sie noch?«

»Nicht mehr als Tierärztin, abgesehen von gelegentlichen Notfällen. Sie hat sich vor ein paar Jahren zur Ruhe gesetzt. Aber im Moment ist sie Sams Vollzeitbetreuerin. Er ist Autist und hat unter anderem Probleme mit lauten Geräuschen. Mum passt tagsüber auf ihn auf.«

»Ich wette, sie ist fantastisch darin«, sagte Chloe.

Amy fragte sich, ob sie daran dachte, wie sie damals mit offenen Armen in der Familie aufgenommen worden war. »Ja, das ist sie. Ich weiß nicht, was sie tun wird, wenn er in die Schule kommt.«

»Wie alt ist er?«

»Er wird nächsten Monat vier. Es dauert also noch etwas. Wir hoffen, es wird einfacher für ihn, sich anzupassen, wenn er älter ist.« Amy stellte Chloe eine Schüssel vor die Nase und eine weitere vor ihren eigenen Platz. Chloe an ihrem Küchentisch zu haben, fühlte sich genauso surreal an wie beim letzten Mal, obwohl sie jetzt wenigstens nicht mehr verzweifelt versuchte, ihrem Blick auszuweichen.

»Wenigstens ist es eine kleine Schule. Wie viele Leute hatten wir in der Grundschule insgesamt? Dreißig? In den städtischen Schulen gibt es so viele in einer einzigen Klasse.«

»Ein kleiner Trost. Und Adam wird auch dort sein.«

»Verstehen sie sich gut?«

»Viel besser als Danny und ich, als wir in ihrem Alter waren«, sagte Amy mit einem Grinsen. »Aber vielleicht liegt das daran, dass Sam nicht spricht. Es gibt keine Widerrede oder Streit. Nur gelegentliche Wutanfälle oder Zusammenbrüche.«

»Weißt du, ich hätte mir Danny nie als Elternteil vorstellen können.«

»Ich auch nicht. Aber vor allem weil ich mir nicht vorstellen konnte, dass irgendjemand sich mit ihm fortpflanzen wollte.« Sie rümpfte die Nase.

Chloe verschluckte sich fast an einem Stück Tiramisu.

»Und dann verlieben Gabi und er sich ineinander. Unglaublich. Aber es hat geklappt. So ist sie in meiner Nähe geblieben und das hat mir den Umzug hierher erleichtert.«

Chloe nickte, während sie den letzten Rest ihres Desserts aufaß. »Das war unglaublich lecker«, sagte sie, als sie fertig war. »Habt ihr das selbst gemacht?«

»Ich und Gabi.«

»Du hast schon immer die besten Kuchen im Hauswirtschaftsunterricht gemacht.«

»Nichts für ungut, Chloe, aber neben deinen Versuchen würde jeder wie ein potenzieller Gewinner eines Backwettbewerbs aussehen.«

Amy grinste, als Chloe sie fassungslos ansah. »Sag mir, dass du in der Küche nicht immer noch hoffnungslos bist.«

»Das könnte ich, aber es wäre eine Lüge. Ich bin eine Liebhaberin von Bohnen auf Toast, wie mein Vater.«

»Wie schaffst du es, allein zu überleben?« Die Frage war ein mehr oder weniger cleverer Versuch, herauszufinden, ob Chloe eine Freundin hatte.

»Durch die Freundlichkeit meiner Mitmenschen. Naomis Mutter sorgt dafür, dass ich etwas zu essen bekomme und einige meiner Mitarbeiter tun das auch. Sie alle wissen, dass ich eine Katastrophe in der Küche bin.«

Okay. Sie hatte nicht erwähnt, dass sie mit jemandem zusammenlebte, aber das bedeutete nicht unbedingt, dass sie zu Hause niemanden hatte, der auf sie wartete. Warum sollte sie Amy auch etwas darüber erzählen, nachdem sie sie in der Vergangenheit so behandelt hatte? Bei dem Gedanken wurde ihr flau im Magen. »Also, ich bin froh, dass du nicht verhungerst. Wenn du mal Lust auf eine hausgemachte Mahlzeit hast, wenn du hier bist, kannst du jederzeit vorbeikommen. Sogar heute Abend.«

»Ich sollte den Rest des Tages am Haus weitermachen«, sagte Chloe.

Amy nickte. Chloe war nicht zum Spaß hier, sondern wegen eines Jobs, den sie zu erledigen hatte. Ein Job, von dem Amy sie immer wieder ablenkte. »Klar, natürlich.«

»Aber vielleicht könnte ich morgen vorbeikommen?«, schlug Chloe vor.

Amy tat ihr Bestes, nicht zu hoffnungsvoll auszusehen.

»Vielleicht könnte ich vorher auf dein Reitangebot zurückkommen.«

»Sehr gern.«

Amy sammelte die Schüsseln ein. Chloe musste wieder zurück. Aber sie freute sich darüber, dass sie morgen wiederkommen würde. Chloes Anwesenheit am Wochenende war schnell zum Höhepunkt von Amys Woche geworden. Als sie Chloe zum Auto begleitete, versuchte sie, nicht zu sehr darüber nachzudenken, warum das so war. Jetzt war nicht der richtige Zeitpunkt, alte Gefühle wieder aufleben zu lassen.

Freunde, sagte sie sich ernsthaft. *Wir wollen Freunde sein.*

Kapitel 11

»Du hast die Wahl«, sagte Amy am nächsten Abend zu Chloe. Sie standen im Stall zwischen der Stute und einem kleineren Schimmel. Beide Pferde knabberten fröhlich an Heunetzen herum. »Regina kennst du ja schon.« Sie gab der Stute einen Klaps. »Und das ist Storm.«

»Ich entscheide mich für das Pferd, das keinen Mord vorhat«, beschloss Chloe, ging auf Storm zu und ließ ihn an ihrer ausgestreckten Hand schnuppern.

»Eine gute Wahl. Willst du ihn bürsten?« Amy bot ihr die Bürste in ihrer Hand an. »Ich verspreche, er ist harmlos.«

Chloe nahm die Bürste und strich damit über Storms Rücken, Flanken und Beine, eine Bewegung, die ihr trotz ihrer fehlenden Routine vertraut war. Die Aktivität war so entspannend, wie sie sie in Erinnerung hatte. Als Kind hatte Chloe nichts mehr geliebt, als nach der Schule mit Amy zum Stall zu eilen und bei einem Ausritt durch die Felder der Edwards alles andere zu vergessen.

Als Storms Fell sauber war, sagte Amy: »Jetzt kommt der wahre Test.« Sie reichte Chloe ein Zaumzeug. »Weißt du noch, wie das geht?«

»Ich glaube schon.« Chloe hielt das Zaumzeug in ihren Händen und sah es intensiv an.

Sie versuchte, sich daran zu erinnern, welches Teil wohin gehörte. Zügel über den Kopf, Gebiss ins Maul – ganz klar. Hoffentlich würde sich alles andere fügen. Glücklicherweise war Storm sehr gutmütig und öffnete gehorsam das Maul, als sie ihm das Gebiss vor die Nase und das Zaumzeug über die Ohren schob, und rührte sich auch nicht, als sie mit den Riemen hantierte, um es zu befestigen.

»Ich bin beeindruckt«, sagte Amy, als Chloe fertig war. »Als Nächstes der Sattel. Das ist einfacher.« Sie reichte ihr den Sattel und ging hinüber zu ihrem eigenen Pferd.

Chloe war dankbar, dass der Sattel eine einfachere Angelegenheit war.

Als Amy zurückkam, um den Sattelgurt zu überprüfen, nickte sie anerkennend. »Bist du sicher, dass du nicht geübt hast?«

»Hast du eine Ahnung, wie teuer Reitstunden in London sind?«

»Ich schätze, eine Menge?«

»Ich müsste dreißig Pfund pro Stunde für das Privileg bezahlen. Mindestens.«

Amy blinzelte. »Aufsteigen. Ich berechne dir nur fünfzehn.« Sie streckte eine Hand aus, ihre Augen funkelten.

»Ich dachte, das sollte ein Dankeschön dafür sein, dass ich dein Dach repariert habe.«

»Nein, das war das Tiramisu. Diesmal verzichte ich aber auf die Gebühr, weil es deine erste Stunde ist.«

»Wie großzügig.«

Amy grinste und reichte Chloe einen Helm, bevor sie Storms Zügel in die Hand nahm und ihn aus den Ställen führte. »Es gibt ein paar Stufen, die dir beim Aufsteigen helfen.«

Chloe brauchte diese Hilfe auch – anscheinend war sie nicht mehr so beweglich wie früher. Sie schwang ein Bein über Storms Rücken und war sich sicher, dass sie morgen früh einen Muskelkater haben würde. Das Pferd war höher, als sie es in Erinnerung hatte, und Beklemmung machte sich in ihrem Magen breit.

Aber Amys Lächeln war beruhigend, ihr Griff um Storms Zügel fest und sie ließ nicht los, bis Chloe beide Füße in den Steigbügeln hatte. »Halt die Zügel nicht zu kurz«, sagte Amy. Ihre Hand schloss sich um Chloes Zügelgriff und lockerte sanft ihre Finger. »Er muss nicht an der kurzen Leine gehalten werden.«

Chloe nickte und versuchte, ruhig zu bleiben und sich an alles zu erinnern, was Amys Mutter ihr vor all den Jahren über das Reiten beigebracht hatte. Als Kind war sie furchtlos gewesen, hatte sich keine Sorgen gemacht, als sie im Galopp über weite Felder geritten war. Heute fragte sie sich, woher dieses Selbstvertrauen gekommen war.

»Alles okay?«, fragte Amy, deren Hand noch immer auf Chloes lag.

Sie nickte.

Amy ging los, um Regina zu holen. Die Stute weigerte sich im Gegensatz zu Storm stillzustehen, aber Amy ließ sich davon nicht beirren. Sie hielt die Zügel locker in der einen Hand, während sie mit der anderen mit dem Sattelgurt herumspielte. »Können wir los?«

»Du voraus.«

Storm schien damit zufrieden zu sein, neben Regina herzugehen. Chloe gewöhnte sich bald an die schaukelnde Bewegung seines Gangs und entspannte sich mit jedem Schritt, den sie sich weiter von den Ställen entfernten.

Der Weg, den Amy wählte, war Chloe bekannt. Er schlängelte sich am Rande der Felder der Edwards entlang und durch den Wald und endete auf einer kleinen Lichtung, auf der das Gras hochwuchs und in deren Mitte ein Bach verlief.

Natürlich waren sie damals um die Wette geritten, hatten umgestürzte Bäume und offene Gräben überflogen und alles in weniger als zehn Minuten geschafft. Bei dem Tempo, mit dem sie jetzt unterwegs waren, dachte Chloe, dass sie wohl eher eine halbe Stunde brauchen würden. »Ich halte dich zurück«, sagte sie, als sie bemerkte, wie Regina an den Zügeln zog und den Kopf schüttelte, wenn Amy sie dazu brachte, langsamer zu gehen.

»Es ist in Ordnung.«

»Regina scheint das nicht so zu sehen.«

»Regina hält von den meisten Sachen grundsätzlich nicht viel.«

»Wie lange hast du sie schon?«

»Zehn Jahre. Ich habe sie bekommen, kurz nachdem ich zurückgekommen bin. Die Umstellung von dem immer hektischen London hierher zurück, wo es nicht viel zu tun gibt, war schwierig. Ich wollte ein Projekt, etwas, das ich tun konnte, wenn ich gerade nicht arbeite. Ich ging zu einer Auktion und kaufte mir eine dürre, sechs Monate alte Stute mit einem Verhaltensproblem.«

»Nimmst du noch an Wettkämpfen teil?« Die Turniertage hatten ihnen in ihrer Jugend viel Spaß gemacht. Es war auch eine erfolgreiche Zeit gewesen. Sie hatten die Pferde früh am Sonntagmorgen verladen und waren zum nächstgelegenen Turnier gefahren, von dem eines der Pferde in der Regel mit einer neuen Rosette zurückkam.

»Manchmal, aber nicht regelmäßig. Als Erwachsener macht es weniger Spaß. Man muss alles selbst machen.«

»Reiten die Kinder auch?«

»Adam hat es gelernt, aber es hat ihm nicht gefallen. Sam hingegen liebt es. Er hat sein eigenes Shetlandpony. Es heißt Rubble.«

»Er ist ein großer Fan von PAW Patrol«, sagte Chloe und erinnerte sich an den Teller, den sie beim ersten gemeinsamen, eher peinlichen Abendessen gesehen hatte.

Amy nickte. »Der größte. Ich habe mehr Episoden gesehen, als ich zugeben möchte – obwohl ich neugierig bin, woher du so viel darüber weißt.«

»Weil es meine Lieblingssendung ist.« Chloe grinste.

Amy drehte sich um und warf ihr einen ungläubigen Blick zu.

»Okay, ist sie nicht, aber Naomis Nichten waren Fans, als sie jünger waren. Deswegen habe ich auch viele Folgen davon gesehen. Peppa Pig war auch sehr beliebt. Manchmal verfolgt mich die Titelmelodie immer noch nachts im Schlaf.«

Amy schnaubte. »Du stehst ihnen nahe?«

»Ich stehe der ganzen Familie nahe. Sie haben mich praktisch adoptiert, als Naomi mich das erste Mal mit nach Hause genommen hat.«

»Das ist gut.«

Ist es das?, wollte Chloe fragen, denn Amys Lächeln wirkte irgendwie gezwungen. Aber sie war sich unsicher, ob sie in ihrer Freundschaft schon wieder an einem Punkt waren, an dem sie solche Fragen stellen durfte. Früher fiel es Chloe leichter Amy zu durchschauen, sie hätte solch eine Frage gar nicht stellen müssen. Damals hätte sie die Antwort bereits gekannt. Jetzt allerdings war ihre ehemals beste Freundin ein verschlossenes Buch für sie. Ein Buch, das sie gern öffnen würde.

Für eine Zeit herrschte eine entspannte Stille zwischen ihnen. Chloe genoss die Landschaft: das Auf und Ab der Hügel in der Ferne, grüne Felder mit Schafen, die Kuhherde der Edwards, die in der Nähe auf einer Weide graste. Sie konnte immer noch den Regen in der Luft riechen und der Boden unter Storms Hufen war weich und matschig. Vogelgezwitscher klang in ihren Ohren. All das würde sie zu Hause, in London, nie erleben.

»Du siehst aus, als würdest du zu viel nachdenken«, sagte Amy, als sie Regina durch die ersten Bäume des Waldes lenkte, deren Blätter in einem satten Grün erstrahlten und im Sonnenlicht glitzerten.

Chloe duckte sich, um einem tiefhängenden Ast auszuweichen.

»Das hier sollte eigentlich eine entspannende Aktivität sein.«

»Ist es auch. Ich denke gerade darüber nach, wie schön es ist, hier zu sein. Ich habe mich monatelang davor gefürchtet, zurückzukommen, habe mir diesen schrecklichen, furchtbaren Ort vorgestellt, den ich verlassen habe. Aber es ist nicht so schlimm, wie ich dachte. Wirklich, es ist ... Zuhause. Erinnerungen. Vertrautheit.«

»Dann bin ich ja froh. Sowohl, dass es nicht so schlimm ist, als auch, dass du hier bist. Ich wünschte natürlich, es wäre wegen anderer Umstände. Aber es ist schön, dich wieder kennenzulernen.«

»Ja, das ist es.« Chloe fragte sich, ob ihre Rückkehr nach Corthwaite sich auch so gut angefühlt hätte, wenn Amy – oder ihre Mutter – nicht mehr da gewesen wäre. Die Antwort war wohl eher Nein. Es wäre einfach nicht die gleiche Erfahrung, wenn sie am Ende einer Fahrt nichts als ein leeres, halb ausgeräumtes Haus erwartete.

Gut, sie wäre mit ihrem Projekt natürlich schon weiter, wenn die Edwards sie nicht ablenken würden. Allein an diesem Wochenende hatte sie kaum die Hälfte der Aufgaben auf ihrer Liste erledigt. Die Küche sollte mittlerweile tapetenfrei und frisch gestrichen sein und die Wand zwischen der Küche und dem Esszimmer durchgebrochen werden. Alles, was sie bis jetzt geschafft hatte, war, ein paar Schränke herauszureißen. Jin würde sie umbringen, wenn er wüsste, wie wenig sie geschafft hatte. Aber er war nicht hier und Chloe hatte nicht vor, es ihm zu erzählen.

Das Geräusch von fließendem Wasser drang an ihre Ohren, als sie die Lichtung erreichten. Chloe ließ die Zügel durch ihre Finger gleiten. Storm senkte sofort den Kopf und schnappte nach dem Gras, das seine Hufe streifte. Chloe ließ sich die Sonnenstrahlen ins Gesicht scheinen, die durch die Baumkronen fielen. Sie versuchte, nicht an all die Dinge zu denken, die sie stattdessen hätte tun sollen.

Ob Amy sich auch vor ihrer Verantwortung drückte? Ob sie sich zu Chloe genauso hingezogen fühlte wie Chloe zu ihr?

Ein Sprichwort sagte, dass alte Gewohnheiten schwer zu überwinden seien. Früher war die Freundschaft zu Amy das Wichtigste für Chloe. Der Neuanfang nach ihrer Rückkehr war erstaunlich leicht gewesen. Viel leichter, als sie es sich je hätte vorstellen können, wenn man die Vergangenheit bedachte, und Chloe hoffte, dass sie auch in Kontakt bleiben würden, wenn das Haus irgendwann verkauft war.

»Ich war schon seit Ewigkeiten nicht mehr hier«, sagte Amy. Sie hielt die Zügel in der einen Hand, während die Finger der anderen mit Reginas Mähne spielten.

»Ich dachte, der Weg wäre zugewachsen.« Zum Glück war Storm trittsicher und Chloe fühlte sich auf seinem Rücken sehr wohl. »Wie kommt das?«

»Ich weiß es nicht. Ich schätze, das war schon immer irgendwie unser Platz. Es fühlte sich komisch an, allein hierherzukommen.« Sie sah Chloe nicht an, als sie das sagte. Ihr Blick war auf die Rinde eines nahen Baumes gerichtet.

Chloe erinnerte sich daran, wie sie damals über diesen Ort gestolpert waren, wie Amy Chloe herausgefordert hatte, ihr in den Wald zu folgen, der Chloe mit dreizehn noch viel unheimlicher und dichter erschienen war als jetzt. Sie war trotz ihrer Ängste mitgegangen und hatte ihr Pony hinter Amy herlaufen lassen; die beiden hatten den Bach gefunden und waren ihm gefolgt, wobei sie zufällig über diese Lichtung gestolpert waren.

Später hatten sie mehrere Anläufe gebraucht, um die Lichtung wiederzufinden, aber als der Pfad einmal ausgetreten und vertraut war, wurde er zu ihrem persönlichen Versteck, dem Ort, an dem sie sich gegenseitig Geheimnisse erzählten. Im Schatten der Bäume, verborgen vor der Außenwelt.

»Weißt du noch, wie du in den Bach gefallen bist?«, fragte Chloe grinsend. Amy hatte ihr Pony gedrängt, von einem Ufer zum anderen zu springen, aber stattdessen hatte es den Kopf gesenkt und sie ins Wasser geworfen. Chloe hatte so sehr gelacht, dass sie fast von ihrem eigenen Pony gefallen war.

»Weißt du noch, als du den Ast nicht gesehen hast und auf den Hintern gefallen bist?«, feuerte Amy zurück.

Chloe zuckte zusammen und fuhr sich mit der Hand reflexartig über den Rücken. »Der blaue Fleck war noch wochenlang da.«

»Selber schuld.«

»Ich denke eher, dass es deine Schuld war, weil du mich abgelenkt hast.«

»Alles Lügen.«

Chloe grinste und hatte viel mehr Spaß, als sie gedacht hatte.

Irgendwann war es aber Zeit, wieder zurückzureiten.

»Wollen wir einen Trab versuchen?«, fragte Amy, als sie die Waldgrenze hinter sich gelassen hatten. Vor ihnen erstreckten sich weite Felder und das Haus war über den Hügeln kaum zu erkennen.

»Klar.«

Chloe brauchte nichts tun, um Storm anzuspornen. Er folgte Reginas zügigem Tempo. Seine Bewegungen waren zwar ruckartig, aber Chloes Muskeln erinnerten sich schnell an das, was sie tun mussten.

Der Wind rauschte durch ihr Haar. Amys atemloses Lachen klang in ihren Ohren und Chloe fühlte sich so frei wie seit langer, langer Zeit nicht mehr.

»Hattet ihr einen guten Ausritt?«, fragte Gabi, als Amy und Chloe in die Küche traten.

Der Essensgeruch ließ Amys Magen knurren.

»Ja, es war toll.«

Chloe sah so fröhlich aus, wie Amy sie seit einer Ewigkeit nicht mehr gesehen hatte. Ein leichtes Lächeln umspielte ihren Mund, als sie Gabis Blick begegnete.

»Das riecht fantastisch.«

»Danke schön. Ich hoffe, du magst Tacos.«

»Ich liebe Tacos.«

»Wo sind die anderen?«, fragte Amy, die sich an den Tisch setzte und sich einen Tortilla-Chip aus der Schüssel in der Mitte nahm.

Gabi sah Amy streng an. »Iss dich nicht vorher schon satt«, sagte sie mit ihrer besten Lehrerstimme.

Amy grinste.

»Sie spielen gerade im Wohnzimmer Domino. Ihr könnt mitspielen, wenn ihr wollt.«

»Nein, wir bleiben lieber hier.« Es würde Chloe sicher nicht gefallen, Zeit mit Danny zu verbringen. »Brauchst du Hilfe?«

»Du kannst den Salat machen. Oh, nicht du, Chloe«, fügte Gabi hinzu, als Chloe Amy zum Kühlschrank folgen wollte. »Du bist Gast. Setz dich, bitte.«

»Es macht mir nichts aus.«

»Es hat keinen Sinn, mit ihr zu streiten«, sagte Amy und nahm einen Salatkopf aus dem Kühlschrank. »Sie ist noch sturer als ich.«

»Bitte«, entgegnete Gabi spöttisch. »Das ist unmöglich.«

Amy stieß sie mit der Hüfte an. Aus den Augenwinkeln sah sie, dass Chloe sie beobachtete, und fragte sich, was sie über ihre Beziehung dachte. Gabi war jetzt in der Position, die Chloe früher einmal eingenommen hatte. Ob sie dasselbe empfand wie Amy, wenn sie in der Nähe von Chloe und Naomi war. Nicht unbedingt Eifersucht, eher so etwas wie Neid. Oder vielleicht eine Sehnsucht nach der Vertrautheit, die sie einst geteilt hatten.

»Wie weit bist du mit dem Haus, Chloe?«, fragte Gabi, die Paprika und Zwiebeln in einer Pfanne anbriet. »Du kommst bestimmt gut voran.«

»Ich bin noch nicht so weit, wie ich gehofft hatte.«

Mit leichten Schuldgefühlen fragte Amy sich, ob das an ihr lag.

»Aber ja, es läuft ganz gut. Ich würde dich ja fragen, wie es in der Schule läuft, aber du hast jetzt Sommerferien, oder?«

»Ja, zum Glück. Nicht, dass mein Leben sich während der Ferien nur um Spaß und Spiel dreht. Ich muss immer noch den Unterricht für den Schulanfang planen. Aber ja, die Pause ist immer willkommen.«

»Hast du etwas Aufregendes geplant?«

»Danny und ich fliegen nächste Woche mit den Jungs zu meiner Familie nach Mexiko, also wird es hier eine Weile ruhiger zugehen.«

Es war Amys unbeliebteste Zeit des Jahres – ihr Arbeitspensum verdoppelte sich beinah und sie vermisste Gabi und die Kinder wie verrückt. Ganz zu schweigen von der wahnsinnigen Eifersucht, die sie jedes Mal empfand, wenn sie die Fotos aus Mexiko sah. Sie sah Chloe an. »Also, wenn du irgendwann mal vorbeikommen willst, um mir Gesellschaft zu leisten, kannst du das gern tun.«

»Bitte«, sagte Gabi und trank einen Schluck Wein. »Sie bläst sonst nur Trübsal.«

»Das«, Amy schwang das Messer, mit dem sie den Salat geschnitten hatte, »ist nicht wahr.«

»Falsch. Du vermisst uns.«

»Vielleicht.« Sie grinste, als Gabi ihr einen leichten Tritt in die Wade verpasste.

»Fährst du nicht mit?«, fragte Chloe.

Amy schüttelte den Kopf. »Nee. Ich könnte den Hof nicht so lange allein lassen.«

»Sie ist ein zu großer Kontrollfreak.«

»Hältst du mal die Klappe?« Amy streckte die Zunge raus. Gabi genoss es viel zu sehr, sie zu ärgern. »Das ist es nicht. Es ist praktisch unmöglich, jemanden zu finden, der auf alles aufpasst, während wir weg sind.«

»Genau. Du traust das niemandem zu. Weil du ein Kontrollfreak bist.«

Amy grummelte vor sich hin.

»Ich verstehe das«, sagte Chloe. »Für mich war es die ersten Wochen hier auch echt schwer, meine Firma zurückzulassen. Aber wenn du Naomi fragst, würde sie mich auch einen Kontrollfreak nennen, also…« Chloe zuckte mit den Schultern. »Nimm es, wie du willst. Was ist mit deiner Mum? Bleibt sie auch hier?«

»Ja, damit ich nicht allein bin. Sie ist schon ein paar Mal mit ihnen gereist, aber sie ist nicht gerade ein Fan vom Fliegen. Außerdem ist es ein schöner Ausgleich, wenn sie mal nicht auf Sam aufpassen muss. Nicht, dass sie es als Arbeit ansieht.«

»Nein, sie liebt es.« Amy konnte sie im anderen Zimmer hören, wo Sam ein seltenes Kichern von sich gab, während sie spielten.

»Kommt deine Familie auch mal hierher zu Besuch, Gabi?«

»Zweimal im Jahr«, sagte sie.

Das waren jedes Mal die verrücktesten Wochen in Amys Leben. Das Haus war dann immer von Aktivität und schnellem Spanisch erfüllt.

»Ostern und Weihnachten, normalerweise.«

»Gefällt es ihnen hier?«

»O ja. Papi liebt es, Amy und Danny auf der Farm zu begleiten und Mami verbringt ihre Zeit damit, sich um die Kinder zu kümmern. Manchmal kommen auch meine Schwestern und ihre Familien, und dann wird es richtig chaotisch.«

Der Timer klingelte und Gabi griff danach, um ihn auszuschalten. »Willst du die Truppe zusammentrommeln?«, fragte sie.

Amy nickte, stellte den Salat auf den Tisch und schenkte Chloe auf dem Weg ins Wohnzimmer ein Lächeln. Das Dominospiel schien immer noch in vollem Gange zu sein. Sam saß auf dem Schoß ihrer Mutter und Adam saß auf Dannys Schoß, beide Kinder hatten die Stirn gerunzelt und waren hoch konzentriert.

»Das Essen ist fertig«, sagte Amy. »Ihr könnt nachher fertig spielen.«

»Okay.« Adam, der ständig Hunger hatte, rappelte sich sofort auf und huschte in die Küche.

Sam war langsamer und nahm die Kopfhörer, die Amys Mutter ihm reichte, bevor er seinem Bruder folgte.

Um den Tisch herrschte dichtes Gedränge. Amy wählte ihren üblichen Platz neben Chloe und verfluchte ihre Wahl, als Chloes Arm ihren berührte. Bisher hatten sie sich so eine große Mühe gegeben, jeglichen Körperkontakt zu vermeiden, dass diese kleine Berührung ihr einen Schauer über den Rücken jagte. Sie bemühte sich, sich nichts anmerken zu lassen, während sie sich auf ihr Gespräch mit Gabi konzentrierte. Amy würde das Gefühl von Chloes bloßer Haut auf ihrer eigenen nicht ertragen. Es würde sie sofort an das Gefühl dieser Arme um ihre Taille erinnern, an diese Hände in ihrem Haar, an die Hitze, die sich in ihrem Magen breitmachte.

Daran sollte sie auf keinen Fall denken, schon gar nicht am Esstisch. Sie hoffte, dass ihre Wangen nicht so heiß waren, wie sie sich anfühlten. Glücklicherweise schienen alle anderen zu sehr mit ihren Tacos beschäftigt zu sein, um Amys Angespanntheit zu bemerken.

Chloe fühlte sich bei diesem Abendessen offensichtlich viel wohler als beim letzten, unterhielt sich mit Gabi und Amys Mutter und bezog sogar Adam in das Gespräch mit ein.

»Freust du dich auf deine Reise, Adam?«

»Ja!«

»Was magst du dort am liebsten?«

»Wenn wir an den Strand fahren. Da kann ich Sandburgen bauen und ins Meer gehen.«

»Ich glaube, das ist auch Sams Lieblingsbeschäftigung«, sagte Gabi und legte eine Hand auf seine Stuhllehne. »In der Stadt ist es ihm zu voll.«

Amy kannte das Gefühl. Die belebten Straßen von Guadalajara waren das krasse Gegenteil der Ruhe in Corthwaite. Und trotzdem würde sie sofort wieder dorthin zurückkehren, wenn sich die Gelegenheit ergab.

Nach dem Abendessen setzten die Jungs ihr Dominospiel fort und Amy half den Tisch abzuräumen. Ehe sie sichs versah, war es Zeit für das nächtliche Melken und Chloe begleitete sie hinaus.

»Hattest du einen schönen Abend?«, fragte Amy, als sie vor der Haustür stehen blieben. Sie steckte die Hände in die Taschen ihrer Jeans.

»Ja.« Chloes Lächeln war sanft. »Danke, dass ich da sein durfte.«

»Jederzeit. Wenn du mir nächstes Wochenende Gesellschaft leisten willst …«

»Wenn alles nach Plan läuft, werde ich dann keine funktionierende Küche mehr haben. Also könnte ich auf dein Angebot zurückkommen.«

»Sehr gut.«

Chloe winkte zum Abschied.

Amy sah ihr nach, wie sie den Heimweg antrat, bevor sie sich selbst auf den Weg zur Melkstation machte. Chloe fügte sich wieder so selbstverständlich in ihr Leben ein, als wäre sie nie weg gewesen, als wären die Jahre der Entfernung zwischen ihnen verschwunden und Amy …

Amy seufzte. Sie konnte nicht aufhören, an das Lächeln zu denken, an Chloes Lachen, das vom Wind aufgefangen wurde, als sie über die Felder ritten, und daran, dass es sich auf eine unheimliche Art und Weise richtig anfühlte, Chloe zurückzuhaben.

Kapitel 12

»Das ist … nicht gut.« Die Hände in die Hüfte gestemmt, starrte Chloe auf die verrotteten Dielen. Es war ein Wunder, dass da noch niemand durchgebrochen war. »Wie konnte man das bei der Untersuchung übersehen?«

»Ich weiß es nicht.« Chris schlug die Hände über dem Kopf zusammen. Nicht, dass es seine Schuld gewesen wäre. Er war Bauunternehmer, kein Vermesser.

Chloe würde später am Nachmittag einen Anruf tätigen.

»Man kann das reparieren. Es ist nur …«

»Viel mehr Arbeit«, beendete Chloe den Satz mit einem schweren Seufzer. Das Haus in der Harrison Street sollte ein schnelles Projekt sein, nur ein paar Monate, und jeder Zwischenfall warf sie zurück. Die Dielen im gesamten Erdgeschoss auszutauschen, war wirklich nicht geplant gewesen.

»Und kostet viel mehr«, sagte Chris. Er steckte die Hände in die Taschen seiner Warnweste. »Ganz zu schweigen davon, wie schwierig es ist, so kurzfristig jemanden zu finden. Ich kenne zwar ein paar Leute, aber ob die frei sind, ist eine ganz andere Sache.«

Chloe knabberte an ihrer Unterlippe und überlegte, was die beste Lösung war. »Ich werde es selbst machen.« Sie war mehr als fähig dazu und auch wenn es bedeuten würde, ein Wochenende in Corthwaite zu opfern, war es das wert, wenn sich das Projekt hier in London dadurch nur minimal verzögerte. »Kannst du mir alles besorgen, was ich brauche?«

»Klar, Boss.« Er eilte davon, das Telefon bereits in der Hand.

Chloe beugte sich vor, um noch mehr von dem staubigen alten Teppich hochzuziehen und das ganze Ausmaß des Schadens begutachten zu können. Einige der Balken mussten auch ausgetauscht werden, aber sie war erleichtert zu sehen, dass andere noch in Ordnung waren. Die Reparatur sollte zumindest nicht länger als ein Wochenende dauern.

Ein Wochenende, das sie eigentlich in Corthwaite hatte verbringen wollen. Und auf das sie sich wirklich gefreut hatte.

Mit einem merkwürdigen Ziehen in der Brust griff sie nach ihrem Telefon. Amy würde sich Sorgen machen, wenn sie ihr nicht Bescheid sagte.

Auf der Arbeit ist etwas dazwischengekommen, also werde ich dieses Wochenende nicht nach Corthwaite kommen. Verschieben wir das Abendessen?

Chloe drückte auf Senden und steckte das Telefon zurück in die Tasche. Sie beschloss, einen Blick auf die Arbeiten im restlichen Haus zu werfen – in der Hoffnung, auf keine weiteren Probleme zu treffen. Die Stufen knarrten unter ihren Füßen, ein Geräusch, das selbst durch das Hämmern zwei Stockwerke höher nicht ganz überdeckt wurde.

Naomi stand am oberen Ende der Treppe und tippte mit einem Bleistift gegen ihre Lippen.

»Du hast dein ›Ich habe einen Plan‹-Gesicht aufgesetzt«, sagte Chloe, als sie sie erreichte. »Willst du mir noch mehr Arbeit aufhalsen?«

»Du könntest eine Wand im Bad ziehen, um es in zwei Räume zu teilen. Dann hast du eine separate Toilette und eine Dusche. Außerdem ist im Hauptschlafzimmer Platz für einen begehbaren Kleiderschrank. Und hast du gesehen, wie groß der Keller im Erdgeschoss ist? Da wäre locker Platz für eine weitere Wohnung.«

»Also, kurz gesagt: ja.«

»Hey, du warst doch diejenige, die nach meiner Meinung zu dem Haus gefragt hat«, sagte Naomi. »Und erzähl mir nicht, du hättest nicht auch schon an all diese Dinge gedacht. Wie sieht es mit dem Boden aus?«

Chloe zog eine Grimasse. »Nicht gut. Aber ich werde morgen kommen und ihn reparieren.«

»Was ist mit dem Haus deines Vaters?«

»Ein Wochenende kann nicht schaden.«

»Hinkst du nicht schon deinem Zeitplan hinterher? Weil du deine ganze Zeit mit Amy verbringst?«

Chloe verschränkte die Arme vor der Brust. »Ich verbringe nicht meine ganze Zeit mit ihr.«

»Aber eine Menge davon.« Naomi grinste Chloe an.

»Ich gehe manchmal rüber«, sagte Chloe, wandte sich von Naomi ab und ging den Flur entlang, wobei sie mit den Fingern über die hässliche gelbe Tapete strich, die sie unbedingt loswerden wollte. »Ich wusste nicht, dass das ein Verbrechen ist.«

»Ist es nicht. Aber es ist überraschend, wenn man bedenkt, was sie dir damals angetan hat.«

Chloe zuckte mit den Schultern. Naomi hatte natürlich nicht unrecht. »Sie hat sich entschuldigt. Und sie ist jetzt anders. Das sind wir beide.«

»Vielleicht nicht so anders, wie du glaubst.«

»Was soll das denn heißen?«

Naomi schürzte die Lippen und lehnte sich an die Wand. »Magst du sie?«

»Was?« Chloe stieß ein Lachen aus. »Natürlich nicht. Den Fehler habe ich schon einmal gemacht. Das passiert mir nicht noch mal.«

Naomi brummte etwas vor sich hin und sah nicht so aus, als würde sie ihr auch nur im Geringsten glauben. Aber sie widersprach nicht und folgte Chloe, als sie weiter durch das Haus ging.

Sie waren im Keller und besprachen mögliche Grundrisse für den Fall, dass sie ihn tatsächlich in einen Wohnraum umwandeln würden, als Chloes Telefon summte.

Mist. Ich schätze, dann muss ich mich selbst unterhalten ... vielleicht bin ich schon vor Langeweile gestorben, bis du zurückkommst.

Chloe musste lachen. Aber das Lächeln verschwand aus ihrem Gesicht, als sie bemerkte, dass Naomi sie beobachtete.

»Die war von ihr, nicht wahr?«, fragte sie.

Chloe entschied sich, nicht zu antworten.

»Was wolltest du sagen?«

»Ich mag sie nicht auf die Art.«

»Aha.« Naomi musterte sie.

»Wir sind Freunde.«

»Aha. Du hast noch nie so ein Gesicht gemacht, wenn ich dir eine SMS geschickt habe, aber klar. Leugne es nur weiter.«

»Ich leugne überhaupt nichts, und« – sie sah, wie Naomis Mund sich öffnete – »wenn du noch einmal ›Aha‹ sagst ...«

»Na gut, na gut. Ich bin still. Für den Moment.«

Chloe rollte mit den Augen. »Also, die Toilette hier?«, fragte sie, begierig darauf, das Thema zu wechseln, und deutete auf die hintere Ecke des Kellers. »Oder hier drüben?«

»Ich bin mehr als fähig, für mich selbst zu kochen, weißt du«, sagte Leanne, als sie die Küche betrat. Amy stand vor dem Herd und rührte in einem Topf mit Nudeln herum. »Du solltest dich setzen. Ruh dich aus.«

»Mir geht's gut, Mum.«

Leanne runzelte die Stirn. »Das tut es nicht. Du schuftest dich noch zu Tode. Setz dich.« Ihre Mutter packte Amys Schultern mit einem festen Griff und lenkte sie zum Küchentisch. »Wir wollen doch nicht, dass du dich komplett überarbeitest.«

»Es sind doch nur ein paar Wochen.«

»Trotzdem. Du warst das ganze Wochenende so unruhig. Was ist los mit dir?«

Amy biss sich auf die Lippe, um nicht zu antworten. Sie wusste genau, was in sie gefahren war, aber sie wollte es nicht laut aussprechen. Der Grund war dumm, schließlich war es nur ein Wochenende, an dem Chloe nicht da war. Sie so zu vermissen, wobei Amy sie vor ein paar Tagen erst gesehen hatte, war lächerlich. Aber sie hatte sich an den Gedanken gewöhnt, freitags mit Chloe abzuhängen, ein Lichtblick am Ende der Woche, und bis zu Chloes SMS hatte sie gedacht, dass dieses Wochenende nicht anders sein würde.

Vielleicht lag es daran, dass sie feste Pläne gehabt hatten. Vielleicht war das der Grund, warum Amys Magen sich zusammenzog, als sie die Nachricht bekam, dass Chloe nicht kommen würde. Vielleicht war das der Grund, warum sie seither versucht hatte, sich zu beschäftigen, um nicht darüber nachzudenken, was die Tiefe ihrer Enttäuschung bedeuten könnte.

Oder warum sie schon ungeduldig auf den nächsten Freitag wartete.

»Warum lädst du Chloe nicht zum Essen ein?«, fragte ihre Mutter und lenkte Amys Gedanken unbewusst auf das, was sie eigentlich zu verdrängen versuchte.

»Sie ist nicht hier, Mum. Das habe ich dir schon gestern gesagt.«

»Oh, natürlich. Ich habe es vergessen.«

Amy wünschte, sie könnte Chloes Abwesenheit auch so einfach vergessen. Gott, was war nur los mit ihr?

Du weißt, was mit dir los ist, flüsterte eine Stimme in ihrem Hinterkopf. *Du weißt, warum du nicht aufhören kannst, an sie zu denken.*

»Aber es ist schön, dass sie wiedergekommen ist. Ich bin froh, dass ihr euch wieder vertragen habt.«

Amy rutschte auf ihrem Stuhl hin und her, weil sie nicht sicher war, ob ihr gefiel, wohin dieses Gespräch führte.

»Wie schade, dass ihr euch damals zerstritten habt.«

Eine Schande, ein Bedauern, ein Fehler, den sie versuchte, wiedergutzumachen.

Sie spürte, dass der Blick ihrer Mutter auf ihr ruhte, und hoffte inständig, dass sie ein anderes Gesprächsthema fand. Es war schon schlimm genug gewesen, Gabi alles zu beichten. Sie wollte nicht auch noch die Enttäuschung ihrer Mutter sehen, wenn sie die ganze Wahrheit erfuhr.

»Ich bin froh, dass ihr es geschafft habt, euch zu versöhnen.«

»Ja.« Amy griff nach der Bierflasche, die sie auf dem Tisch abgestellt hatte, und kratzte mit den Nägeln am Etikett herum. »Ich auch.«

»Es war schön, sie hier zu haben«, sagte ihre Mutter wieder.

Amy gab einen unverbindlichen Laut von sich und trank einen Schluck Bier.

»Wie geht's mit dem Haus voran?«

»Ich weiß es nicht.« Und sie wollte auch nicht fragen. Chloes Anwesenheit in Corthwaite war mit einem Verfallsdatum versehen und der Gedanke an Wochenenden, an denen sie nicht mehr vorbeikommen würde, war etwas, das Amy, so gut es ging, zu vermeiden versuchte. »Ich glaube, sie arbeitet gerade an der Küche.«

»Vielleicht schaue ich mir das mal an.«

»Das würde ihr sicher gefallen.« Amys Telefon surrte auf dem Tisch. Sie hasste sich selbst dafür, dass sie auf eine weitere Nachricht von Chloe hoffte, als sie danach griff.

Die Nachricht war von Gabi. Sie hatte ihr ein Foto von den Jungs geschickt, grinsend mit sonnengebräunter Haut und Haar, das in der Sonne glänzte. Es sah so aus, als hätten sie die Zeit ihres Lebens.

Wenigstens die beiden amüsierten sich.

Und sie und ihre Mutter konnten das auch, beschloss Amy. Sie würden zu Abend essen, sich einen Film ansehen und einen Wellnessabend machen, so wie früher, als sie noch ein Kind war und die Hände ihrer Mutter nach einem langen Arbeitstag verwöhnt werden mussten.

Und wenn sie sich nur genug anstrengen würde, könnte sie vielleicht aufhören, sich zu wünschen, Chloe wäre da, um den Abend mit ihnen zu verbringen.

⁓⦅⦆⦆∘∘⦇⦇⦆∽

Chloes erstes Projekt nach ihrer Rückkehr nach Corthwaite fand nicht in ihrem eigenen Haus statt. Sie packte Zement, eine Schaufel und eine Schubkarre in den Kofferraum ihres Vans und fuhr zu Mrs Peterson.

»Tut mir leid, dass ich es nicht früher geschafft habe«, sagte sie, als Mrs Peterson die Tür öffnete.

»Ist schon in Ordnung, Liebes. Ich schließe dir hinten auf.« Sie huschte in ihren flauschigen Hausschuhen durch das Haus und begleitete Chloe dann in den Garten, nachdem sie das Vorhängeschloss abgenommen hatte. »Kann ich dir etwas zu trinken bringen? Oder etwas zu essen? Ich habe ein paar Scones für dich zum Mitnehmen. Ich habe auch Clotted Cream gemacht.«

»Das war doch nicht nötig, Mrs P.«

»Oh, es war überhaupt kein Problem. Es ist schön, jemanden zu haben, für den man backen kann. Ich gehe und hole dir was.« Sie eilte davon, bevor Chloe protestieren konnte.

Das Kläffen der Hunde war durch die offene Tür zu hören. Chloe machte sich daran, den Zement in der Schubkarre anzumischen. Als er fertig war, verbreitete sie die vorhandenen Löcher um die Zaunpfosten und schaufelte den Zement hinein.

Mrs Peterson kam mit einem Teller und einem Glas zurück. »Ich habe dir auch eine Limonade mitgebracht.« Sie stellte sie auf dem Tisch auf der nahe gelegenen Veranda ab und bedeutete Chloe, Platz zu nehmen.

Chloe trank dankbar einen Schluck Limonade. Schweißperlen standen ihr auf der Stirn – der Tag war wärmer, als sie erwartet hatte, aber wenigstens würde der Zement so schneller trocknen.

»Darf ich mich zu dir setzen?«, fragte Mrs Peterson und deutete auf den Stuhl gegenüber von Chloe.

»Natürlich.«

Mrs Peterson strahlte und schlang ihre Hände um eine Tasse mit dampfendem Tee, als sie sich setzte.

»Diese Scones sind fantastisch«, sagte Chloe und nahm einen weiteren Bissen, während Marmelade und Sahne auf ihrer Zunge schmolzen. »Danke.«

»Gern geschehen, Liebes.«

Chloe lächelte und stand dann auf, um sich wieder ihrer Arbeit zu widmen.

»Ein herrlicher Tag heute, nicht wahr?«, sagte Mrs Peterson. »Wir haben nicht allzu viele davon hier in der Gegend. Was auch gut ist, weil es das Gras zu schnell wachsen lässt.« Sie blickte auf das Gras, das Chloes nackte Knöchel kitzelte. »Ich werde die Hunde bald nicht mehr wiederfinden.«

»Haben Sie einen Rasenmäher?«

»Ja, in der Garage, aber er ist viel zu schwer für mich.«

»Soll ich den Rasen für Sie mähen, bevor ich gehe?«

»O nein. Das kann ich nicht von dir verlangen, Chloe. Du hast schon so viel getan.«

»Das macht mir nichts aus. Es wird nicht lange dauern.«

»Bist du sicher?«

»Ganz sicher.« Chloe wusste nur zu gut, wie einsam sich ein großes Haus in diesem Dorf anfühlen konnte, wenn man niemanden hatte, mit dem man es teilen konnte und Mrs Peterson sah so dankbar aus, dass sie gern ein paar weitere Stunden investierte.

Nachdem der Zaun repariert und der Rasen gemäht war, reinigte Chloe auch die Dachrinnen. Dafür bekam sie eine herzliche Umarmung und einen Arm voller Scones. Chloe lächelte immer noch, als sie durch das Dorf zurückfuhr und dann Amy sah, die sich vor dem King's Head mit Mark unterhielt.

Sie hielt am Straßenrand an, winkte und kurbelte ihr Fenster herunter, als Amy sich näherte.

»Alle Notfälle erledigt?«, fragte Amy.

»Jap.« Es war ein langes Wochenende in London gewesen, aber sie hatte es geschafft, den Fußboden fertigzustellen, bevor die Bauarbeiter am Montag wieder ihre Arbeit aufgenommen hatten. Damit lagen sie wieder fest im Zeitplan. »Wie ich sehe, bist du nicht vor Langeweile gestorben.«

»Beinah. Es war eine knappe Sache.«

»Da bin ich ja froh.«

»Wie läuft es mit der Küche?«

Chloe zog eine Grimasse. »Noch gar nicht, um ehrlich zu sein. Ich nehme nicht an, dass du Lust hast, mir zu helfen, den Rest herauszureißen, oder?«

»So lustig das auch klingt, ich habe heute Nachmittag selbst ein paar Dinge zu erledigen. Doppeltes Arbeitspensum und so.«

»Natürlich.« Daran hätte Chloe auch selbst denken können.

»Ich könnte aber vorbeikommen, wenn ich fertig bin. Ich kann dir Abendessen bringen, wenn dein Ofen noch nicht funktioniert.«

»Ich weiß nicht, ich hatte mich schon auf meine Mikrowellenlasagne gefreut …«

Amy gluckste, ihre Augen leuchteten. »Ich glaube, ich kann etwas Aufregenderes zaubern als das. Ich könnte gegen sechs Uhr vorbeikommen.«

»Passt, bis dann.«

―――⁂―――

Der große Müllcontainer vor Chloes Haus quoll fast über. Er war gut gefüllt mit Kieferschränken, Linoleumboden und Putzresten. Der Ofen stand daneben.

Amy klingelte.

»Es ist offen!«, rief Chloe.

Amy trat ein und musste lächeln, als sie von Bella begrüßt wurde, die über den Hartholzboden rutschte und mit wildem Schwanzwedeln gegen ihre Beine stieß.

»Tut mir leid wegen Bella«, sagte Chloe, die in der Küchentür erschien und einen mit Staub und Farbe besprenkelten Overall trug. »Wir bekommen nicht viel Besuch und sie ist es gewohnt, im Büro die ganze Aufmerksamkeit zu bekommen.«

»Du nimmst sie mit zur Arbeit?«

»Klar. Das ist der Vorteil, wenn man die Chefin ist – jeder Tag ist ein ›Bring-deinen-Hund-mit-zur-Arbeit-Tag‹. Sie liebt es.«

»Das kann ich mir vorstellen. Du siehst aus, als hättest du einen produktiven Tag gehabt.«

»Hatte ich auch. Aber du willst das Chaos hier drinnen nicht sehen.«

»Jetzt will ich es irgendwie doch.«

Chloes trat durch den Türrahmen zurück und forderte Amy auf, ihr zu folgen. Die Küche war bis auf den Rohbau entblößt, Rohre und Kabel ragten aus den Wänden, der Beton des Fußbodens war unter Laken versteckt. Die Wand zwischen Küche und Esszimmer war halb abgerissen, Putz und Ziegelsteine lagen frei, das Gewicht der Decke wurde von im Boden verschraubten Stützen gehalten.

»Wow. Jetzt habe ich das Gefühl, dass ich den ganzen Nachmittag faul gewesen bin.«

»Um fair zu sein, ich habe eine Deadline. Morgen kommen ein paar meiner Leute, um mir bei der Fertigstellung der Wand zu helfen.«

»Wie viel bezahlst du ihnen, damit sie den ganzen Weg hierher fahren?«

»Eine Menge.«

»Ich hätte dir helfen können, jemanden zu finden, der hier in der Nähe ist.«

»Ich weiß, aber ich ziehe es vor, mit meinen eigenen Leuten zu arbeiten. Ich weiß, dass sie auf mich hören, wenn ich ihnen sage, was sie tun sollen.«

»Ich nehme an, das tut nicht jeder.«

»Es gibt eine Menge Leute, die mich nach einem einzigen Blick abschreiben, ja.« Chloe fummelte an den Trägern ihres Overalls herum, während sie sprach. »Sie wollen nicht glauben, dass eine Frau sich auf einer Baustelle auskennt.«

»Ich nehme an, du beweist ihnen gern das Gegenteil.«

»O ja. Aber das passiert heutzutage nicht mehr so oft. Ich glaube, ich habe mir einen guten Ruf erarbeitet. Passiert dir das auch? Als wir Kinder waren, gab es hier nicht viele weibliche Farmer.«

»Manchmal. Aber jetzt, wo mich jeder kennt, eher weniger.«

»Ist das Abendessen?« Chloes Blick fiel auf die Tüte in Amys Hand. Auch Bella war sehr am Inhalt interessiert und schnupperte intensiv am Plastik herum.

»Das ist es.« Sie zog einen der Tupperware-Behälter heraus, in dem sich eine asiatische Gemüsepfanne befand, und reichte ihn Chloe. »Ich hoffe, das Essen entspricht deinen Erwartungen.«

»Es riecht schon mal köstlich. Wir können uns ins Wohnzimmer setzen. Ich glaube, dort ist es am wenigsten staubig.«

Dieser Raum hatte sich nicht verändert, seit Amy das letzte Mal zu Besuch gewesen war, aber im Licht der untergehenden Sonne wirkte er nicht mehr ganz so trostlos.

»Wann kommen denn alle aus Mexiko zurück?«, fragte Chloe, als sie sich auf der Couch niedergelassen hatte.

Bella rollte sich auf dem Sessel zusammen.

»Mittwoch. Sie schicken mir ständig Bilder, als ob ich nicht schon eifersüchtig genug wäre. Möchtest du die Fotos sehen, damit du an meinem Elend teilhaben kannst?«

Als Chloe nickte, schnappte sich Amy ihr Handy und setzte sich auf der Couch dicht an sie heran. Sie achtete darauf, dass sie sich nicht berührten, und hielt ein paar Zentimeter Abstand zwischen ihnen, während sie durch ihre Galerie auf ihrem Handy scrollte.

Gabi schickte ihr mindestens fünf Fotos pro Tag, meistens von den Kindern. Sie hatte Dutzende von ihnen am Strand, strahlend vor ihren jeweiligen Sandburgen oder paddelnd in den Wellen, die ans Ufer schlugen. Amys Lieblingsbild war das von Sam auf der Couch, der fest schlief und auf dessen Körper alle drei Katzen der Martinez' aufgetürmt waren.

»Was ist das für ein Gebäude?«

»Die Kathedrale.« Amy hielt bei einem Bild an, das einen grinsenden Adam auf Dannys Schultern zeigte, der vor einem Brunnen im Vordergrund posierte. Die gotischen Türme hinter ihnen ragten in einen wolkenlosen Himmel.

»Es ist wunderschön.«

»Ja. Viele der Gebäude dort drüben sind es. Ich habe noch stapelweise Fotos im Haus.« Sie konnte den wehmütigen Ton in ihrer Stimme nicht unterdrücken. »Nächstes Mal sage ich Danny, dass er hierbleiben muss und ich mit Gabi und den Kindern fahre.«

»Versteht er sich gut mit den Schwiegereltern?«

»Er hat sie mit seinem gebrochenen Spanisch für sich gewonnen. Obwohl ich gern behaupte, dass ich auch meinen Teil dazu beigetragen habe – sie liebten mich schon, bevor er und Gabi sich kennenlernten. Auch wegen meines gebrochenen Spanisch.«

»Du sprichst es besser, als ich es je könnte. Ich war schrecklich in Französisch.«

»Ich auch. Obwohl es mir leichter fällt, Sprachen zu lernen, wenn Mrs Forrester mich nicht anbrüllt.« Sie war mit Abstand die unheimlichste Lehrerin gewesen – und sie hatten sie auch in Naturwissenschaften gehabt.

»Weißt du noch, als Carly die Wörter für Marmelade und Kondom verwechselt hat?«

»Und sie fragte sie, ob sie Kondome mit Erdbeergeschmack haben könnte?«

»Ich habe noch nie gesehen, dass eine Lehrerin so rot geworden ist.«

»Ich dachte, sie würde explodieren.« Amy kicherte bei der Erinnerung daran – und daran, dass der Unterschied zwischen den beiden Wörtern der ganzen Klasse noch wochenlang eingebläut worden war. »Gott, manchmal vermisse ich diese Tage.«

»Ach ja?« Chloe drehte sich zu ihr um, die Wange gegen die Couch gelehnt und den leeren Tupperware-Behälter auf ihrem Knie balancierend.

»Ein Kind zu sein? Ja, schon. Keine nennenswerten Verpflichtungen und dein größtes Problem war es, alle Hausaufgaben rechtzeitig zu erledigen, um noch vor Einbruch der Dunkelheit einen Ausritt zu machen. Oder nicht?«

»Nein. Eigentlich nicht. Der Teil ohne Verantwortung, vielleicht ein bisschen, aber … ich weiß nicht. Es hat lange gedauert, bis ich mich in meiner Haut wohlgefühlt habe.« In Chloes Stimme war kein Vorwurf zu hören. »Ich mag, wo ich jetzt bin. Ich würde es nicht anders wollen, glaube ich.«

»Du würdest nichts ändern?«

»Ich meine, zu einem Lottogewinn würde ich nicht Nein sagen.« Chloe grinste. »Und natürlich wäre es schön, wenn meine Eltern noch da wären, aber sonst … Nein, ich glaube nicht. Du?«

Ich würde achtzehn Jahre zurückgehen und nicht so ein Feigling sein wollen. Ich würde nicht darauf hören, was andere sagen. Ich würde dich nicht gehen lassen.

Aber sie konnte nichts von alledem sagen. Nicht ohne dass die Stimmung kippte. Nicht ohne möglicherweise alles zu ruinieren. »Ich schätze nicht«, sagte sie stattdessen und falls Chloe dachte, sie würde lügen, hatte sie Anstand genug, es nicht anzusprechen.

Kapitel 13

»Guten Morgen, Boss«, begrüßte Chris sie extrem früh am Sonntagmorgen.

Chloe wollte gar nicht daran denken, wann er heute aufgestanden war, um von London in den Lake District zu fahren.

»Ein wunderschönes Haus hast du hier.«

»Gut hergefunden?«

»Einige der Straßen waren mit dem Trailer nicht ganz einfach, aber es ist alles heil geblieben. Dann zeig mir mal, womit wir es zu tun haben.«

Chloe trat zur Seite, um ihn und seine Söhne, die beide zum Unternehmen ihres Vaters gehörten, reinzulassen. Beide sahen noch nicht ganz wach aus, als sie ihr in die Küche folgten. »Es sollte nicht allzu lange dauern.«

Sie hatte gestern Abend, nachdem Amy zur Farm zurückgekehrt war, ein paar Stunden damit verbracht, so viel von der Mauer abzureißen, wie sie allein bewältigen konnte. Jetzt fehlten nur noch die schwereren Betonblöcke, die sie allein nicht hatte heben können. Dann würden sie den Balken einsetzen, den Chris mitgebracht hatte, um die Decke zu stützen.

Das Anheben war der schwierigste Teil: Chloe auf der einen Seite, Chris auf der anderen und die Jungs in der Mitte, um sicherzustellen, dass alles an der richtigen Stelle war. Als sie fertig waren, lief Chloe der Schweiß die Stirn hinunter und sie stieg von der Leiter, um ihr Werk zu begutachten.

Das Haus war ein einziges Durcheinander – überall Staub, Putz, Ziegel- und Betonbruchstücke, freiliegende Dachteile auf beiden Seiten der Balken –, aber alles sah schon jetzt größer und heller aus. Das Beste war, dass sie sich mittlerweile vor ihrem geistigen Auge vorstellen konnte, wie es aussehen würde, wenn es fertig war.

Einen Raum leer zu räumen und ihn für etwas Neues vorzubereiten, hatte fast etwas Therapeutisches. Das war der Teil der Arbeit, den Chloe immer am meisten geliebt hatte: zu sehen, was sie aus einem leeren Raum machen konnte. Wie sie das, was vorher da war, verbessern konnte.

»Sieht gut aus«, sagte Chris und nahm einen Schluck aus einer Wasserflasche. »Hast du hier noch viel zu tun?«

»Die Liste wird immer länger. Dieses Haus wurde nicht mehr renoviert, seit meine Eltern Ende der siebziger Jahre hierhergezogen sind.«

»Das glaube ich gern«, sagte Chris grinsend. »Der Ofen draußen? Diesen Stil habe ich schon lange nicht mehr gesehen.«

»Manche würden ihn wahrscheinlich eine Antiquität nennen.«

»Ich bin überrascht, dass dein Vater das Haus nicht modernisiert hat.«

»Ich glaube, weil er und meine Mum es gemeinsam eingerichtet haben. Nach ihrem Tod konnte er es nicht ertragen, irgendetwas an diesem Haus zu verändern. Als ob er damit ein weiteres Stück von ihr verlieren würde.«

»Geht es dir auch so?«, fragte Chris mit neugierigem Blick. »Weil du so viel veränderst?«

»Ein Teil von mir fühlt sich schuldig«, gab Chloe zu. »Aber mehr, weil ich das Haus verkaufe.«

»Das macht Sinn. Es ist immer schwer, sich von etwas zu trennen, das einem lieb und teuer ist. Und das Elternhaus? Etwas Kostbareres als das gibt es kaum.«

Irgendwie hatte er recht. Jedes Mal, wenn sie herkam, fühlte sie sich stärker zu diesem Ort hingezogen. Jedes Mal, wenn sie eine weitere Schublade öffnete und ein anderes altes Foto fand, weckte es eine Erinnerung an glücklichere Zeiten.

»Gut, dann wollen wir das Haus mal ein bisschen auf Vordermann bringen, bevor wir gehen, nicht wahr, Boss? Was sollen wir tun?«

Chloe übertrug ihnen die Aufgabe, die Balken und die Decke zu verputzen, während sie sich selbst darum kümmerte, den Boden zu reinigen und die Wände zu streichen. Als sie die drei am Ende des Tages aus der Tür scheuchte, war Chloe zufrieden, wie viel sie geschafft hatten. Die Wände und die Decke waren nun mit einem frischen Anstrich versehen und der ganze Schutt befand sich im Müllcontainer. Damit war der Raum bereit für die neue Küche, die nächste Woche geliefert werden würde. Vier Personen schafften einfach mehr und so lag sie nach dem heutigen Tag nicht mehr so weit hinter ihrem Zeitplan zurück.

Mit einem Blick auf die Uhr entschied Chloe, dass sie sich auch bald wieder auf den Weg zurück nach London machen sollte. Genau in dem Moment knurrte ihr Magen und erinnerte sie daran, dass sie seit Stunden nichts mehr gegessen hatte. Sie würde auf dem Weg zurück einfach einen Zwischenstopp im King's Head einlegen.

»Hey, Chloe.« Mark winkte ihr zu, als sie durch die Tür des Pubs trat. »Das Schild sieht immer noch super aus.«

»Freut mich zu hören.« Im Inneren des Pubs war es ruhig, nur zwei weitere Tische waren besetzt. Einer der Gäste war der Pastor der örtlichen Kirche, aber die andere Person war ihr nicht bekannt. Sie nahm einen der Plätze an der Bar ein und warf einen Blick auf die Speisekarte. Bella seufzte zufrieden, als sie sich unter den Tisch legte. »Ein ruhiger Abend heute?«, fragte Chloe Mark.

»Die meisten Abende sind ruhig«, gab er zu und stützte seine Hände auf den Tresen. »Aber wir schaffen es trotzdem, über die Runden zu kommen. Was darf ich dir bringen?«

»Ich nehme den Steak and Ale Pie und eine große Cola light, bitte.«

»Kommt sofort.« Er verschwand in der Küche.

Durch die geöffnete Tür konnte Chloe einen Blick auf den gelangweilt dreinblickenden Koch erhaschen, der auf einem Hocker saß und mit seinem Handy herumspielte.

Wenig später tauchte Mark wieder an ihrem Tisch auf. »Also, was führt dich hierher?«

»Meine Küche ist zurzeit außer Betrieb und ich brauchte etwas zu essen, bevor ich nach Hause fahre.«

»Das glaub ich dir bei der Strecke sofort. Bist du immer noch ein Arsenal-Fan wie dein Vater?«

Wenn ihr Vater früher in den Pub gegangen war, hatten Mark und er sich immer gegenseitig mit ihren jeweiligen Lieblingsmannschaften aufgezogen. Chloe musste lächeln, als sie an die liebevollen Reibereien zwischen den beiden dachte. »Das bin ich. Allerdings verfolge ich die Spiele nicht so fanatisch wie er.«

»Dann wird es dich freuen zu hören, dass das Tottenham-Spiel in ein paar Minuten anfängt.« Er nickte zu dem Fernseher an der Wand.

Chloe rümpfte die Nase.

Gerade als der Schiedsrichter das Spiel anpfiff, öffnete sich die Tür und Amy platze atemlos und mit roten Wangen herein.

»Gerade noch rechtzeitig«, sagte Mark und griff nach einem Bierglas.

Mit einem Lächeln ließ Amy sich auf den Stuhl neben Chloe fallen. »Cheers«, sagte sie und nahm das Bier entgegen, das Mark ihr reichte, bevor sie sich Chloe zuwandte. »Das ist eine schöne Überraschung. Was machst du denn hier? Bist du gekommen, um uns gewinnen zu sehen?«

»Ihr? Gewinnen?« Chloe hob eine Augenbraue.

Amys Augen verengten sich.

»Eher unwahrscheinlich.«

Amy streckte ihr die Zunge raus.

Chloe grinste. »Nein, ich wollte nur etwas essen.«

»Was ist mit deiner Mikrowellenlasagne?«

»Ich glaube, die kann noch bis nächste Woche warten.«

»Wann kannst du die neue Küche benutzen?«

»Das hängt davon ab, wie lange ich brauche, um sie einzubauen. Aber ich denke, es dauert noch ein paar Wochen, bis ich einen funktionierenden Ofen haben werde. Es wird also noch viele Gelegenheiten für tiefgefrorene Lasagne geben.«

»Wenn du nächstes Wochenende was zu essen brauchst«, sagte Mark und schob Chloe ihren dampfend heißen Pie über die Theke zu. »Komm beim Jahrmarkt vorbei. Ich bin für das Catering zuständig.«

Chloe hatte die Flyer gesehen, als sie mit Bella spazieren gegangen war, und schon überlegt, ob sie sich das Fest ansehen sollte oder nicht.

»O ja, du musst kommen. Ich heb dir ein Eis auf.«

»Du hast auch einen Stand?«

»Ja. Papa hatte früher nie einen. Aber ich finde, der Jahrmarkt ist eine gute Gelegenheit, um ein wenig Geld zu verdienen und unseren Namen bekannter zu machen.«

»Hat es sich verändert, seit wir Kinder waren?« In ihrer Kindheit war das Event ein fester Bestandteil des Sommers gewesen, mit einem gewissen traurigen Beigeschmack, weil es auch immer das Ende ihrer kostbaren Sommerferien bedeutete.

»Nicht im Geringsten.«

»Vielleicht schaue ich mal vorbei.«

»Das solltest du. Mum würde sich freuen, dich zu sehen.«

»Warum ist sie heute Abend nicht bei dir?«

»Sie hasst Fußball. Es sei denn, Adam spielt.«

»Habt ihr nicht demnächst ein Spiel, Amy?«, fragte Mark.

Amy nickte. »Am letzten Samstag im August.«

»Wenn ich jemanden finde, der ein paar Stunden auf den Laden aufpasst, komme ich und feuere euch an.«

»Adam würde sich freuen. Was ist mit dir, Chloe? Willst du mitkommen und dir das Chaos ansehen?«

»Klar.« Es würde sicher Spaß machen, Amy in Aktion zu sehen. Vor allem weil sie sich Amy nicht als Trainerin vorstellen konnte. Es war superamüsant, Amy jetzt dabei zu beobachten, wie sie das Spiel im Fernsehen verfolgte. Sie hatte die Augenbrauen zu einem finsteren Blick zusammengezogen und jedes Mal, wenn eine Entscheidung gegen ihr geliebtes Team getroffen wurde, fluchte sie vor sich hin.

»Verdammt, das ist eindeutig ein Freistoß!«

»Tolerieren die Schiedsrichter in den Kinderligen solche verbalen Ausbrüche?«, fragte Chloe, als sie mit ihrem Essen fertig war.

»Nicht, wenn es nach mir geht.« Amy grinste, ihre Augen funkelten im schummrigen Licht des Pubs. »Aber sie sind meist sehr alt, also ist ihr Gehör nicht das Beste. Ihr Sehvermögen oft auch nicht. Zum Glück gibt es nicht so viele Fouls, wenn Sechsjährige spielen.«

»Ich weiß nicht, du warst schon sehr wild, als wir in der Grundschule Fußball gespielt haben. Ich habe immer noch eine Narbe von dem Tag, an dem du mir ein Bein gestellt hast.«

»Bitte, du bist gefallen.«

»Ja, über deinen Fuß.«

»Gar nicht. Über bloße Luft.«

»Du und ich haben einfach unterschiedliche Erinnerungen an Ereignisse.« Chloe stützte ihren Arm auf die Theke und legte ihr Kinn in die Handfläche. Mit jeder Stunde, die sie mit Amy verbrachte, fühlte sie sich in ihrer Gegenwart wohler und es fiel ihr zunehmend leichter, in die Freundschaft zurückzukehren, die sie früher einmal verbunden hatte.

Amy richtete ihre Aufmerksamkeit auf Chloe. »Ja, weil ich mich richtig an sie erinnere, und du« – sie streckte die Hand aus und stupste Chloes Oberschenkel mit dem Finger an – »erinnerst dich falsch an sie.«

Amys Berührung war flüchtig, aber sie reichte aus, um ein Gefühlschaos in Chloe auszulösen. Und das sollte sie nicht. Das hier sollte überhaupt nichts hervorrufen, sollte ihr nicht das Gefühl geben, wieder ein Teenager zu sein, und doch …

»Ich glaube, dass es genau andersherum ist.« Zu Chloes Erleichterung war ihre Stimme ruhig und verriet nichts von den Gefühlen, die in ihrem Magen verrücktspielten. »Ich sollte mich auf den Heimweg machen«, sagte sie. Es war schon spät und sie hatte einen harten Arbeitstag vor sich. Ein Tag in London, der ihr hoffentlich Gelegenheit geben würde, sich darüber klar zu werden, welche Rolle Amy wieder in ihrem Leben spielte.

»Ja, natürlich. Ich hoffe, wir sehen uns auf dem Jahrmarkt.«

Chloe zahlte die Rechnung, bevor sie eine dösende Bella aufweckte und gemeinsam mit ihr zum Wagen zurückging. Auf der Fahrt nach Hause hatte sie genug Gelegenheit, sich Gedanken über Amy zu machen. Hatte sie sich in ihrer Nähe so wohl gefühlt, dass sie einfach in alte Gewohnheiten zurückgefallen war? Oder war es schon so lange her, dass sie mit einer Frau zusammen gewesen war, dass eine einfache Berührung so eine Reaktion auslöste?

Wie auch immer, sie wollte nicht den gleichen Fehler noch einmal machen. Es hatte Jahre gedauert, bis sie das erste Mal über Amy hinweggekommen war und sie tat gut daran, das nicht zu vergessen.

Sie wollte sich nie wieder so fühlen wie damals.

Kapitel 14

Kaum war Danny wieder aus Mexiko zurück, fuhren er und Amy zu einer Kälberauktion. Sie saß hinter dem Steuer, da Danny selbst nach einer langen Nacht noch unter den Nachwirkungen des Jetlags litt. Es war eine halbstündige Fahrt zum Auktionshaus. Ihr Van schlängelte sich durch die Straßen und zog einen Anhänger mit sechs wackeligen Kälbern hinter sich her.

»Chloe war zu Besuch, während wir weg waren?« Dannys Frage klang freundlich.

Amy ahnte, dass mehr dahintersteckte und Danny nicht nur versuchte, Smalltalk zu betreiben. Ihre Hände verkrampften sich dermaßen am Lenkrad, das ihre Knöchel weiß hervortraten. »Ich wüsste nicht, was dich das angeht.«

Chloe war schon lange ein wunder Punkt zwischen ihnen. Amy wusste, dass sie ihm nicht die Schuld für die Distanz zwischen ihr und Chloe geben konnte. Sie allein trug die Schuld an dem, was in der Vergangenheit passiert war. Sein Verhalten hatte die Situation allerdings auch nicht gerade verbessert.

»Mensch, ich habe doch nur gefragt. Kein Grund, mir den Kopf abzureißen.«

»Und warum genau fragst du?«

»Weil ich versuche, mich für dein Leben zu interessieren.«

Amy zog die Augenbrauen hoch. Das war ja etwas ganz Neues.

»Ihr scheint euch gut zu verstehen, das ist alles.«

Nicht gerade deinetwegen, dachte Amy. »Und?«

»Und, äh, ich bin froh, dass ihr alles geklärt habt, nachdem …«

»Nachdem du sie in der Highschool so schikaniert hast?«, warf Amy ihm an den Kopf.

Danny seufzte. »Weißt du, ich habe euch einmal beim Küssen gesehen«, sagte er nach langem Schweigen.

Amy lief es eiskalt den Rücken hinunter.

»In deinem Zimmer. Die Tür war nicht richtig zu und ich … ich habe euch gesehen.«

Amy hatte nie gewusst, wo die Gerüchte hergekommen waren, wie irgendjemand von dem, was zwischen ihr und Chloe passiert war, wissen konnte. Chloe hatte immer geschworen, dass sie es nie jemandem erzählt hatte und die Panik in ihren Augen hatte Amy dazu gebracht, ihr zu glauben.

»Warst du deshalb so furchtbar zu ihr? Hast du deshalb versucht, mich von ihr fernzuhalten? Hast du mir deshalb gesagt, ich solle mich nicht mehr mit ihr abgeben, sonst würde ich auch zu einer Lesbe werden?« Sie sprach mit der gleichen giftigen Stimme, die Danny damals benutzt hatte, als er sie mit siebzehn Jahren in ihrem Schlafzimmer in die Enge getrieben hatte.

Danny sackte in seinem Sitz zusammen. »Ich war ein dummes Kind …«

»Du hast unsere Freundschaft ruiniert!« Und auch die Chance, dass daraus hätte mehr werden können.

»Ich wusste es nicht besser! Und ich … es tut mir leid.«

»Tut es das? Warum erzählst du mir das jetzt?« Sie fuhr sich mit der Hand durchs Haar und atmete erleichtert auf, als sie das Schild entdeckte, das den Weg zur Auktion auswies. Sie musste aus diesem Van raus, bevor sie ihrem Bruder noch den Hals umdrehte.

»Ich weiß es nicht. Ich dachte, es wäre wichtig, dass du es weißt. Du verdienst eine Entschuldigung.«

»Weißt du, wer noch eine Entschuldigung verdient hat?«

»Chloe. Ich weiß. Ich hätte mich direkt entschuldigen sollen, als sie bei uns zum Abendessen auftauchte, aber ich … ich wusste nicht, wie ich anfangen sollte.«

»Du fängst mit ›Entschuldigung‹ und ›es tut mir leid‹ an und machst von da aus weiter.«

»Das werde ich. Versprochen.« Danny sah wirklich so aus, als ob ihm das alles leidtat.

Amy hielt auf ihrem üblichen Parkplatz an, der bereits gut gefüllt war.

»Ich gehe uns anmelden«, sagte Danny und stieg aus dem Van aus.

Amy seufzte. Wären die Dinge anders gelaufen, wenn er sie nie erwischt hätte? Wenn diese Gerüchte nie aufgekommen wären? Wenn er nicht angefangen hätte, ihr all die Dinge einzureden, die sie dazu getrieben hatte, sich von Amy fernzuhalten?

Amy war wirklich wütend. Wenn Danny den Rest des Tages überlebte – und wenn Amy ihn nicht ›aus Versehen‹ im Auktionshaus zurückließ –, wäre das ein verdammtes Wunder.

Kapitel 15

Bellas Ohren stellten sich auf, als sie sich dem Dorfzentrum näherten. Geschwätz und Gelächter waren zu hören, lange bevor der Jahrmarkt zu sehen war.

Als er in Sicht kam, wusste Chloe, dass Amy recht hatte. Er war genau so, wie sie ihn in Erinnerung hatte: Verkaufstische säumten den Rand des Feldes mit den unterschiedlichsten Angeboten. An dem anderen Ende des Platzes wurden Spiele für Kinder angeboten. Der Geruch von gegrilltem Essen lag in der Luft.

Der große Unterschied zu früher waren die Gesichter, die sie sah. Es waren ein paar jüngere dabei, die Chloe nicht erkannte, und diejenigen, die sie erkannte, sahen älter aus. Mark kümmerte sich um die Burger auf dem Grill und Mrs Peterson saß hinter dem Tombolatisch. Chloe winkte ihr zu.

Amy sah sie nicht, aber sie entdeckte Danny, Gabi und die Jungs, die an einem Tisch standen, auf dem Kartons mit Eiern und Milch lagen. Die Eiscreme lagerte wohl in den großen Kühlboxen.

Chloe wollte wirklich nicht auf Danny treffen und entschied sich, Abstand zu halten. Aber Adam entdeckte sie und stürmte, so schnell ihm seine kleinen Beine das erlaubten, auf Bella zu.

»Hallo, Chloe! Hallo, Bella! Darf ich sie wieder streicheln?«

»Natürlich darfst du das.«

Adam schlang seine Arme um den Hals des Hundes und vergrub sein Gesicht in seinem Fell.

Bellas Schwanz klopfte gegen Chloes Beine.

»Sie ist so süß.«

»Ja, stimmt.«

Sam stieß zu ihnen.

Chloe hielt Bellas Leine etwas kürzer. »Willst du sie auch streicheln, Sam?«

Sam, die Kopfhörer sicher auf den Ohren, sah sie mit großen Augen an, während sich seine Hand an dem Shirt auf Adams Rücken festkrallte.

»Er spricht nicht«, sagte Adam und wandte sich seinem Bruder zu. »Aber er mag Hunde. Komm her.« Er nahm Sams Hand und legte sie auf Bellas Fell, so dass er mit seinen Fingern durch ihr Fell streichen konnte.

Bella hob ihr Kinn an und Sams Lippen verzogen sich zu einem Lächeln, als er sie unter dem Kinn kraulte.

Ein Schatten fiel auf sie.

Chloe blickte auf und schluckte, als sie Danny vor sich stehen sah.

»Amüsiert ihr euch, Mijos?«

Unbehagen machte sich in Chloes Magengrube breit. Sie erwartete fast, dass er ihr die Jungs entriss und sie dann beschuldigen würde, sie zu verderben. So, wie er damals reagiert hatte, als er dachte, dass Chloe seine Schwester verführen wollte.

Sie ist nicht wie du, konnte Chloe immer noch hören. Es fiel ihr schwer, dem Drang zu widerstehen, einen Schritt zurückzutreten, zu fliehen, um dem Gewicht von Dannys Blick zu entkommen. Seine Augen hatten denselben Farbton wie Amys. Was sie nicht hatten, war die Wärme, die in Amys Augen lag, wenn sie Chloe ansah.

»Kann ich dich kurz sprechen?«, fragte er.

Chloe schluckte den Kloß in ihrem Hals hinunter. »Ähm …« Sie warf einen Blick auf Bella, die aussah, als hätte sie mit beiden Edwards-Jungen an ihrer Seite den Spaß ihres Lebens.

»Adam kann auf sie aufpassen«, schlug Danny vor. »Gabi wird ein Auge auf die drei haben.« Sein Blick glitt zu seiner Frau, die ein paar Meter entfernt mit jemandem plauderte.

»Okay.«

Adams Augen leuchteten auf, als Chloe ihm Bellas Leine reichte.

Sie folgte Danny zu einem Platz am Rande der Wiese, weit weg von neugierigen Blicken.

»Hör zu, ich … ich war ein Idiot, als wir jünger waren«, begann er und starrte auf seine Gummistiefel. »Ich habe eine Menge Scheiße zu dir gesagt, die du nicht verdient hast. Was du aber verdienst, ist eine Entschuldigung, also: Es tut mir leid, Chloe.« Er sah ihr jetzt direkt in die Augen. »Für alles.«

Verblüfft sah Chloe ihn an. Eine Entschuldigung war das Letzte, was sie erwartet hatte. Vor allem wenn man bedachte, dass er sie kaum angesehen hatte, als sie vor einigen Wochen im Haus der Edwards gewesen war.

»Du musst nichts sagen, ich wollte nur, dass du es weißt. Achtzehn Jahre sind eine lange Zeit und ich möchte glauben, dass ich jetzt ein besserer Mensch bin. Aber der beste Weg, das zu beweisen, ist, es zu zeigen. Und das kann ich nicht, indem ich dich jedes Mal ignoriere, wenn ich dich sehe, also, können wir neu anfangen?«

Sie starrte auf seine ausgestreckte Hand. Mit diesem Waffenstillstandsangebot hatte sie nun überhaupt nicht gerechnet. »Ich ... ja. Okay.« Sie schüttelte seine schwielige Hand.

Er nickte ihr unwirsch zu, bevor er wieder zu den Jungs und Bella ging. Sprachlos folgte Chloe ihm.

»Also, Bauunternehmen, ja?«, fragte Danny. »Gefällt es dir?«

»Ja tut es.« Machten sie jetzt merkwürdigen Smalltalk?

»Woran arbeitest du im Moment?«

Na gut, über die Arbeit reden konnte sie. Chloe steckte ihre Hände in die Taschen ihrer Jeans. »Wir haben ein paar Projekte am Laufen. Ein Umbau und drei Renovierungen. Wir renovieren einen Hörsaal an der University of London. Und wir sind mitten in der Planung eines neuen Gebäudes für eine Obdachlosenorganisation.«

»Ihr seid also sehr beschäftigt.«

»Es ist nie langweilig«, stimmte Chloe zu. Erleichterung flackerte in ihr auf, als sie Amy und ihre Mutter sah.

Amys Blick ruhte auf Chloes. Die Besorgnis in ihren Augen verflog, als Chloe lächelte. Sie ließ ihre Mutter allein am Verkaufstisch zurück und als sie neben Danny und Chloe stand, sagte sie zu ihrem Bruder: »Wir sind hier, um dich und Gabi abzulösen.« Dann beugte sie sich vor, um ihre Neffen in eine Umarmung zu ziehen. »Habt ihr viel verkauft?«

»Etwa die Hälfte.«

»Die Hälfte? Du würdest es nicht weit bei The Apprentice schaffen.«

»Na, mal sehen, ob du heute Nachmittag besser abschneidest.«

»Oh, das werde ich.« Amy warf einen Blick auf die Jungs. »Wollt ihr zwei Strolche hier bei mir und Abuela bleiben, oder wollt ihr nach Hause gehen?«

»Hierbleiben, bitte«, sagte Adam und kehrte an Bellas Seite zurück.

Auch Sam drückte sich dicht an sie.

»Du magst Bella, nicht wahr, Chiquito?«, fragte Amy mit liebevollem Blick.

Sam nickte, die Hände wieder in Bellas Fell vergraben.

»In Ordnung, ich sehe euch beide später.« Danny gab beiden Jungs einen Kuss auf den Kopf, bevor er zu Gabi schlenderte, die sich mit Amys Mutter an ihrem Stand unterhielt.

Chloe starrte ihm nach, immer noch nicht fähig zu glauben, was gerade passiert war. Warme Finger legten sich um ihr Handgelenk. Chloe blinzelte und riss ihren Blick von Danny los.

Amy sah sie stirnrunzelnd an. »Geht es dir gut?«

»Ja, alles gut. Versteh das bitte nicht falsch, aber hat er in den letzten Tagen eine Gehirntransplantation gehabt?«

»Nicht, dass ich wüsste. Warum?«

»Er hat sich bei mir entschuldigt.«

»Hat er das, ja?« Amy blickte zu ihrem Bruder, ein Lächeln umspielte ihre Lippen. »Gut.«

»Hattest du etwas damit zu tun?«

»Habe ihm einen kleinen Schubs gegeben.« Amy drehte sich wieder zu Chloe um. »Also, hatte ich recht? Ist es genau so, wie du es in Erinnerung hast?« Amy deutete mit einer Armbewegung auf den Jahrmarkt.

Chloe lachte. »Als würde man in der Zeit zurückgehen. Die Spiele sind, glaube ich, auch noch dieselben.«

Es gab die Klassiker: Entenangeln, Apfelwippen und, Chloes persönliches Lieblingsspiel, Kokosnusswerfen. Ihr Vater hatte immer gescherzt, dass sie Kugelstoßen lernen sollte, weil sie die Kokosnüsse so gut traf. Chloe war überrascht von den warmen Gefühlen, die die Erinnerung auslöste.

»Alles in Ordnung?«

»Ja. Ich denke an die vielen Male, die mein Vater mich hierhergebracht hat. Sein Gesicht, wenn er mich jetzt hier sehen könnte, wäre unbezahlbar.«

»Er würde sich freuen.«

»Ja, das würde er.«

»Kannst du immer noch so gut zielen?«, fragte Amy mit einem Blick auf den Kokosnuss-Wurf-Stand.

Chloe zuckte mit den Schultern und reichte Amy Bellas Leine. »Keine Ahnung, aber ich habe nichts dagegen, es herauszufinden.«

Es gab sechs Kokosnüsse und sie bekam drei Bälle. Als sie es schaffte, fünf von ihnen umzuwerfen, schaute der Junge, der den Stand bediente, erstaunt.

»Dafür darfst du dir einen der Preise aussuchen«, sagte er und winkte in Richtung des Tisches neben ihm, auf dem alle möglichen Dinge lagen.

»Was meint ihr, Jungs?«, fragte sie Adam und Sam, die sie mit großen Augen beobachteten.

»Den großen Teddybären!«

Die Jungs nickten.

»Dann einmal den großen Teddybären.«

Wenig später kniete Chloe sich ins Gras, so dass sie auf gleicher Höhe mit den Jungen war.

»Wisst ihr, ich glaube, ihr zwei würdet diesem Kerlchen ein besseres Zuhause geben als ich. Könnt ihr ihn euch teilen?«

»Ja!«

»Was ist mit dir, Sam?«

Er nickte kurz und als Chloe ihm den Bären reichte, fiel er beinah um, weil der Bär fast genauso groß war wie er. Er drückte ihn fest an seine Brust und lief dann unbeholfen in Richtung von Amys Mutter. Adam folgte hinterher.

»Ich werde ein Los für die Tombola kaufen«, beschloss Chloe. Sie hatte schon länger niemanden mehr an Mrs Petersons Stand gesehen. »Kommst du mit?«

»Klar.«

»Hallo, Mädchen.« Mrs Peterson begrüßte sie mit einem Lächeln. »Es ist schön, euch wieder zusammen zu sehen.«

»Wie geht es ihrem Zaun?«

»Besser als je zuvor, Liebes, danke. Sie ist eine von den Guten, weißt du.« Mrs Peterson richtete diese Bemerkung an Amy. »Sie hat meinen Zaun repariert, kostenlos.«

»Ich habe die Bezahlung in Form von Scones akzeptiert.«

»Hätte ich gewusst, dass du heute hier auftauchst, hätte ich dir noch mehr gemacht.«

»Das ist nicht nötig, Mrs P. Wie viel kostet ein Los?«

»Ein Pfund pro Los.«

»Ich nehme fünf.« Chloe fischte einen Fünfer aus ihrem Geldbeutel und tauschte ihn mit den Losen aus, die Mrs Peterson ihr reichte.

»Die Ziehung findet um fünf Uhr statt. Wenn du dann noch nicht wieder da bist, kannst du deine Nummern hierlassen.«

»Dann lasse ich sie hier, nur für den Fall.«

»Du reparierst jetzt Zäune?«, fragte Amy, als sie zum Stand der Edwards zurückkehrten. »Du wirst wirklich zur Dorfhandwerkerin.«

»Ich glaube nicht.«

»Bestimmt. Bald wirst du …«

Ein Fußball schoss dicht über dem Boden auf sie zu. Chloe hielt Bellas Leine fester, während Amy den Ball mit beeindruckender Geschicklichkeit unter ihrem Fuß stoppte. Sie scannte kurz die Umgebung, bis ihr Blick auf einen Jungen mit sandfarbenem Haar und einem verlegenen Lächeln auf dem Gesicht fiel.

»Tut mir leid, Coach.«

»Nächstes Wochenende solltest du besser genau passen, Carter.« Amy kickte den Ball zurück zu ihm. »Ihr solltet alle ein bisschen trainieren.«

»Das werden wir«, versprachen er und seine Freunde.

Amy lächelte. Das Lächeln verging ihr allerdings schnell, als eines der Kinder über den Ball stürzte und mit dem Gesicht voran ins Gras fiel. »Sei vorsichtig, Dylan!«

Mit rosigen Wangen sprang er wieder auf die Beine.

Amy kniete sich neben ihn und staubte mit ihren Händen sein Hemd ab. »Nimm die Füße hoch, kleiner Mann. Geht es dir gut?«

»Ja.«

»Bist du sicher? Ich kann es mir nicht leisten, dass einer meiner besten Spieler verletzt ausfällt.«

Sein Strahlen konnte es mit dem Licht der Sommersonne aufnehmen.

Amy zerzauste sein Haar, bevor sie ihn zu den anderen zurückgehen ließ.

»Starspieler, hm?«, fragte Chloe.

Amy zuckte zusammen, als Dylan fast wieder stolperte. »Er ist sechs. Man muss ihre Egos pushen.«

»Du kannst gut mit ihnen umgehen.«

Amy drehte sich zu ihr um und ein Lächeln umspielte ihre Lippen. »Dachtest du etwa, ich würde sie anschreien?«

»Na ja, du bist sehr ehrgeizig ...«

Amy stieß Chloe spielerisch mit ihrer Schulter an.

»Ich schätze, es fiel mir schwer, mir dich als Trainerin vorzustellen. Aber es macht Sinn.«

»Gott, ich kann das nicht mehr mit ansehen.« Amy stöhnte auf, als Dylan und Carter ineinanderliefen, weil keiner von beiden hinschaute, wohin der andere rannte. »Wir sind so geliefert beim nächsten Spiel.«

Chloe lachte immer noch, als sie den Stand der Edwards erreichten. Amys Mutter begrüßte sie mit einem Lächeln und klopfte auf den Stuhl zu ihrer Linken. Chloe setzte sich, während Amy es vorzog, sich neben ihre beiden Neffen ins Gras zu setzen. Die beiden hatten Malbücher vor sich ausgebreitet. Bella rollte sich im Schatten unter dem Tisch zusammen.

»Schön, dass du es geschafft hast, Chloe.«

»Sie ist nur gekommen, weil ich ihr ein Eis versprochen habe.« Amy spähte in eine der Kühlboxen, kramte darin herum und holte einen kleinen Probierbecher hervor. »Passt Salted Caramel?«

»Hört sich super an.« Und das war es auch. Chloe seufzte glücklich, als der Geschmack auf ihrer Zunge nahezu explodierte. »Kann ich eine davon kaufen?«

»Ich glaube, wir haben kein Karamell mehr«, sagte Leanne und lachte über Chloes enttäuschtes Gesicht. »Aber du könntest welches im Café bekommen. Ich bin überrascht, dass Amy dich noch nicht dorthin gebracht hat.«

»Sie hat es schon lange versprochen«, sagte Chloe und warf Amy einen anklagenden Blick zu. »Aber sie hat es noch nicht getan.«

»Es ist nicht meine Schuld, dass du so eine vielbeschäftigte Frau bist, Roberts.« Amy sah entspannt aus. Sie stützte ihr Gewicht auf die Ellbogen und neigte den Kopf, um Chloes Blick zu begegnen. »Such dir einen Tag aus und ich bringe dich hin. Wie wäre es mit nächstem Wochenende?«

»Ist da nicht dein Spiel?«

»Wir könnten am Freitag gehen. Ein Eis wird meinem Stresspegel guttun.«

»Dann Freitag.« Chloe musste unbedingt daran denken, eine Kühlbox einzupacken – Naomi würde sie umbringen, sollte sie ihr kein Eis mitbringen.

»Hat dir der Jahrmarkt gefallen, Chloe?«, fragte Leanne. »Ich wette, er bringt viele Erinnerungen zurück.«

»Ja, das stimmt.«

»Wie ich sehe, bist du immer noch so gut bei den Wurfspielen.« Amys Mutter nickte in Richtung des Stoffbären, der zwischen ihren beiden Enkeln saß.

»Hat er schon einen Namen?«

»Miguel«, antwortete Adam.

Amy kicherte. »Das hätte ich mir denken können. Coco ist ihr Lieblingsfilm.«

»Habe ihn noch nie gesehen«, sagte Chloe.

Mehrere entsetzte Augenpaare richteten sich auf sie.

»Was?«

»Unglaublich«, sagte Amy und schüttelte den Kopf.

»Du musst ihn dir ansehen, Chloe!« Adam sah sie an. »Beim nächsten Filmabend musst du vorbeikommen.«

»Filmabend?«

»Einmal in der Woche gehen wir in die Scheune von Tía Amy und schauen uns Filme an und essen Popcorn und übernachten dort. Du kannst auch dort schlafen!«

Früher waren Übernachtungen bei Amy an der Tagesordnung gewesen. An den Wochenenden, an denen ihr Vater auf der Farm der Edwards arbeitete, lagen sie oft in Amys Einzelbett und plauderten, bis sie die Augen nicht mehr offen halten konnten.

Als Teenager waren diese Übernachtungen zu einer Art süßen Folter geworden: Chloe hatte sich mit dem Rücken an die Wand gedrückt und verzweifelt versucht zu vermeiden, Amy zu berühren. Sie hatte kaum schlafen können, während sie Amys leisem Atem lauschte. In ihr herrschte die Angst, sie würde mit ihren Armen um Amy aufwachen und ihr Geheimnis so verraten.

Es war damals so schlimm geworden, dass sie schließlich behauptete, das Bett sei zu klein für sie geworden – keine wirkliche Lüge, nach Chloes heftigem Wachstumsschub – und sie schlief von da an stattdessen auf einer Matratze auf dem Boden.

Dann hatte Amy Chloe überrumpelt und geküsst. Was dazu führte, dass sie bei Übernachtungen wieder im selben Bett lagen. Lippen berührten sich und Hände strichen sanft über Haut – Chloe konnte sich noch sehr gut an ihr rasendes Herz erinnern.

Adam sah sie immer noch an und wartete auf eine Antwort.

Chloe räusperte sich und hoffte inständig, dass Amy nicht mitbekam, was ihr gerade durch den Kopf ging. Sie riskierte einen Blick und stellte fest, dass Amy auf einen Grashalm starrte, den sie um ihren Finger wickelte. Ihre Wangen waren leicht gerötet. Es schien, als wäre Chloe nicht die Einzige, die an die Vergangenheit dachte. »Ich, äh, ich glaube nicht, dass ich über Nacht bleiben werde, aber ich komme gern zum Film.«

»Warum nicht? Die Übernachtung ist das Beste daran!«

»Sie wird nicht ins Bett passen, weil ihr zwei kleinen Gremlins den ganzen Platz einnehmt.« Leanne hatte anscheinend Mitleid mit ihnen.

O Gott, wusste sie, warum Chloe und Amy sich plötzlich nicht mehr in die Augen sehen konnten? Damals hatte Chloe gedacht, dass sie unauffällig genug waren – sie hatte das Gefühl gebraucht, dass niemand etwas ahnte –, aber sie fragte sich, ob Leanne mehr mitbekommen hatte, als sie dachte.

Wie peinlich.

Adam, der nicht aufgeben wollte, sagte: »Wir können zusammenrutschen!«

Chloe sah ihn verwirrt an.

»Heute Abend vielleicht?«

»Ich weiß nicht, Chiquito. Chloe ist vielleicht beschäftigt.«

Adam drehte sich mit großen flehenden Augen zu Chloe um. »Bist du?«

»Äh …« Sie hatte zwar einen Küchenboden zu verlegen, aber wie konnte sie bei diesem Blick Nein sagen? »Ich glaube, ich kann ein oder zwei Stunden kommen.«

Adam quietschte und klatschte vor Freude die Hände zusammen.

Amys Augen trafen ihre. Ihr Lächeln war sanft.

Chloes Herzschlag setzte kurz aus.

Das war nicht gut.

⁃⸻⸻⁃

Als ein Klopfen an der Scheunentür erklang, war es Adam, der zur Tür rannte, um sie zu öffnen. Amy hatte keine Chance gegen seine Schnelligkeit.

»Hi, Chloe! Du hast Bella mitgebracht!« Adam sah überglücklich aus, als er von Chloe zu ihrem Hund schaute.

»Mir wurde gesagt, ihre Anwesenheit sei erwünscht.« Chloe zog ihre Turnschuhe aus und löste Bellas Leine.

Der Labrador folgte Adam zurück zur Couch und legte seinen Kopf auf die Kissen zwischen Amys Neffen.

»Ich habe das Gefühl, dass ich als ihre Lieblingsperson abgelöst wurde«, sagte Chloe, nachdem Amy und sie in die Küche gegangen waren. »Sie wird später nicht mit mir nach Hause kommen wollen.«

Du könntest bleiben, hätte Amy fast gesagt, bevor sich ihr Verstand einschaltete. Sie gab Adam die Schuld daran, dass diese Art von Gedanken durch ihren Kopf jagten, dass sie an vergangene Übernachtungen dachte, an die Wärme von Chloes Körper an ihrem eigenen, das Gefühl von Chloes Atem auf ihren Lippen.

Das war nicht das, woran sie denken sollte, wenn Chloe so dicht neben ihr stand.

»Ich fühle mich overdressed.« Chloe zupfte am Saum ihres T-Shirts, so dass ein Tattoo unterhalb ihres Schlüsselbeins zum Vorschein kam. Er war nur einen Moment lang sichtbar – eine Linie aus Sternen, schwarz auf blasser Haut.

Amy versuchte, die Stelle nicht anzustarren. Was das Symbol wohl bedeutete und wie viele andere Tätowierungen Chloe noch verbarg? Sie warf einen Blick auf ihre eigene Kleidung: eine abgetragene Flanellhose und ein dünnes weißes Unterhemd. »Ich dachte mir, du würdest nicht in deinem Schlafanzug über die Felder latschen wollen.«

»Das wäre ein schöner Anblick gewesen, wenn man bedenkt, dass ich keinen besitze.«

»Du besitzt keinen Pyjama?«

Chloe zuckte mit den Schultern. »Ich lebe und schlafe allein. Ich habe nie den Sinn darin gesehen, einen zu kaufen.«

»Ich kann dir gern einen leihen«, sagte Amy und versuchte nicht daran zu denken, dass Chloe nackt schlief. Eine noch größere Anstrengung war es, sich Chloe nicht nackt vorzustellen.

»Ich glaube, Jeans sind für den Filmabend okay. Sind Disney-Filme nicht immer etwa eine Stunde lang?«

»Dieser hier fast zwei.«

»Können sie sich so lange konzentrieren?« Chloe ließ ihren Blick über die Kinder schweifen, die sich beide auf der Couch zusammengekuschelt hatten. Der Dritte im Bunde war Miguel, der Teddybär, der eine Menge Platz einnahm. »Naomis Nichten langweilen sich nach einer halben Stunde und sie sind acht und neun.«

»Die beiden lieben den Film. Sie könnten ihn sich für den Rest ihres Lebens immer wieder ansehen.« Die Mikrowelle piepte. Amy holte die Tüte mit dem Popcorn heraus und schüttete alles in eine große Schüssel. »Wenn du etwas davon haben willst«, sagte sie und balancierte die Schüssel an ihrer Hüfte, »wirst du mit Adam darum kämpfen müssen.«

Er spähte bei der Erwähnung seines Namens über die Couchlehne, Ungeduld in seinem Blick und die Fernbedienung in der Hand. »Beeilung, Tía Amy.«

»Wir kommen ja schon.«

Ihre Couch war groß, aber zwischen dem Bären, Sam und Adam schien der verbleibende Platz nicht groß genug zu sein, damit sowohl Chloe als auch Amy daraufpassten.

Chloe schien zu demselben Schluss zu kommen, überließ Amy den Platz und machte sich auf den Weg zum Sessel.

»Nein, Chloe, du musst dich zu uns setzen.« Adam klopfte auf das Sofakissen neben sich. »Das ist eine Regel.«

»Eine Regel, hm?« Chloe blickte ihn amüsiert an und stemmte die Hände in die Hüften. »Ich glaube nicht, dass da genug Platz ist.«

»Doch. Wir können uns zusammenquetschen.« Er schob sich näher an seinen Bruder heran.

Sam warf ihm einen finsteren Blick zu, der verschwand, als Bella ihren Kopf in Sams Schoß legte und ihn mit ihren großen braunen Augen ansah.

»Komm schon.«

Amy setzte sich sehr dicht neben ihn, um Chloe so viel Platz wie möglich zu lassen. Was immer noch nicht genug war, wie sich herausstellte. Chloes Schenkel drückte gegen Amys und ihre Arme berührten sich, als sie sich setzte. So viel zum Thema körperliche Distanz.

Adam drückte umgehend auf Play, aber Amy fiel es schwer, sich auf das zu konzentrieren, was auf dem Bildschirm passierte. Grundsätzlich war das nicht schlimm. Sie konnte die ganzen Dialoge mittlerweile auswendig mitsprechen. Der Grund dafür, dass sie sich nicht konzentrieren konnte, war, dass Chloe viel zu dicht neben ihr saß.

Amy versuchte, so gleichmäßig wie möglich zu atmen, ihren Herzschlag zu beruhigen, nicht auf die Reizüberflutung zu reagieren, die sie gerade erlebte. Jede winzige Bewegung Chloes, jede Berührung von Haut auf Haut, sandte Schockwellen durch Amy. Die Härchen auf ihrem Arm stellten sich auf. Sie erinnerte sich an andere Filmnächte, auf ihrem oder Chloes Sofa oder unter einer Kissenburg, eng aneinandergedrückt. Damals schlug ihr Herz jedes Mal schneller, wenn sie sich berührten. Sie erinnerte sich an romantische Komödien und daran, dass Chloe immer weggeschaut hatte, wenn die beiden Hauptdarsteller sich küssten. Amy hatte das nie getan. Sie erinnerte sich gut daran, dass sie sich gefragt hatte, wie es wohl wäre, Chloe zu küssen und warum es nie zwei Frauen auf der Leinwand waren.

Amys Kehle war trocken und sie griff nach der Flasche Wasser, die auf dem Tisch stand. Das Getränk half aber weder dabei ihren Durst zu stillen noch ihr rasendes Herz zu beruhigen. Sie war überrascht, dass Chloe so ruhig war. Was für ein Glück, dass Adam und Sam den Fernseher immer dermaßen laut stellten und dass Adam aus voller Kehle mitsang.

Hier zu sitzen war die reinste Qual. Amy fragte sich, ob Chloe das Gleiche empfand oder ob die ganze Situation sie gar nicht berührte. Amy sah sie aus den Augenwinkeln an. Chloes Aufmerksamkeit war völlig auf den Fernseher gerichtet. Aber dann sah Amy auf Chloes rechte Hand und wie ihre Finger sich so fest in die Armlehne der Couch gruben, dass alle Muskeln in ihrem Arm angespannt waren.

Amy versuchte nicht darüber nachzudenken, dass diese Arme es gewohnt waren, körperlich zu arbeiten, Holz und Beton zu schleppen, Wände einzureißen und wieder aufzubauen. Muskeln mit harten Linien und purer Kraft …

Sie zwang sich auf den Fernseher zu schauen.

Als Teenagerin war Chloe sanftmütig gewesen, hatte ihren Körper in weiten, übergroßen Klamotten versteckt und verzweifelt versucht, sich anzupassen, damit niemand sie als »anders« wahrnahm. Jetzt schlenderte sie in ärmellosen Shirts herum, die genau die richtigen Stellen ihres Körpers umschmeichelten. Das alles machte Amy wahnsinnig.

Als sie jünger waren, fand sie Chloe attraktiv. Aber jetzt war da mehr. Ihre Gefühle hatten sich verändert, waren … anders. So anders, dass all die Jahre, die sie sich nicht gesehen hatten, und all die Entfernung zwischen ihnen nichts mehr ausmachte. Für Amy war es so, als hätte es die Distanz nie gegeben. Es war so, als wäre sie wieder achtzehn, mit Herzklopfen in der Brust, wenn Chloe sie ansah, und mit einer völlig neuen Art von Angst.

Damals hatte sie zu viel Angst vor der Meinung anderer Leute gehabt, um sich dem zu stellen, was sie fühlte und jetzt … hatte sie zu viel Angst, sich der Antwort auf die Frage zu stellen, warum der Film völlig an ihr vorbeigegangen war. Sie hatte bisher nichts von dem, was auf der Leinwand passierte, mitbekommen. Oder die Frage, warum ihr Leben viel heller war, seit die Lichter im Haus der Roberts wieder angegangen waren. Oder die Frage, warum sie die Tage bis zum Wochenende so eifrig zählte, was eigentlich überhaupt nicht ihre Art war – nur weil sie wusste, dass sie Chloe dann wiedersehen würde.

Amy konnte nichts gegen ihre Gefühle tun. Sie wusste aber auch, dass Chloe nichts davon mitbekommen durfte. Nicht nach alldem, was zwischen ihnen gewesen war. Chloe hatte ein Leben, zu dem sie zurückkehren musste, ein Zuhause, einen Job, Freunde. Und ihre Familie in London, die zu viele Meilen von Corthwaite entfernt war, als dass Chloe eine regelmäßige Rückkehr je in Betracht ziehen könnte.

Was Amy tun konnte, war, die Zeit zu genießen, die sie zusammen hatten, bevor Chloe hier ihre Zelte abbrach und wieder ganz nach London zurückkehren würde. Und Amy würde nichts unternehmen, um diese neue Freundschaft zwischen ihnen zu vermasseln. Chloe hatte damals leiden müssen. Da war es nur gerecht, dass Amy dies jetzt tat.

»Hat er dir gefallen?«, fragte Adam an Chloe gewandt, als der Abspann lief. »Was war deine Lieblingsstelle?«

»Ähm.« Chloe blinzelte.

Amy fragte sich, ob sie vielleicht nicht die Einzige war, die abgelenkt war.

»Das Ende«, sagte Chloe.

»Das Ende?« Adam sah sie mit großen Augen an.

»Ja. Ich mag Happy Ends.«

Amy verkniff sich ein Grinsen, schnappte sich die leere Popcornschüssel und trug sie zur Spüle, während Adam sich weiter mit Chloe unterhielt. Es war deutlich zu sehen, wie froh er war, jemanden zu haben, mit dem er seine Obsession teilen konnte.

Es dauerte nicht lange, bis er und Sam anfingen zu gähnen. Für die Jungs war es Zeit, ins Bett zu gehen. Chloe nahm das zum Anlass, zu gehen. Amy begleitete sie und Bella, die trotz Chloes früherer Befürchtungen kaum Widerstand leistete, zur Tür.

»Sehen wir uns nächstes Wochenende?«, fragte Chloe, während sie sich bückte, um ihre Turnschuhe anzuziehen.

Die Bewegung gab einen weiteren Blick auf das verdammte Tattoo frei. Was stellte es dar? Eine Konstellation? Ein Sternzeichen? Eine zufällige Ansammlung von Sternen? Amy räusperte sich. »Ja. Ich melde mich dann.«

Amy sah Chloe noch kurz hinterher. Dann trieb sie beide Jungs ins Bad, damit sie sich die Zähne putzten, bevor sie sie schließlich die Leiter zu ihrem Bett hinaufscheuchte.

Es dauerte eine ganze Weile, bis sie selbst einschlafen konnte. Amy konnte den Abend nicht einfach so abschütteln. Sie dachte noch immer an das Gefühl von Chloe, die so dicht neben ihr gesessen hatte, an den Geruch ihres Parfüms und an die Weichheit ihrer Haut.

Das würden ein paar lange Monate werden.

Kapitel 16

Auf dem Weg zu Naomis Büro nahm Chloe gleich zwei Stufen auf einmal, das gemeinsame Mittagessen in einer Tüte in der Hand. Die Schlange beim Chinesen war ewig lang gewesen. Dazu kam, dass sie spät dran war, weil sie die Zeit aus den Augen verloren hatte, als sie sich vorher noch über den Fortschritt des Hauses in der Harrison Street informiert hatte.

Als sie oben ankam und die Glastür von *Alleyene and Associates* öffnete, war sie völlig außer Atem.

Barbara, die Empfangsdame, schenkte ihr ein Lächeln. »Hi, Chloe. Sie ist in einer Besprechung.«

»Sie ist was?« Chloe drehte sich um und schaute in Richtung des Konferenzraums. Durch die Glaswände sah sie, dass Naomi über etwas lachte. »Ich dachte, sie hätte jetzt frei. Sie hat mir gesagt, ich soll vorbeikommen.«

»Die Besprechung sollte«, Barbara schaute auf ihre Uhr, »schon seit einer Stunde zu Ende sein.«

»Wirklich?« Das war ungewöhnlich. Chloe beobachtete Naomi interessiert. Schon lange hatte sie ihre Freundin nicht mehr so »glühen« gesehen. »Interessant.«

»Ja, nicht wahr?«

»Wer ist die Frau, die da mit ihr im Besprechungszimmer ist?«

»Melissa Thornton«, sagte Barbara, ohne einen Blick auf Naomis Terminkalender werfen zu müssen. »Von der örtlichen Bibliothek. Sie haben einen Zuschuss bekommen und wollen ein neues Gebäude. Sie möchten, dass wir es für sie entwerfen.«

»Und dauern die Meetings oft länger?«

»Jede Woche, wie ein Uhrwerk.«

»Und ist sie hübsch?« Melissa saß mit dem Rücken zur Tür. Alles, was Chloe sehen konnte, waren die Haare, die in Form von geflochtenen Zöpfen bis zum Saum der weißen Bluse fielen.

»Sie ist wunderschön. Und, unter uns gesagt«, Barbara, senkte ihre Stimme, »ich bin nicht die Einzige, die so denkt.«

Chloe grinste. Naomi hatte sie wochenlang wegen Amy genervt. Jetzt schien es an der Zeit zu sein, sich zu revanchieren.

Die Tür des Konferenzraums öffnete sich. Naomis Lächeln verzog sich, als sie das Grinsen auf Chloes Gesicht bemerkte.

»Nächste Woche, gleiche Zeit?«, fragte Melissa mit dem Anflug eines jamaikanischen Akzents.

Barbara hatte recht – sie war wunderschön. Groß und mit Kurven und mit einem Lächeln, das sich erwärmte, wenn ihre Augen auf die von Naomi trafen. Chloe wusste nicht, ob sie jemals jemanden gesehen hatte, der mehr Naomis Typ war.

»Ich freue mich darauf«, sagte Naomi.

Chloe würde solch einen Riesenspaß haben.

Naomi sah Melissa nach und wartete, bis sich die Tür hinter ihr geschlossen hatte, bevor sie sich Chloe zuwandte. »Warum«, sagte sie mit zusammengekniffenen Augen, »siehst du mich so an?«

»Wer ist deine Freundin, Naomi?«

»Kundin«, korrigierte sie und verengte die Augen noch mehr. »Eine professionelle Kundin.«

»Richtig, ja. Dauern deine Treffen mit all deinen professionellen Kunden eine Stunde länger, als sie eigentlich sollten? Bist du nicht eine Verfechterin der Pünktlichkeit? Erzählst du mir nicht immer stolz, dass du die Leute rausschmeißt, wenn ihre Zeit abgelaufen ist, damit nicht der Eindruck entsteht, deine Zeit sei nicht wertvoll?«

Naomi knirschte mit den Zähnen und warf Barbara einen finsteren Blick zu, als diese gluckste. »Das ist deine Schuld.«

»Ich bin nicht diejenige, die Chloe so kurz vor dem Treffen mit Melissa hierher eingeladen hat«, sagte Barbara mit erhobenen Händen.

»Aber es sollte ja auch nicht so knapp werden, oder?« Chloes Grinsen war so breit, dass ihr fast die Wangen wehtaten. »Du dachtest, sie wäre schon längst weg, wenn ich hier bin. Und dass wir uns nicht begegnen.«

»Willst du damit sagen, dass ich versuche, sie vor dir zu verstecken?«

»Ja, weil du sie magst.«

»Tue ich nicht.« Aber Naomi wandte den Blick ab, als sie das sagte, und fummelte mit ihren Fingern am Knopf ihrer Strickjacke herum. Beides verräterische Zeichen dafür, dass sie log. »Ist das Essen? Ich bin am Verhungern.«

»Glaub ja nicht, dass du so einfach davonkommst.« Chloe folgte Naomi in den Konferenzraum. »So viel Mist, wie ich mir über Amy anhören durfte? Jetzt bist du dran.«

Naomi rollte mit den Augen. »Es ist nichts, in Ordnung? Und selbst wenn es etwas wäre, spielt es keine Rolle. Sie ist eine Kundin. Und diese Linie übertrete ich nicht.«

»Sie wird nicht für immer eine Kundin sein. Wie lange dauert es, eine Bibliothek zu bauen?«

»Woher weißt du das mit der Bib... warte. Barbara. Sie ist so eine Tratschtante.«

»Das wusstest du, als du sie eingestellt hast. Und tu nicht so, als ob dir das nicht gefallen würde. Sie hält dich über alles auf dem Laufenden, was hier vor sich geht.«

»Es ist weniger nützlich, wenn sie mir nachspioniert.« Naomi stocherte mit einem Stäbchen in einem Dumbling herum. »Und das mit der Bibliothek wird eine Weile dauern. Es wird also nichts passieren. Genauso wie zwischen dir und Amy nichts passieren wird.«

Chloe dachte an das letzte Wochenende. Daran, wie sie zwei quälende Stunden mit Amy auf dem Sofa verbracht hatte, deren Herz wie ein Presslufthammer schlug und deren Atem stockte, sobald sich ihre Arme berührten. Sie beschloss, Naomi nichts davon zu erzählen.

Naomi würde die Sticheleien nur noch verschärfen, als Vergeltung sozusagen, und Chloe verlor schnell den Boden unter den Füßen, wenn es darum ging, Amy »nicht zu mögen«.

Es war besser, Naomi nicht noch mehr Munition zu geben.

»Wolltest du mir nicht eine Präsentation zeigen?«, fragte Chloe.

Naomi nickte. »Uh-huh. Für die Ausschreibung des Lennox-Gebäudes. Das ist eine große Sache, also muss sie perfekt sein.« Sie griff nach ihrem Laptop und startete die Präsentation auf dem großen Bildschirm am Ende des Raumes. »Okay, also ...«

»Hast du Lust, Freitagnachmittag etwas zu unternehmen?«, fragte Gabi, während sie darauf warteten, dass die Schoko-Cookies im Ofen schön braun wurden. »Meinen letzten Tag in Freiheit feiern?«

Amy runzelte die Stirn. »Am Montag ist ein Feiertag – ist das nicht eigentlich dein letzter Tag in Freiheit?«

»Theoretisch schon, da ich aber den ganzen Sommer über kaum etwas gemacht habe, brauche ich bestimmt eine ganze Woche, um den Unterricht zu planen.«

»Sind alle Lehrer so unorganisiert wie du?«

Gabi zuckte mit den Schultern. »Die meisten. Ich kann dir garantieren, dass kein Lehrer so gut organisiert ist, wie du es als Kind gedacht hast.« Gabi füllte ihr Glas mit Rotwein und Amy schob ihr eigenes über den Tresen, damit Gabi es ebenfalls voll machte.

»Also, Freitag?«

»Ich kann nicht. Ich habe schon etwas vor.«

»Was soll das heißen, du hast schon etwas vor?«

Amy bemühte sich, nicht zu sehr über den ungläubigen Ton in Gabis Stimme beleidigt zu sein. »Ich habe ein Leben außerhalb von alldem hier, weißt du.«

»Seit wann?« Gabi grinste. »Was machst du denn? Hast du ein heißes Date?«

»Wohl kaum.« Sie konnte sich kaum daran erinnern, wie lange es her war, dass sie sich das letzte Mal mit einer Frau zu einem Date getroffen hatte. »Ich gehe mit Chloe in die Eisdiele.«

»Du hast also doch eine heiße Verabredung«, sagte Gabi mit einem Lächeln in der Stimme. Sie musterte Amy über den Rand ihres Weinglases.

»Was? Nein. Kein Date. Nur Eiscreme.« Sie protestierte zu sehr, das wusste sie. Gabi war nicht dumm und sah weit mehr, als sie sollte. Amy nahm einen Schluck von ihrem Wein, in der Hoffnung, den Alkohol für die Hitze in ihren Wangen verantwortlich zu machen.

»Warum hast du mich dann nicht eingeladen?«, fragte Gabi mit einer hochgezogenen Braue. »Chloe und ich verstehen uns sehr gut. Warum können wir nicht zu dritt einen schönen Nachmittag dort verbringen?«

Amy blinzelte. Der Gedanke war ihr ehrlich gesagt überhaupt nicht gekommen. Hatte sie die Verabredung unbewusst als Date gesehen? Wollte sie das so? Sicher, ihre unmittelbare Reaktion auf Gabis Vorschlag war ein Aufflackern von Enttäuschung darüber, dass sie Chloe den Nachmittag über nicht für sich allein haben würde – aber das konnte sie Gabi so ja nicht sagen. Vielleicht war es wirklich das Beste, wenn sie mitkam. Wenn sie als Puffer fungieren und Amy davon abhalten konnte, etwas Dummes zu tun. »Ja, du hast recht. Du solltest auch mitkommen.«

»Und das dritte Rad am Wagen sein?«, spottete Gabi. »Nein danke. Ich wollte nur deinen panischen Gesichtsausdruck sehen. Es ist also ein Date.«

»Ist es nicht!«, sagte Amy viel zu laut.

»Du wünscht dir aber, dass es eines ist«, sagte Gabi.

Amy zwang sich, Gabi weiter direkt in die Augen zu sehen, als sie sagte: »Nein, das wünsche ich mir nicht.«

»Du solltest nicht lügen, Amy. Du bist furchtbar darin.«

Amy spannte ihren Kiefer an und atmete dann erleichtert auf, als der Timer des Backofens piepte.

»Es ist okay, weißt du«, sagte Gabi, während Amy das Tablett mit den weichen Keksen herauszog. »Dass du sie magst. Du hast dich aus einem bestimmten Grund in sie verliebt, als ihr noch jünger wart. Es macht durchaus Sinn, dass das jetzt wieder hochkommt.«

»Aber es ist nicht in Ordnung.« Das Tablett klapperte auf der Arbeitsplatte und Amy stieß die Ofentür fester zu, als diese es verdient hatte. »Ich hatte bereits meine Chance und habe es versaut. Wie könnte sie mir jemals wieder vertrauen? Warum sollte sie das wollen?«

»Amy ...« Gabi strich mit ihren Fingern sanft über ihren Rücken.

Sie biss sich auf die Unterlippe, verärgert über die Tränen in ihren Augen.

»Komm her.« Gabi legte ihr eine Hand um die Taille und führte sie zur Couch. »Es tut mir leid, dass ich so aufdringlich war. Ich wollte dich nicht ärgern.«

»Ist schon okay. Das konntest du nicht wissen.«

»Du magst sie wirklich, hm?«

Amy holte tief Luft. »Ja, das tue ich.« Es laut auszusprechen, war keine Erleichterung. Nur wenn sie es Chloe sagen würde, wäre das möglich und ... Amy hatte nicht den Mut dazu.

Nicht damals, nicht jetzt.

Niemals.

»Ich habe versucht, es nicht zu tun, aber ich ... ich schätze, ich kann es nicht mehr ignorieren. Woher weißt du es?«

Gabi kicherte und strich mit ihrer Hand über Amys Arm. »Dein Verhalten ist nicht so unauffällig, wie du denkst. Du bist glücklicher, seit sie wieder da ist. Nicht, dass du vorher unglücklich gewesen wärst, aber ... Ich weiß nicht, du bist anders. Du wirkst viel gelöster? Besonders an den Wochenenden. Und nie so sehr wie kurz nachdem du sie gesehen hast. Um ehrlich zu sein, dachten wir, dass ihr vielleicht schon zusammen seid und es niemandem erzählt.«

»›Wir‹?«, fragte Amy und zog eine Augenbraue hoch.

Gabis Wangen verfärbten sich.

»Mit wem hast du über mein Liebesleben gesprochen, Gabi? Bitte sag mir, dass es nicht mein Bruder ist. Obwohl, dann bleibt noch meine Mutter, was noch schlimmer ist.«

»Ähm …«

»Es sind beide, stimmt's?« Sie stöhnte auf. »Was soll das? Wartet ihr alle darauf, dass ich den Raum verlasse, und fangt dann an, über mich zu tratschen, als wäre ich eine eurer Schülerinnen?« Sie löste sich aus Gabis Berührung, stand auf, schnappte sich ihr Weinglas vom Küchentisch und goss mit zitternden Händen den Rest der Flasche hinein.

»Nein! So ist es nicht, Amy. Wir wollen nur, dass du glücklich bist. Und sie scheint dich glücklich zu machen.«

»Wir sind Freunde«, sprach Amy den Satz aus, den sie seit Wochen wie ein Mantra in ihrem Kopf wiederholte. »Okay?«

»Aber willst du nicht, dass es mehr ist als das?«

»Nein. Das will ich nicht«, sagte sie und dieses Mal konnte Gabi ihr nicht vorwerfen, dass sie nicht die Wahrheit sagte. Sie wollte nicht mehr von Chloe, wollte die Dinge nicht noch mehr verkomplizieren, die Dinge nicht ruinieren, nicht, wenn bisher alles so gut lief. Gabi hatte recht – Chloe in ihrem Leben zu haben, machte Amy glücklicher und sie würde die quälenden Gefühle ertragen, wenn das bedeutete, dass sie dafür in ihrer Nähe bleiben durfte.

Gabi presste die Lippen zusammen.

Amy wusste, dass Gabi ihr widersprechen wollte. Aber Amy war fertig mit diesem Gespräch, fertig damit, dass Chloe sie verfolgte, auch wenn sie sich zurzeit noch nicht mal in diesem verdammten Dorf aufhielt. »Willst du einen Cookie, bevor sie kalt werden?«

───✦───

Chloe starrte mit großen Augen auf die riesige Tafel, auf der mehr Eissorten aufgeführt waren, als sie sich je hätte träumen lassen. »Wie soll ich mich denn bei der Auswahl jemals für eine Sorte entscheiden, Amy?«

Neben ihr gluckste Amy und schien Chloes Verzweiflung zu genießen. »Du wolltest doch Eis.«

»Ja, aber das hier ist etwas anderes.«

Von außen sah die Eisdiele unscheinbar aus, ein altes Bauernhaus, das an einer Landstraße lag. Drinnen sah es hingegen ganz anders aus. Die Tische waren in der modernisierten Scheune verteilt und große Fenster boten einen Blick auf die endlose Natur des Lake Districts.

Hinter der Theke standen mehr Eisbecher, als Chloe je zuvor an einem Ort gesehen hatte, und sie war dankbar für die Warteschlange, die ihr die Zeit gab, sich zu entscheiden, was sie bestellen wollte.

»Sei vorsichtig, was du dir wünschst und so«, sagte Amy.

»Kannst du mir etwas empfehlen?«

»Kommt darauf an, was du magst. Ich selbst mag am liebsten Bonfire-Toffee und Eton Mess, aber sie sind alle gut.«

»Das ist nicht hilfreich«, antwortete Chloe und sah Amy böse an.

Amy kicherte.

»Hilfe.«

»Also –«

Sie wurde von einem freundlichen älteren Mann unterbrochen. »Bist du das, Amy? Ich habe dich hier schon eine Weile nicht mehr gesehen.«

Als Amy ihn sah, hellte sich ihr Blick auf und sie lächelte. Sie ließ sich in eine heftige Umarmung ziehen und sagte dann: »Ich war sehr beschäftigt.«

»Und jetzt hast du einen Lakaien, der die Milch für dich herbringt.«

»Auch das.«

Der Mann gluckste und seine Augen leuchteten vor Interesse, als sein Blick auf Chloe fiel. »Und wer ist das? Ist das deine –«

»Sie ist eine Freundin«, sagte Amy schnell und so etwas wie Panik blitzte in ihrem Gesicht auf.

Chloes Interesse war geweckt.

»Chloe, das ist Roger, der Besitzer der Eisdiele.« Amy lächelte sie an.

»Freut mich, dich kennenzulernen, Chloe.« Er streckte ihr eine Hand entgegen. Seine Finger waren rau und hatten Schwielen, ein Zeichen harter körperlicher Arbeit.

»Chloe ist das erste Mal hier.«

»Wirklich? Oh, nun, dann müssen wir dir das VIP-Paket anbieten. Jede Freundin von Amy ist auch eine Freundin von uns. Hättest du gern eine Tour?«

»Sicher.« Das würde ihr zumindest etwas mehr Zeit verschaffen, um sich für eine Sorte Eis zu entscheiden.

»Dann komm.« Er forderte sie auf, ihm zu folgen, und führte sie zu einer Tür hinter dem Tresen. »Ich zeige dir, wo die Magie stattfindet.«

Die Tür führte in die Küche, in der ein reges Treiben herrschte. Chloe hatte sofort das Gefühl, im Weg zu stehen. Roger manövrierte sie an Leuten vorbei, die Haarnetze und weiße Kittel trugen und auf deren Brusttaschen der Name der Eisdiele prangte.

»Ich würde dir ja zeigen, wie wir die Milch in Sahne verwandeln, aber das ist der langweilige Teil des Prozesses«, sagte Roger und zog einen Kühlschrank auf.

»Hey.« Amy tat, als wäre sie empört. »Ohne diese Milch hättet ihr keine Eisdiele.«

»Und was für eine wunderbare Milch das ist, Liebes.« Roger tätschelte Amys Schulter. »Aber die Fabrik ist langweilig für Laien.«

»Es gibt auch eine Fabrik?«

»Eine kleine. Früher hatten wir auch eine Farm auf dem Gelände, bis die Kosten zu hoch wurden. Da kam Amy und rettete uns. Ich zeige dir jetzt, wie wir die verschiedenen Sorten herstellen. Ich habe ein paar neue Geschmacksrichtungen, die ich ausprobieren möchte. Ihr könnt meine Versuchskaninchen sein.«

»Solange es nicht Rhabarber und Vanillepudding ist«, sagte Amy mit einem leicht angewiderten Gesichtsausdruck.

»Das war nicht meine beste Arbeit«, gab Roger zu, nahm einen Behälter aus dem Kühlschrank und führte sie zu einem großen Edelstahltisch, an dessen Sockel ein Thermostat angebracht war. Die Regale an der Wand dahinter waren mit Gläsern und Flaschen vollgestellt, in denen sich von einem goldenen Sirup über Schokoriegel bis hin zu Baiserstücken unterschiedliche Zutaten befanden. »Aber ich denke, das hier wird euch besser schmecken. Wie wäre es mit Oreo-Brownie?«

»Klingt super«, sagte Amy.

Chloe nickte zustimmend, wobei ihr schon bei dem Gedanken daran das Wasser im Mund zusammenlief.

»Ausgezeichnet.« Er griff nach einer Schachtel mit Brownies und kippte sie auf den Tisch. »Die Brownies wurden von meiner Frau selbst gebacken.« Während Roger sprach, zerkleinerte er alles mit zwei Metallspateln. »Und diese Eismischung wurde in unserer Fabrik hergestellt.« Er schüttete etwas von der Mischung, die er aus dem Kühlschrank geholt hatte, auf den Tisch und mischte sie mit dem Brownie. »Möchtet ihr noch irgendwelche Zutaten hinzufügen?«

»Was willst du?« Amy blickte zu Chloe, während sie bereits nach einer Flasche Schokoladensirup griff. »Noch mehr Oreos? Oder Schokolade?«

Chloe zögerte.

Roger grinste. »Ist schon gut, Liebes, such dir aus, was du willst.«

»Mehr Oreos klingt gut.«

Amy griff nach einer Packung und schüttete ein paar davon in das Eis, damit Roger sie zerkleinern konnte. Die Zutaten begannen bereits auf dem seltsamen Tisch zu gefrieren.

Ein paar Minuten später reichte Roger ihr und Amy einen kleinen Becher. »Wie schmeckt es?«

»Fantastisch«, sagte Chloe, nachdem sie einen Löffel der cremigen Köstlichkeit verputzt hatte. »Ich würde sofort eine ganze Ladung kaufen.«

Roger strahlte.

»So viel besser als Rhabarber und Vanillepudding«, stimmte Amy zu.

»Esst nicht zu viel«, sagte Roger und räumte die Reste des Eises vom Tisch. »Ich habe noch ein paar andere Geschmacksrichtungen, die ihr probieren könnt.«

»Einige andere Geschmacksrichtungen« entpuppten sich als gut ein Dutzend – Chloe verlor den Überblick irgendwo zwischen Zimtschnecke und Erdnussbutter. Am Ende fühlte sie sich wie im Fresskoma und presste ihre Hände auf den Bauch, als Amy sie aus der Küche zurück in die Eisdiele führte.

»Also, was willst du?«, fragte Amy mit funkelnden Augen und deutete auf die Tafel.

Chloe stöhnte auf. »Gott, nein. Wenn ich noch mehr esse, musst du mich zurück zu deinem Van rollen.«

»Aber du hast doch noch gar nichts probiert!«

»Ich habe genug probiert. Aber ich werde nicht Nein sagen, wenn ich ein paar Sorten mit nach Hause nehmen könnte.« Im hinteren Teil des Ladens stand eine riesige Gefriertruhe und Chloe steuerte darauf zu, um zu entscheiden, welche Geschmacksrichtung sie Naomi mitbringen würde. »Füttert er dich immer so durch?«

»Ich glaube, er wollte vor dir angeben. Er mag es, wenn ich neue Leute mitbringe.«

»Du bringst oft neue Leute mit?«, fragte Chloe.

Amy kratzte sich im Nacken. »Äh. Manchmal.« Sie verlagerte nervös ihr Gewicht von einem Fuß auf den anderen.

Chloe hob eine Augenbraue und wartete auf eine Erklärung.

»Es ist kein schlechter Ort für ein Date.«

Oh.

Chloe nahm an, dass es hier nicht viele andere Möglichkeiten für ein kreatives Date gab und sie selber hätte sich ganz sicher geschmeichelt gefühlt, eine personalisierte Geschmacksrichtung ausprobieren zu dürfen. Sie fragte sich, wie viele Frauen Amy hierhergebracht hatte, beschloss aber, dass sie es eigentlich nicht wissen wollte. Sie dachte an Rogers Augen, die sich geweitet hatten, als er Chloe ansah, und an Amys Zwischenruf, bevor er seinen Satz beenden konnte. Hatte er geglaubt, sie hätten hier ein Date?

»An welchen Geschmack denkst du?«, fragte Amy schließlich. »Ich soll Rum mit Rosinen für Mum besorgen.«

»Rum und Rosinen? Das ist ja scheußlich«, sagte Chloe. Sie nahm wahr, dass Amy erleichtert aufatmete, so als ob sie froh war, dass sie das Thema gewechselt hatten.

»Das habe ich ihr schon oft gesagt, glaub mir.«

Chloe zwang sich, die Etiketten der Kartons zu lesen. Sie entschied sich schließlich für einen Becher Salted Caramel, den sie selbst essen würde, und Schokoladen-Brownie und Raspberry-Cheesecake für Naomi und ihre Eltern.

»Hat der Besuch deinen Erwartungen entsprochen?«, fragte Amy, als sie wieder im Wagen saßen.

»Weit übertroffen. Obwohl ich keine Ahnung habe, wie ich es schaffen soll, den Rest des Tages zu arbeiten, wenn ich mich kaum bewegen kann.«

»Was hast du noch vor?«

»Ich habe eine Küche zu bauen. Bist du gut im Zusammenbau von Schränken?«

»Oh, ausgezeichnet. Wenn sie extrem schief sein sollen.«

»Dann lasse ich dich besser nicht helfen.«

»Ich denke, das ist das Beste.«

Als sie schließlich in Chloes Einfahrt hielten, fühlte sie sich schon nicht mehr ganz so sehr wie eine Eiskugel und war bereit für einen arbeitsreichen Nachmittag.

»Sehen wir uns morgen beim Spiel?«, fragte Amy.

»Auf jeden Fall. Bella und ich werden dort sein, um dich anzufeuern.«

»Adam wird überglücklich sein. Außerdem veranstalten wir hinterher auf der Farm ein Grillfest, falls du kommen willst. Eine Art Sommerabschlussfeier für das Team und die Eltern.«

Chloe zuckte mit den Schultern. »Ich muss schauen, wie viel Arbeit ich heute erledigen kann.«

»Dann lasse ich dich mal machen.«

Chloe verabschiedete sich, schnappte sich das Eis und ging ins Haus. Als Erstes verstaute sie das Eis in ihrem Gefrierschrank – der vorübergehend im Wohnzimmer stand –, dann machte sie sich an die Arbeit. Ihre Küche glich derzeit einer Ikea-Fabrik: Ihr schöner neuer Hartholzboden war mit einer Reihe von Kisten, Holzschrankteilen und Anleitungsblättern bedeckt.

»Das wird ein lustiger Nachmittag, nicht wahr, Mädchen?«, sagte Chloe zu Bella, die neben ihr auf dem Boden saß und motiviert mit dem Schwanz wedelte.

Kapitel 17

In Chloes Bauch machte sich ein Gefühl der Beklemmung breit, als sie vor ihrer alten Highschool einparkte. In der Sonne sah die Schule harmlos aus: Die grauen und braunen Gebäude waren in goldene Farbtöne getaucht und verbargen alles Dunkle, was sich hinter den Wänden abspielte.

»Mach dich nicht lächerlich«, murmelte sie, als sie mit Bella im Schlepptau aus ihrem Wagen kletterte. »Es ist nur eine Schule.«

Wenigstens würde heute keiner der Menschen da sein, die ihr letztes Jahr hier zur Hölle gemacht hatten. Aus dieser Tatsache schöpfte sie Kraft, als sie dem Weg um das Wissenschaftsgebäude herum zu den Fußballplätzen folgte. Der Wind trug den Klang von Kinderstimmen zu ihr herüber.

Zwei Gruppen von Kindern wärmten sich auf dem Kunstrasen. Am Rande des Spielfelds stand ein Haufen Erwachsener. Chloe ging davon aus, dass es sich dabei um die Eltern der Kinder handelte. Insgesamt war mehr los, als sie erwartet hatte und sie war sehr erleichtert, als sie Gabi entdeckte, und nicht wirklich erfreut, dass auch Danny dabei war.

»Hey, Chloe. Amy hat gesagt, wir sollen nach dir Ausschau halten.«

»Danke. Es sind eine Menge Leute hier.«

»Na ja, wie du weißt, passiert hier nicht viel Aufregendes«, sagte Danny und legte einen Arm um Gabis Schultern. »Sobald etwas los ist, sind direkt alle auf den Beinen.«

»Ist Sam nicht hier?«

»Er ist wieder zu Hause bei Mum. Es war zu viel Lärm für ihn. Er hasst die Anfeuerungsrufe.«

Chloe nickte und schaute sich suchend nach Amy um. Das war gar nicht so einfach, was daran lag, dass sie in der Hocke saß und offenbar eine Art Teamansprache hielt. Um sie herum saßen eine Menge Kinder.

»Können sie gewinnen?«, fragte Chloe.

»Wer weiß?«, antwortete Danny und winkte Adam zu, als dieser in ihre Richtung blickte. »Meistens jagen sie alle eher unkoordiniert dem Ball hinterher.«

»Wie lange dauert das Spiel?«

»Sie spielen zwei Halbzeiten von je zehn Minuten. Wenn es länger dauert, werden sie zu müde.«

Angesichts der unbändigen Energie, die alle Kinder ausstrahlten, konnte Chloe sich nicht vorstellen, dass Müdigkeit ein Problem sein könnte. »Ist Adam aufgeregt?«

»Er hat die ganze Woche über nichts anderes geredet«, sagte Gabi mit einem leicht genervten Gesichtsausdruck. »Er glaubt, er wird einen Hattrick schaffen.«

Chloe lachte herzhaft.

Amy stand auf und gab den Kindern wohl letzte Anweisungen. Sie wirkte sehr konzentriert und wirklich geduldig.

Chloe wurde warm ums Herz. Es war so schön zu sehen, dass Amy etwas gefunden hatte, das ihr Spaß machte, und dass sie diesen Ort und seine Menschen so sehr liebte. Auch wenn sie ursprünglich nur ungern zurückgekehrt war.

Als ob sie Chloes Gedanken spüren konnte, drehte Amy den Kopf, um in ihre Richtung zu schauen. Als ihr Blick Chloes traf, lächelte sie.

Etwas flatterte in Chloes Magen.

»Sie kommt erst am Ende rüber«, sagte Gabi. »Sie mag es, in der ›Zone‹ zu bleiben.«

»Sie nimmt das Ganze viel zu ernst.« Danny schüttelte den Kopf und sein Haar fiel ihm dabei in die Augen.

Gabi stupste ihn in die Seite. »Als ob du das nicht auch tun würdest, wenn du an ihrer Stelle wärst.«

»Ich beneide sie nicht um den Job«, sagte er und gestikulierte in Richtung der kreischenden Kinder, die sich auf dem Spielfeld aufstellten. »Ich weiß nicht, wie sie den Überblick über alle und alles behält.« Er winkte erneut, als Adam in ihre Richtung schaute. »Zwei zu haben ist schon anstrengend genug.«

Amy nahm ihren Platz an der Seitenlinie auf der ihnen gegenüberliegenden Seite des Spielfelds ein. Chloe verbrachte mehr Zeit damit, Amy zu beobachten, als das Spiel selbst. Sie beobachtete fasziniert, wie Amy auf jeden Pass, jedes Tackling und jede Rettungsaktion reagierte und Tore feierte, als hätte sie selbst einen Weltmeistertitel gewonnen.

Chaos war das richtige Wort, um das zu beschreiben, was auf dem Platz vor sich ging. Zehn Kinder wuselten um den Ball herum, als gäbe es kein Morgen mehr. Aber ihr Kichern war ansteckend und Amy lächelte am breitesten, als der Schlusspfiff ertönte und ihre Mannschaft als Sieger vom Platz ging.

Adam hatte zwar keinen Hattrick, aber ein Tor geschossen, und er rannte nach dem Spiel aufgeregt zu seinen Eltern hinüber. »Habt ihr es gesehen?«

»Natürlich haben wir es gesehen, Mijo.« Danny nahm ihn in die Arme. »Wir haben es auch auf Video, damit wir es Abuela zeigen können, wenn wir zurückkommen.«

Er strahlte, dann löste er sich aus Dannys Armen, um zu seinen Teamkollegen zurückzukehren. Alle Kinder standen wieder um Amy herum und sahen sie an, als hätte sie die Sterne mit ihren eigenen Händen an den Himmel gesetzt.

Chloe grinste. Der Rausch des Erfolgs würde ganz sicher bei keinem von ihnen so schnell nachlassen. Sie würde Amy später damit aufziehen müssen. Aber im Moment ließ sie Amy in ihrer Siegesfreude schwelgen und genoss das Gefühl der Sonne auf ihrer Haut. Sicher würde das Wetter bald wieder umschlagen und der Herbst Wind, Regen und grauen Himmel mit sich bringen. In ganz England war nichts so zuverlässig wie ständig wechselndes Wetter und es gab einen Grund, warum diese Gegend hier Lake District hieß – es kam eine Menge Wasser von oben und somit auch immer Nachschub für die vielen Seen.

Als Amy schließlich mit Adam im Schlepptau herüberkam, waren ihre Wangen gerötet, ihre Augen leuchteten und sie sah glücklicher aus, als Chloe sie je zuvor gesehen hatte.

»Gut gemacht.« Gabi zog Amy in eine Umarmung.

Danny zerzauste ihr das Haar. »Ich habe dir doch gesagt, dass dein Team gewinnen wird.«

Chloe konnte sich gut vorstellen, wie Amy bis spät in der Nacht wach gelegen hatte, gestresst, wie sie es vor einem großen Test immer gewesen war. Bei dem Gedanken musste sie lächeln.

»Hattest du Spaß, Chloe?«, fragte Adam, streichelte Bellas Fell und sah sie mit hoffnungsvollen Augen an.

»Es war großartig, Buddy.« Sie ging in die Hocke, damit sie auf gleicher Höhe waren. »Du warst fantastisch. Mein Mann des Spiels, ganz klar.«

Er strahlte und warf seine Arme um ihren Hals. Chloe schluckte ihre Überraschung hinunter und genoss die Wärme, die der Kleine ausstrahlte.

»Warum sagst du so was?«, fragte Amy, nachdem die Umarmung beendet worden war. Aber ihr Lächeln war sanft. »Du wirst nur sein Ego füttern.«

»Und was ist mit deinem Ego?«, fragte Chloe, stand auf und stieß Amys Hüfte mit ihrer eigenen an. »Ich erkenne den Ausdruck in deinem Gesicht. Es ist derselbe, den du hattest, als du mich beim Hochsprung im Sportunterricht geschlagen hast. Nachdem du es vier Jahre lang versucht hattest. Du wirst unausstehlich sein, nicht wahr?«

»Vielleicht. Und dich zu schlagen war eine Leistung. Du warst mir fünf Zentimeter voraus.«

»Das war reiner Zufall. Ich hatte an dem Tag schlimme Rückenschmerzen.«

Amy öffnete den Mund, um zu widersprechen, aber ihre Empörung wurde durch Gabis Zwischenruf gestoppt.

»Ähm, Leute? So unterhaltsam das auch ist, Amy, hast du vergessen, dass du das ganze Team zum Feiern auf die Farm eingeladen hast? Sie werden uns die Bude einrennen.«

»Oh, Mist.«

Chloe sah sich um. Das Spielfeld leerte sich allmählich und ein Strom von Menschen machte sich auf den Weg zurück zum Parkplatz.

»Wir sollten fahren, nicht wahr?«

Adam rannte los. Gabi und Danny eilten ihm hinterher.

Amy fiel neben Chloe in einen langsameren Schritt. »Kommst du mit?«

»Ich muss noch ein paar Dinge im Haus erledigen.« Chloe hatte die Schrankmontage an einer ziemlich heiklen Stelle abbrechen müssen, um den Anstoß nicht zu verpassen, und je länger sie zu Hause alles so liegen ließ, desto wahrscheinlicher war es, dass es zusammenbrach. »Aber könnte ich später vorbeikommen?«

Auf Amys Gesicht, über das ein Schatten gehuscht war, lag wieder ein Lächeln. »Ja, bitte. Das erspart mir die Langeweile, Kinder zu beaufsichtigen, während ihre Eltern sich betrinken und tratschen.«

»Hört sich bei dir nach einer Menge Spaß an.«

Sie zuckte mit den Schultern. »So schlimm ist es auch nicht. Aber es wäre besser, wenn du dabei wärst.«

Amy warf die Worte achtlos in den Raum, als sollten sie keine Wirkung haben, aber Chloes Herzschlag setzte für einen Moment aus. Wie konnte sie danach noch Nein sagen?

Amy lehnte sich mit einer Schulter gegen den Stamm der großen Eiche im Garten und nippte an ihrer Bierflasche. Fasziniert lauschte sie Jennas Mutter, die versuchte, am Tisch der Eltern einen Skandal auszulösen. In Corthwaite und den umliegenden Dörfern passierte nie etwas wirklich Skandalöses, aber das hinderte niemanden daran, sich in die Angelegenheiten der anderen einzumischen. Früher war Amy in dem Tratsch über das wenige, das passierte, aufgegangen. Sie wollte Bescheid wissen, beliebt sein. Ihr Appetit auf Klatsch und Tratsch war in dem Moment verschwunden, als Chloe wieder in ihr Leben getreten war. Dass Gabi ihr die neuesten Geschichten von der South Lake High erzählte, war eine Sache. Die Boshaftigkeit von Jennas Mutter, die darauf bestand, dass ihr Nachbar eine Affäre hatte, eine andere.

»Ich sage dir, er verschwindet nachts stundenlang. Stundenlang! Was sollte er denn sonst tun?«

Ein paar Stunden Ruhe vor deiner nervigen Stimme haben? Amy biss sich auf die Lippe, um die Worte nicht laut auszusprechen. Ihr war bewusst, dass sie nicht zu den Leuten passte, die sich gerade im Garten befanden. Sie hatte nie ein Country Girl sein wollen, hatte in der Schule dagegen rebelliert und war aus der Enge Corthwaites geflohen, sobald sie die Mittel dazu hatte. Es hatte nicht lange gedauert, bis sie den Kontakt zu ihren damaligen Freunden verloren hatte.

Als sie zurückkam, waren alle, die sie gekannt hatte, entweder weggezogen oder hatten geheiratet. Amy hatte schlicht nicht in dieses Schema gepasst. Und sie passte auch nicht in das, was hier gerade ablief. Darüber zu plaudern, wer mit wem schlief, oder begeistert darüber zu sein, dass Thomas letzte Woche ein ganzes Buch allein gelesen hatte, war einfach nicht ihr Ding. Da fühlte sie sich mehr den Kindern zugehörig, die über den Rasen flitzten, mit Fußballtrikots, die mittlerweile Flecken über Flecken hatten, und die einander mit Freude jagten, ohne sich darum zu scheren, wer dabei zusah.

Die Kinder wussten das auch. Sie wussten, dass man sich darauf verlassen konnte, dass sie mitspielte, wenn einige der Erwachsenen es nicht taten. Aber bei »Steck dem Esel den Schwanz an« war Schluss – denn meistens war sie der Esel – und sie zog sich in die Sicherheit der Küche zurück.

Ihre Mutter saß mit ihrem Strickzeug am Küchentisch, Sam malte neben ihr.

»Hast du keinen Spaß?«, fragte ihre Mutter, als sie einen Blick auf Amys Gesicht warf.

»Sie sind so laut. Und die Eltern sind so nervig.«

»Du hast sie doch eingeladen«, sagte sie mit einem Lächeln.

Amy zog eine Grimasse. Sie wusste ja, dass es ihre eigene Schuld war. Aber Adam hatte auf diese Veranstaltung bestanden und es war ihr unmöglich, dem flehenden Blick ihres Neffen zu widerstehen. »Ich weiß nicht, was ich mir dabei gedacht habe.«

»Bitte. Du liebst sie.«

Amy schaute aus dem Fenster und sah die Freude auf den kleinen Gesichtern, während sie herumtobten. Sie hatten irgendwo einen Schwanzersatz gefunden – oder sich einen aus einem Ast gebastelt.

»Ja, das stimmt.« Sie tauschte ihre leere Bierflasche gegen eine neue aus dem Kühlschrank, in dem das gute Zeug versteckt war. Dann lehnte sie sich an den Küchentisch, während sie Sam dabei beobachtete, wie er über sein Malbuch gebeugt auf einem Stuhl saß. »Wenn du rausgehen willst, kann ich auf ihn aufpassen.«

»Oh, nein danke. Als du und Danny noch klein wart, war ich ständig auf Kinderpartys. Ich habe mir eine Pause mehr als verdient. Das hier hast du dir selbst zuzuschreiben.«

»Nicht, dass mich jemand vermissen würde.« Adam war glücklich mit seinen Freunden und Gabi und Danny saßen beim Grillen eng umschlungen beieinander. Ihr Bruder ließ keine Gelegenheit aus, das Grillen zu übernehmen.

»Hast du Chloe nicht eingeladen?« Ihre Mutter stellte die Frage ganz beiläufig.

Aber nach Gabis Ausrutscher am Vortag wusste sie, dass ihre Mutter einen Verdacht hatte, und das Wissen machte Amy nervös. Ihre Finger verkrampften sich um die Flasche in ihrer Hand. »Sie hatte zu Hause noch etwas zu erledigen, aber sie sagte, sie würde später vorbeikommen.«

»Gut.« Leanne legte die Stricknadeln auf dem Tisch ab und streckte ihre Finger aus. »Ihr zwei scheint euch gut zu verstehen.«

Zu gut, wenn es nach dir geht. Gott, wollte ihre Mutter etwa danach fragen, mehr wissen? Amy hoffte nicht. Sie konnte ihr nicht sagen, was sie für Chloe empfand. Es gab nicht genug Bier auf der Welt, um ein solches Gespräch zu führen. Vielleicht war es doch keine so gute Idee gewesen, in die Küche zu kommen.

»Ja. Stimmt.« Amy wusste, dass der beste Weg, dem bohrenden Blick ihrer Mutter zu entgehen, darin bestand, sie ganz zu meiden. In dem Fall war der Mob von Eltern draußen im Garten besser, als hier drin von ihrer Mutter gegrillt zu werden. »Ich gehe dann mal wieder raus. Sag mir Bescheid, wenn du eine Pause brauchst.«

Kaum war sie draußen, stürzte sich Adam auf sie und fragte, ob sie »Ente, Ente, Gans« spielen wolle.

Sie hoffte inständig, dass Chloe bald kam und sie rettete.

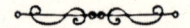

―――※―――

Chloe hörte die Party schon, bevor sie sie sah. Auch der Geruch des Grillguts wehte über die Felder, als sie den vertrauten Weg zur Farm entlanglief. Bella trottete neben ihr her, die Nase schnüffelnd in der Luft.

Der Garten war voll, die Eltern hatten sich um zwei große Picknicktische versammelt und die Kinder spielten Fußball auf dem Rasen. Danny brutzelte Burger auf demselben Grill, den Chloe noch aus ihrer Jugendzeit kannte. Meist hatte Amys Vater die Verantwortung für den Grill gehabt und alle anderen mit einem Wink mit der Zange davor gewarnt, zu nah an das heiße Gerät heranzukommen.

Als sie sich umsah, fiel ihr Blick auf Amy, die am Haupthaus stand und in ein Gespräch mit Gabi vertieft war. Bevor Chloe sich dazugesellen konnte, wurde sie von Adam abgefangen.

»Chloe!«

»Hi, Kleiner.«

»Mag Bella Fußbälle?«

»Bella kaut gern auf Fußbällen herum.« Sie hielt die Leine fester, als ein Fußball auf sie zurollte. »Wenn du also nicht willst, dass er platzt, würde ich ihn von ihr fernhalten.«

Er sah enttäuscht aus, wurde aber bald von einem seiner Freunde abgelenkt, der rief: »Los, wir machen Elfmeter.«

Kopfschüttelnd setzte Chloe ihren Weg Richtung Amy und Gabi fort.

»Hast du Spaß?«, waren ihre ersten an Amy gerichteten Worte. Es war deutlich zu sehen, dass sie überall lieber als hier wäre. Dabei war diese Veranstaltung ihre Idee gewesen.

»Oh, sie genießt das Leben.« Gabi klopfte Amy auf die Schulter. »So ein offener Mensch. Ich gehe mal zurück und schaue nach, ob Danny irgendwas angebrannt ist.« Mit einem Winken ging sie in Richtung Grill.

Chloe lehnte sich neben Amy an die Wand. Bella saß zu ihren Füßen, die Augen immer noch auf Adams Fußball gerichtet.

»Früher hast du Partys nie gehasst. Ich kann mich sogar genau daran erinnern, dass du mich auf etliche mitgeschleppt hast.« Chloe hatte damals überhaupt nie auf eine Party gehen wollen. Ihre Antwort auf Einladungen lautete immer Nein. Und dann lächelte Amy sie auf eine Art und Weise bittend an, die es Chloe unmöglich machte, am Ende nicht doch Ja zu sagen.

»Das ist schon lange her. Ich bin jetzt alt und langweilig und bevorzuge meine eigene Gesellschaft.«

»Autsch. Dann gehe ich wohl besser?« Chloe wandte sich halb ab.

Warme Finger schlossen sich um ihr Handgelenk und hielten sie auf. »Ich meinte nicht dich«, sagte Amy, ihre Stimme sanft, ihr Griff fest.

Chloes Atem stockte leicht.

»Aber sie ...« Amy brach ab und blickte zum Tisch der Eltern. »Sie sind anstrengend.«

Einige der Eltern schauten interessiert in ihre Richtung und Chloe hatte das Gefühl, dass einige auch schon über sie und Amy redeten. Ihre Brust fühlte sich auf einmal wie zugeschnürt an. »Und sie beobachten uns. Warum?«

»Weil sie neugierige Idioten sind«, sagte Amy bissig. »Sie haben dich hier noch nie gesehen, das ist alles. Sie werden sich fragen, wer du bist.«

Aber für wen hielten sie sie? Für eine Freundin? Oder für mehr?

»Ignorier sie einfach«, sagte Amy. »Die werden sich schon bald langweilen.«

Leichter gesagt als getan, aber Chloe versuchte es. Sie wandte sich von den Picknicktischen ab und ignorierte das Kribbeln in ihrem Nacken, das Gefühl, von Weitem beobachtet zu werden. »Warum hast du sie eingeladen, wenn du sie nicht magst?«

»Die Kinder können nichts dafür, dass ich ihre Eltern nicht leiden kann«, sagte Amy. »Die Kids verbringen gern Zeit miteinander. Teambildung ist auch in dem Alter schon wichtig. Und es ist nicht so, dass ich solche Sachen nicht mag, es ist nur ...« Sie zuckte mit den Schultern. »Jeder hat jemanden, weißt du? Danny hat Gabi, Adam hat alle seine Freunde, meine Mutter sitzt hier mit Sam. Und die Eltern tauchen alle als Paare auf. Manchmal fühle ich mich einfach verdammt einsam.« Die Worte hingen schwer in der Luft. Amys Blick richtete sich auf die Flasche in ihrer Hand, während sie mit ihrem Daumennagel über das Etikett kratzte. »Tut mir leid«, sagte sie und begegnete Chloes Blick. »Das war viel, was ich gerade auf dir abgeladen habe. Das Bier ist schuld.«

»Nein, ist schon okay.« Es war das erste Mal, dass Amy sich ihr gegenüber wirklich geöffnet hatte. »Ich versteh schon. Aber du bist im Moment nicht allein. Du hast mich, um dir Gesellschaft zu leisten.«

»Ja, du hast recht. Danke, dass du gekommen bist.« Ein kleines Lächeln erschien auf ihrem Gesicht.

»Besser, als allein zu Hause zu sitzen.«

»Hast du denn nichts zu tun?«

»Willst du mich schon wieder loswerden?« Sie kniff die Augen zusammen.

Amy lächelte, aber in ihren Augen lag immer noch ein Hauch von Schwermut. »Nein. Aber ich weiß, dass ich viel von deiner Zeit beanspruche. Zeit, die du eigentlich für andere Dinge benötigst.«

»Hey.« Chloe streckte die Hand aus, bevor sie es sich anders überlegen konnte, und legte sie auf Amys Schulter. In dem Moment wurde ihr bewusst, dass dies das erste Mal war, dass sie Körperkontakt initiiert hatte. So harmlos diese Berührung auch war, Amys scharfes Einatmen machte klar, dass die Wirkung groß war.

Chloe sagte sanft: »Ich bin genau da, wo ich sein will. Okay?«

Amys blaue Augen hielten Chloe gefangen. Ihr Herz pochte.

»Okay«, sagte Amy schließlich.

Chloe tat so, als ob sie das Zittern in der Stimme nicht gehört hatte. Sie zog ihren Arm zurück.

»Also, wo kann ich so etwas bekommen?«, fragte Chloe und nickte in Richtung des Biers, das Amy in der Hand hielt.

»Das billige Zeug ist in der Kühlbox da drüben.« Sie zeigte auf eine Reihe von Kühlboxen.

»Und das nicht ganz so billige Zeug?«

Amy grinste. »In der Küche. Komm mit.«

Chloe folgte Amy, froh, Distanz zwischen sich und diesen unangenehm neugierigen Blicken zu schaffen.

In der Küche lächelte sie dankbar, als Amy ihr ein kaltes Bier der Marke Peroni in die Hand drückte. »Danke. Ist die Party zu viel für Sam?«, fragte sie und nickte mit Blick auf das Malbuch, das offen auf dem Tisch lag.

»Ja. Ich weiß nicht, wo sie hingegangen sind. Zu den Pferden vielleicht.« Ein Kartenspiel lag ebenfalls in der Mitte des Tisches und Amy drehte es in ihrer Hand hin und her. »Willst du eine Runde spielen?«

»Klar.«

Als die Party um acht Uhr abends endete, waren die meisten Kinder schon halb am Schlafen. Irgendwann zwischendurch hatten der Zuckerrausch und das Hochgefühl des Gewinnens nachgelassen.

»Das musst du nicht«, sagte Amy mit einem schlechten Gewissen, als Chloe anfing, ihr beim Aufräumen zu helfen. »Es ist ja nicht so, als hättest du dieses Chaos angerichtet.«

Tatsächlich hatte sie nichts davon verursacht, sondern den größten Teil des Nachmittags mit Amy und diversen Kartenspielen verbracht, zu denen sich irgendwann auch Sam und ihre Mutter gesellt hatten. Alles in allem hatte Amy einen viel besseren Nachmittag gehabt als erwartet und sie wusste, dass sie das ausschließlich Chloe zu verdanken hatte.

»Das macht mir nichts aus. Außerdem kannst du sicherlich ein paar zusätzliche Hände gebrauchen.«

Damit hatte sie wirklich nicht unrecht – Danny kümmerte sich um die Kühe und ihre Mutter und Gabi brachten die Jungs ins Bett –, also widersprach Amy nicht. Chloe wusch ab, während Amy abtrocknete, und so schlüpften sie beide wieder in die Rollen, die sie als Kinder nach einem Familienessen eingenommen hatten.

»Ich werde den Garten noch mal kontrollieren«, sagte Amy, als sie fertig waren. »Das Letzte, was wir brauchen, sind Füchse, die sich hier herumtreiben, weil jemand seinen Müll draußen hat rumstehen lassen.«

»Ich helfe dir.« Chloe ließ die schlafende Bella unter dem Küchentisch zurück und folgte Amy zur Hintertür. »Es wird schon langsam dunkel.«

»Erinnere mich nicht daran.« Amy benutzte die Taschenlampe ihres Handys, um in das Gras zu leuchten, als sie sich bei den Picknicktischen umsahen. Der am Himmel stehende Neumond war keine gute Lichtquelle. »Ich hasse Winternächte. Hast du eine Ahnung, wie schwer es ist, eine Kuhherde zu kontrollieren, wenn die meisten Kühe schwarz sind und es draußen stockdunkel ist?«

»Ich schätze mal sehr?«

»Es macht keinen Spaß.«

»O mein Gott, ihr habt das Baumhaus immer noch?« Chloe stand am Fuß der Eiche. Ihre Finger fuhren über die Kerben der Leiter, die in den Stamm geschnitzt waren.

»Ja. Die Jungs benutzen es jetzt, aber es steht noch. Wir können hochklettern, wenn du willst.«

»Passen wir da rein?«, fragte Chloe und betrachtete stirnrunzelnd die Plattform, die ihre Väter vor so vielen Jahren für sie gebaut hatten.

»Gibt nur einen Weg, das herauszufinden.«

Sie ließ Chloe vorgehen, bevor sie selber die Leiter hochkletterte. Es war ziemlich eng im Baumhaus, das nicht für jemanden von Chloes Statur gebaut war. Sie musste den Kopf einziehen, um nicht an die Decke zu stoßen.

»Hier drin sieht es anders aus«, sagte Chloe und ließ ihre Augen über die Wände wandern, die mit Zeichnungen von Adam und Sam übersät waren. »Und es ist viel kleiner, als ich es in Erinnerung habe.«

»Weil wir größer sind.«

»Ich glaube nicht, dass ich viel gewachsen bin, seit ich siebzehn war. Und du erst recht nicht.«

»Unhöflich«, sagte Amy und versuchte, nicht an das letzte Mal zu denken, als sie und Chloe sich in diesem Baumhaus befunden hatten. Sie hatte den Verdacht, dass der wahre Grund, warum es sich damals größer angefühlt hatte, war, dass sie nicht versucht hatte, ein paar Zentimeter Sicherheitsabstand zwischen sich und Chloe zu halten. Damals hatten sie genau das Gegenteil getan; ihre Beine waren ineinander verschlungen und ihre Küsse stürmisch gewesen.

Einen ihrer letzten Küsse hatten sie in genau diesem Baumhaus geteilt. Am Ende des Sommers, bevor sich alles zwischen ihnen verändert hatte.

Vielleicht war es doch keine so gute Idee gewesen, hier heraufzuklettern. Die Hitze war erdrückend, so schwül, dass es ihr schwerfiel, Luft zu holen.

»Geht es dir gut?«, fragte Chloe stirnrunzelnd.

Amy nickte. »Ja. Mir ist nur sehr warm.« Sie zupfte am Ausschnitt ihres Shirts und löste es von der klebrigen Haut.

»Ist das Fenster offen?«, fragte Chloe und fummelte bereits an dem Verschluss herum.

Ja, es war offen. Aber die leichte Brise, die dadurch hereinkam, trug wenig dazu bei, die Hitze auf Amys Wangen zu kühlen.

»Einer der Nachteile des Lebens in der Stadt ist, dass man nicht so eine Aussicht hat.«

Amy folgte Chloes Blick. Der wolkenlose Himmel bot ihnen in der Tat eine herrliche Aussicht auf die Sterne. »Früher haben wir hier gelegen und uns Sternbilder ausgedacht«, sagte sie und war froh, dass ihre Stimme so ruhig klang. »Erinnerst du dich an welche?«

»Ich bin mir nicht sicher.« Chloe legte sich auf den Rücken und stützte ihren Kopf auf ihre Hände, während sie in den Himmel starrte.

Sie sah wunderschön aus. Noch nie hatte sich Amy mehr danach gesehnt, eine Kamera in der Hand zu haben.

»Wir hatten einen Drachen in einer Sternenkonstellation gefunden, oder?« Chloe schaute zu ihr hinüber, als Amy nicht antwortete. »Von dort kannst du sie aber nicht sehen.«

Amy schluckte hart und legte sich dann neben Chloe. Dies war nicht möglich, ohne dass sich ihre Arme der Länge nach berührten. »Wir hatten eine Pfanne. Und ein Quadrat.« Sie konnte die Formen vage erkennen, wenn sie blinzelte, da ihre Augen sich langsam an die Dunkelheit gewöhnten.

»Und einen Tennisschläger.«

»Der hat überhaupt nicht wie ein Tennisschläger ausgesehen.«

»Aber sicher doch.« Chloe drehte den Kopf.

Amy machte den Fehler, ihr ins Gesicht zu sehen. Sie lagen nur wenige Zentimeter voneinander entfernt. Chloes Atem war heiß auf Amys Lippen.

»Du bist einfach blind.«

»Sagt die Frau mit den Kontaktlinsen.«

»Genau. Ich habe gerade perfekte Sicht.« Sie lächelte.

Amys Blick wanderte zu ihrem Mund. Sie fragte sich, wie sich der Abdruck dieses Lächelns auf ihren Lippen anfühlen würde. Sie fühlte sich, als ob sie einen leichten Schwips hatte, und wusste, dass dies nichts mit den drei Bieren von vorhin zu tun hatte, sondern mit Chloe, die nur wenige Zentimeter von ihr entfernt lag. Und mit der verschwommenen Erinnerung an Küsse, die sie in diesen Wänden geteilt hatten.

Verlangen kribbelte in ihrem Bauch und sie streckte ihre Hand aus, um mit einem Finger an Chloes Schlüsselbein entlangzufahren, über die Tinte, die unter ihrem Hemd verborgen lag.

Chloe sah sie erschrocken an.

»Du hast ein Tattoo«, sagte Amy mit flüsternder Stimme, weil sie fürchtete, der Moment würde zerbrechen, wenn sie zu laut sprach. »Von den Sternen.«

»Es … es ist das Sternzeichen meiner Mutter«, sagte Chloe ebenfalls flüsternd, die Augen auf Amys gerichtet.

»Kann ich es sehen?«

»O-okay.«

Amy zog behutsam am Kragen des Hemdes und strich dann mit der Fingerspitze über das Tattoo. »Es ist wunderschön.« *Du bist wunderschön*, wollte sie sagen und biss sich auf die Lippe, um dieser Versuchung zu widerstehen.

Als Chloes Blick auf ihren Mund fiel, fing Amys Disziplin an zu bröckeln. Sie könnte ihre Finger in dieses Hemd vergraben und sie an sich ziehen, könnte sich an sie drücken und sie sinnlos küssen, könnte dem Verlangen nachgeben, das durch ihre Adern pulsierte und Chloe nicht mehr loslassen.

Amy zögerte. Sie wusste, dass sie dies nicht tun sollte. Abstand halten war das Gebot der Stunde. Sie sollte und wollte Chloes *Freundin* sein und das zwischen ihnen nicht vermasseln.

Chloe lag wie erstarrt neben ihr, mit großen dunklen Augen, und Amy spürte, wie Chloes Herz unter ihrer Handfläche pochte.

Spürte sie es auch? Den Sog, das Verlangen, die Anziehung? Machte es sie auch verrückt?

Oder hatte Amy das alles falsch verstanden? »Ich –«

»Amy, bist du hier draußen? Hast du mein Handy gesehen?« Gabis Stimme drang durch den Garten und zu ihnen herauf.

Der Moment zwischen ihnen platzte wie ein Luftballon, der auf eine Nadel traf.

Chloe riss sich so schnell und heftig von Amy los, dass sie mit dem Kopf gegen die Decke des Baumhauses schlug.

»Ich habe das Handy nicht gesehen!«, rief Amy und fragte dann Chloe leise: »Geht es dir gut?«

»Mir geht's gut.« Aber ihre Stimme zitterte und sie, hatte Amy den Rücken zugewandt, während sie zur Leiter rutschte. »Ich sollte gehen.«

»Chloe, warte –«

Aber sie war schon weg.

Amy fluchte, stieg schnell die Leiter runter und rannte ihr hinterher. »Chloe, warte mal, Herrgott noch mal.« Amy holte sie schließlich ein, bevor sie die Hintertür erreichte, und schlang ihre Finger um Chloes Handgelenk, um sie zum Stehen zu bringen. »Ich ... es tut mir leid, ich wollte nicht ... oh, Scheiße, Chloe, dein Kopf.«

»Was ist mit meinem Kopf?«

»Du blutest.« Nicht viel, eine dünne rote Linie unterhalb ihres Haaransatzes, aber genug, um Amys Sorge zu wecken. Sie streckte eine Hand aus, aber Chloe wich zurück, als hätte man sie verbrannt. »Lass mich das sauber machen.«

»Mir geht es gut«, sagte sie wieder, was nicht sehr überzeugend klang.

Amy blinzelte die Tränen weg, die in ihre Augen stiegen. Das hier war, was sie hatte vermeiden wollen. Sie hatte schon wieder alles ruiniert, nur weil sie sich nicht beherrschen konnte. »Bitte«, sagte sie und ihre Stimme klang selbst in ihren eigenen Ohren verzweifelt. »Du könntest eine Gehirnerschütterung haben. Lass mich dich sicher nach Hause bringen.«

Chloe sah auf den Boden und sagte: »Ich brauche deine Hilfe nicht.«

»Ich lasse dich nicht so im Dunkeln den ganzen Weg rüber allein laufen.«

Chloe sah hoch und starrte Amy wortlos an.

Amy starrte zurück. Stur sein konnte sie auch. Was sie nicht konnte, war, die Dinge so stehen zu lassen, wie sie jetzt waren. Es gab so viel Unausgesprochenes. Viel zu viel Schmerz und Wut zwischen ihnen. Sie wusste nicht, ob sie es in Ordnung bringen konnte, aber sie konnte es wenigstens versuchen. Was sie nicht tun konnte, war, Chloe jetzt weggehen zu lassen, denn was, wenn sie nicht zurückkam?

»Na gut«, sagte Chloe schließlich mit zusammengebissenen Zähnen.

Amy atmete erleichtert aus. Sie hatte immer noch eine Chance, die Dinge zwischen ihnen wieder zu kitten.

Sie hoffte nur, dass es noch etwas zu retten gab.

―⋆―

Chloes Kopf pochte bei jedem Schritt, den sie machte, und der Weg nach Hause entlang der Felder fühlte sich wie eine Ewigkeit an. Die Stille zwischen ihnen war bedrückend. Aber sie hatte nicht die leiseste Ahnung, was sie sagen sollte.

Schon bevor sie sich selbst fast ausgeknockt hätte, war alles in ihr ein einziges Durcheinander gewesen. Da waren Amys Hände auf ihrer Haut, Amys Finger, die sich in ihrem Hemd verfangen hatten, Amys Blick auf ihren Lippen. So viel Amy. So nah.

Dumm, dumm, dumm, dachte sie, und die Wut trieb ihre Schritte an. Was hatte sie sich nur dabei gedacht, mit Amy an einen Ort zu kriechen, der so voll mit Erinnerungen war, dass es ihr schwerfiel, darin zu atmen?

Sie hatte nicht damit gerechnet, dass Amy sich in der Dunkelheit an sie drücken würde, als wären sie wieder Teenager. Chloe wollte sich nicht wieder verlieben, nicht in die Frau, von der sie wusste, dass sie sie nie haben konnte. Und deshalb war sie ja auch nicht an den Ort ihrer Kindheit zurückgekommen. Der Grund ihrer Anwesenheit war das Haus. Ihr Haus. Sie brauchte keine Ablenkung – sie hatte sich bereits genug ablenken lassen, weil Amy sie mit geradezu magnetischer Kraft anzog. Chloe war eine Idiotin gewesen, zu glauben, sie könnten jemals wieder nur Freundinnen sein.

Das mit der Freundschaft funktioniert nicht. Damals nicht und heute nicht. Nicht, wenn sie sich nicht zusammenreißen konnten, sobald sie allein waren. Irgendwas hatte sich zwischen ihnen aufgebaut, stellte Chloe fest und ließ die letzten Monate Revue passieren. Die Zeit, die sie miteinander verbracht hatten, die Mauern zwischen ihnen, die nach und nach gefallen waren, die beiläufigen Berührungen, die immer einen Takt länger dauerten, als sie sollten. All das hatte sich summiert und zu dem geführt, was heute fast zwischen ihnen passiert war: ein Beinahe-Kuss in der Dunkelheit. Ein Kuss, der nicht passiert war, den Chloe aber trotzdem spüren konnte. Der Hauch von Amys Atem auf ihren Lippen. Ein Kuss, den Chloe immer noch wollte. Und war das nicht der erbärmlichste Teil von allem? Dass sie immer noch so für die Frau empfand, die ihr vor all den Jahren das Herz gebrochen hatte?

Ihr Haus zeichnete sich am Horizont ab und sie atmete auf, sprintete praktisch die letzten paar Schritte zur Tür, eine verwirrte Bella hinter sich herziehend. »So«, sagte sie, außer Atem und unfähig, Amy in die Augen zu sehen. »So. Zufrieden? Ich bin gut zu Hause angekommen.«

Amys Gesichtsausdruck verriet, dass sie alles andere als glücklich war. »Lässt du mich dich wenigstens zusammenflicken?«, fragte sie erneut. Sie stand auf der Stufe unter Chloe, in sich zusammengesunken, und sah klein und zerbrechlich aus, wie das Mädchen, das Chloe einst hier zurückgelassen hatte. »Bitte. Und dann werde ich gehen und du musst mich nie wieder sehen, wenn du nicht willst. Ich muss einfach nur sichergehen, dass es dir gut geht.«

Wie kann es mir danach noch gut gehen? Chloe wollte fragen, wollte schreien. *Wo war deine Sorge, als du mich damals weggestoßen hast? Warum tust du mir das an?*

Aber ihr Kopf hämmerte, die Erschöpfung saß ihr tief in den Knochen und sie hatte nicht die Kraft, zu argumentieren. »Fünf Minuten«, sagte sie und sah, wie die Erleichterung über Amys Gesicht huschte. »Und dann will ich, dass du gehst.«

Chloe drehte sich um, schlüpfte ins Haus und schnappte sich den Erste-Hilfe-Kasten, den sie für Notfälle aufbewahrt hatte. Sie stellte ihn auf den Esszimmertisch, setzte sich auf einen der Stühle und starrte entschlossen auf einen Punkt an der Wand, während Amy vor ihr stand.

»Es hat sich einiges getan, seit ich das letzte Mal hier war«, sagte Amy. Ihre Berührung war sanft, als sie Chloes Kinn umfasste und ihren Kopf zum Licht neigte. »Sieht alles besser aus.«

Chloe versuchte sich auf ihre Umgebung zu konzentrieren, nicht auf die Berührung. Ja, der Raum sah viel besser aus. Der neue Fußboden war verlegt, die Wände hatten einen frischen Anstrich erhalten und die meisten Schränke waren an den Wänden befestigt und warteten darauf, dass die Arbeitsplatten daraufgesetzt wurden. Aber Chloe war nicht an Smalltalk interessiert, war an nichts anderem interessiert als daran, Amy loszuwerden. Es fiel ihr schwer zu atmen.

»Es ist nicht tief«, sagte Amy, anscheinend um die Stille zu füllen.

Chloe zischte, als sie ein antiseptisches Tuch auf den Schnitt drückte.

»Das muss nicht genäht werden.« Amy klebte ein Pflaster darauf.

Chloe zuckte zusammen, als Amy mit der Fingerspitze über den Rand fuhr.

»Du wirst morgen eine üble Beule haben. Und wahrscheinlich auch schlimme Kopfschmerzen.«

»Ich komme schon klar«, sagte sie – im Bewusstsein, dass sie diese Worte wie ein Mantra wiederholte – und verrenkte sich fast den Hals, um sich aus Amys Berührung zu lösen.

Amy ließ die Arme fallen und biss sich auf die Innenseite ihrer Wange, als wolle sie auf diese Art verhindern zu weinen. »Chloe, es tut mir so leid. Ich wollte nicht … die Dinge zwischen uns durcheinanderbringen.«

Chloe spottete: »Schon wieder, meinst du?« Sie konnte den Biss in ihrer Stimme nicht verbergen und Amy zuckte zusammen. »Ich verstehe dich nicht. Warum hast du das getan?«

»Weil ich es wollte«, sagte Amy mit weicher Stimme. »Ich will nicht, dass du denkst, ich hätte dich wieder verarscht. Ich weiß, wie es aussieht, vor allem nachdem ich dir vorhin erzählt habe, dass ich einsam bin, aber ich … das ist nicht, was ich getan habe. Ich war gefangen im Moment, in unserer Vergangenheit, und das tut mir leid.« Sie schloss die Augen und drückte die Handballen gegen die Augen. »Gott, das alles tut mir leid. Das, was ich dir angetan habe, ist das, was ich am meisten bereue, und jetzt habe ich es wieder versaut.«

»Du wolltest mich küssen«, flüsterte Chloe.

»Ja. Ich wollte dich schon lange küssen. Aber ich weiß, dass ich das nicht verdiene. Dass ich dich nicht verdiene.«

»Ich … was soll ich damit anfangen?«

Amys Hände legten sich um eine von ihren, warm und sanft. »Du musst nichts damit anfangen. Aber du verdienst die Wahrheit. Und ich habe es ernst gemeint, was ich vorhin gesagt habe – du musst mich nie wieder sehen, wenn du das nicht willst.«

Chloe glaubte ihr. Sie konnte in Amys Augen sehen, dass die Worte ernst gemeint waren. Und sie konnte bereits den Schatten des Schmerzes sehen, den Amy fühlen würde, wenn Chloe sie wegschicken würde.

Und vielleicht wäre das für sie beide das Einfachste.

Ein klarer Schlussstrich, gemeinsam beschlossen.

Ein krasser Gegensatz zum letzten Mal, als Amy Chloe die Wahl abgenommen und für sie entschieden hatte. Diesmal überließ sie Chloe die Entscheidung und das war der Grund, warum sie jetzt zögerte.

Denn Amy hatte sich verändert, in jeder Hinsicht. Dass wurde Chloe nirgendwo deutlicher als hier und jetzt, nachdem sie alles auf den Tisch gelegt hatte. Ihre Hände waren immer noch um Chloes Hände gelegt. Sie zitterten und Amy wartete auf Chloes Entscheidung.

»Ich glaube nicht, dass wir als Freunde funktionieren«, sagte sie.

Amy zuckte zurück, als hätte man sie geohrfeigt, und das kleine Geräusch der Überraschung, das sie machte, war wie ein Messer in Chloes Herz.

»Ich verstehe«, sagte Amy und entzog ihre Hände.

Dieses Mal war es Chloe, die sie aufhalten musste, indem sie aufstand und Amys Arm ergriff. »Hey, komm her.« Sie war zu schnell aufgestanden. Ihr Kopf drehte sich, ihr Körper schwankte. Schnell legte sie ihre andere Hand auf Amys Schulter.

Amy manövrierte sie vorsichtig ein paar Schritte nach hinten und stützte sie dort gegen den Tisch. Aber Chloe lockerte ihren Griff nicht, wollte sich nicht von Amy lösen.

Amy runzelte die Stirn, Besorgnis stand in ihren Augen und eine Träne lief ihr über die Wange.

Chloe wischte sie weg.

»Lass mich los, Chloe.«

Aber Chloe schüttelte den Kopf. »Das kam falsch rüber. Vergiss nicht, ich habe mir den Kopf gestoßen. Mein Hirn ist im Moment ein bisschen durcheinander.«

»Was hast du dann gemeint?«, fragte Amy mit tiefer Stimme, sichtlich darum bemüht, Fassung zu bewahren.

»Wir funktionieren nicht gut als Freunde, oder? Nicht *nur* als Freunde. Nicht damals und nicht heute.« Chloe konnte nicht so tun, als wäre heute nichts passiert. Sie wusste, dass sie Amy nicht wiedersehen konnte, ohne sie küssen zu wollen, ohne der Spannung nachzugeben, die unter der Oberfläche ihrer Haut brodelte und die sich nach Amys Berührung sehnte. »Ich versuche, es mir nicht zur Gewohnheit zu machen, meine Freunde zu küssen.«

Eine Hand legte sich um ihre Taille und Amys Finger glitten unter den Saum ihres Hemdes.

Chloe sog den Atem ein. »Aber dich zu küssen ist eine Gewohnheit, mit der ich gern anfangen würde.«

»Ach ja?«

»Ja.« Sie legte eine Hand um Amys Kinn, ihr Herz schlug wie ein Presslufthammer. »Wenn du das auch willst.«

Amy gab ein undefinierbares Geräusch von sich und stellte sich auf die Zehenspitzen, um mit ihren Lippen über die von Chloe zu streichen. Amys Haut war weich und ihre Lippen waren noch weicher und Chloe seufzte bei diesem Gefühl. Sie öffnete ihre eigenen Lippen für Amys suchende Zunge.

Es gab kein Feuerwerk. Sie spürte nicht, wie ihre Welt zerbrach und sich wieder aufbaute, sie spürte nicht, wie sie an den Nähten zerbrach. Es war kein endloser, perfekter Moment, aber all das spielte keine Rolle, denn Amys Mund war auf ihrem und das war das wunderbarste Gefühl auf der Welt.

Chloes Herz klopfte in ihren Ohren. Sie konnte das Bier auf Amys Zunge schmecken, die Elektrizität spüren, die durch ihre Fingerspitzen floss, wo immer sie sich berührten. Amy zog sie näher heran, ihre Hüften schmiegten sich aneinander und Chloe stöhnte.

»Was machen wir hier?«, fragte Amy schließlich. Ihr Atem ging schnell an Chloes Wange.

»Ich weiß es nicht. Aber ich will es wieder tun.« Sie ließ ihre Finger in Amys Haare gleiten, küsste sie, bis ihr der Atem stockte. Würde sie es am Morgen bereuen? Die Art und Weise, wie sich Amys Mund auf ihrem bewegte, ihr Geschmack, die Wärme, die von ihr ausging und sich in Chloe verteilte. Dass sie so nah aneinandergepresst waren, dass kein Raum zwischen ihnen existierte. Sie wusste es nicht.

Wollte sie das wieder erleben?

Auf jeden Fall.

»Ich meine es ernst, Chloe.« Amy drückte eine Hand auf Chloes Brustbein und sollte sie das stürmische Pochen des Herzens unter ihrer Hand bemerkt haben, sagte sie doch nichts.

»Das habe ich auch.« Chloe strich Amy eine Haarsträhne hinter das Ohr und dann mit den Fingern über diese weiche Wange. »Ich will nicht aufhören, dich zu sehen. Aber ich weiß auch nicht, wie ich dich weiterhin sehen soll, ohne dich besinnungslos zu küssen, also …«

»Also … Freundschaft plus?«, schlug Amy vor.

Chloe schluckte. War es das, was sie wollte? Was Amy wollte? Es war die sicherere Variante. Also sagte sie: »Klar. Wenn du das willst.« Ihre Zeit in Corthwaite neigte sich dem Ende entgegen, der Sand in dem Stundenglas war schon mehr als zur Hälfte verbraucht und sie wusste, dass es nach dem heutigen Abend noch viel schwieriger werden würde, Amy zu verlassen.

»Ja. Was Lockeres. Das kann ich.«

Könnte Chloe das auch? Mit Amy? Ohne sich Hals über Kopf zu verlieben? Wahrscheinlich nicht.

Wollte sie es trotzdem tun?

Ja.

»Okay.« Chloe zog Amy wieder heran, schob einen Schenkel zwischen ihre Beine und genoss den Geschmack von Amys Stöhnen auf ihrer Zunge.

»Ich sollte gehen«, sagte Amy, als sie das nächste Mal eine Atempause einlegten. Ihre Hand lag schwer auf Chloes Rücken.

»Oder du könntest bleiben«, schlug Chloe flüsternd vor, während ihre Lippen Amys Ohrmuschel streiften.

»Ich sollte nicht.«

»Warum nicht?«

»Weil du mir gesagt hast, dass du verwirrt bist und ich will nichts tun, was du morgen bereuen könntest.«

Ein gutes Argument. Chloe war es nicht fremd, dass das Licht des Morgens ein Gefühl der brutalen Klarheit mit sich brachte, ein Gefühl von »Was zum Teufel hast du dir dabei gedacht?«. Aber Zeit und Raum würden Chloe dazu bringen, zu viel nachzudenken und Zweifel zu hegen und zu pflegen, während sie stattdessen Amy in ihren Armen halten könnte.

»Was ist, wenn ich eine Gehirnerschütterung habe?«

Amys Augen funkelten, als sie den Kopf schüttelte. »Komisch, vorher schien es dir gut zu gehen.«

»Das war vorher. Weißt du, ich fühle mich jetzt ganz heiß. Vielleicht bekomme ich Fieber. Willst du mich wirklich allein lassen?«

»Du bist unmöglich.« Aber sie ließ sich von Chloe in einen weiteren Kuss ziehen und seufzte an ihrem Mund. »Gut, dann bleibe ich.«

Kapitel 18

Amy putzte sich die Zähne in dem Badezimmer, das noch genau so aussah wie damals, als sie das letzte Mal im Haus der Roberts übernachtet hatte. Die gleiche lila Farbe an den Wänden und die gleichen weißen Fliesen mit kleinen gelben Enten darauf.

Das Einzige, was sich verändert hatte, war sie selbst – das Summen der Erwartung unter ihrer Haut, der Unglaube, dass sie gleich so dicht nebeneinander schlafen, sich ein Bett teilen würden.

Sie konnte ihr Glück immer noch nicht fassen und war halb davon überzeugt, dass sie, wenn sie nur einmal zu viel blinzelte, in ihrem eigenen Bett aufwachen würde. Dass Chloe sich weigern würde, mit ihr zu reden, und dass ihre Freundschaft nicht mehr zu reparieren wäre.

Bleib locker, dachte Amy und schlüpfte in die Kleidung, die Chloe ihr angeboten hatte: eine weiche, abgetragene Jogginghose und ein T-Shirt, das zur Hälfte ihre Oberschenkel bedeckte. Die Klamotten einer anderen Person zu tragen und von dem Duft eines fremden Waschmittels umgeben zu sein, hatte etwas Intimes. Die Nacht zusammen zu verbringen, war noch viel intimer, aber Amy brachte es nicht übers Herz, Chloe mit ihren flehenden Augen und überzeugenden Küssen etwas abzuschlagen. Geschweige denn das Ziehen in ihrem eigenen Magen zu ignorieren, das ihr sagte, sie solle Chloe in ihrer Nähe behalten und sie nie wieder loslassen.

Das war genau das Gegenteil von dem, was jetzt eigentlich gut und angebracht war, und Amy ärgerte sich über sich selbst, als sie den Flur hinunter zum Schlafzimmer ging. Chloe hatte recht – mehr konnte sie Amy nicht bieten und Amy war nicht maßlos genug, um darum zu bitten, mehr zu bekommen.

Sie würde für alles dankbar sein und alles mit offenen Armen annehmen. Das hier war schon mehr, als sie sich jemals erträumt hatte. Sie würde diese Schnipsel nehmen, verstohlene Momente zwischen Chloes Leben in London und ihrer Zeit hier, bei der Renovierung, und sie würde sich um die Folgen kümmern, wenn Chloe nicht mehr da war.

Chloe hockte am Ende des Bettes, als Amy die Tür aufstieß. Sie war nur mit einem dünnen Hemd und einem Paar Boxershorts bekleidet.

Amy versuchte, nicht auf die nackte Haut zu starren, die so gut sichtbar war. »Danke für die Sachen«, sagte sie, hängte ihre eigenen Kleider über die Lehne von Chloes Schreibtischstuhl und tätschelte Bella, die auf einer flauschigen Decke mitten auf dem Boden lag. »Du hast gelogen, als du sagtest, du hättest keinen Pyjama.«

»Habe ich nicht.« Chloe griff nach Amys Hüften und zog sie zu sich heran. »Das ist eine bequeme Hose.«

»Auch bekannt als Pyjama.«

Der Ausschnitt von Chloes Hemd war tief und Amy strich mit einem Daumen über das Schlüsselbein, über die vielen Sterne.

»Ich glaube langsam«, sagte Chloe grinsend, während sie ihre Hände auf Amys Rücken legte, »du hast eine Schwäche für Tattoos.«

Amys Wangen wurden warm. Chloes leises Kichern ließ ihr Herz rasen.

»Es ist okay«, sagte Chloe, schlang ihre Finger um Amys Handgelenk und hob ihre Hand zurück an ihre Brust. »Ich habe noch mehr, weißt du.«

»Wo?«

Chloes Lippen wanderten über Amys Hals. »Ich glaube, es macht mehr Spaß, wenn du sie selbst findest.« Sie knabberte an Amys Hals, genau dort, wo ihr Puls heftig schlug.

Amy krallte ihre Hände in Chloes Haar und zog sie dann zu sich heran, so dass sich ihre Lippen zu einem Kuss trafen.

Eine Hand glitt unter Amys Hemd und ließ Hitze auf ihrem Brustkorb auflodern, während Chloes Zunge ihre eigene streichelte. Amys Hüfte bewegte sich in Chloes Schoß, ein verzweifeltes Bedürfnis, ihr noch näher zu sein, und sie klammerte sich an ihrem Nacken fest.

»Wir sollten … wir sollten aufhören«, sagte Amy, als Chloes Finger gegen ihre Brust stießen.

»Warum?« Chloes Atem wärmte ihre Ohrmuschel.

Amy schluckte einen Fluch hinunter. Das hier würde sie definitiv umbringen.

»Keine Angst. Ich werde das nicht bereuen«, sagte Chloe. Ihre Augen waren dunkel und erfüllt von demselben Verlangen, das Amy in ihrem eigenen Bauch spürte.

»Aber was ist, wenn doch?« Sie könnte es nicht ertragen, neben Chloe aufzuwachen und mit der Erinnerung an die Lippen auf ihrer Haut vor die Tür gesetzt zu werden. »Und dein Kopf.« Sie strich mit den Fingern über den Fleck, der an den Rändern des Pflasters bereits lila wurde. »Du denkst vielleicht nicht mehr klar. Was ist, wenn ich dich gerade ausnutze?«

»Du kannst mich ausnutzen, wann auch immer du willst«, sagte Chloe.

Amy schlug ihr mit der Hand auf die Schulter.

»Na gut.« Ihre Hände glitten zu Amys Hüften, hoben sie von ihrem Schoß und drückten sie auf das Bett.

Amy schluckte gegen den Kloß in ihrem Hals an, denn die Demonstration roher Stärke brachte sie dazu, alles zurücknehmen zu wollen, was sie gesagt hatte. Sie schlüpfte unter die Laken, mit dem Rücken an die Wand gepresst, und lag Chloe im Dunkeln gegenüber, einen Arm über ihre Taille gelegt. Sie konnte das Gähnen nicht zurückhalten.

Chloe lächelte und strich ihr zärtlich mit einer Hand über die Wange. »Müde?«

»Tut mir leid. War ein langer Tag.« Ein langer, emotionsgeladener Tag, obwohl Amy zögerte, ihn zu beenden, nicht wusste, ob die Dinge am Morgen anders aussehen würden.

»Schlaf ruhig«, sagte Chloe, bevor sie sie küsste, sanft und langsam, als wollte sie sich das Gefühl einprägen.

Als sie sich umdrehte, drückte Amy sich gegen ihren Rücken und legte ihren Arm um ihre Taille. *Locker*, dachte Amy. Locker, weil Chloe in ein paar Monaten nicht mehr da sein würde. Chloe würde ein Stück ihres Herzens mitnehmen, wenn sie sich zu sehr auf sie einlassen würde.

Du machst dir selbst etwas vor, wenn du glaubst, dass du das hier unbeschadet überstehst, flüsterte eine Stimme in ihrem Hinterkopf. Eine Stimme, die sie mit dem Geräusch von Chloes immer tiefer werdenden Atemzügen zu verdrängen versuchte.

War das hier total verrückt? Vermutlich. Aber wenn es bedeutete, dass sie eine Nacht wie diese erleben würde, mit Chloes Shampoo in der Nase und ihrem warmen Körper an ihrer Seite, dann würde Amy gern die Konsequenzen tragen.

»Chloe.«

Chloe runzelte die Stirn, gefangen in einem Zustand irgendwo zwischen Schlafen und Wachen. Eine Hand lag auf ihrer Schulter, warm und fest, eine sanfte Stimme erklang an ihrem Ohr.

»Chloe, wach auf.«

Sie öffnete blinzelnd die Augen und sah in Amys Gesicht, die neben dem Bett kauerte, schlaftrunken und in der Kleidung vom Vortag. Die vergangene Nacht kam Chloe wieder in den Sinn. Sie rieb sich den Schlaf aus den Augen. »Wie viel Uhr ist es?«

»Sechs«, sagte Amy.

Kein Wunder, dass kein Licht durch die Vorhänge kam.

»Tut mir leid, ich weiß, es ist früh, aber ich wollte nicht, dass du allein aufwachst.«

»Wo willst du hin?«

»Ich muss zurück. Bevor jemand merkt, dass ich weg bin. Nicht, dass ich irgendwas verheimlichen will«, fügte sie hastig hinzu. »Aber meine Familie ist so neugierig und ich denke, du willst wahrscheinlich auch nicht, dass sie sich in deine Angelegenheiten einmischen. In unsere Angelegenheiten, wohl eher.«

»Macht Sinn.«

»Du könntest später vorbeikommen. Wenn du willst. Wir könnten mit den Pferden ausreiten oder so. Es wäre schön, dich zu sehen, bevor du wieder nach London fährst.«

»Ja. Okay.«

Amys Lächeln leuchtete in der Dunkelheit und sie beugte sich vor, um Chloe einen sanften Kuss auf die Lippen zu geben. »Wir sehen uns später.«

Chloe sah ihr nach und wusste, dass sie nicht wieder einschlafen würde, nicht mit dem Geruch von Amy auf dem Kissen und auf ihren Laken. Nicht mit der Erinnerung an ihren Kuss und das Gefühl ihrer Hände auf der Haut.

Sie rollte sich auf den Rücken, um an die Decke zu starren und stöhnte, als Bella dies als Einladung auffasste, sich zu ihr zu gesellen. Dabei stieß eine Pfote in ihre Rippen, ehe sich die Hündin flach auf sie legte und mit ihrer kalten Nase Chloes Kinn berührte.

Sie fuhr mit den Fingern durch Bellas Fell und fragte sich, ob die letzte Nacht ein Traum gewesen war. Wenn sie nicht mit jemandem darüber sprechen konnte, würde sie noch verrückt werden. Sie griff blindlings nach ihrem Handy und hielt es an ihr Ohr.

»Du liegst besser im Sterben«, stöhnte Naomi.

»Was?«

»Chloe, es ist halb sieben. An einem Sonntag. Also, ich wiederhole: Du liegst besser im Sterben, denn welchen anderen Grund könntest du haben, meinen Schönheitsschlaf zu so einer unchristlichen Stunde zu stören?«

»Amy und ich haben uns geküsst.«

Stille.

Chloe hob den Hörer vom Ohr und fragte sich, ob sie aus Versehen aufgelegt hatte. »Naomi? Bist du noch dran?«

»Du … hast Amy geküsst? Um halb sieben Uhr morgens?«

Chloe konnte sich das verwirrte Stirnrunzeln auf ihrem Gesicht vorstellen. Naomis Gehirn funktionierte im Halbschlaf nie so richtig.

»Nein, wir haben uns gestern Abend geküsst, aber sie hat bei mir übernachtet. Deshalb konnte ich nicht anrufen …«

»Sie ist über Nacht geblieben?! Mein Gott, Chloe, du verschwendest keine Zeit, oder? Hast du sie wenigstens vorher zum Essen eingeladen?«

»Es ist nichts passiert. Nicht, dass es dich etwas angehen würde …«

»Ja, klar. Du hast es zu meiner Angelegenheit gemacht, als du mich in aller Herrgottsfrühe angerufen hast.«

»Willst du jetzt wissen, was passiert ist, oder nicht?« Chloe hörte, wie am anderen Ende der Leitung Bettlaken raschelten. Wahrscheinlich machte Naomi es sich bequem.

»Ich höre.«

Chloe erzählte ihr alles, angefangen vom Baumhaus bis zum Morgen danach. Naomi unterbrach sie nicht ein einziges Mal.

»Weißt du noch, als du mir gesagt hast, dass du sie nicht magst?«, fragte Naomi.

Chloe stellte sich die hochgezogene Augenbraue vor, das süffisante Grinsen nach dem Motto »Ich hab's dir ja gesagt«.

»Erinnerst du dich daran? Dein absolutes Beharren darauf, dass ihr nur Freunde seid und nichts weiter? Du dreiste Lügnerin.«

»Aber wir sind nur Freunde …«

»Oh, bitte. Du bist dabei, dich in sie zu verlieben.«

»Bin ich nicht«, sagte Chloe. »Das ist nicht … das ist nicht das, was es ist.«

»Was ist es dann?«

»Du weißt schon. Was Lockeres.«

»Was Lockeres«, sagte Naomi und ihre Stimme triefte vor Skepsis. »Du?«

»Ich kann locker sein«, protestierte sie. »Das habe ich früher schon gemacht.«

»Aber nicht mit Frauen, in die du verliebt bist.«

»Ich bin nicht –«

»Okay, gut, wenn du so hartnäckig darauf bestehst … Dann eben nicht mit Frauen, in die du verliebt warst.«

Da konnte Chloe nicht widersprechen.

»Hör zu, ich will nur nicht, dass sie dir wieder das Herz bricht, Chloe. Das ist alles.«

»Ich weiß. Das will ich auch nicht.« Chloe kraulte Bellas Kinn und rümpfte die Nase, als die Hündin es ihr mit einem Lecken an der Wange dankte. »Meinst du, es ist eine schlechte Idee?«

»Mit ihr zu schlafen?«

»Ja.«

»Ich halte es für eine ausgesprochen schlechte Idee«, sagte Naomi.

Chloe zuckte zusammen.

»Aber ich bin auch nicht so dumm zu glauben, dass du auf mich hörst, wenn ich es dir verbiete. Sei vorsichtig, ja? Versuch, dich nicht in sie zu verlieben.«

»Ich dachte, du denkst bereits, ich wäre es schon?«

»Oh, das tue ich. Aber da du immer wieder betonst, dass du es nicht bist ...« Sie brach ab, die Laken raschelten wieder. »Was machst du heute im Haus?«

»Die Küche fertig.« Das wäre der erste Raum, den sie richtig fertigstellen würde, und damit wäre sie dann einen Schritt näher am Ende ihres Projektes. Ein Ende, auf das sie sich jetzt nicht mehr so sehr freute. »Wie war dein Treffen am Freitag? Hast du das Angebot bekommen?«

»Natürlich habe ich das Angebot bekommen. Meine Präsentation war einwandfrei.«

»Ja, ich weiß. Du hast mich gezwungen, sie dreitausendmal zu hören.«

»Das ist eine Übertreibung. Ich schätze, es waren nur zweitausend.« Naomi gähnte.

Chloe hatte Mitleid mit ihr. »Ich lasse dich weiterschlafen.«

»Und wenn ich nicht schlafen kann, musst du dich morgen im Zoo mit meinem mürrischen, schlafgestressten Arsch herumschlagen.«

»Ich bringe dir Kaffee«, versprach Chloe. »Freuen sich die Mädchen darauf?«

»Sie haben über nichts anderes gesprochen, seit ich es ihnen gesagt habe. ›Chloe dies‹ und ›Chloe das‹. Man könnte glauben, du wärst ihre Lieblingstante.«

»Der Reiz des Neuen wird nachlassen, wenn ich wieder jedes Wochenende da bin.«

»Das ist auch besser so«, brummte Naomi.

Chloe wusste, dass sie es nicht so meinte. Sie legten mit dem Versprechen auf, sich morgen früh zu sehen. Anschließend schleppte Chloe sich unter die Dusche, in der Hoffnung, dass das heiße Wasser ihr neue Energie geben würde. Und in der Tat fühlte sie sich danach etwas weniger träge. Sie knabberte ein Stück Toast, während sie die Quarzlaminat-Arbeitsplatten untersuchte, die für heute auf ihrem Plan standen. Die Platten waren nicht die schickste Variante, die sie hätte wählen können, aber sie mochte die glänzende schwarze Oberfläche und der Preis und die einfache Installation waren ein zusätzlicher Bonus.

Nach dem Frühstück lehnte sie die erste Arbeitsplatte an die Schränke, markierte mit einem Bleistift auf der Holzunterseite die Stelle, an der sie schneiden musste. Dann legte sie die Platte auf ihre Werkbank.

Bella erschrak, als Chloe die Säge in die Hand nahm. Lärm war ihr extrem verhasst und so zog sie sich aus der Küche zurück.

Chloe zog sich ihre Schutzbrille und Handschuhe an, bevor sie die Arbeitsplatte zuschnitt. Sie fühlte sich nie wohler, als wenn sie ein Werkzeug in der Hand hatte.

Das Ausschneiden der Löcher für die Spüle und die Herdplatte erforderte Fingerspitzengefühl und Konzentration. Deswegen genehmigte Chloe sich noch eine Tasse Kaffee, bevor sie den Teil ihrer Arbeit in Angriff nahm. Sie maß alles sorgfältig aus und überprüfte die Maße doppelt und dreifach, bevor sie die Stichsäge in die Hand nahm. Als Spüle und Kochfeld perfekt in die Lücken passten, atmete sie erleichtert auf.

Nachdem auch die letzte Platte sicher gebohrt und verschraubt war, lehnte Chloe sich zurück und bewunderte ihr Werk. Ein Teil der Wandfarbe war abgeplatzt, aber das ließ sich leicht beheben.

Unglaublich. Aber der erste Raum war fast fertig. Die Bäder waren die einzigen größeren Projekte, die noch anstanden. Eine Handvoll Wochenenden, wenn sie die Arbeit langsam anging. Höchstens vier Monate, um das Haus verkaufsfertig zu machen.

Vier Monate, um so viel Zeit mit Amy zu verbringen, wie sie sich traute.

Kapitel 19

»Ich kann nicht glauben, dass du mich einfach zurückgelassen hast«, sagte Chloe nörgelnd, als sie Amy zur Tür folgte. »Was, wenn ich gefallen wäre?«

»Ich hatte Vertrauen in dich.« Sie hätte Chloe nicht vorgeschlagen, dass sie mit ihr und Regina zu den Ställen um die Wette reiten sollte, wenn sie nicht geglaubt hätte, dass sie das nicht könnte.

»Und wenn ich gestorben wäre?«

»Ich denke, das ist ein bisschen dramatisch.« Amy stieß ihre Tür auf, lenkte Chloe mit den Händen an den Hüften hinein und drückte sie mit dem Rücken gegen die Tür. »Du hast das doch prima hinbekommen.«

»Stimmt gar nicht«, sagte Chloe mürrisch.

Amy lehnte sich dicht an sie. »Wie wär's, wenn ich das wiedergutmache, hm?«, fragte sie.

Chloe antwortete ihr mit einem Kuss, ihre Zunge strich über ihre Lippen. Amy stöhnte genießerisch, als Chloes Finger durch ihre Haare fuhren.

»Verzeihst du mir jetzt?«, fragte Amy, die Lippen an Chloes Hals gedrückt, Haut, an der sie jetzt sanft knabberte.

»Ich bin mir nicht sicher. Ich denke, ich brauche ein wenig mehr Überzeugung.«

Amy lachte und nutzte ihren Griff um Chloes Hüften, um sie nach hinten zu ziehen, so dass sie mit ausgebreiteten Beinen auf der Couch saß. Chloes Hände glitten in die Gesäßtaschen ihrer Jeans, zogen sie näher heran und ihr Mund glitt heiß über Amys Hals. Zu viel und zu wenig Kontakt zugleich.

Sie überlegte schon, ob sie Chloes Hemd mit der Faust packen und sie die Leiter hinauf und in ihr Bett zerren sollte, als sie das leise Geräusch von Stimmen hörte, das durch das offene Küchenfenster hereindrang. Ein Geräusch, das sie beide erstarren ließ.

»Komm schon, Bella«, sagte Adam und das Klimpern der Leine erklang alarmierend nah an Amys Haustür. »Ich glaube, sie sind hier drin.«

Amy erhob sich schnell von Chloes Schoß. Sie hatte nicht daran gedacht, die Tür zu verriegeln. Und schon wurde diese krachend aufgestoßen und Bella führte Adam hinein.

»Tía Amy! Da bist du ja. Können wir ins King's Head gehen, um das Fußballspiel zu sehen? Bitte?«

»Ich, äh ...« Sie fuhr sich mit der Hand durch die Haare und versuchte, das laute Pochen ihres Herzens zu ignorieren. Als Gabi zu Adam an die Tür trat, wollte sie einfach im Boden versinken. Adam mochte vielleicht nicht wissen, in was er da hineingestolpert war; Gabi allerdings schon.

Sie hob eine Augenbraue und sah erst Amy, dann Chloe an.

So viel zu dem Vorsatz, ihre Familie da rauszuhalten.

»Ich weiß nicht, Buddy. Was sagt deine Mum?«

»Dass er dich fragen muss.« Gabi legte eine Hand auf Adams Schulter und es gelang ihr fast, das Grinsen zu unterdrücken.

»Also können wir?«, fragte Adam, der Amy mit hoffnungsvollen Augen anschaute.

»O-okay. Anpfiff ist um halb fünf, richtig? Willst du dir dein Trikot anziehen?«

»Okay! Kann ich Bella mitnehmen?« Er drehte sich zu Chloe um und schien seine Rolle als Bellas Babysitter für den Nachmittag wirklich sehr ernst zu nehmen.

»Klar, Buddy.«

Er huschte davon. Gabi jedoch blieb mit einem breiten Grinsen auf dem Gesicht zurück.

»Kann ich dir irgendwie helfen?«, fragte Amy so unschuldig wie möglich.

»Nein. Aber du, äh, solltest vielleicht dein eigenes Hemd kontrollieren, bevor du gehst. Es ist ein bisschen ... zerknittert.«

Amy stöhnte auf und fuhr sich mit der Hand über das Gesicht. »Bitte geh einfach.«

Zum Glück tat Gabi genau das und lachte dabei laut vor sich hin.

Amy ließ sich neben Chloe auf die Couch fallen, ihre Wangen glühten. »Es tut mir so leid.«

»So viel dazu, dass es niemand wissen soll, was?« Chloe klang nicht sauer. Trotzdem wollte Amy ihr nicht in die Augen sehen, wollte nicht, dass Chloe beschloss, dass das zwischen ihnen nichts für sie war.

»Hey.« Sie strich mit einer Hand über Amys Arm. »Ist schon okay. Aber vielleicht sollten wir das nächste Mal die Tür abschließen.«

Das nächste Mal. Sie hatte also ihre Meinung nicht geändert. Erleichtert atmete Amy auf. »Du hast wahrscheinlich recht.« Sie drehte den Kopf und sah Chloe an. »Du kannst mit uns in den Pub kommen, wenn du willst.«

»Wird Adam nichts dagegen haben?«

»Machst du Witze? Er liebt dich. Er wird sich freuen.«

»Gegen wen spielen sie?«

»Liverpool.«

Chloe grinste. »Oh, ich werde mitkommen und mir zumindest die erste Halbzeit anschauen. Ich werde zusehen, wie ihr den Arsch versohlt bekommt.«

»O nein.« Amy ließ ihren Kopf auf den Tisch fallen, als der Ball das zweite Mal ins Netz flog.

Chloe gluckste und klopfte ihr auf die Schulter. »Na, na. Dein Team hat noch« – sie schielte auf die Uhr – »sechzig Minuten Zeit, um das Spiel zu drehen.«

»Ach, halt die Klappe, du.« Amy drehte sich zu ihr und warf ihr einen bösen Blick zu. »Dir macht das doch Spaß.«

»Sieh es als Rache an, weil du mich vorhin einfach stehen gelassen hast.«

»Wirst du irgendwann aufhören, mir das vorzuwerfen?«

»Hmm, ich bin mir nicht sicher. Ich glaube nicht, dass du das in angemessener Weise wiedergutgemacht hast.«

Eine Hand glitt unter dem Tisch auf ihren Oberschenkel. Chloe zuckte zusammen und warf einen hastigen Blick zu Adam, der völlig auf den Bildschirm fixiert war.

»Es ist nicht meine Schuld, dass du früher gehen musst«, sagte Amy und beugte sich dichter zu ihr. »Ich hatte Pläne.«

»Ach ja?« Chloes Herz schlug schneller. »Was für Pläne?«

»Keine, die ich an diesem Ort aussprechen will.« Amys Atem war heiß an Chloes Hals, ihre Hand kitzelte am Bund ihrer Jeans.

Chloe presste ihre Beine zusammen. Ihre Haut fühlte sich an, als würde sie in Flammen stehen. Sie konnte sich immer noch gut an das Gewicht von Amy in ihrem Schoß erinnern, an das Wiegen ihrer Hüften, als Chloes Finger sich in ihren Hintern gegraben hatten, an die Hitze ihres Mundes, der gegen Chloes eigenen glitt.

Es würde eine lange Woche werden.

»Glaubst du, wir gewinnen, Tía Amy?«, fragte Adam und drehte sich zu ihnen um.

Amy lehnte sich zurück und ließ ihre Hand von Chloes Oberschenkel fallen. »Ich weiß es nicht, Buddy. Ich hoffe es.«

Ein weiterer Ball flog in das Tor von Tottenham und Amy fluchte leise. »Ich brauche noch einen Drink.«

»Ich hole dir einen«, sagte Chloe. Etwas Abstand würde ihr guttun. »Peroni?«

»Ja, bitte.«

»Darf Adam noch einen Milchshake trinken?«

»Warum nicht? Wir sind nicht diejenigen, die mit seinem Zuckerrausch fertigwerden müssen.«

Adam strahlte.

Chloe gluckste, ging zur Bar hinüber und überließ Bella den mehr als fähigen Händen Adams.

»Nachfüllen?«, fragte Mark, der hinter der Theke stand.

»Bis auf die Cola.« Je mehr sie trank, desto wahrscheinlicher wurde es, dass sie auf dem Heimweg an einer Tankstelle anhalten musste, um auf die Toilette zu gehen und das wollte sie, wenn irgend möglich, vermeiden.

Mark war dabei, den Milchshake zu mixen, als sich eine Frau neben Chloe an die Theke lehnte. »Chloe, richtig?«, fragte sie.

Chloe blinzelte überrascht. Sie kannte die Frau nicht, eine Brünette, die vielleicht ein paar Jahre jünger war als sie und Amy.

»Äh, ja.«

»Louise.« Sie streckte eine Hand aus.

Chloe schüttelte sie.

»Ich hoffe, es macht dir nichts aus, dass ich dich hier anspreche. Meine Mutter wohnt gegenüber von Eleanor Peterson und sie hat erwähnt, dass du vor ein paar Wochen ein paar Handwerksarbeiten für sie erledigt hast.«

»Oh. Ja, das habe ich.« Chloe schenkte Mark ein dankbares Lächeln, als er die Getränke vor ihr abstellte. Sie fischte einen Schein aus ihrer Brieftasche und legte ihn auf die Theke. »Behalt den Rest.«

»Danke, Chloe.«

»Also, die Dachrinne meiner Mutter ist beim letzten Regen übergelaufen«, fuhr Louise fort. »Und da der Herbst vor der Tür steht, wird es noch schlimmer werden, also habe ich mich gefragt, ob du für sie einen Blick darauf werfen könntest? Sie ist zu alt, um das zu machen und ich habe nicht die geringste Ahnung, was ich da tun muss. Wir würden dich natürlich für die Arbeit bezahlen.«

»Äh, ja, sicher, ich kann es mir ansehen.« Amy würde das gefallen. Chloe sah, wie sie das Gespräch mit zusammengezogenen Brauen über Louises

Schulter beobachtete. »Ich bin zwar erst nächstes Wochenende wieder da, aber wenn du willst, kann ich vorbeikommen.«

»Das wäre wunderbar.«

»Hier.« Chloe fischte eine Visitenkarte aus ihrer Brieftasche. »Ruf mich an und wir können einen Termin ausmachen.«

»Vielen Dank.«

Sie steckte die Karte in ihre Tasche.

Chloe schnappte sich die Getränke und machte sich auf den Weg zurück zu ihrem Tisch.

»Was sollte das denn?«, fragte Amy, als Chloe sich wieder auf ihren Platz gesetzt hatte.

»Sie wollte, dass ich ihr bei den überlaufenden Dachrinnen ihrer Mutter helfe.«

»Oh, wow.« Freude blitzte in Amys Gesicht auf. »Es hat sich herumgesprochen. Ich habe dir ja gesagt, dass du bald die Dorfhandwerkerin sein wirst.«

Chloe machte es wirklich nichts aus zu helfen. Nicht, wenn die Arbeit nicht lange dauern würde, und auch nicht, wenn ihre Hilfe jemandem das Leben leichter machte.

»Du musst gehen?«, fragte Amy, als der Halbzeitpfiff ertönte.

»Wahrscheinlich sollte ich das. Sonst ist es schon so spät, wenn ich in London ankomme.«

»Ich weiß nicht, wie du das machst. Wie schaffst du es, nicht ständig total alle zu sein?«

»Wer sagt, dass ich das nicht bin?«, fragte Chloe mit einem müden Lächeln. »Es ist nicht so schlimm. Ich habe mich inzwischen daran gewöhnt.«

Amy sah nicht überzeugt aus. »Ich bringe dich zu deinem Auto«, sagte sie. »Kommst du hier kurz allein klar, Adam?«

»Kann ich zu Mark gehen?«

»Natürlich.«

Er beugte sich vor, um sich von Bella zu verabschieden. Amy wartete, bis er zur Bar hinübergegangen und auf einen der Barhocker geklettert war, bevor sie Chloes Hand nahm und sie zur Tür zog.

Draußen, in der Stille des Parkplatzes, drückte sie Chloe gegen die Tür des Vans, eine Hand in ihrem Haar, die andere an ihrer Hüfte und küsste sie, bis beide völlig atemlos waren.

»Fuck.«

Amy lachte, tief und dunkel.

Chloes Magen machte einen Hüpfer.

»Ich sehe dich nächstes Wochenende. Komm gut nach Hause.« Sie küsste Chloe ein letztes Mal, bevor sie zurück in den Pub schlenderte. So als wäre gerade überhaupt nichts passiert.

Chloe brauchte einen Moment, um sich daran zu erinnern, wie ihre Gliedmaßen funktionierten. Sie schüttelte den Kopf, um auf klare Gedanken zu kommen, bevor sie die Tür des Vans öffnete und Bella hineinhüpfen ließ.

Es war das erste Mal, dass sie nicht so gern nach London zurückfuhr. Und als sie das Dorfzentrum verlassen hatte, machte sich in ihr der Wunsch breit, einfach in Corthwaite bleiben zu können.

Während des gesamten Abendessens spürte Amy, dass Gabi sie beobachtete.

Die ganze Familie aß heute wegen des Fußballspiels, das sie und Adam sich im King's Head angesehen hatten, später als sonst. Amy konzentrierte sich entschlossen auf ihren eigenen Teller, so als ob Yorkshire-Pudding der Sinn des Lebens selbst wäre. Ihr war schon klar, dass sie nicht ewig damit durchkommen würde. Wenn Gabi etwas wissen wollte, gab sie nicht auf, bis sie ihr Ziel erreicht hatte. Dass sie Amy und Chloe heute sozusagen fast in flagranti erwischt hatte, war natürlich nicht gut gewesen.

Sobald das Essen vorbei war, trieb Gabi sie in die Enge.

»Ich helfe dir beim Melken, Amy«, sagte sie und schaute sie unschuldig von der anderen Seite des Tisches aus an. »Es ist ja schon spät und so. Ein zusätzliches Paar Hände kann nicht schaden.«

Wenn irgendjemandem am Tisch dieses Angebot verdächtig vorkam, sagte niemand etwas. Amy seufzte und machte sich auf den Weg zur Haustür.

Kaum standen sie beide vor der Tür, sagte Gabi: »Jetzt erzähl schon.«

»Was denn?«, fragte Amy betont unschuldig.

»Du. Chloe. Couch. Los.«

»Ich weiß nicht, wovon du redest.« Sie betraten den Stall, in dem die Kühe bereits in Zwölfergruppen aufgeteilt waren. »Auf geht's, Mädels.« Sie pfiff, öffnete das Tor des ersten Stalls und die Kühe trabten den bekannten Weg zum Melkstand entlang.

»Amy.«

»Gabi.«

»Ich brauche Details.«

»Du brauchst gar nichts.«

Während sie jede Kuh in eine einzelne Box im Melkstand sperrten, war es einfach, Gabi zu ignorieren. Die Tiere kauten fröhlich Heu, während Amy und Gabi sich aufteilten, um die Pumpen an den Zitzen der Tiere anzubringen. Als aber alle Kühe angeschlossen waren und die Milch in den Tank gepumpt wurde, gab es kein Entkommen mehr.

»Was ist aus ›nur Freunde‹ geworden?«, fragte Gabi und tippte Amy bei jedem Wort mit ihrem Zeigefinger an die Brust.

Amy seufzte. »Die Dinge wurden … kompliziert.«

»Es sah nicht kompliziert aus. Für mich sah es sehr einfach aus.«

»Einfach« beschrieb nicht annähernd das, was in Amy vorging, wann immer sie an Chloe dachte – von der Erinnerung daran, wie sie sie gegen die Tür ihres Vans gepresst hatte, bis zu dem Duft ihres Parfüms, der immer noch an Amys Kleidung haftete.

»Also, was hat sich geändert?«

»Nichts, wirklich.« Und das war nicht gelogen. »Ich konnte meine Gefühle einfach nicht mehr zurückhalten.«

»Weißt du, ich habe mich gefragt, warum du heute Morgen so glücklich warst. Jetzt ergibt es einen Sinn. Oh! Wir können zusammen auf ein Date gehen. Ihr beide und ich und Danny.«

»Ich kann mir nichts Schlimmeres vorstellen«, sagte Amy und rümpfte die Nase.

»Daten?«

»Ja. Oder irgendetwas … Emotionales. Es ist nur körperlich.«

»Hm.« Gabi sah sie aus zusammengekniffenen Augen an und sie verschränkte die Arme vor der Brust.

Amy hob die Augenbrauen. »Was?«

»Sind die Dinge nicht schon emotional? Du magst sie.«

Amy senkte den Blick auf ihre Gummistiefel und scharrte mit ihnen über den Steinboden. »Das muss sie nicht wissen.«

»Du bist eine Idiotin.«

»Na danke.«

»Sie mag dich auch. Ich habe gesehen, wie sie dich anschaut.«

»Das ist egal«, sagte Amy und zuckte mit den Schultern. »Sie bleibt nicht mehr lange hier und dann ist sie wieder ganz in London. Es hat keinen Sinn, sich da reinzuhängen. Nicht, wenn es nur vorübergehend ist.« *Nicht, wenn das alles ist, was sie zu geben bereit ist.*

»Hat sie das gesagt?«

»Nicht mit diesen Worten, aber ja.«

»Und das ist für dich in Ordnung? Sie wieder gehen zu lassen?«

»Irgendwie muss es das.« Sie fuhr sich mit der Hand durch die Haare. »Ich kann sie nicht bitten, zu bleiben. Und werde es auch nicht. Nicht für mich.«

»Du magst sie *wirklich*.«

»Ja. Habe ich schon immer.« *Werde ich immer*. Diese Gedanken sprach sie nicht aus.

Gabi schien sie aber in Amys Gesicht zu lesen, legte einen Arm um ihre Taille und drückte sie fest an sich.

»Kann das bitte unter uns bleiben? Mum wird unausstehlich sein, wenn sie es erfährt. Und Danny ... Ich weiß, dass er und Chloe sich wieder versöhnt haben, aber ...«

»Es ist immer noch ein wunder Punkt«, beendete Gabi. »Ich werde kein Wort sagen.«

»Danke.« Sie lehnte ihren Kopf an Gabis. Amy wusste, dass sie sich keine bessere Schwägerin hätte wünschen können.

»Und, küsst sie gut?«

Amy stieß ein Lachen aus.

»Sie sieht aus, als wäre sie eine gute Küsserin.«

»Was meinst du damit, sie sieht aus, als wäre sie eine gute Küsserin?«

»Ich weiß es nicht. Sie hat so eine Ausstrahlung.«

»Eine Ausstrahlung?«

»Ja. Selbstsicher und selbstbewusst.«

Amy sah sie stirnrunzelnd an. »Bist du sicher, dass du nicht in sie verknallt bist?«

»Ich meine, wenn ich nicht mit Danny zusammen wäre ...« Sie lachte, als Amy ihr einen Klaps auf den Kopf gab. »Du hast meine Frage nicht beantwortet. Ist sie das?«

»Ja. Und das sind alle Details, die du bekommst«, sagte Amy, als Gabi den Mund aufmachte, um noch mehr Fragen zu stellen. »Okay?«

Gabi schmollte, aber Amy behielt ihren strengen Gesichtsausdruck bei. Gabi hatte schon zu viel erfahren und einige Karten wollte Amy lieber für sich behalten.

»Na schön.«

Kapitel 20

»Chloe!«

Zwei Paar Arme legten sich um sie, als Chloe aus dem Bahnhof von Camden Town trat und Tessa und Zara sie entdeckt hatten. Naomi lehnte an einem Laternenpfahl in der Nähe und tippte auf ihrem Handy herum.

»Hey, ihr Strolche. Wie geht es euch?«

»Gut«, sagte Zara und nahm Chloes Hand in ihre.

»Aufgeregt wegen des Zoos?«

»Ja!« Tessa nahm die andere Hand. »Ich will die Pinguine sehen.«

Nachdem Naomi Chloe ebenfalls begrüßt hatte, machten sich die vier auf den Weg zum Regent's Park.

»Löwen sind besser als Pinguine«, sagte Zara auf dem Weg und blähte ihre Brust auf, um das regenbogenfarbene Löwenrudel auf ihrem Shirt besser zeigen zu können.

»Nein, sind sie nicht. Die schlafen doch nur. Die sind langweilig.«

»Sind sie nicht.«

»Doch, sind sie. Wenigstens schwimmen die Pinguine herum. Es macht Spaß, ihnen zuzusehen.«

»Tut es nicht.«

»Tut es doch.«

»Mädels«, sagte Naomi in einem leicht genervten Ton.

Chloe fragte sich, ob sie dieses Argument heute schon einmal gehört hatte.

»Genug von den Pinguinen und den Löwen. Wir haben eine Menge Zeit und können uns alle Tiere anschauen.«

»Hattet ihr schöne Sommerferien?«, fragte Chloe. »Was habt ihr so gemacht?«

»Ich habe Zeit mit meinen Freunden verbracht. Und mit meinem Freund.«

»Freund?«, wiederholte Chloe und starrte Zara mit großen Augen an. Sie war neun, zu jung, um verrückt nach Jungs zu sein. Zumindest hatte Chloe gedacht, sie hätte noch ein paar Jahre Zeit. »Warum habe ich nichts davon gewusst? Ist das kein Gespräch beim Familienessen?«

»Äh, nein, weil meine Mum einen Herzinfarkt bekommen würde, wenn sie es wüsste«, sagte Naomi. »Also ist es unser kleines Geheimnis.«

»Du bist noch zu jung, um einen Freund zu haben.«

»Bin ich nicht.«

»Bist du.« Chloe konnte sich genau an den Tag erinnern, an dem Zara zur Welt kam: ein schreiendes Bündel, das ihr in die Arme gedrückt worden war. »Viel zu jung.«

»Das habe ich auch gesagt.« Naomi schüttelte den Kopf. »Ich warte immer noch darauf, ihn zu treffen. Mich mal mit ihm zu unterhalten.«

»Auf keinen Fall«, sagte Zara. »Du wirst ihn nur vergraulen.«

»Vielleicht muss er vergrault werden.«

»Du hast keinen Freund, stimmt's, Tessa?«, fragte Chloe und drehte sich zu Zaras Schwester um. Sie war erleichtert, als Tessa die Nase rümpfte.

»Igitt. Nein.«

»Gott sei Dank.«

»Sie verbringt ihre ganze Zeit mit Zeichnen«, sagte Zara und wandte sich mit einem Augenrollen an Tessa. »Sie ist total langweilig.«

Tessa streckte ihr die Zunge raus.

»Hey.« Naomis Stimme war scharf. »Das reicht jetzt.«

»Hast du dein Skizzenbuch dabei?« Chloe sah Tessa unheimlich gern beim Zeichnen zu. »Du musst es mir später zeigen«, sagte sie.

Tessa nickte mit einem Lächeln, das ihr ganzes Gesicht erhellte.

Im Zoo herrschte reges Treiben. Schreiende Kinder, wohin man auch blickte. Touristen und Einheimische nutzten diesen seltenen sonnigen Tag, der gleichzeitig der letzte Tag der Sommerferien war, für einen Ausflug.

Chloe machte das nichts aus. Es gefiel ihr, die ansteckende Freude der Kinder zu erleben, diesen unendlichen Enthusiasmus, und sie war froh, dass er weder bei Tessa noch bei Zara nachgelassen hatte, ganz gleich, wie erwachsen Zara sein wollte. In diesem Moment war sie Kind und ihre Augen funkelten hell, als sie ihre Gesichter an das Glas des Gorilla-Geheges presste.

»Können wir uns ein Eis holen?«, fragte Zara und blickte in Richtung eines Stands, an dem die Schlange so lang war, dass sie fast um den ganzen Block reichte.

»Ich denke schon«, sagte Naomi und wandte sich zu Chloe. »Wollt ihr euch irgendwo hinsetzen? Du nicht.« Sie hielt Zara auf, indem sie sie an ihrem Hemd packte. »Wenn du ein Eis willst, musst du dafür anstehen. Leiste mir Gesellschaft.«

Zara schmollte, widersprach aber nicht. Chloe und Tessa suchten sich ein ruhiges Plätzchen an einer Mauer, die sich im Schatten einiger Bäume befand.

»Kann ich deine Zeichnungen sehen?«, fragte Chloe.

Tessa öffnete ihren Rucksack und holte vorsichtig das Skizzenbuch heraus, das Chloe ihr zum Geburtstag geschenkt hatte. »So gut sind sie nicht«, sagte sie, reichte es weiter und kaute an ihrem Daumennagel.

Chloe sah sich mehrere Seiten an. Dutzende von Stillleben, Obstschalen und anderen Motive. »Machst du Witze? Die sind fantastisch.«

Tessas Wangen färbten sich rot.

»Du hast schon so viele Fortschritte gemacht. Nimmst du immer noch Unterricht?« Auch das war ein Teil von Chloes Geschenk gewesen.

Tessa nickte.

»Macht es dir Spaß?«

»Ja. Meine Lehrerin ist nett. Sie meint, ich sollte an einem Wettbewerb teilnehmen, aber ich weiß nicht, ob ich das will.«

»Warum nicht?«

Sie zuckte mit den Schultern. »Ich weiß nicht. Was ist, wenn ich nicht gewinne?«

»Du wirst bestimmt nicht gewinnen, wenn du es nicht versuchst«, sagte Chloe, legte einen Arm um Tessas Rücken und zog sie dichter zu sich heran.

Chloe hatte das Gefühl, in den letzten Monaten so viel verpasst zu haben: Zaras Freund, Tessas Fortschritte und beide Mädchen waren mindestens einen Zentimeter gewachsen, seit sie sie das letzte Mal gesehen hatte. Sie hasste das Gefühl, nicht bei ihren Nichten sein zu können, und hasste, dass sie ganz allein Schuld daran war.

Die Zeit in Corthwaite war kostbar – jetzt mehr als zuvor –, aber das galt auch für die Zeit hier, mit den Mädchen, mit Naomi und ihrer Familie, für lange Wochenenden in der Sommersonne.

Chloe hatte einen ganzen Sommer in Tessas und Zaras Leben verpasst. Einen ganzen Sommer, den sie nie wieder zurückbekommen würde, und das war eine deutliche Erinnerung daran, was sie aufgab, wenn sie versuchte in zwei Welten zu leben.

»Alles in Ordnung?«, fragte Naomi, als sie und Zara wieder zurückkamen. Sie reichte Chloe eine Waffel mit Vanilleeis, das am Rand schon tropfte.

»Ja. Ich denke nur nach.«

»Das ist nie eine gute Sache.« Naomi setzte sich dicht neben Chloe an die Wand und stupste sie mit ihrer Schulter an. »Über Amy?«

»Nein.« Ausnahmsweise stand Amy nicht im Vordergrund ihrer Gedanken. »Darüber, wie viel ich verpasst habe.«

»Du weißt doch, wie schnell sich Kinder verändern. In der einen Woche mögen sie Peppa Pig, in der nächsten sind sie zu alt dafür. Ich würde mir da keine Sorgen machen. Und du bist doch bald wieder Vollzeit dabei, oder?«

»Ja.« Ihrer Stimme fehlte der Enthusiasmus.

Naomi warf ihr einen skeptischen Blick zu.

»Schau mich nicht so an«, sagte Chloe.

»Wie denn? Als ob ich denken würde, dass du deine Zeit dort in die Länge ziehst, weil du dich in eine bestimmte Farmerin verliebt hast, mit der du jetzt an den Wochenenden rummachst?«

»Du hast eine Freundin?« Zaras Augen waren rund und groß.

»Nein, ich habe keine Freundin.«

»Aber Tante Naomi hat gesagt …«

»Tante Naomi hat keine Ahnung, wovon sie redet«, sagte Chloe mit einem ernsten Blick, von dem sie hoffte, dass er einigermaßen überzeugend war.

»Du hast mit mir geschimpft, weil ich einen Freund habe, obwohl du selbst eine geheime Freundin hast!«

»Ich habe keine geheime Freundin.« Chloe stöhnte auf, denn das hier würde zu Jada weitergetragen werden und sie würde nie aufhören, darüber zu reden. »Aber wenn ich eine hätte, wäre das in Ordnung, denn ich bin alt genug, um mich zu verabreden.«

»Ich bin auch alt genug, um mich zu verabreden«, sagte Zara und warf ihr geflochtenes Haar über die Schulter.

»Nicht, bevor du achtzehn bist.«

Zara rollte mit den Augen. »Chloe hat eine geheime Freundin«, sang sie.

Chloe rieb sich mit ihrer freien Hand über das Gesicht. »Ich werde dich umbringen«, zischte sie Naomi zu. Ihre Miene hellte sich auf, als sie einen Ausweg aus der Situation sah. »Wisst ihr Mädels eigentlich, dass eure Tante Naomi auch eine Freundin hat?«

»Was?«

Zwei braune Augenpaare richteten sich auf Naomi, die versuchte, ihr die Hand vor den Mund zu halten. Aber Chloe wich aus und sprang auf die Füße.

»O ja. Sie heißt Melissa.«

»Chloe!«

»Ist sie hübsch?«, fragte Zara.

Naomi erwischte Chloe und kitzelte sie an den Seiten, damit sie nicht antworten konnte.

»Jetzt werde ich dich umbringen! Ich habe dir im Vertrauen von diesen Drinks erzählt!«

»Deine Dates meinst du«, sagte Chloe und schnappte nach Luft. »Und du hast es verdient. Das hast du dir selbst zuzuschreiben.«

Naomi knirschte mit den Zähnen, als sowohl von Zara als auch von Tessa eine endlose Flut von Fragen auf sie hereinprasselte.

Chloe grinste. Wenigstens würde sie nicht die Einzige sein, die beim Abendessen am Mittwoch die Spanische Inquisition über ihr Liebesleben durchleiden musste.

Am Mittwoch war Chloe darauf vorbereitet, schon auf der Türschwelle ins Kreuzverhör genommen zu werden. Stattdessen wurden sie und Naomi nach der üblichen Umarmungsrunde hereingewunken und an den Esstisch geführt, wo bereits Kiara, Tristan und die Kinder saßen.

»Zweimal in einer Woche«, sagte Chloe und umarmte die Mädchen. »Das ist eine angenehme Überraschung.«

»Sie haben mich für Mittagsschichten eingeteilt«, sagte Kiara und zog Chloe in eine Umarmung. »Wir werden also öfter hier sein.«

»Freut mich zu hören. Wie läuft die Arbeit?«

Wenn es Chloe gelang, alle anderen in eine Unterhaltung zu verwickeln, würde das Gespräch vielleicht nie zu ihr abschweifen. Naomi schien das Gleiche zu denken, denn sie begann gerade mit Tristan eine Diskussion über seine letzten Fälle.

Wie sich herausstellte, war dieser Gedanke naiv gewesen.

Mit zusammengepressten Lippen musterte Jada die beiden über den Tisch hinweg. »Also«, sagte sie und griff nach ihrem Weinglas. »Ich habe gehört, dass ihr beide Geheimnisse vor mir habt.«

»Geheimnisse?«, fragte Chloe.

»Wir?« Naomi schüttelte den Kopf. »Hört sich nicht richtig an. Das muss ein Irrtum sein.«

»Also gibt es keine Farmerin? Keine Melissa?« Sie zog eine Augenbraue hoch.

Naomi warf Zara einen scharfen Blick zu. »Verräterin.«

Zara lächelte sie gelassen an und knabberte an einem Stück Brokkoli.

»Hast du schon von Zaras Freund gehört?«, fragte Naomi, um von sich abzulenken.

Ihre Mutter zuckte nicht einmal mit der Wimper. »Ja, wir hatten eine nette Unterhaltung über ihn, bevor du vorbeigekommen bist.«

»Und das ist für dich in Ordnung?« Naomi runzelte die Stirn. »Aber auf uns bist du wütend?«

»Ja.« Jada verschränkte ihre Finger. »Weil sie es mir nicht verheimlicht hat.«

»Es gibt nichts zu verheimlichen!«

»Wer ist dann Melissa?«

»Eine Kundin. Mit der ich einmal etwas trinken war. Das ist alles.«

Jada starrte sie intensiv an. Schließlich wandte sich ihr Blick Chloe zu. »Und du. Die Farmerin.«

Chloe seufzte. »Amy. Ihr Name ist Amy.«

»Und sie ist deine …?«

»Gute Freundin«, sagte sie und trat Naomi hart gegen das Schienbein, als diese kicherte.

»Au!«

»Du hast es verdient«, flüsterte Chloe. »Das ist alles deine Schuld.«

»Ich denke ja, dass es deine Schuld ist, weil du dich mit ihr eingelassen hast …«

»Eingelassen?«, fragte Jada. »Ich dachte, ihr wärt nur Freunde?«

»Nicht … so eingelassen. Nicht romantisch.« Chloes Gesicht fühlte sich heiß an und sie stieß einer kichernden Naomi den Ellbogen in die Seite.

»Ich verstehe.« Jada nahm einen Schluck Wein und fragte dann: »Wann werden wir sie treffen?«

Chloe verschluckte sich fast an einem Bissen Huhn. »Was? Es ist nicht … Ich sagte doch, es ist nicht so. Es ist etwas Lockeres.«

»Du kannst hier genauso locker sein, oder nicht?«

»Ja, Chloe.« Naomi lehnte sich mit einem idiotischen Grinsen in ihrem Stuhl zurück. »Wann bringst du sie her?«

»Du hast sie schon kennengelernt?«, fragte Jada und sah ihre Tochter an.

»Ja.«

»Wie ist sie denn so?«

Naomi zuckte mit den Schultern. »Ich habe sie ein paar Mal getroffen. Sie scheint ganz nett zu sein. Sie legt großen Wert auf ihre Familie. Sie lebt sogar noch bei ihnen.« Dankbarerweise ließ sie die feineren Details von Amys und Chloes Geschichte weg.

»Ein Grund mehr, sie kennenzulernen. Stell sie deiner Familie vor.«

»Sie ist eine beschäftigte Frau«, sagte Chloe und starrte auf ihren Teller. »Sie leitet eine Farm und so. Da bleibt nicht viel Zeit für Urlaub.«

»Was für eine Farm?«

»Eine Molkerei. Das, ähm, Eis, das ich neulich mitgebracht habe, ist von dort.«

»Ich kann immer noch nicht glauben, dass es in der Nähe eine Eisdiele gab und du mich nicht mitgenommen hast, als ich dort war«, grummelte Naomi.

»Ich habe dir doch einen Becher mitgebracht, oder?«

»Das ist nicht dasselbe.«

»Ich will auch ein Eis«, sagte Zara, deren Begeisterung über die Inquisition offenbar nachließ. »Können wir dich besuchen kommen? Du hast gesagt, das könnten wir, wenn du mit dem Haus weiter bist.«

»Das … habe ich gesagt.« Jetzt, wo ihr nur noch wenige Wochenenden blieben, erschien ihr die Idee weniger attraktiv. »Wir schauen mal.«

»Das heißt nein«, sagte Zara schmollend.

Kiara griff über den Tisch und stupste sie an. »Es bedeutet, wir schauen mal«, sagte sie.

Chloe atmete erleichtert auf, als keine weiteren Fragen kamen.

Sie hatte es überlebt.

Vorerst.

Sie war sich sicher, dass Jada sie von nun an bei jedem weiteren Familienessen nach Amy fragen würde, bis das Haus fertig war. Chloe wandte ihre Aufmerksamkeit den Mädchen zu und fragte: »Wie läuft es in der Schule? Hat sich über den Sommer irgendetwas verändert?«

»Wir haben eine neue Lehrerin«, sagte Zara. »Ms Tranter. Sie ist unheimlich.«

Chloe gluckste. »Warum ist sie unheimlich?«

»Sie schreit so viel.«

»Weil deine Klasse laut ist«, sagte Tessa und winkte mit einer Gabel in Richtung ihrer Schwester. »Unsere Klasse kann eure über den ganzen Flur hören.«

»Wenigstens sind wir nicht so still und langweilig wie deine.«

Das entfachte einen weiteren Streit. Chloe war sich ziemlich sicher, dass die beiden vor ein paar Monaten noch nicht so nervig gewesen waren.

Leroy fuhr sich mit der Hand über das Gesicht. »Das ist das schlimmste Alter. Die Phase, in der über alles, was gesagt wird, gestritten wird.«

»Diese Phase hatten wir nie«, sagte Naomi.

Ihr Vater lachte. »Doch, hattet ihr. Im Alter von acht bis zwölf Jahren konntest du dich mit Kiara über nichts einig werden. Was es zum Abendessen gibt, was ihr am Wochenende macht, was ihr euch im Fernsehen anseht.«

»Daran kann ich mich nicht erinnern.«

»Ich auch nicht«, sagte Kiara.

Er schüttelte den Kopf. »Also ich schon. Seht ihr diese grauen Haare? Die haben angefangen zu wachsen an dem Tag, an dem ihr angefangen habt, Widerworte zu geben.«

»Ich dachte, es hat angefangen, als wir Teenager geworden sind?«, fragte Kiara mit hochgezogener Stirn.

»Nein, das war, als meine Haare anfingen auszufallen.«

Chloe kicherte und genoss es, sie alle um sich zu haben. Das war in letzter Zeit nicht oft genug geschehen und sie hoffte, dass Kiaras Schichtwechsel bedeutete, dass diese Treffen zu acht wieder viel öfter stattfinden würden.

Filmabende mit den Kindern endeten immer mit einem Zeichentrickfilm. Wie üblich stritten die beiden Mädchen sich über die Auswahl, bis Tristan ihnen die Fernbedienung aus der Hand nahm.

»Das reicht jetzt. Die Erwachsenen suchen einen Film aus. Hat jemand eine Präferenz?«

»Coco ist gut«, sagte Chloe, als niemand sonst einen Vorschlag machte. Beim letzten Mal hatte sie kaum eine Minute des Films gesehen, weil sie sich zu sehr auf die Wärme von Amys Körper konzentriert hatte, die sich eng an ihren eigenen geschmiegt hatte. Heute würde sie kein solches Problem haben, obwohl sie sogar noch weniger Platz hatte, da Tessa auf der einen Seite und Naomi auf der anderen Seite an sie gepresst waren.

»Hat jemand ein Gegenangebot?«

Nach einem einstimmigen Nein drückte Tristan auf »Play« und Chloe schwor sich, dieses Mal dem Film ihre volle Aufmerksamkeit zu widmen.

Dann musste sie sich auch nichts aus den Fingern ziehen, wenn Adam das nächste Mal mit ihr darüber sprechen wollte.

Schneller als gedacht war es wieder Freitag. Amy schaute während ihrer morgendlichen Aufgaben immer wieder auf die Uhr und überlegte, wann Chloe wohl eintreffen würde.

Nicht, dass sie irgendwelche Pläne für ihre Ankunft gemacht hätten, aber das hielt sie nicht davon ab, alle fünf Minuten auf ihr Handy zu schauen, um zu sehen, ob sie eine Nachricht bekommen hatte. Wohl wissend, dass ihr Verhalten an Besessenheit grenzte. Wenn Gabi nicht in der Schule wäre und das hier mit ansehen könnte, würde sie ihr sicherlich sagen, dass sie sich verdammt noch mal zusammenreißen solle. Oder sie würde sich über Amy lustig machen. Oder beides.

Sich zu beruhigen war aber fast unmöglich, denn sie hatte im Laufe der Woche immer häufiger an Chloe denken müssen. Die Funkstille war schwer zu ertragen, nachdem sie so viel Zeit an den Wochenenden miteinander verbracht hatten.

Natürlich könnte sie zum Telefon greifen und ihr eine Nachricht schicken, aber das zwischen ihnen schien so ein empfindliches Gleichgewicht zu sein, dieser Grat, auf dem sie sich bewegten. Nicht ganz Freunde und nicht ganz Liebende und sie wollte es nicht schon wieder ruinieren. Sie wollte nichts riskieren, Chloe zu sehr drängen oder zu selbstbewusst auftreten, oder, Gott bewahre, zu *begierig* sein und Chloe vertreiben.

Die Nachricht kam schließlich, als sie Regina aufzäumte – ein Ausritt durch die Felder war genau das, was sie brauchte, um etwas von der nervösen Energie abzubauen, die durch ihre Adern floss. Amy ließ in der Eile, mit der sie die Nachricht öffnete, fast ihr Handy fallen.

Willst du heute Abend zum Essen kommen? Meine neue Küche ausprobieren?

Amy atmete tief durch und all ihre Sorgen und Ängste, dass Chloe sie an diesem Wochenende nicht sehen wollen würde, verschwanden.

Ich dachte, du kannst nicht kochen?

Kann ich auch nicht. Aber du kannst …

Also lädst du mich ein, für dich zu kochen?

Ja, vielleicht. Aber ich kann dafür sorgen, dass es sich für dich lohnt.

Ein Zwinkern begleitete die Nachricht und Amys Mund wurde trocken angesichts der Möglichkeiten, angesichts der Aussicht auf eine ungestörte Nacht. Keine Neffen, die durch die Tür platzen, keine Pflichten auf dem Hof, die ihre gemeinsame Zeit unterbrechen könnten.

Um wie viel Uhr soll ich da sein?

Sie einigten sich auf sechs Uhr, was ihr wie eine halbe Ewigkeit erschien. Amy überbrückte die Zeit mit einem so langen Ausritt, dass Regina bei ihrer Rückkehr einen ganzen Eimer Wasser trank. Ausgelöst durch ihr schlechtes Gewissen, gab Amy ihr anschließend eine Extrahandvoll Möhren.

Bald stand Regina wieder auf der Weide und mümmelte fröhlich das Gras. Mit einem gezielten Tritt auf das Hinterbein wehrte sie Storm ab, wann immer er es wagte, ihr zu nahe zu kommen.

Amy hatte immer noch eine Stunde zu überbrücken, bis sie bei Chloe sein sollte. Sie war skeptisch, ob Chloe auch nur eine einzige Zutat im Kühlschrank hatte, und plünderte die Schränke der Farm.

Gabi erwischte sie dabei, wie sie eine Tüte Nudeln einsteckte. »Was machst du da?«

»Ich gehe heute Abend zu Chloe.«

»Und du nimmst ihr eine Tüte Nudeln mit? Wie romantisch.«

Amy verdrehte die Augen. »Ich koche für sie.«

»Ooh, das ist romantisch.«

»Ist es nicht.«

»Hast du Mum gesagt, dass du nicht zum Essen kommst? Bleibst du über Nacht? Muss ich sicherstellen, dass niemand zu früh nach dir sucht?«

»Himmel, eine Frage nach der anderen.« Sie schob den Rest der Zutaten – Eier, Pancetta, Käse, Knoblauch und Butter – in ihre Tasche. »Und ich weiß es nicht.«

»Willst du die Nacht dort verbringen?«

Amy dachte an Chloes Nachricht, an den warmen Druck von Chloes Fingern unter ihrem Hemd, und spürte, wie ihre Wangen warm wurden.

»Dein Gesicht sagt Ja«, sagte Gabi erfreut. »Wurde auch Zeit. Wie lange ist es her?«

»Das geht dich gar nichts an.«

»Wie gereizt du bist. Du musst wirklich mal flachge– hola, Chiquito!«

Sam hatte, mit einem leeren Becher in der Hand, das Zimmer betreten.

»Willst du noch Saft?«

Amy nutzte die Gelegenheit zur Flucht und schlüpfte auf der Suche nach ihrer Mutter in den Flur. Sie fand sie im Wohnzimmer, wo sie mit Adam Uno spielte.

»Ich gehe aus«, sagte sie und hievte sich ihre Tasche weiter über die Schulter. »Ich bin zum Abendessen nicht zurück, also wartet nicht auf mich.«

Ihre Mutter schaute sie über die Couchlehne hinweg an. »Wo gehst du hin?«

»Zu Chloe.« Sie sprach mit gleichmäßiger Stimme und hoffte, dass ihre Mutter nicht weiter nachfragen würde. Es war nur ein Besuch unter Freunden. Nichts weiter.

»Hat Chloe keine Lust, hierherzukommen?«

»Sie hat gerade ihre neue Küche eingebaut«, sagte Amy, dankbar, dass es diese glaubhafte Ausrede gab. »Sie will sie ausprobieren. Aber ich glaube, sie traut sich nicht zu, sie nicht abzufackeln. Du weißt ja, wie die Roberts sind.«

»Na gut. Viel Spaß.«

»Bis später, Chiquito.« Sie winkte Adam zum Abschied und ging dann in ihre Scheune. Eine halbe Stunde – genug Zeit für eine Dusche, um den Schmutz eines Arbeitstages auf der Farm abzuwaschen.

Kapitel 21

Als Chloe die Tür öffnete, überfiel Amy sie ohne weitere Worte mit einem intensiven Kuss.

Chloe ließ sich nicht lange bitten und erwiderte ihn mit Leidenschaft. Sie legte ihre Hände auf Amys Taille und versuchte, nicht darüber nachzudenken, wie gut es sich anfühlte, wenn Amy in ihren Armen lag.

»Hi«, sagte Chloe, der nach dem Kuss leicht schwindlig war. »Das war eine schöne Begrüßung.« Gern hätte sie gefragt, ob Amy sie vermisst hatte. Traute sich aber nicht. Die Art, wie Amy sie wieder zu sich zog, ließ Chloe allerdings vermuten, dass die Antwort ein klares Ja wäre.

Das Knurren von Chloes Magen zerschnitt die Stille.

Amy lachte. »Hunger?«

Auf eine Menge Dinge. »Ein wenig.«

»Dann los.« Sie nahm Chloes Hand und zog sie in Richtung Küche. Als sie den Raum betrat, stieß sie einen leisen Pfiff aus. »Wow. Es sieht toll aus. Genau wie auf den Bildern, die du mir gezeigt hast. Ich habe Angst, hier was anzufassen.«

»Warum? Für den Fall, dass alles auseinanderfällt?«

»Nein.« Amy lächelte. »Aber es sieht so tadellos aus. Ich will nichts durcheinanderbringen.«

»Irgendjemand wird es irgendwann tun. Du könntest genauso gut diejenige sein, die die Küche einweiht.«

Amy zog eine Augenbraue hoch.

Chloe räusperte sich. »Nicht so. Obwohl …« Sie hielt inne und legte den Kopf schief, während sie den Tresen studierte. »Er ist stabil.«

»Das wäre aber nicht sehr hygienisch«, sagte Amy. Ihre Stimme war tiefer und ihre Augen hatten sich verändert, sie erschienen irgendwie dunkler.

Chloe war sich nicht sicher, ob sie das Abendessen überstehen würden, ohne dass sie der Versuchung nachgab, Amy die Treppe hinaufzuschleifen. »Ja. Richtig.« Sie schüttelte den Kopf. »Was kochen wir?«

»Ich dachte, ich soll kochen?«

»Ich kann dir helfen.«

»Kannst du das?«

»Ich kann es versuchen«, korrigierte sie.

Amy grinste.

Amy bat Chloe, den Pancetta zu schneiden und den Käse zu reiben. Beides waren eigentlich ganz einfache Aufgaben, aber Chloe ließ sich immer wieder ablenken, weil sie Amy beobachtete, die sich mit einer Leichtigkeit durch die Küche bewegte, als würde sie genau hierhergehören. Mehr als einmal schnitt Chloe sich dabei fast in den Finger.

»Okay, genug«, sagte Amy, als Chloe ihren Daumen zum dritten Mal auf eine Verletzung hin untersuchte, und nahm ihr das Messer aus der Hand. Dann führte sie sie zum Tisch. »Setz dich. Schau zu. Verletz dich nicht. Ich habe dich schon oft genug zusammengeflickt.« Sie fuhr mit den Fingerspitzen über Chloes Kopf, wo der Bluterguss mittlerweile zu einem schwachen Grün verblasst war. »Das sieht zumindest schon besser aus.«

»Ich heile schnell.«

»Musst du auch, bei der Menge an Verletzungen, die du zu haben scheinst. Woher kommt das eigentlich?« Sie strich mit dem Daumen über die Narbe an Chloes Augenbraue.

»Das war ein zu weit herausstehender Nagel. War nicht schön. Ist aber nur einmal passiert.« Das Gleiche konnte sie von den meisten ihrer Narben sagen; eine Litanei von Fehlern, die sie nie wieder gemacht hatte. »Alles Teil des Lernprozesses.«

Amy schüttelte den Kopf und drückte Chloe einen schnellen Kuss auf die Lippen. Dann kehrte sie zum Herd zurück, wo sie mit einer Hand eine Pfanne mit Nudeln und mit der anderen eine Pfanne mit brutzelndem Pancetta schwenkte.

»Bitte«, sagte sie, als alles fertig war, und stellte eine Schüssel vor Chloe. »Carbonara. Nichts Besonderes, aber du hast mir nicht gerade viel Zeit zum Planen gelassen.«

»Tut mir leid«, sagte Chloe, obwohl es ihr nicht im Geringsten leidtat, denn die Pasta schmeckte großartig.

Amys Fuß wanderte an Chloes Wade entlang und machte es ihr schwer, sich auf das Kauen zu konzentrieren. Sie räusperte sich und fragte: »Hattest du eine gute Woche?«

Amy zuckte mit den Schultern. »Alles wie immer. Hier passiert nicht viel Aufregendes. Und du?«

»Ja, es war ganz okay. Ich war mit Naomis Nichten im Zoo. Dann nur noch Arbeit.« Bei dem Tempo, in dem sie aß, bekam sie später wahrscheinlich Sodbrennen, aber sie wusste nicht, wie lange Amy bleiben konnte, und es gab Dinge, die sie viel lieber mit ihr tun würde. Dinge, die sie die ganze Woche nicht aus dem Kopf bekommen hatte. »Wann musst du zurück sein?«

»Gar nicht«, sagte Amy.

Chloes Gabel klapperte in ihrer fast leeren Schüssel. »Du musst nicht?«

»Ich habe bis morgen früh frei«, sagte sie und sah Chloe dabei direkt in die Augen. »Das kommt nicht so oft vor.« Sie stand auf, schnappte sich die beiden Schüsseln und stellte sie in die Spüle, bevor sie wieder an den Tisch zurückkehrte und Chloe mit leicht tieferer Stimme fragte: »Hast du eine Idee, wie ich meine Zeit verbringen könnte?«

»Ich bin sicher, dass uns etwas einfällt«, flüsterte Chloe.

Amy zog sie hoch und ihre Lippen berührten sich, liebten sich. Chloe registrierte, dass Amy sie in eine Richtung drückte, aber sie war so sehr in ihre Lippen versunken, dass sie nicht wirklich wahrnahm, was geschah – bis sie gegen eine Wand im Flur prallte.

Amys Lachen verwandelte sich in ein Stöhnen, als Chloe die Hände unter ihr Hemd und ihren Schenkel zwischen ihre Beine schob. Das Stöhnen wurde lauter, als Chloe mal mehr, mal weniger sanfte Küsse mit ihren Lippen auf Amys Hals verteilte.

»Scheiße, Chloe.« Amys Stimme war tief und atemlos.

Chloe knabberte an ihrem Puls.

Amys Hände krallten sich in ihre Haare und hielten sie fest. Ermutigt schob Chloe ihre Hand weiter Amys Shirt hinauf, bis sie ihr Ziel erreicht hatte und ihre Hand über eine Brust legte und leicht drückte.

Amy zuckte kurz zusammen und drängte sich dann gegen die Hand, suchte mit ihrem Mund Chloes. Amys Hüften wippten gegen Chloes Oberschenkel. Durch ihren Körper rasten Gefühle und Verlangen wie in einem magischen Wettlauf. Chloe ließ ihre andere Hand tiefer in die Tasche von Amys Jeans gleiten, zog sie näher an sich heran. Amys Stöhnen hallte förmlich in ihrem Mund und schickte einen neuen Funken der Begierde direkt in ihr Innerstes. Hände kamen auf ihren Schultern zur Ruhe, Amy drückte sie leicht von sich und Chloe wich sofort zurück, hatte Angst, irgendetwas falsch gemacht zu haben.

»Nach oben«, sagte Amy als Antwort auf Chloes fragenden Blick, die Augen dunkel und stürmisch. »Bitte.«

Chloe brauchte keine zweite Aufforderung und ließ sich in ihr Schlafzimmer ziehen. Amy griff nach dem Saum von Chloes Shirt, sobald sich die Tür hinter ihnen geschlossen hatte. Dann strichen ihre Finger über Chloes Rippen, über den sich darüber ausbreitenden Blumenstrauß.

Chloe erschauderte, als Amys Nägel über ihre Haut kratzten. »Ich habe dir doch gesagt, dass ich mehr Tattoos habe«, sagte sie mit rauer Stimme, nur um dann völlig die Fähigkeit zum Sprechen zu verlieren, als Amy ihr eigenes Shirt über den Kopf zog.

Chloe drückte Amy auf das Bett und verteilte ihr Gewicht vorsichtig auf ihr, ein Knie auf jeder Seite ihrer Hüfte. Für einen Moment lächelten sie sich nur an. Dann fuhren Amys Hände ihre Seiten hinauf und Chloe wand sich unter der Berührung.

»Ich habe fast vergessen, dass du kitzlig bist.« Als Amy versuchte, sie erneut zu kitzeln, packte Chloe schnell ihre Handgelenke und drückte die Hände über Amys Kopf auf die Matratze. Sie hielt die Hände fest, als sie sich wieder zu einem Kuss hinunterbeugte und mit der Zunge vorsichtig Amys Zunge berührte. Ein Schauer lief durch ihren Körper. Sie wollte sich in diesem Gefühl, in dem Hier und Jetzt verlieren.

Als Amy mit ihren Nägeln über Chloes Rücken fuhr, wuchsen die Wellen der Erregung weiter an. Und als Amy mit einer Hand unter Chloes Jeans glitt und ihren Hintern packte, hatte diese das Gefühl, als würde sie überall dort, wo sie sich berührten, in Flammen stehen.

Aber es gab kein Erbarmen. Amy zog erst ihre Jeans aus und half dann Chloe aus ihrer eigenen, so dass sie schließlich Haut an Haut lagen und Chloe sich fühlte, als würde sie gleich verglühen. So heiß war das, was hier geschah.

»Zieh ihn aus«, murmelte Amy, als Chloe den BH berührte. Ohne abzuwarten, griff sie hinter ihren Rücken und öffnete den Verschluss.

Chloe nahm den BH in die Hand und ließ ihn neben das Bett fallen. Ihr stockte der Atem, als sie auf Amys Brüste blickte. »Du bist so wunderschön.«

Amy lächelte sie an, schob dann eine Hand in Chloes Haare und zog sie zu einem weiteren Kuss herunter. Die Berührungen wurden intensiver, die Küsse tiefer und das Atmen schwieriger. Chloe war auf die beste Art und Weise überwältigt und wünschte sich, dass dieser Moment ewig andauern würde. Nur sie und Amy. Aber am Ende gewann ihre Neugier; es gab so viel zu entdecken. Sie hinterließ ihre Küsse auf Amys Hals, wanderte mit ihren Fingern an den Seiten ihrer Brüste entlang und genoss die kleinen Seufzer, die ihre Reise begleiteten.

Schließlich war sie an Amys Bauch angelangt und entdeckte dort eine Narbe. »Woher ist die?«

»Was?« Amy runzelte verwirrt die Stirn.

Chloe fuhr mit ihrem Zeigefinger über die Narbe.

»Oh. Es ist nichts Aufregendes. Ich habe mich vor ein paar Jahren an einem Zaunpfahl verfangen, mit der Spitze voran.«

»Und du nennst mich tollpatschig«, sagte Chloe und presste ihre Lippen auf die Narbe.

»Halt die Klappe.« Amy gab ihr einen Klaps auf die Schulter.

Chloe grinste. Dann setzten ihre Lippen den Weg über Amys Bauch fort, bis sie schließlich eine Reihe von Küssen auf einen der Oberschenkel verteilte. Der Geruch von Amys Erregung ließ Chloe selbst feucht werden. Nicht in ihren kühnsten Träumen hätte sie gedacht, dass sie das hier je erleben würde – Amys Seufzen in den Ohren und den Geschmack von Amys Haut auf ihrer Zunge.

»Bist du dir sicher?«, fragte Chloe, während sie die Daumen in Amys Unterwäsche hakte.

»Ja.« In Amys Blick lag ein Flehen. Sie hob ihre Hüften und machte es so einfacher für Chloe, die Unterwäsche über ihre Beine zu schieben. »Bitte.«

Mit schnell klopfendem Herzen hob Chloe eines von Amys Beinen über die Schulter, bevor sie ihren Kopf senkte und mit ihrer Zunge sanft über die Klitoris strich.

»Ja!«

Vorsichtig ließ Chloe zwei Finger in die feuchte Hitze gleiten, während sie weiter sanft mit ihrer Zunge über Amys Klitoris strich. Sie wollte, dass Amy sich gut fühlte, das hier genießen konnte, mehr wollte. Wie lange hatte sie hiervon geträumt? Chloe musste lächeln und bewegte ihre Finger erst langsam, dann schneller.

Der Orgasmus kam mit einem langen Seufzen und überraschend schnell.

Chloe drückte noch einen Kuss auf Amys empfindsamste Stelle, bevor sie ihre Finger vorsichtig herauszog. Sie könnte das die ganze Nacht lang tun – Amy zum Höhepunkt bringen. Der Anblick, wie sie atemlos und erschöpft auf der Matratze lag, ihre Brust sich hob und senkte, ihre Wangen gerötet waren, war das Perfekteste, was Chloe je gesehen hatte.

»Komm her.« Amy zog sie hoch und küsste sie.

Schließlich legte Chloe sich neben Amy, sah ihr tief in die Augen und versuchte sich diesen Moment einzuprägen, damit sie ihn auch ganz sicher nie vergessen würde.

Amys Finger wanderten über Chloes Hüfte.

»Du musst nicht«, murmelte sie gegen Amys Lippen, als sie eine warme Hand über ihrem Bauch spürte.

»Ich will es aber.«

Chloes Puls, der sich gerade erst ein wenig beruhigt hatte, beschleunigte sich bei dieser Aussage wieder. Bei der Bestätigung, dass Amy sie wollte, und zwar auf eine Art und Weise, wie sie es nie zuvor für möglich gehalten hatte. Sie ließ sich von Amy auf den Rücken rollen und sah zu, wie diese sich rittlings auf ihre Hüften setzte. Nackt und so wunderschön. Das Gefühl von Haut auf Haut war unfassbar. So sanft, so weich.

Amys Haare kitzelten Chloes Brust, als sie sich nach unten beugte. Ihre Lippen wanderten an ihrem Hals entlang und ihre Hände griffen nach dem Verschluss von Chloes BH. Die erste Berührung von Amys Daumen an ihren Brustwarzen löste eine Welle von Gefühlen und unbändiger Lust in Chloe aus.

Ein Oberschenkel legte sich zwischen ihre Beine, Zähne streiften ihren Pulsschlag am Hals, Finger strichen über ihre Brustwarzen und Chloe konnte nicht anders, als sich jeder einzelnen Berührung zu beugen und ihre Hüften enger gegen Amys Oberschenkel zu schieben.

»Oh, fuck«, hauchte sie, als Amy sich gegen sie presste, mit nahezu perfektem Druck gegen ihre Klitoris. Chloe legte die Hände auf Amys Hintern, sie gruben sich in die seidige Haut und ermutigten Amy, sich gegen sie zu bewegen.

Als Amys Lippen auf ihrer Brust landeten, presste Chloe ihren Kiefer zusammen, um ein Stöhnen zu unterdrücken, während sich ihr Rücken krümmte. Noch nie waren so viele Eindrücke, Gefühle auf sie ein- und durch sie hindurchgeströmt.

»Scheiße, war das heiß.« Amys Stimme war heiser. »*Du* bist so heiß.«

»Ja?«

»Ja.« Amy gab Chloe keine Gelegenheit, zu Atem zu kommen. Sie glitt mit einer Hand unter den Bund ihrer Unterwäsche und dann durch die feuchten Haare.

Chloe stöhnte auf, als Amys Finger zum ersten Mal über ihre Mitte strichen. Es war, als ob all ihre Nerven sich an dieser Stelle bündelten und sie hatte keine Idee, wie sie die nächsten Minuten überstehen sollte, ohne zu zerspringen. Die Tatsache, dass es Amy war, die sich gegen sie drückte, reichte fast aus, um sie sofort kommen zu lassen.

»Ist das okay?«, fragte Amy zärtlich, aber auch ein wenig atemlos.

»Mehr als okay.« Chloe suchte und fand Amys Lippen. Sie musste sie küssen, musste sie intensiver, intimer spüren. Eine Zunge glitt über ihre Lippen und dann in ihren Mund, während zwei Finger in sie eindrangen. Sie stöhnte, ihr Atem beschleunigte sich. In ihr baute sich immer mehr Energie auf. Ihr Herzschlag war laut in ihren Ohren, ihre Haut brannte, wo immer sie sich berührten und Chloe wollte, dass dieser Moment für immer andauerte, für den Fall, dass sie nie wieder die Chance bekam, diese Nähe, diese Intimität mit Amy zu erleben.

Aber sie konnte ihren Orgasmus nicht länger hinauszögern, nicht wenn Amy sich so an sie presste, nicht wenn ihre Handfläche über Chloes Klitoris strich. Als sie kam, wurde ihr Wimmern durch Amys Mund auf ihrem eigenen unterdrückt. Und als die letzten Wellen in ihr sich gelegt hatten, drückte Amy ihre Stirn an Chloes.

Halb hatte sie erwartet, dass in Amys Augen Entsetzen auftauchen würde, sobald der Schleier der Lust verblasst war. Dass sie dann schnell die Flucht ergreifen und zurück in die Sicherheit der Farm fliehen würde. Stattdessen legte sie sich neben Chloe und schlang einen Arm über ihren Bauch.

Mit ihren Fingern zeichnete sie die Umrisse der Tätowierung auf Chloes Rippen nach. »Ist das auch für deine Mum?«

»Ihre Lieblingsblumen.«

»Und ich schätze, das hier hat nichts mit deiner Mum zu tun.« Sie tippte auf den Schädel, der hoch oben auf Chloes Oberschenkel saß.

»Der ist nur für mich.«

Chloe beugte sich vor und küsste Amy. Ein Kuss, der langsam begann, sich aber bald steigerte. Amys Hüften bewegten sich unter ihren.

Dieses Gefühl, Haut auf Haut, machte süchtig. Es war berauschend und geradezu gefährlich und es gab nichts, was Chloe dagegen tun konnte. Oder wollte.

Amy wachte meistens vor dem Klingeln des Weckers auf. Zu sehr hatte sich das frühe Aufstehen in ihren Tagesrhythmus eingebrannt. Es sei denn, sie verbrachte die Nacht an einen warmen Körper gekuschelt und hatte nur sehr wenig Schlaf abbekommen.

Geweckt hatte sie deswegen heute ein ungewohntes, lautes Summen. Es dauerte einen Moment, bis sie realisierte, dass es sich um ihr Telefon handelte, das noch immer in der Tasche ihrer Jeans steckte, die auf dem Boden lag.

»Mach, dass es aufhört«, nuschelte Chloe neben ihr.

Amy beugte sich über die Bettkante, um nach dem störenden Gerät zu suchen.

»Wie viel Uhr ist es?«

»Sechs.« Immer noch genug Zeit für Amy, sich unbemerkt auf die Farm zurückzuschleichen.

»So früh.« Chloe rieb sich mit einer Hand über das Gesicht.

Amy könnte sich an diesen Anblick gewöhnen: Chloe, die Haare zerzaust, blinzelte schläfrig. Das Laken war bis zu ihrer Taille gerutscht und enthüllte eine verlockende Fläche glatter Haut, die mit Spuren von Amys Mund und Fingernägeln übersät war.

»Musst du gehen?«

»Ich sollte.« Eigentlich sollte Amy schon längst verschwunden sein.

Chloe nutzte die Gelegenheit und streichelte über Amys Rücken. »Aber du musst nicht?«

»Nicht sofort.« Samstagvormittage waren normalerweise nicht so stressig, vor allem weil Gabi und Adam noch nicht daran gewöhnt waren, wieder in der Schule zu sein.

War es riskant, noch zu bleiben? Sich wieder zu Chloe ins Bett zu legen und ein paar weitere Stunden dort mit ihr zu verbringen?

Vielleicht. Vielleicht auch nicht. Und so blieb Amy, berührte Chloe, genoss ihr Stöhnen, was so rau und schön war wie Chloe selbst. Ja, zu bleiben war riskant, aber Amy würde gern die Konsequenzen tragen. Doch zuerst würde sie diese gemeinsame Zeit genießen. Sie wünschte, sie könnte jeden Morgen so verbringen, mit Chloes Fingernägeln, die über ihre Kopfhaut kratzten, Chloes Haut an ihrer, diese Seufzer, die in Amys Ohren klangen. Sie wünschte, sie könnte jede Nacht so verbringen. Chloe so lange verwöhnen, bis diese wimmerte, bis sie bettelte und bis sie Amys Namen wie ein Gebet auf den Lippen hatte.

»Bitte, Amy.« Chloe zog nicht allzu sanft an ihrem Haar, versuchte, Amy dorthin zu lenken, wo sie sie am meisten brauchte, versuchte, ihr Necken zu stoppen. Amy gab schließlich nach und konzentrierte sich auf den Punkt, an dem Chloe sie haben wollte. Bis Chloe kam.

Dann küsste Amy die Innenseite von Chloes Oberschenkel, glitt an ihrem Körper hinauf und versuchte, sich diesen Anblick einzuprägen – Chloe, die einen Arm über die Augen gelegt hatte, deren Brust sich hob und deren Schweiß auf der Haut glänzte.

»Ich muss gehen«, sagte Amy und presste ihre Lippen kurz auf Chloes Wange.

»Nein.« Chloe griff nach ihr. »Bleib.«

»Glaub mir, wenn ich sage, ich wünschte, ich könnte.« Es brauchte wirklich nicht viel, um sie in Versuchung zu führen. Ihre Selbstbeherrschung – die ohnehin schon in Scherben lag – würde wahrscheinlich völlig auseinanderfallen, wenn Chloe sie jetzt an sich zog. »Schlaf weiter.« Sie strich mit einer Hand über Chloes Wange und lächelte, als dieser die Augen zufielen. »Ich melde mich später.«

Diesmal protestierte sie nicht und Amy vermutete, dass Chloe bereits wieder halb eingeschlafen war. Sie kramte nach ihren Kleidern und tätschelte Bella auf dem Weg nach draußen den Kopf.

Mit sechsunddreißig Jahren trat sie nun zum ersten Mal den »Gang der Schande« an – zurück zum Haus ihrer Familie, wohlgemerkt. Sie hoffte, dass es ihr gelang, sich in die Scheune zu schleichen, bevor jemand einen Blick auf sie werfen konnte. Denn sie roch nach Schweiß und Sex, ihr Haar war zerzaust und ihre Kleidung zerknittert, weil sie den Abend auf dem Boden in Chloes Schlafzimmer gelegen hatte.

Irgendjemand war schon in der Küche des Hauses aktiv und Amy betete, dass unbemerkt bleiben würde. Als sie ihre Haustür erreichte, atmete sie erleichtert auf.

»Alles klar, Boss?« Eine männliche Stimme ließ sie zusammenzucken.

Sie hatte Jack ganz vergessen. Er war einer der Angestellten, die normalerweise vor ihr auf den Beinen war.

»Hallo, Jack.« Amy drehte sich um.

Ein Grinsen lag auf seinem Gesicht und sie wollte einfach nur sterben.

»Gute Nacht gehabt?«

»Ja, danke.«

Er lachte.

Amys Wangen brannten. Sie schlüpfte schnell durch die Tür zu ihrer Wohnung, bevor jemand anderes sie noch entdecken würde.

Trotzdem.

Das war es mehr als wert gewesen.

Kapitel 22

Tina Richardson, eine gebrechliche alte Dame mit einem quietschenden Rollator und einer Sauerstoffflasche, schlurfte über den Holzboden, als sie Chloe in ihren Garten führte.

»Danke, dass du das machst, Liebes.« Sie lächelte freundlich, ihre Augen hinter einer Brille mit einem breiten Brillengestell verborgen. »Eleanor sagte, du magst Scones, also habe ich dir welche gemacht.«

»Oh, danke, Mrs Richardson, aber das wäre nicht nötig gewesen.« Chloe war drauf und dran, sich hier in der Gegend einen Namen als Scone-Liebhaberin zu machen.

»Unsinn, es war keine Mühe.«

Chloe konnte nicht anders, als einen Blick auf den Sauerstofftank zu werfen.

»Lass dich nicht täuschen«, sagte Mrs Richardson und wedelte mit dem Finger in Chloes Richtung. »Ich bin immer noch selbstständig. Unabhängig. Allerdings nicht, wenn es darum geht, auf Leitern zu klettern.« Sie strahlte Chloe mit einem breiten Grinsen an, das deutlich zeigte, dass ihr die Hälfte der Schneidezähne fehlte. »Kann ich dir etwas zu trinken bringen? Vielleicht einen Tee?«

Chloe hob die Thermoskanne hoch, die sie mitgebracht hatte. »Ich bin versorgt.«

»In Ordnung, Liebes. Ich lasse dich dann in Ruhe. Sag mir Bescheid, wenn du etwas brauchst.« Sie zog sich ins Haus zurück.

Chloe nahm einen Schluck von ihrem Kaffee, in der Hoffnung, dass die Wirkung des Koffeins bald einsetzen würde. Sie konnte Amys Berührungen immer noch spüren, als wären diese auf ihrer Haut eingebrannt. Eine bleibende Erinnerung an die gemeinsame Nacht.

Etwas, woran sie wahrscheinlich nicht denken sollte, während sie eine Leiter hinaufkletterte. Jetzt war nicht die Zeit für Ablenkungen, nicht, wenn eine Fehleinschätzung einen tiefen Fall bedeuten konnte.

Die Dachrinnen waren voller Dreck – Blätter und Zweige, Unkraut, das an einigen Stellen wuchs und den Abfluss blockierte. Chloe machte sich an die Arbeit, schaufelte so viel wie möglich heraus und kippte alles in einen Eimer.

Es war keine schwere Arbeit, aber ihre Muskeln schmerzten, wenn sie sich zu weit streckte, ein Andenken an eine Nacht, die sie umschlungen mit Amy verbracht hatte. Als sie fertig war, wusch sie die letzten hartnäckigen Reste in der Dachrinne mit einem Schlauch ab und war glücklich, als das Wasser wieder frei floss.

Sie kletterte zurück auf festen Boden und spürte deutlich die Müdigkeit, die in ihren Knochen steckte. Sie hatte keine Ahnung, wie sie die Energie aufbringen sollte, um später am Nachmittag am Haus weiterzuarbeiten.

»Schon fertig?«, fragte Mrs Richardson, die ihren Kopf aus der Hintertür herausgestreckt hatte.

»Ja. Die Dachrinne sollte jetzt in Ordnung sein, aber sagen Sie mir Bescheid, wenn Sie beim nächsten Regen wieder Probleme haben.«

»Scones?« In der Hand hielt sie schon einen Teller, auf dem ein köstlich aussehendes Exemplar platziert war.

Wie sollte Chloe dazu Nein sagen? »Danke, Mrs Richardson«, sagte sie und nahm einen Bissen. Die Erdbeermarmelade und der Rahm zerflossen ihr förmlich auf der Zunge.

»Gern geschehen, Liebes. Hier, das kannst du mitnehmen.« Sie drückte Chloe eine fast überquellende Schachtel mit Scones in die Hand. »Also, was schulde ich dir?« Sie zog ihr Portemonnaie hervor, das mit neuen Geldscheinen gefüllt war. »Einhundert? Zweihundert?«

»O nein, das ist viel zu viel.« Chloe schüttelte den Kopf.

»Aber ich habe es gegoogelt.« Mrs Richardson sah Chloe über den Rand ihrer Brille an. »Das war der vorgeschlagene Preis.«

»Für einen Profi«, sagte Chloe und schüttelte erneut den Kopf, als Mrs Richardson ihr mehrere Zwanziger in die Hand drücken wollte. »Ich bin kein Profi.«

»Für mich siehst du professionell aus. Du hast einen Lieferwagen mit einem Logo. Du hast einen Satz eigener Leitern. Louise sagte, du hättest ihr eine Visitenkarte gegeben.«

»Ja, schon, aber nicht für das hier.«

»Ich lasse dich ohne Bezahlung nicht gehen. Ich sehe vielleicht nicht flink aus, aber ich kann schnell sein, wenn es sein muss.«

Chloe kicherte und versuchte sich vorzustellen, wie Mrs Richardson sie mit dem Rollator und der Sauerstoffflasche über den Rasen jagte. »Wie wär's, wenn wir es bei zwanzig belassen? Immerhin haben Sie mir die hier geschenkt.« Sie deutete auf die Scones.

Mrs Richardson schürzte die Lippen. »Fünfzig«, sagte sie. »Nicht weniger.«

»Okay.« Chloe hatte ein schlechtes Gewissen, als sie das Geld annahm, obwohl sie wusste, dass sie es eigentlich verdient hatte und dass ein echter Profi viel mehr verlangt hätte. Aber das Gefühl, eine gute Tat vollbracht zu haben, war besser als jede Bezahlung. Ein Gefühl der Zufriedenheit breitete sich in ihrer Brust aus, als sie sich auf den Weg zurück zu ihrem Wagen machte.

Auf der gegenüberliegenden Straßenseite stand Mrs Peterson in ihrem Vorgarten und unterhielt sich über den Zaun hinweg mit ihrem Nachbarn. Chloe überquerte die Straße, als die alte Frau ihr zuwinkte. Sie stellte ihre Leiter ab und ging zu Mrs Peterson.

»Guten Morgen, Liebes. Wie geht es dir?«

»Gut, Mrs P. Und Ihnen?«

»Gut, gut. Ich hoffe, es hat dir nichts ausgemacht, dass ich Tina von dir erzählt habe.«

»Ist schon in Ordnung. Es macht mir nichts aus, ab und zu auszuhelfen.«

»Sagen Sie das nicht zu laut«, sagte Mrs Petersons Nachbar, die Hände in die Taschen seines Mantels gesteckt. »Hier gibt es überall Ohren. Sie werden alle möglichen dummen Anfragen bekommen.«

»Zur Kenntnis genommen. Ich, äh, mache mich besser wieder an die Arbeit. Schön, Sie wiederzusehen, Mrs P.«

»Dich auch, Liebes. Komm bitte gern jederzeit auf eine Tasse Tee vorbei.«

Es war seltsam, dachte Chloe, als sie zurück zum Haus fuhr. Seltsam, dass sie nie geglaubt hatte, hierherzupassen, nie gedacht hatte, dass es in Corthwaite einen Platz für sie geben könnte und doch war sie jetzt hier, machte Gelegenheitsjobs, knüpfte Kontakte, hinterließ einen Eindruck, der selbst dann bleiben würde, wenn sie wieder nach London zurückkehrte.

Sie hatte erwartet, ganz schnell mit der Arbeit am Haus fertig zu werden und die alte Heimat wieder zu verlassen. Nie hätte sie sich träumen lassen, dass dies hier ein Ort sein würde, den sie nur schwer hinter sich lassen konnte, oder dass es hier Menschen gab, die sie vermissen würde, wenn alles gesagt und getan war.

Vor allem eine ganz bestimmte Person. Ihr Blick schweifte zum Haus der Edwards, als sie in ihre eigene Einfahrt fuhr. Amy würde sie mehr vermissen als alles andere zusammen.

Als Amy durch die Eingangstür trat, empfing sie ein fürchterlicher Lärm.

»Chloe?« Amy hörte Bella, die die Treppe herunterstürmte, bevor sie sie sah. »Wo ist dein Frauchen?« Amy ging ein paar Treppenstufen hoch und rief: »Lebst du noch?«

»Hm-hm. Komm nach oben.«

Amy folgte Bella in eines der oberen Badezimmer. Es war wirklich erstaunlich, dass Chloe es geschafft hatte, alles bis auf dieses letzte große Projekt fertigzustellen. Und das, obwohl sie in den letzten Wochen viel Zeit miteinander verbracht hatten.

Sie fand Chloe, die in der Mitte des Raumes stand, umgeben von zerbrochenen Kacheln.

»Macht das Spaß?«

»Das Beste an diesem Job ist es, Sachen zu zerstören.« Sie hatte eine Schutzbrille auf der Nase und einen Jeans-Overall über ihre Kleidung gezogen. »Willst du es versuchen?«

»Ich will nichts falsch machen.«

»Es ist egal, ob Dinge kaputtgehen«, sagte Chloe und drückte ihr einen Meißel und einen Hammer in die Hand. Dann holte sie eine zweite Schutzbrille, die sie Amy auf die Nase setzte. »Es müssen sowieso alle Fliesen weg. Man kann nicht wirklich etwas falsch machen.«

Amy war sich da nicht so sicher. Zögerlich setzte sie den Meißel an der Wand über einer der Fliesen an, die Chloe bereits entfernt hatte und schlug mit dem Hammer darauf.

Chloe grinste.

»Was?«

»Du musst dich nicht so zurückhalten. Hier, ich zeige es dir.« Sie trat dicht an Amy heran und legte ihre Hände sanft über Amys. »Du kannst richtig zuschlagen. Mit aller Kraft. Wie ich schon sagte – es macht nichts, wenn die Fließen brechen.«

Chloe schaffte es, dass die Arbeit mühelos aussah. Die Kacheln lösten sich ganz einfach, als sie auf den Meißel klopfte. »Jetzt versuchst du es.« Ihre Stimme war dicht an Amys Ohr, ihre Hände lagen nun auf Amys Hüften.

Amy atmete tief aus. »Du musst aufhören, mich anzufassen, sonst hau ich mir auf den Daumen.«

Chloe gluckste, gab aber nach und trat zur Seite.

Als Amy diesmal mit mehr Wucht die Fliesen traf, nickte Chloe anerkennend. »Genau so.«

Es machte in der Tat Spaß, die Kacheln zu lösen und die Wand darunter freizulegen. Chloe schabte die Reste ab, die Amy zurückgelassen hatte, und bearbeitete Fugenmasse und Kleber, bis die Oberfläche glatt war.

»Ich glaube langsam, dass ich für meine geleistete Arbeit eine Entschädigung bekommen sollte«, sagte Amy, als der Boden um ihre Füße herum mit zerbrochenen Fliesenstücken übersät und eine ganze Wand des Badezimmers freigelegt war. »Das ist das zweite Zimmer, bei dem ich dir geholfen habe.«

Letztes Wochenende hatte sie beim Tapezieren des Esszimmers geholfen. Ehrlicherweise musste sie zugeben, dass ihre Hilfe hauptsächlich darin bestanden hatte, Chloe Gesellschaft zu leisten und Tapetenkleister auf die bereits zugeschnittenen Stücke zu streichen.

»Je schneller ich meine To-do-Liste für dieses Wochenende erledigt habe, desto mehr Zeit habe ich für andere Dinge«, sagte Chloe und ließ ihren Blick über Amys Körper gleiten. »Aber gut, ich beiße an. Über welche Art von Entschädigung reden wir?«

»Hmm, ich weiß nicht.« Sie lehnte sich mit dem Rücken an eine der Wände, an der noch alle Kacheln dran waren, und grinste Chloe an.

»Vielleicht diese Art?« Chloe drückte ihr einen Kuss auf die Seite des Halses.

Amy seufzte und neigte den Kopf, um Chloe mehr Zugang zu ermöglichen.

»Oder so?« Ein Zwicken dieses Mal, die Zähne schlossen sich um ihren Puls. Das anschließende Brennen wurde von Chloes Zunge gelindert.

»Beides«, sagte sie atemlos.

»Beides, hm?« Chloe neckte sie mit Lippen, Zähnen und Zunge, bis Amys Knie weich wurden.

Sie versuchte, sich aus Chloes Griff zu befreien. Erfolglos.

»Ah, ah«, sagte Chloe und liebkoste die Unterseite von Amys Kiefer. »Deine Hände sind ganz staubig.«

»Du bist ganz staubig«, sagte Amy und drehte ihren Kopf, um Chloe zu küssen. »Und da ist eine Dusche auf der anderen Seite des Flurs.«

»Ja«, stimmte Chloe, mit einem Glitzern in den Augen, zu. »Aber wir sollten uns wieder an die Arbeit machen.« Mit diesen Worten ließ Chloe sie los und ging auf die andere Seite des Badezimmers.

»Folter.«

»Es wird sich für dich lohnen«, sagte sie grinsend.

Amy seufzte, blieb aber, wo sie war, und beobachtete, wie Chloes Oberarmmuskeln sich anspannten, als sie einen Teil des Mülls auf dem Boden aufsammelte und in eine Schwerlasttasche warf. Ein Ziehen breitete sich zwischen Amys Schenkeln aus. »Das war keine Entschädigung. Das war das Gegenteil von einer Entschädigung.«

»Dann musst du dir etwas anderes einfallen lassen, nicht wahr?«

»Das werde ich«, sagte sie grummelnd, als sie sich wieder an die Arbeit machte, in der Hoffnung, das Verlangen, das sie durchströmte, zu dämpfen. Alles, was sie gerade wollte, war, Chloe auf den Boden zu stoßen und sich rittlings auf sie zu setzen. Verdammt.

»Au, verdammt.« Schmerz schoss durch Amys Hand. Der Meißel war abgerutscht und der Hammer hatte das Ende ihres Mittelfingers erwischt.

»Vorsichtig.« Chloe war sofort da und nahm die Hand in ihre sanften Finger. »Geht es dir gut? Kannst du sie bewegen?«

»Das war deine Schuld«, jammerte Amy und wackelte versuchsweise mit dem Finger.

»Warum? Wo warst du mit deinen Gedanken?«

»Du weißt genau, woran ich gedacht habe.«

Chloe lächelte und küsste sie auf den Mundwinkel.

Würde sie jemals wieder zu ihrem alten Leben zurückfinden, fragte sich Amy, als sie sich wieder ihrer Arbeit zuwandte. Sie sah fasziniert dabei zu, wie Chloe mit einem konzentrierten Stirnrunzeln und der Zunge im Mundwinkel auf dem Boden herumkroch und Unebenheiten an der Wand glättete.

Amy sehnte sich nach ihrer Kamera, wollte Chloe so gern bei der Arbeit einfangen, zu Hause, mit hochgekrempelten Ärmeln und einem Hammer in der Hand. »Mir ist etwas eingefallen, was du für mich tun kannst«, sagte sie schließlich.

Chloes sah Amy fragend an.

»Posiere für mich.«

»Was?« Chloe schüttelte den Kopf. »Wie ... nackt?«

Amy lachte. »Nein. Nicht, dass ich mich darüber beschweren würde, aber das ist nicht das, was ich im Sinn hatte.«

»Und was schwebt dir dann vor?«

»Das wirst du schon sehen.«

Chloe schluckte.

Amy grinste, während sie im Geiste schon alle Möglichkeiten durchspielte.

⁂

»Du sollst dich natürlich verhalten, Chloe.«

»Das ist mein natürliches Verhalten.«

»Ist es nicht. Ich habe dich noch nie mit diesem Gesichtsausdruck gesehen.«

Chloe schnaufte und wand sich unter dem Gewicht von Amys Blick, zupfte am Saum ihres Shirts herum. Sie war nervös, fühlte sich nicht wohl.

Amy ließ die Kamera in ihren Schoß sinken. »Soll ich aufhören?«

»Nein.« Chloe mochte die ruhige Intensität von Amys Blick, mit dem sie sie vom Ende des Bettes aus beobachtete. Hier, in Amys Bett zu liegen, die Beine in Amys Laken, hatte etwas sehr Intimes. »Es ist nur … das ist merkwürdig. Ich fühle mich merkwürdig.«

»Vorher hat es dir auch nichts ausgemacht.«

Es stimmte – Amy hatte Chloe den ganzen Tag fotografiert, während sie am Haus arbeitete. Aber da war es leicht gewesen, den Blitz zu ignorieren, das Klicken des Auslösers. Hier, im sanften Licht von Amys Nachttischlampe, halb bekleidet mit einem aufgeknöpften Shirt und einem Paar Boxershorts … das war etwas ganz anderes. »Ja, aber das war nicht so … wie das hier.«

Amy grummelte und legte die Kamera beiseite, um auf Chloes Schoß zu krabbeln, ein Knie auf jeweils einer Seite ihrer Hüfte. »Du musst dich entspannen«, sagte sie, nahm Chloes Gesicht in ihre Hände und küsste sie langsam und gründlich, bis Chloes Herz laut in ihren Ohren klopfte und ihr irgendwie ganz schwindlig war.

»Das ist das Gegenteil von Entspannung«, sagte Chloe, leicht benommen und atemlos.

»Es hilft also nicht?«

»Es … tut etwas anderes.«

Amy lachte leise und irgendwie schmutzig, griff dann wieder nach der Kamera, ohne den Blickkontakt zu unterbrechen.

»Okay?«, fragte sie.

Chloe nickte, den Blick fest auf Amys Lippen gerichtet.

Sie war so sehr damit beschäftigt, nach Amy zu greifen, dass sie den Blitz nur am Rande wahrnahm. Schließlich zog sie Amy zu sich.

Das Klicken der Kamera ertönte, als sie ihren Mund auf Amys Hals legte. Amy stöhnte laut auf, als Chloe mit der Zunge über die zarte Haut strich.

»Hast du das schon mal gemacht?«, fragte Chloe, während ihr Atem über Amys Schlüsselbein strich. »So intime Fotos aufgenommen?«

Amys Finger gruben sich fest in ihre Schulter. »N-noch nie«, sagte Amy mit zitternder Stimme, als Chloes Hand an der Innenseite ihres Oberschenkels hinaufglitt und mit dem Knopf ihrer Jeans spielte. »Ist es … ist es okay?«

»Solange niemand anderes sie je zu sehen bekommt.«

»Niemand«, versprach Amy und wimmerte, als Chloe eine Hand unter ihre Unterwäsche schob, und stöhnte, als Chloe sie feucht und bereit vorfand. Ihre Hüften zuckten, als Chloes Finger ihre Klitoris streichelten.

Amys Augen schlossen sich, als Chloe zwei Finger in sie einführte. Sie keuchte gegen Chloes Lippen.

»Du fühlst dich so gut an«, sagte Chloe.

Amy schlang ihren freien Arm um Chloes Rücken, während Chloes Handfläche gegen ihre Klitoris drückte.

»Küss mich.« Amy zog sie näher an sich heran und Chloe gehorchte.

Amy bewegte ihre Hüften. Sie ritt mit steigender Entschlossenheit Chloes Finger, während diese Amy mit einer Hand auf ihrem Rücken stützte. Amys Schenkel zitterten, ihre Küsse wurden hektisch und unkoordiniert, als sie in Chloes Armen versank.

Schließlich legte sie die Kamera zur Seite und drückte Chloe mit einer Hand auf ihrem Brustbein auf den Rücken, ihre dunklen Augen auf sie gerichtet.

Chloes letzter Gedanke – als ihr Kopf das Kissen berührte, geschickte Finger die Knöpfe ihres Hemdes öffneten und Amys Mund sich auf ihren Hals senkte – war, dass diese Frau ihr Tod sein würde.

Kapitel 23

Chloes Handy vibrierte. Sie nahm es vom Tisch und lächelte, als sie Amys Namen auf dem Display sah.

»Ich hoffe, du schummelst nicht«, sagte Jin und musterte sie von der anderen Seite des Tisches.

»Wie könnte ich denn bei Articulate schummeln?«

»Ich weiß es nicht.« Misstrauen stand Jin ins Gesicht geschrieben. »Aber du könntest.«

»Tue ich aber nicht.«

Naomi sammelte Karten für die nächste Runde, also öffnete Chloe die Nachricht, während sie einen Schluck Bier trank – und spuckte ihn fast wieder aus, als sie einen Blick auf den Bildanhang geworfen hatte.

Amy.

Oben ohne.

Ihre Hand in Chloes Haaren, ihre Zunge in Chloes Mund, und, Herrgott, es war deutlich zu sehen, dass sie kurz davor war, vor Erregung zu explodieren.

»Bist du okay, Chloe?«, fragte Naomi und klopfte Chloe auf die Schulter.

Chloe schob ihr Handy in ihre Tasche. »Ja, alles gut«, quietschte sie.

Naomi beäugte sie besorgt. »Bist du sicher? Denn du hast einen … sehr interessanten Rotton im Gesicht.«

Sie räusperte sich und zwang ihre Stimme in eine tiefere Tonlage. »Mir geht's gut.«

Naomi sah sie an, als wäre ihr ein zweiter Kopf gewachsen. »Okay, wir brauchen vier von diesen, um zu gewinnen«, sagte sie und wedelte mit den Karten in ihrer Hand. »Bist du bereit?«

»Aha.« Nein, sie war nicht bereit. Das würde sie Naomi aber ganz sicher nicht sagen. Alles, woran sie denken konnte, war das Foto – die Kurve von Amys Kinn, die schiere Menge an nackter Haut, die zu sehen war – und ganz bestimmt nicht die berühmten Personen, die Naomi ihr gerade zu beschreiben versuchte.

»Chloe!« Naomi gab ihr einen Schlag auf den Arm. »Was ist nur los mit dir?! Du konntest dich nicht an den Namen von der Fee in *Peter Pan* erinnern? Ernsthaft?«

»Ich hatte ein … Blackout«, sagte Chloe, immer noch nicht in der Lage, richtige Sätze zu formulieren. Sie kippte den Rest ihres Bieres in einem langen Schluck hinunter. »Braucht noch jemand Nachschub?«

Schnell flüchtete sie in die Sicherheit der Küche, das Handy fest in der Hand. Chloes Mund war staubtrocken, als sie Amys Nachricht noch einmal öffnete und wieder mit dem Foto konfrontiert wurde. Ob es etwas bringen würde, ihren Kopf in den Kühlschrank zu stecken, um ihre glühenden Wangen zu beruhigen?

Dank dir habe ich ein sehr intensives Spiel von Articulate verloren, tippte sie mit zitternden Fingern. *Ich hoffe, du bist zufrieden.*

Die Antwort kam Sekunden später.

Wieso ist das meine Schuld?

Du kannst mir doch nicht ohne Vorwarnung solche Bilder schicken. Ich glaube, mein Gehirn hat einen Kurzschluss.

Fotos wie das hier?

In der Anlage war ein Foto von Amy, die auf Chloes Schoß saß. Ihr Gesicht war im Profil zu sehen. Chloes Mund war an ihrem Hals. Nichts furchtbar Aufreizendes, aber Chloe wusste, wo ihre Hand sich befunden hatte, vergraben zwischen Amys Schenkeln, wusste, warum Amys Augen geschlossen und ihre Lippen geschürzt waren.

Willst du mich umbringen?

Vielleicht.

Ein weiteres Foto, von dem Chloe nicht gewusst hatte, dass es existierte, zeigte die scharfen Konturen von Amys Bauch. Chloes Hand war in ihrer

Unterwäsche, die Umrisse von Chloes Fingern waren unter der schwarzen Spitze gerade so sichtbar.

Sie hielt es nicht mehr aus, hob das Handy an ihr Ohr und schaute zur Tür hinaus, um sich zu vergewissern, dass niemand anderes in der Nähe war.

»Du bist böse«, sagte sie mit heiserer Stimme, als Amy abnahm. »Das personifizierte Böse.«

»Ich weiß.« Die Worte waren leise und legten sich wie Seide auf sie. »Wo bist du jetzt gerade?«

»In der Küche eines Freundes. Ich glaube, sie denken, ich habe Fieber. Lach nicht!«, sagte sie, als Amy gluckste. »Das ist nicht lustig.«

»Es ist schon irgendwie lustig.«

»Nichts daran, dass ich hier bin und du nicht, ist lustig.«

»Es gibt Möglichkeiten, den Zustand zu ändern«, sagte Amy.

Chloe schluckte. Ihr Mund war immer noch trocken und ihr Herz klopfte wie wild. »Das kann ich hier nicht machen.«

»Nein, aber …«

Sie hörte ein Rascheln und fragte sich, ob Amy schon im Bett war.

»Du könntest anrufen. Wenn du wieder zu Hause bist.«

»Ich … ja. O-okay.«

»Lass mich nicht zu lange warten. Ich könnte ohne dich anfangen.«

»Verdammt.«

Wieder ein Lachen.

Chloe atmete einmal tief ein und wieder aus. »Ich werde jetzt auflegen.«

»Wir sprechen uns später«, sagte Amy verheißungsvoll.

Chloe schob ihr Handy mit zitternden Fingern zurück in ihre Tasche.

»Chloe!«, rief Naomi. »Beeil dich. Wir spielen als Nächstes Tabu, und ich weigere mich, zwei Spiele hintereinander zu verlieren.«

Okay.

Okay, sie konnte das.

Noch eine Stunde oder so, dann konnte sie gehen, sie konnte Amy anrufen und dann würde sie wieder wie ein normaler Mensch funktionieren.

Ihr Handy brummte immer wieder.

Sie traute sich nicht nachzuschauen, bis sie wieder zu Hause war.

Kapitel 24

»Chloe. Ich wusste nicht, dass du hier bist.«

Chloe erstarrte. Sie hatte sich gerade von Amy verabschiedet und einen Fuß vor die Scheunentür gesetzt. Sie war wirklich nicht darauf vorbereitet, jetzt Amys Mutter Rede und Antwort zu stehen.

»Äh, ja. Ich bin vorbeigekommen, um …« Warum hatte sie *das* gesagt? Sie brauchte keine Ausrede, um hier zu sein. Sie kam regelmäßig vorbei und Leanne musste den Grund dafür wirklich nicht wissen. »Mit Amy zu reden«, beendete sie, wohl wissend, wie lahm das klang.

Leanne musterte sie aufmerksam.

O Gott, hatte sie ihr Hemd richtig herum angezogen? Sie hätte sich auch mit der Bürste einmal durchs Haar kämmen sollen. Oder hätte Amy in die Dusche folgen sollen, um diesen besonderen Geruch abzuwaschen, der noch auf Chloes Haut lag. Leanne konnte das nicht wissen, oder? Dass Chloe vor einer halben Stunde noch in die Laken ihrer Tochter eingehüllt gewesen war?

»Kommst du zum Abendessen vorbei?«

»Ich, äh …« Das sollte sie nicht. Sie sollte zurück ins Haus gehen, weil sie das ganze Wochenende kaum einen Pinsel angefasst hatte. Sie sollte auf keinen Fall mit Amys Familie zu Abend essen, wenn Amy noch vor zehn Minuten ihre Schenkel um Chloes Kopf geschlungen hatte.

»Gabi macht Enchiladas. Die sind köstlich.«

»Oh, ich möchte nicht stören –«

»Unsinn. Wir hätten dich gern dabei. Ich weiß nicht, warum Amy dich nicht selbst eingeladen hat.« Sie spähte über Chloes Schulter. »Wo ist sie überhaupt?«

Chloe könnte lügen, aber das Geräusch des laufenden Wassers war laut. »Sie sagte, sie wolle nur noch schnell duschen.«

»Ich verstehe. Na, dann komm mit.«

Leanne legte einen Arm um Chloe und lenkte sie in Richtung Farmhaus. »Sie kann später zu uns stoßen.«

Widerstand war zwecklos.

In der Küche herrschte reges Treiben. Gabi rührte in einer Pfanne auf dem Herd, Danny schnippelte neben ihr Gemüse. Am Tisch kaute Adam an einem

Bleistift herum, während er stirnrunzelnd über seinen Hausaufgaben brütete. Und Sam sah sich etwas auf seinem Tablet an.

»Chloe!« Adam eilte zu ihr, um sie zu umarmen. »Ich wusste nicht, dass du kommst!«

»Ich habe sie eingeladen«, sagte Leanne. »Ich dachte nicht, dass jemand etwas dagegen haben könnte.«

»Ganz und gar nicht.« Gabi begrüßte sie mit einem warmen Lächeln. »Das hier reicht für das halbe Dorf.«

»Wo ist Bella?«, fragte Adam.

»Sie ist im Haus geblieben.«

Er sah niedergeschlagen aus. »Du hast sie nicht mitgebracht?«

»Hätte ich, wenn ich gewusst hätte, dass ich hierherkomme.«

»Warum bist du hier, wenn du nicht wusstest, dass du vorbeikommen würdest?«

Sie kratzte sich im Nacken. »Ich bin gekommen, um mit deiner Tante zu reden. Tut mir leid, deine Tía.« Ihre Aussprache war im Vergleich zum Rest der Edwards schrecklich, aber Adam zuckte nicht mit der Wimper.

»Worüber?«

»Äh …« Sie suchte nach einer vernünftigen Ausrede und beobachtete, wie sich ein Grinsen auf Gabis Gesicht formte. Sie hatte vergessen, dass Gabi von ihnen wusste; Chloe fragte sich, was Amy ihr erzählt hatte. Himmel, wusste Danny es etwa auch? Sie starrte auf seinen Rücken. Er sah nicht so aus, als ob er wütend wäre.

»Adam«, sagte Gabi. »Mach deine Hausaufgaben vor dem Abendessen fertig.«

»Aber –«

»Nichts aber.« Gabi stemmte eine Hand in die Hüfte und sah ihn streng an.

Chloe konnte sich vorstellen, wie sie vor einem Raum voller Teenager stand und sie in ihre Schranken wies.

»Hausaufgaben. Jetzt.«

»Kann Chloe helfen?«

»Kommt drauf an, was es ist, Kiddo.«

»Naturwissenschaften.« Er nahm ihre Hand und zog sie zum Tisch hinüber. »Ich beschrifte Körperteile.«

»Ich glaube nicht, dass du meine Hilfe brauchst«, sagte Chloe und warf einen Blick über seine Schulter auf sein Arbeitsblatt. »Für mich sehen die alle richtig aus. Magst du Naturwissenschaften?«

»Ja! Das ist das Beste. Besser als Mathe.« Er rümpfte die Nase. »Und Englisch ist langweilig. Ich mag auch Sport. Wir haben heute Fußball gespielt.«

»Hast du ein Tor geschossen?«

Er stellte sich aufrechter hin. »Ja. Mr Eccles sagte, ich sei der Beste im Team. Morgen spielen wir Rugby, aber das macht nicht so viel Spaß.«

Chloe gluckste und blickte auf, als sie aus den Augenwinkeln sah, dass jemand den Raum betreten hatte.

Amy runzelte verwirrt die Stirn, als sie Chloe auf ihrem üblichen Platz sitzen sah. Feuchtes Haar kräuselte sich in ihrem Nacken und ihre Jogginghose saß tief auf ihren Hüften.

»Ich habe mir erlaubt, Chloe zum Abendessen einzuladen«, sagte Leanne, ohne von dem Salat aufzuschauen, den sie an der Küchentheke zubereitete. »Da du nicht den Anstand hattest.«

»Weil ich weiß, dass sie eine vielbeschäftigte Frau ist.« Amy stahl eine Tomate, steckte sie sich in den Mund und wich aus, als ihre Mutter ihr einen Klaps auf den Kopf geben wollte. »Hat sie dich mit Gewalt dazu gezwungen?«, fragte sie und drehte sich zu Chloe um, als hätte diese nicht gerade eben erst ihr Bett verlassen. »Bist du gegen deinen Willen hier?«

»Sie ist genau da, wo sie hingehört«, sagte Leanne.

Chloe schluckte und versuchte, nicht daran zu denken, wie richtig diese Worte klangen.

Das war die Art von ungezwungener Häuslichkeit, die sie an den Edwards immer geliebt hatte. Diese Abende, an denen Amys Mutter in der Küche herumhantierte, ihr Vater am Tisch saß und die Zeitung las, ein paar ruhige Minuten für sich selbst genoss, während die Kinder Hausaufgaben machten oder Spiele spielten, bevor sie alle zu einem selbstgekochten Essen zusammenkamen.

Es war anders und doch irgendwie dasselbe. Dasselbe zufriedene Gefühl wie damals, das sich in Chloes Magen ausbreitete.

»Bist du am Zweiten hier, Chloe?«, fragte Adam. »Das ist ein Sonntag.«

»Ich denke schon. Warum?«

»Das ist der Día de los Muertos«, sagte er. »Du solltest mit uns feiern.«

»Oh, das solltest du wirklich, wenn du hier bist«, sagte Gabi und berührte Chloes Schulter, als sie sich über sie beugte, um den Salat auf den Tisch zu stellen. »Es gibt eine große Versammlung auf dem Friedhof der Kirche.«

»Das ganze Dorf macht mit?« Chloe konnte das Erstaunen in ihrer Stimme nicht verbergen.

»Nicht das ganze Dorf, aber es scheinen jedes Jahr mehr Personen zu werden. Ich habe damit angefangen, als ich hierhergezogen bin, für uns, aber ... immer mehr Leute haben danach gefragt. Sie wollten daran teilhaben und jetzt ist es ein jährlich wiederkehrendes Ereignis. Eine Zusammenkunft von Kultur, wenn man so will.«

»Das ist cool.« Und etwas, das Chloe sich nie hätte vorstellen können. »Ja, ich würde gern kommen. Muss ich etwas mitbringen?«

Adam wippte auf seinem Stuhl. »Du musst eine Andacht für jeden machen, an den du dich erinnern willst. Lieblingsessen, Fotos und Kerzen, damit ihre Seelen wissen, wohin sie gehen sollen.«

»Ich mache jedes Jahr eine für deine Mutter«, sagte Amys Mutter mit weicher Stimme.

Chloe erinnerte sich an die frischen Blumen auf dem Grab.

»Ich dachte, es würde dir nichts ausmachen.«

Chloes Kehle fühlte sich eng an. »N-nein, überhaupt nicht. Danke.« Sie würde auch eine für ihren Vater brauchen. Sie glaubte nicht an das Leben nach dem Tod, an Geister, die zurückkamen, um die Lebenden heimzusuchen, aber sie wusste, dass diese Feier eher für die war, die überlebt hatten. »Ich bringe die Sachen mit.«

»Und wir können Tamales und Pan de Muerto machen«, fuhr Adam mit leuchtenden Augen fort. »Und Mrs Peterson und ihre alten Freundinnen machen richtig gute Zuckerschädel. Und du kannst dich auch schminken lassen, wenn du willst, aber du musst nicht. Sam mag das nicht. Aber mir und meinen Freunden gefällt es.«

»Atmen, Chiquito«, sagte Amy und zerzauste sein Haar. »Und verdirb Chloe nicht die ganzen Überraschungen.«

Ihre Augen trafen auf Chloes. Ein warmes Gefühl machte sich in ihrem Magen breit. Amy war einfach wunderschön, und das war sie nie mehr, als wenn sie entspannt und zu Hause war, bequeme Kleidung trug, ein warmes Lächeln auf dem Gesicht. Chloe stockte der Atem; sie wünschte sich nichts sehnlicher, als nach ihr zu greifen, sie in einen Kuss zu ziehen und sie nicht mehr loszulassen.

Kapitel 25

»Willkommen im Wahnsinn«, sagte Gabi, als Chloe zum Día de los Muertos auf dem Friedhof erschien, Bellas Leine in der einen und einen Beutel mit Gaben für die Ofrenda, einen mehrstufigen Altar für Opfergaben, in der anderen Hand. Chloe hatte diese Altäre schon einmal in einer Dokumentation über Mexiko gesehen. Sie hier auf einem englischen Friedhof vorzufinden, war seltsam … aber auch wirklich schön.

Eine Menge Leute drängten sich zwischen den Grabsteinen und unterhielten sich mit leisen Stimmen. Es war mehr los, als Chloe erwartet hatte. Einige Ofrendas waren bereits fertig. Kerzen flackerten in der Novemberbrise und waren mit Fotos und Geschenken beklebt.

An einer Seite des Friedhofs waren Basteltische aufgestellt, ähnlich wie auf dem Dorffest. Einer davon war überfüllt mit leuchtend gelben und orangefarbenen Blumen, ein anderer mit etwas, das wie Gebäck aussah. Mrs Peterson saß hinter einem Tisch, auf dem viele Zuckerschädel lagen. So, wie Adam es erwähnt hatte. Sam war gerade dabei, einen davon zu bemalen. Leanne hatte eine Hand auf seine Schulter gelegt, während Mrs Peterson ihr ein Ohr abkaute.

»Amy und Danny haben ein Kälber-Notfall«, sagte Gabi, als sie bemerkte, wie Chloes Augen nach einem bekannten Gesicht suchten. »Aber sie sollten bald hier sein. In der Zwischenzeit kann Adam dir sicher gern beim Aufbau deiner Ofrenda helfen.«

Er nickte begeistert, nahm dann Chloes Hand und ging mit ihr zu den Gräbern ihrer Eltern. Der Grabstein für ihren Vater stand jetzt neben dem ihrer Mutter. »Abuela hat uns ein paar Geschichten über deine Mutter erzählt. Sie sagte, sie waren Freundinnen.«

»Beste Freundinnen.« Sie berührte mit ihren Fingern das Blütenblatt einer der Lilien, die auf dem Boden lagen.

»So, wie du und Amy beste Freundinnen seid?«, fragte er.

Chloe verschluckte sich fast. »Sicher«, sagte sie. »Sie haben sich kennengelernt, als meine Eltern neben eurem Haus eingezogen sind. Sie sind zusammen ausgeritten. Sie haben auch einige Pferde zusammen gezüchtet.«

»Wie war sie so?«

»Meine Mum? Ich ... weiß es nicht. Ich war jünger als du, als sie gestorben ist.«

»Oh. Also, es ist okay, wenn du keine Geschichten zu erzählen hast. Du kannst auch einfach zuhören. Das tue ich. Abuelo ist gestorben, bevor ich geboren wurde. Du hast ihn gekannt, oder?«

Sie nickte. »Das habe ich.«

»Tía Amy sagt, er war ein Tottenham-Fan wie wir.«

»Das war er. Er hat immer dafür gesorgt, dass er alle seine Arbeiten auf der Farm vor dem Anpfiff erledigt hatte. Man wusste, dass das Spiel bald angepfiffen würde, wenn er schnell über die Felder rannte.«

Adam kicherte.

»Also, was genau muss ich hier machen, Adam?«

Ein Tisch war bereits neben den Gräbern aufgestellt, wahrscheinlich eine Aufmerksamkeit von Amys Mutter. Chloe wickelte Bellas Leine um eines der Tischbeine und vertraute darauf, dass ihr Hund das ganze Ding nicht einfach umwerfen würde.

Adam klatschte in die Hände wie ein Mann auf einer Mission. »Hast du Fotos mitgebracht?«

»Habe ich.« Dutzende von ihnen, aus den Kisten, die sie in der Garage aufbewahrte. Alles Sachen, die sie mit nach London nehmen würde, sobald das Haus fertig war. »Soll ich sie hier aufstellen?«

Er nickte.

Chloe stellte das größte Bild auf, ein Foto vom Hochzeitstag ihrer Eltern in einem großen, verschnörkelten Rahmen, und fuhr mit den Fingern über ihre Gesichter.

»Du siehst aus wie deine Mum«, sagte Adam.

Chloe runzelte die Stirn. »Findest du?«

»Ja. Du hast die gleichen Augen. Und das Lächeln.«

Chloe sah es nicht. Gut, das mit den Augen schon. Aber da hörten die Ähnlichkeiten auch auf. Ihre Mutter war eine zierliche Person gewesen, fast zerbrechlich und ganze acht Zentimeter kleiner als Chloe.

»Was hast du noch mitgebracht?«, fragte Adam und schaute in Chloes Tasche.

»Dad hat immer gesagt, dass Fleisch- und Kartoffelpie unschlagbar sind, also habe ich ihm ein paar davon mitgebracht. Meine Mutter liebte Süßes, also habe ich ein paar ihrer Lieblingssüßigkeiten mitgebracht. Und ich weiß, dass sie früher gern Whisky getrunken haben, also habe ich auch eine Flasche davon besorgt.« Sie legte alles auf der Ofrenda aus.

Adam nahm ihre Hand. »Jetzt die Blumen! Die Floristen züchten jedes Jahr speziell für uns ›Flor de Muerto‹. Die Blumen sind so hell, damit sie die Seelen der Toten anziehen.«

Die Ringelblumen waren wunderschön leuchtend, ihre Blütenblätter weich unter den Fingerspitzen. Sie kaufte ein paar Sträuße und Adam half ihr, sie über der Ofrenda zu verteilen. Chloe war sich sicher, dass ihrer Mutter das gefallen würde.

»Es sieht wunderschön aus.« Amys Mutter, Leanne, kam mit einem Lächeln auf sie zu und zog Chloe in eine Umarmung. »Sam hat etwas, das er dir geben möchte.«

»Ach ja?«

Leanne drückte sanft seine Schulter. Sam trat vor, den Kopf gesenkt, aber die Handflächen nach oben gestreckt. Darin balancierte er zwei Zuckerschädel.

»Einer für jeden deiner Eltern«, sagte Leanne. »Er hat sie selbst dekoriert.«

Chloes Herz zog sich zusammen. Ihre Kehle war wie zugeschnürt, weil sie von dieser Geste mehr gerührt war, als sie je sagen konnte. »Sie sind wunderschön.« Sie kniete sich so hin, dass sie auf gleicher Höhe mit Sam war, und nahm die Schädel sanft aus seinen Händen. »Danke, Sam.« Sie verzichtete darauf, ihn zu umarmen, weil sie wusste, dass er das nicht mochte. »Willst du etwas mit Bella spielen? Ich glaube, sie hat dich vermisst.«

Er warf einen Blick auf den Labrador, der mit wedelndem Schwanz neben ihr saß und geduldig darauf wartete, freigelassen zu werden. Sam nickte. Es war eine schnelle, ruckartige Bewegung.

Chloe lächelte. »Ich gebe die Leine an deine Abuela weiter, ja? Und du kannst Bella den Nachmittag über nehmen.«

»Vorsichtig«, sagte Leanne zu Chloe und beobachtete, wie Sam seine Arme um Bellas Hals schlang und sein Gesicht in ihrem Fell vergrub. »Vielleicht bekommst du sie nicht zurück.«

»Vielleicht will sie gar nicht zurück. Sie liebt Kinder.« Was Bella ganz sicher liebte, war, im Mittelpunkt der Aufmerksamkeit zu stehen.

Chloe schickte Leanne, Sam und Adam mit Bella und einem Tennisball los. Bald hetzte Bella über das Gras des Feldes hinter dem Friedhof und die Jungen versuchten, mit ihr Schritt zu halten – und scheiterten. Ihr Lachen wurde vom Wind zu Chloe getragen.

Ein Arm legte sich um ihre Taille.

Sie zuckte kurz zusammen, drehte sich um und sah in Amys Augen.

»Hi«, sagte Amy grinsend. Sie sah gut aus, mit einer leichten Röte auf den Wangen und einer Wollmütze auf dem Kopf, aus der sich blonde Haarsträhnen lösten, die sich um ihre Wangen kringelten.

»Hey. Kälber-Notfall behoben?«

»Vier Stunden, eine Tierarztrechnung und eine gesunde Mutter und ein gesundes Baby später«, sagte sie mit einem Nicken. »Hast du Spaß?«

»Nicht so viel Spaß wie Adam.« Chloe blickte zum Feld hinüber und stellte amüsiert fest, dass Bella mittlerweile eine Anhängerschaft gewonnen hatte. Ein paar andere Kinder hatten sich dem Spaß angeschlossen.

»Oh, er liebt diese Zeit des Jahres. Halloween, Día de los Muertos und Bonfire Night, alles nacheinander und ehe man sichs versieht, ist schon Weihnachten.«

»Wenn er heute schon so aufgedreht ist, wie ist er dann erst am Weihnachtsmorgen?«

»Regel es hoch auf tausend und du bekommst eine ungefähre Vorstellung.«

»Und ich dachte, Naomis Nichten wären schlimm.«

»Du verbringst die Feiertage mit ihnen?«

»Ja. Wir übernachten an Heiligabend bei ihren Eltern, sehen uns Filme an, bis die Kinder einschlafen, trinken ein paar Gläser Wein und werden dann in aller Herrgottsfrühe geweckt, weil sie ihre Geschenke haben wollen.«

»Klingt schön.«

»Ist es auch.« Ein paar Jahre lang waren es nur sie und ihr Vater, die gemeinsam Weihnachten gefeiert hatten. Ein harter Bruch, nachdem es Tradition gewesen war, die Feiertage zusammen mit Amys Familie zu verbringen. Für ihren Vater und sie war es ein ruhiges Fest anstelle des Lärms und des Chaos, das sie beide gewohnt waren. Nachdem Chloe Corthwaite verlassen hatte, war sie für eine ganze Zeit kein Fan von Weihnachten mehr gewesen.

Und dann hatten Naomis Eltern angefangen, sie einzuladen, sie in ihre Traditionen einzubeziehen und nachdem Zara und Tessa geboren waren, gab es für Chloe nichts Schöneres, als die großen Augen der Kinder am Weihnachtsmorgen zu sehen.

In diesem Jahr blickte sie den Feiertagen mit gemischten Gefühlen entgegen, weil sie wusste, dass ihre Zeit in Corthwaite dann vorbei wäre. Sie konnte die Renovierungsarbeiten nicht bis ins nächste Jahr hinauszögern, sosehr sie dies auch wollte. Schon jetzt wurde die Fahrt immer anstrengender, die Nächte dunkler, das Wetter immer schlechter und der Regen prasselte oft auf die Windschutzscheibe, während sie ihren Wagen durch die Landstraßen manövrierte. Bald würden Frost, Eis und Schnee dazukommen und damit auch das Ende des Projekts einläuten, das sie eigentlich schon vor einer Woche hätte abschließen sollen.

Amys Arm war immer noch um sie geschlungen, die Finger auf ihrem Rücken verschränkt. Vielleicht etwas intimer, als es die Situation erforderte, aber Chloe wich nicht zurück. Im Gegenteil, sie wollte mehr, wollte noch mehr Nähe. Und war das nicht das Problem? Dass, egal wie nah sie ihr kam, es nie genug sein würde?

»Geht es dir gut?«, fragte Amy leise.

Chloe nickte. Später würde es Zeit genug geben, traurig zu sein, Zeit, um das Ticken der Uhr zu fürchten, Zeit, um die Sache zwischen ihnen zu bedauern. Aber nicht heute Abend.

Heute Abend war eine Nacht des Gedenkens und der Geschichten, die Freunde und Familie miteinander teilten. Die Feier eines Dorfes, das zu einer Tradition zusammenkam, wie sie Chloe noch nie vorher erlebt hatte.

Es wurde geweint, gelacht, getrunken und so viel gegessen, dass sie nicht wusste, ob sie es bis nach Hause schaffen würde. Und sie war umgeben von Menschen, von denen sie nie gedacht hätte, dass sie sie jemals wiedersehen würde. Menschen, die sie so akzeptierten, wie sie war.

Kapitel 26

Heu kitzelte Amy im Nacken und der Ballen, den sie als Sitzfläche benutzte, war nicht im Geringsten bequem. »Was ich nicht alles für dich tue«, sagte sie.

Reginas Kopf ruhte auf der Stalltür. Ihre Augen waren geschlossen und ihre Unterlippe hing herab. Sie war eindeutig noch immer unter dem Einfluss der Narkose.

Und Amy war gelangweilt. Das Essen, das Gabi ihr gebracht hatte, hatte sie längst verspeist und so wie Regina aussah, würde es noch mindestens eine Stunde dauern, bis man sie unbeaufsichtigt lassen konnte. Amy hatte schon alle Spiele auf ihrem Handy gespielt und ihr Daumen schwebte jetzt über den letzten Nachrichten.

Chloes Name stand ganz oben auf der Liste.

Sie unterhielten sich immer öfter, manchmal per Textnachrichten, manchmal am Telefon, aber es verging kein Tag, an dem Amy nicht in irgendeiner Form von ihr hörte. Langsam wurde das wirklich zu einem Problem. Das Bedürfnis, mit ihr zu sprechen, die Ungeduld, mit der Amy auf die nächsten Nachrichten, das nächste Telefonat wartete. Die Art und Weise, wie eine einzige Nachricht von Chloe ihren ganzen Tag erhellen konnte.

All das war ein Zeichen für die Tiefe ihrer Gefühle, die Amy immer noch standhaft zu verleugnen versuchte, sogar vor sich selbst.

Es ist in Ordnung, dachte sie. Aber ihr Herzschlag beschleunigte sich, als sie sich das Foto ansah, das Chloe ihr heute geschickt hatte. Es zeigte sie mit Schutzhelm und Warnweste, als sie sich an die Arbeit für ihr neuestes Projekt machte. *Es ist in Ordnung, dass du nicht aufhören kannst, an sie zu denken. Es ist in Ordnung, dass du dir ein Leben ohne sie nicht vorstellen kannst. Alles ist völlig unter Kontrolle.*

Sie musste über sich selbst lachen, legte den Kopf in den Nacken und blickte zu den Dachbalken hinauf, wo ihr eine Taube entgegenstarrte, die dort Schutz vor dem draußen heulenden Wind suchte.

Nichts an der Situation, in der sie sich befand, war in Ordnung. Wer würde Chloe ersetzen, wenn sie nicht mehr an den Wochenenden kam. Wen sollte

Amy am Ende eines schlechten Tages anrufen, um alles zu vergessen, was im Tagesverlauf passiert war?

Sie drückte auf Chloes Namen.

»Hi«, sagte Chloe schon nach dem dritten Klingeln. »Geht es dir gut?«

»Ja. Ich denke gerade an dich.« Warum hatte sie das gesagt? Es war ein Wunder, dass Chloe nicht schon herausgefunden hatte, wie tief Amy drinsteckte. Würde sie die Dinge stoppen, wenn sie es wüsste? Würde sie sich zurückziehen, sich von Amy langsam distanzieren? Würde sie …

»Ach ja?«

Chloe klang nicht misstrauisch. Sie klang interessiert, vielleicht ein wenig gerührt und Amy seufzte. *Hör auf, zu viel nachzudenken.* »Ja. Was machst du gerade?«

»Ich widme mich meiner vernachlässigten Netflix-Liste.«

Amy stellte sich vor, wie Chloe sich entspannt auf ihrer Couch ausgestreckt hatte. »Oh. Soll ich dich in Ruhe lassen?«

»Nein, ist schon okay. Was machst du?«

»Ich warte darauf, dass mein dummes Pferd von seiner sehr teuren Narkose, die der Tierarzt ihm verpasst hat, aufwacht.« Sie schaute hinüber, aber Regina bewegte sich immer noch nicht.

»Was ist passiert?« Chloes Stimme klang alarmiert.

»Keine Ahnung. Hatte wohl einen Kampf mit einem Zaun, so wie es aussieht. Am Ende hat sich ein Draht um ihr Bein gewickelt und sie war sehr mürrisch, als wir ihn entfernen wollten.«

»Deshalb die Betäubung?«

»Ja. Hat mich zweihundert Pfund gekostet.«

Chloe pfiff. »Du hattest also einen schönen Tag?«

»Oh, großartig.« Aber sie fühlte sich schon besser. »Sieht aus, als wäre deiner gar nicht so schlecht gewesen.«

»Du kennst mich. Ich liebe es, mir die Hände schmutzig zu machen.«

»Oh, ich weiß.«

Chloe kicherte, leise und warm. »Es klingt laut bei dir.«

»Das ist der Wind. Irgendein blöder Sturm. Ich friere mir die Titten ab.«

»Wäre das ein schlechter Zeitpunkt, dir zu sagen, dass ich gerade unter einer Decke liege und Bella meine Füße wärmt.«

»Ich hasse dich.«

»Oh wirklich?«

»Nein«, sagte Amy zu schnell.

Chloe lachte wieder.

»Kann ich ... Darf ich sie mal sehen? Deine Wohnung?« Alles, was Amy bisher von Chloes Wohnung gesehen hatte, waren Hintergründe auf Fotos, die Chloe ihr geschickt hatte. Sie würde sich so gern ein genaueres Bild machen, sich Chloe in ihren eigenen Räumen vorstellen können.

»Was, per Video?«

»Ja.«

»Eine Sekunde. Ich rufe dich zurück.« Für einen Moment war die Leitung tot. Aber dann rief Chloe per Videocall zurück. Ihr lächelndes Gesicht erschien auf dem Display des Handys. »Hi.«

»Hi. Zeig mir alles.«

»Ich weiß nicht, wie gut du das hier sehen kannst, aber okay. Das ist meine Couch«, sagte sie und drehte die Kamera herum. Bella lag auf einer schwarzen Ledercouch, ein Auge geöffnet. »Und mein Wohnzimmer.«

Ein offener Raum, stellte Amy amüsiert fest, die Küche glatt und grau und vertraut. Tatsächlich entdeckte sie eine Menge Ähnlichkeiten zwischen Chloes Wohnung und dem, was sie mit dem Haus vorhatte. Der Stil, das Farbschema, sogar ein ähnliches Muster auf der Tapete.

»Ich glaube, du hast recht«, sagte Chloe, als Amy sie darauf hinwies, und klang dabei so, als wäre sie nie auf diese Idee gekommen. »Mein Stil, schätze ich.«

Minimalistisch, so würde Amy es beschreiben. Ganz anders als ihr eigener Einrichtungsstil. Bei ihr stapelte sich ein Haufen Möbel, die sie aus völlig unterschiedlichen Quellen zusammengesammelt hatte. Chloes Schlafzimmer wirkte etwas persönlicher, mit Erinnerungsrahmen voller Fotos an den Wänden. Amy wünschte sich, sie könnte die Bilder richtig sehen, könnte einen Blick auf das Leben werfen, das Chloe gelebt hatte, nachdem sie keinen Kontakt mehr gehabt hatten.

»Und das war's«, sagte Chloe. »Nicht groß, aber es gehört mir.«

»Es gefällt mir. Was für eine Aussicht hast du aus deinem Fenster?«, fragte sie, als sie die glitzernden Lichter über Chloes Schulter sah.

»Etwas von der Stadt.« Sie zeigte Amy die Aussicht. »Vermisst du London?«

»Ja«, seufzte Amy wehmütig. »Es ist schon so lange her, dass ich dort war.«

»Möchtest du zu Besuch kommen?«, fragte Chloe.

Amys Herz blieb fast stehen. »Lädst du mich gerade zu dir ein?«

»Warum nicht?« Chloe zuckte mit den Schultern, als wäre das nichts Besonderes. Als würde sie Amy nicht in ihren privaten Raum einladen. Einen geschützten Raum, den Amy bisher nicht hatte betreten dürfen. Der Teil von Chloes Lebens, den sie bis jetzt verschlossen gehalten hatte. Als würde diese Einladung keine weitere Tür öffnen, sie nicht die in den Sand gezogene Linie überschreiten lassen.

Aber wie konnte Amy Nein sagen, wenn alles, was sie tun wollte, war, Ja zu sagen? »Ich … ja, okay. Ich muss vorher mit den anderen reden, aber ich denke, sie können mich entbehren. Zumindest für ein paar Tage.«

Chloe lächelte, warm und weich, und Amys Brust zog sich noch weiter zusammen.

Zu tief, dachte sie, als sie den Hörer auflegte. *Zu tief, zu weit und es gibt keine Möglichkeit, es jetzt aufzuhalten.*

Kapitel 27

Amy hatte vergessen, wie hektisch London war.

Kaum hatte sie einen Schritt aus dem Zug gemacht, geriet sie in einen Strom von Menschen, die zum Ausgang eilten, und wurde vom Sog mitgerissen, während Durchsagen durch den Bahnhof dröhnten. Dutzende verschiedener Sprachen umgaben sie, als sie zu den Fahrkartenschranken ging.

Chloe hatte gesagt, sie würde vor dem Zeitschriftenladen WH Smith warten, aber die Menge war so dicht, dass Amy das Geschäft nicht sehen konnte. Sie zuckte zusammen, als sie Finger an ihrem Ellbogen spürte. Als sie sich umdrehte, sah sie in Chloes Gesicht, die schief lächelte und in ihren schwarzen Jeans und der Lederjacke besser aussah, als es erlaubt sein sollte.

»Geht es dir gut?«, fragte sie, während sie Amy aus dem Gewühl der Leute wegführte.

»Ja. Ich habe vergessen, wie es hier ist. Alle haben es so eilig.«

»Ah, ja. Eine ziemliche Umstellung zum Lake District. In Twickenham ist es nicht so schlimm, aber um dorthin zu kommen, müssen wir leider mit der U-Bahn fahren. Denkst du, du schaffst das?«

»Na klar.«

Chloe verschränkte ihre Finger miteinander und Amy hielt sie fest, während sie sich zwischen Touristen und Einheimischen zur Rolltreppe durchkämpften, die zu der U-Bahn führte.

Der Bahnsteig war genauso überfüllt wie der Waggon, in dem man kaum noch Luft bekam. Amy war früher häufig während der Hauptverkehrszeit mit der U-Bahn gefahren. Aber das war schon Jahre her. Heute Morgen hatte sie noch Kühe gemolken und jetzt war sie auf engstem Raum mit der doppelten Einwohnerzahl von Corthwaite in einem Waggon zusammengepfercht. Sie hatte nicht damit gerechnet, dass ihr die Umstellung so schwerfallen würde. Es war ein Schock für ihr System.

»Es wird bald ruhiger«, sagte Chloe. »Nur noch ein paar Haltestellen.«

Sie hatte recht. An jeder Haltestelle verließen mehr Leute den Waggon, als wieder hereinkamen und nachdem sie beide sogar einen Sitzplatz bekommen hatten, ging es Amy schon viel besser.

Chloe sah entspannt aus, ihr Kopf war gegen die Rückenlehne des Sitzes gelehnt und es schien sie nicht zu stören, dass der Mann neben ihr seine Beine so weit ausgebreitet hatte, dass er die Hälfte ihres Sitzes sowie seinen eigenen einnahm. Amy sah eine neue Seite an Chloe.

Dies hier, London, war ihr Zuhause, inmitten von Wolkenkratzern. Es war ein Leben, das sie sich selbst aufgebaut hatte, als sie das Gefühl hatte, nirgendwo einen Platz zu haben. Nachdem Amy sie verraten hatte.

Das Verrückte war, dass London in einem anderen Leben ihre eigene Normalität hätte sein können. Ein Fotostudio in Camden, mit einer kleinen gemütlichen Wohnung darüber. Ein Traum, den sie nie würde verwirklichen können, weil eine Tragödie und familiäre Not sie an einen Ort dreihundert Meilen von London entfernt getrieben hatten.

Und sie bedauerte es nicht. Meistens jedenfalls. Sie war so stolz darauf, was sie aus der Farm gemacht hatte. Sie liebte ihre Familie, die Farm und die Tiere. Aber hier zu sein, Chloe hier zu sehen, in dieser kleinen Ecke des Universums, löste bei Amy einen Schmerz aus, der so heftig war, dass er ihr fast den Atem raubte.

Was wäre wohl passiert, wenn sich ihre Wege vor Jahren gekreuzt hätten, als sie beide in London gelebt hatten? Wären die Dinge jetzt anders? Hätte Chloe ihr verziehen? Hätten sie die Chance gehabt, zusammen glücklich zu sein? Oder wären sie sich aus dem Weg gegangen?

Amy glaubte nicht an das Schicksal, aber sie konnte die Anziehungskraft, die Chloe auf sie ausübte, nicht ignorieren. Allein die Tatsache, wie einfach es war, neben ihr zu existieren, war Balsam für Amys Seele. Achtzehn Jahre hatten sie sich weder gesehen noch voneinander gehört und doch hatten sie sich wiedergefunden. Zufall oder Umstände oder das Schicksal hatten sie mit magnetischer Kraft wieder in dieselbe Umlaufbahn gebracht.

»Alles okay?«, fragte Chloe.

Amy fragte sich, was Chloe in ihrem Gesicht sah. *Etwas Lockeres ist alles, was ich dir anbieten kann.* Hätte Chloe es ihr gesagt, wenn sich das geändert hätte?

»Ja. Seltsam, wieder hier zu sein.«

»Bringt es Erinnerungen zurück?«

Eher neue Gedanken. »Hm. Damals war ich ein ganz anderer Mensch.« Sie war dreiundzwanzig gewesen, als sie das erste Mal umgezogen war, frisch und naiv und hatte keine Ahnung gehabt, von dem, was vor ihr lag. »Es ist schon interessant, wie anders ich London jetzt empfinde. Mal sehen, wie das weitergeht.«

Es dauerte eine Stunde, bis sie endlich Chloes Wohnblock erreichten. Die Tribünen des Twickenham-Stadions waren in der Ferne zu sehen, als Chloe einen Anhänger ihres Schlüsselbunds gegen einen kleinen Kasten an der Haustür drückte.

Bella begrüßte sie mit Begeisterung wie eine lange verlorene Freundin.

»Fühl dich wie zu Hause und schau dir gern in Ruhe alles an.«

Der Aufforderung kam Amy gern nach und machte sich auf direktem Weg zu den Fotos in Chloes Schlafzimmer. »Ich will die Geschichte dazu«, sagte Amy, als sie auf ein Foto deutete, auf dem Chloe mit einem Gartenzwerg in den Armen auf dem Rasen lag. »Wie betrunken warst du auf dem Bild?«

Chloe stöhnte. »Äh, sehr. Unnötig zu sagen, dass ich mich nicht gut an diese Nacht erinnern kann.«

»Du weißt also nicht, warum du mit einem Zwerg kuschelst?«

»Hey, es war ein gut aussehender Zwerg.«

»Und das hier?« Auf dem Foto, auf das Amy jetzt deutete, hatte Chloe die Augen halb geschlossen, eine Whiskyflasche in einer Hand und ein Paar Boxershorts auf dem Kopf. Auf ihrer Oberlippe befand sich ein gekritzelter Schnurrbart.

»Ich hatte wohl ein Alkoholproblem während der Uni«, gab Chloe mit einem schiefen Lächeln zu. »Es hat Tage gedauert, die Spuren dieses Stifts abzuwaschen. Ich musste meine Abschlussprüfung mit ihm im Gesicht machen.«

»Du hast dich in der Nacht vor deiner Abschlussprüfung betrunken?«

»Drei Tage vorher und meine Mitbewohnerin war schuld. Sie war früher mit ihren Prüfungen fertig als ich und hat eine Hausparty geschmissen und ich konnte mich natürlich nicht davor drücken. Aber ich habe trotzdem bestanden! Mit Schnauzbart und allem.«

Amy schüttelte den Kopf und versuchte, die ganzen Eindrücke zu verarbeiten. Auf einem Foto war Chloe groß und schlaksig und schien sich immer noch nicht in ihrer eigenen Haut wohlzufühlen. Aber Naomi hatte einen Arm um sie gelegt. Auf einem anderen Foto saß Chloe rücklings auf einem Stuhl, mit einer Regenbogenflagge über den Knien, ein träges Lächeln auf dem Gesicht. Dann gab es eins mit Chloe im Schneidersitz auf dem Boden eines Altersheims, mit glänzenden Augen, die gebrechliche Hand ihres Vaters auf ihrer Schulter. Chloe, die ein Bündel Decken in der Hand hält, winzige Finger um ihren Daumen gewickelt.

Ein Dutzend Erinnerungen und mehr, aber kein einziges Foto von ihr als Teenager, als Kind oder irgendein Beweis dafür, dass sie überhaupt jemals in Corthwaite gelebt hatte. Selbst die Fotos ihrer Eltern, die zwischen denen ihrer Freunde verstreut herumstanden, konnten nicht mit dem Dorf oder dem Haus in Verbindung gebracht werden. Amy fragte sich, ob es Chloe wirklich gelungen war, alle Erinnerungen an ihre Teenagerzeit abzustreifen. Und sie fragte sich, ob Chloe dies wieder tun würde. Corthwaite und die Menschen, die sie dort wiedergetroffen hatte, einfach aus ihrem Leben zu streichen, wenn das Haus verkauft war.

»Möchtest du heute irgendetwas Bestimmtes tun?«, fragte Chloe, die am Ende ihres Bettes saß.

Amy ging zu ihr herüber, griff nach dem Stoff ihrer Bluse und zog sie in einen Kuss. Etwas, was sie hatte tun wollen, seit Chloe im Bahnhof ihren Arm berührt hatte. »Ich habe ein paar Ideen«, sagte sie und drückte Chloe auf den Rücken, ihre Knie sanken in die Schaumstoffmatratze, während sie sich auf Chloes Hüften setzte.

Was auch immer die Zukunft bringen würde, sie wollte eine Erinnerung hinterlassen. Hier in Chloes Bett. Damit Chloe etwas hatte, woran sie sich erinnern würde, wenn Amy nicht mehr da war.

⁓⁓⁓

Der Geruch von Speck drang in Chloes Traum und zerrte sie aus ihrem Schlaf. Sie tastete mit einer Hand nach Amy und stellte fest, dass das Laken neben ihr kalt war. Chloe seufzte. Sie wäre so gern nicht allein aufgewacht. Zu Hause war Amy schon frühmorgens mit ihren Pflichten beschäftigt. Lange bevor Chloe wach war. Sie hatte gehofft, dass dieses Wochenende eine Ausnahme darstellen würde.

Offensichtlich nicht.

Sie rollte sich aus dem Bett und zog sich ein paar Boxershorts und ein Hemd an, bevor sie den Flur entlangging. Den Anblick, der sie erwartete, würde sie nie vergessen: Amy stand mit dem Rücken zu Chloe, vor ihr eine Pfanne, in der etwas brutzelte. Ihre Haare waren unordentlich und ungekämmt. Sie trug das Hemd, das Chloe gestern anhatte, und es bedeckte kaum ihren Hintern. Es gab sogar einen Blick auf die schwarze Spitze frei, die Amy darunter trug. Sie summte leise zur Radiomusik.

Bella verfolgte jede ihrer Bewegungen, in der Hoffnung, dass ein Stück Speck herunterfallen würde.

Amy sah entspannt aus, fast so als gehöre sie hierher. Der Gedanke stahl Chloe für einen Moment den Atem. Sie verfluchte sich. Schon als sie die Einladung ausgesprochen hatte, hatte sie gewusst, dass es ein Fehler war. Jetzt hatte sich das Bild von Amy, die halb angezogen in Chloes Küche stand und Frühstück machte, in ihr Gehirn eingebrannt. Es war ein Fehler, sie an einen Ort zu lassen, der Chloes Zufluchtsort war. Ein Ort, an den Chloe nur sehr, sehr selten andere Menschen einlud. Warum hatte sie nicht den Mund gehalten? Jetzt würde Amy Bilder und Erinnerungen hinterlassen und in Chloe noch mehr Wünsche und Träume wecken, von denen sie wusste, dass sie nicht in Erfüllung gehen würden.

Aber gut. Chloe seufzte innerlich. Was geschehen war, war geschehen.

Und als Amy sich umdrehte und sie anlächelte, wusste Chloe, dass dieser Anblick den späteren Schmerz wert sein würde.

»Guten Morgen, Schlafmütze.«

»Es ist« – Chloe hielt inne und sah auf ihre Uhr – »sieben Uhr dreißig. Für die meisten Menschen etwas früh, um wach zu sein. Besonders nach der letzten Nacht.«

Amy grinste nur.

Chloe rollte ihre Schultern und verzog das Gesicht, als sich einige ihrer Muskeln beschwerten. So wie es immer nach einer Nacht mit Amy der Fall war. »Wie lange bist du schon wach?«

»Ungefähr eine Stunde. Ich dachte, ich mache mich mal nützlich.«

»Sehr nützlich«, sagte Chloe, schob ihre Arme von hinten um Amys Taille und küsste die Seite ihres Halses. »Du kannst gern jedes Wochenende vorbeikommen, wenn du willst.«

Sie achtete darauf, dass die Worte leicht und amüsiert klangen, und hoffte, dass Amy nicht merkte, wie ernst sie gemeint waren.

»Ich glaube, mein Bruder hätte etwas dagegen.« Eine sanfte Erinnerung an einen der Gründe, warum das zwischen ihnen nur vorübergehend sein konnte, warum ihre Lebensstile nicht zusammenpassten.

Chloe hinterließ sanfte Küsse auf Amys Hals, genoss ihre gehauchten Seufzer, die Art und Weise, wie Amy in ihren Armen schwach wurde und sich mit dem Kopf an ihre Schulter lehnte.

»Wenn du so weitermachst«, sagte Amy und ihre Nägel gruben sich fast schmerzhaft in Chloes Bizeps, »wird das Frühstück anbrennen.«

Soll es doch, dachte sie, während Verlangen sich in ihrem Magen kräuselte. Wie war es möglich, sich immer noch so zu fühlen, ihre Haut derart lebendig, wo immer sie sich berührten, und feucht zwischen ihren Schenkeln? Egal, wie oft sie sich fanden, Chloe wollte immer mehr. Ihr Hunger nach Amy war nie gestillt.

Sie küsste die Unterseite von Amys Kiefer und ließ ihre Lippen dort einen Moment verweilen, bevor sie den Kontakt unterbrach und einen Schritt zurücktrat.

Amy blinzelte sie durch ihre halb geschlossenen Augen an, als Chloe nach einem Kaffeebecher griff.

»Kaffee?«

Amy rümpfte die Nase. »Nein danke. Ich habe mir schon einen Tee gemacht.«

Sie ließ sich mit solch einer Selbstverständlichkeit auf einem der Hocker an Chloes Tresen nieder, als würde sie das jeden Tag tun. Und nach einem köstlichen Frühstück mit Speck, Rührei und Toast wollte sie Chloe unter die Dusche folgen.

Aber Chloe schüttelte den Kopf. »Wenn du mir da rein folgst, kommen wir heute gar nicht mehr aus der Wohnung raus und ich habe Pläne.«

Amy lächelte sie süffisant an.

»Pläne für Dinge außerhalb dieser Wohnung.«

Amy zog einen Schmollmund und Chloe lachte.

Als sie später Hand in Hand durch das überfüllte Stadtzentrum liefen, blieb Amy dicht an Chloes Seite. Die Luft war kühl und ihre Nase kalt, als sie Chloe an sich zog, sie küsste und schließlich mit dem Rücken gegen das Geländer am Themseufer drückte. Alles, was sie taten, war bittersüß. Chloe genoss und bereute es gleichermaßen.

»Was ist das?«, fragte Amy nach einem schnellen Kuss und deutete auf die Holzbuden und die funkelnden Lichterketten in der Ferne.

Chloe zog sie in die Richtung, aus der die Lichter kamen. »Weihnachtsmärkte. Ich hatte ganz vergessen, dass sie schon da sind.«

»Weihnachten?! Es ist November!«

»Ja, ich weiß. Aber die fangen immer so unglaublich früh an. Sie müssen wohl auf ihre Umsätze kommen.«

»Manchmal gehen wir mit den Kindern auf den Markt in Keswick, aber der ist meist nur einen Tag lang geöffnet.«

»Die in London sind wochenlang offen.«

»Und sie haben bestimmt eine größere Auswahl zum Stöbern.«

Chloe hielt sich zurück, während Amy Geld ausgab. Sie kaufte ein paar Leckereien für die Jungs und einen Baumschmuck für den Weihnachtsbaum, bevor sie schließlich an einem der vielen Essensstände eine Pause einlegten.

»Makkaroni und Käse auf einem Sandwich?« Amy hob die Augenbrauen hoch, als sie Chloes Teller ansah. Sie selbst hielt einen Pizzateller in den Händen.

»Hey, mach es nicht schlecht, bevor du es nicht probiert hast. Es ist köstlich.«

»Es ist gut«, räumte Amy ein, nachdem Chloe ihr einen Bissen angeboten hatte. »Aber es ist trotzdem seltsam.«

»Da müssen wir uns wohl darauf einigen, dass wir uns nicht einig sind.«

Zum Nachtisch teilten sie sich Kekse, die sie an einem anderen Stand gekauft hatten.

»Gott, das war unglaublich. Ich könnte mich daran gewöhnen, so zu essen.«

»Du kannst mich jederzeit besuchen kommen«, sagte Chloe und leckte sich die Schokoladensoße von den Fingern.

Amy sah sie intensiv an. »Wirklich?«

»Ich meine ja, wenn du willst.« Sie zuckte mit den Schultern. »Warum schaust du so überrascht?«

»Ich schätze, ich wusste nicht, ob wir in Kontakt bleiben würden«, sagte Amy und zupfte an den Ärmeln ihres Mantels.

Eine nervöse Angewohnheit, die sie sich offenbar nie abgewöhnt hatte. Chloe erinnerte sich, dass Amys Mutter immer mit ihr geschimpft hatte, als sie noch jünger war, weil ihre Schulpullover Löcher von ihren Daumen hatten.

»Nachdem du gegangen bist.«

Chloe war sich nicht sicher, ob dies der richtige Ort für das Gespräch war, das sie führen mussten. Aber so dicht aneinandergedrängt unter dem London Eye und in dem Wind, der durch ihre Haare peitschte ... Egal. »Das würde ich gern.«

Sie wusste nicht, was sie tun würde, wenn Amy wieder aus ihrem Leben verschwand. »Wenn du das auch willst.« Ihr Magen verkrampfte sich. Was, wenn Amy das nicht wollte? Wenn Amy kein Problem damit hätte, einfach eine neue Seite aufzuschlagen und Chloe wieder zu vergessen ... Sie wusste nicht, wie sie das überleben sollte.

»Nein, ich will es auch.« Amy streckte ihre Hand aus, die Chloe ergriff. Ihre Stimme klang klein und sie sah zerbrechlich aus. »Ich wusste nicht, ob du es willst.«

»Natürlich will ich das.« Chloe zog sie an sich. »Wir sind doch Freunde, oder?«

Freunde, als ob das Wort nicht eine scharfe Kante hätte, als ob es nicht wie ein Messer durch ihr Herz schneiden würde. Freunde ... als ob das das Gewicht dessen, was sie fühlte, auch nur annähernd in Worte fassen könnte. Freunde ... als ob das jemals genug sein könnte.

»Richtig«, sagte Amy bestimmt, auch wenn das Wort aus ihrem Mund irgendwie hohl klang, auch wenn ihre Lippen kein Lächeln zeigten, auch wenn das Licht in ihren Augen nicht mehr so stark leuchtete.

Chloe wagte es nicht, irgendetwas in diese Körpersprache hineinzuinterpretieren.

»Komm«, sagte Chloe und zog Amy vom Geländer weg. Sie musste sich bewegen, musste etwas tun, um nicht weiter nachzudenken, um sich davon abzuhalten, etwas Dummes zu tun. Wie zum Beispiel Amy zu sagen, was sie fühlte. »Gibt es irgendetwas, das du tun möchtest?«

»Zeig mir deine Lieblingsplätze hier in der Stadt.«

Das konnte Chloe. Sie führte Amy vom Fluss weg auf die vertrauten Straßen und hin zu den Orten, die in den vergangenen Jahren für sie zum Zuhause geworden waren.

Kapitel 28

»Ich habe eine Überraschung für dich«, sagte Chloe am Sonntagmorgen, als sie beide nackt auf ihrem Bett lagen.

Amy hob die Augenbrauen und fuhr mit den Fingern über das Tattoo auf Chloes Rippen. »Eine Überraschung?« Seitdem sie angekommen war, war sie von einer Überraschung in die nächste gestolpert. Sie fragte sich, was das jetzt noch toppen könnte.

»Eine Sekunde.« Chloe küsste sie auf die Wange, bevor sie sich aus dem Bett rollte. Erfreulicherweise ohne sich die Mühe zu machen, sich anzuziehen.

Amy sah Chloe hinterher und genoss den Anblick, der sich ihr bot.

Als Chloe zurückkam, hielt sie zunächst etwas hinter ihrem Rücken versteckt, grinste aber übers ganze Gesicht wie ein Honigkuchenpferd. Als sie am Bett stand, streckte sie die Arme aus und hielt zwei Eintrittskarten in den Händen.

Amy konnte kaum glauben, was sie da sah: zwei Eintrittskarten, auf denen »Arsenal gegen Tottenham« stand. »Wie … wie zum Teufel hast du so kurzfristig Derbykarten bekommen? In einer Loge?«

Sie hätte nicht gedacht, dass es möglich war, aber das Grinsen auf Chloes Gesicht wurde noch breiter. Amy sollte Selbstgefälligkeit wahrscheinlich nicht dermaßen anziehend finden, aber bei Chloe – die nackt auf die Matratze zurückgekrochen kam – störte es sie überhaupt nicht.

»Naomis Schwager ist ein angesagter Anwalt mit einigen sehr prominenten Klienten. Er hat Beziehungen. Zu deinem Pech«, sagte sie lachend, »sind diese Beziehungen Arsenal-Fans. Er hat uns einen Logenplatz besorgt. Versuch nicht zu laut zu brüllen, wenn die Spurs ein Tor schießen. So unwahrscheinlich das auch ist.«

»Ich verspreche nichts«, sagte Amy, griff nach Chloes Schulter und zog sie in einen intensiven Kuss, in den sie am liebsten versunken wäre. Aber da gab es ein Spiel, zu dem sie heute musste. Also beendete sie den Kuss schneller, als sie eigentlich wollte, und sagte: »Danke.«

»Schon gut.« Chloe blinzelte sie mit einem verwirrten Gesichtsausdruck an. Wie so oft, wenn Amy sie nahezu besinnungslos geküsst hatte. »Es hat keine Umstände gemacht.«

Irgendwie bezweifelte Amy das. Chloe hatte an sie gedacht, sich die Mühe gemacht, die Karten zu organisieren. In ihr waren so viele Gefühle für diese Frau. Und das brachte Amy dazu, Chloe noch intensiver zu küssen. Ihre Finger glitten hinter Chloes Nacken.

»Bevor du, ähm, mir zu sehr dankst«, sagte Chloe und hielt Amys andere Hand fest, die in Richtung Hüfte unterwegs gewesen war. »Zwei Dinge: Erstens, der Anstoß ist um halb eins und es dauert eine Weile, bis man dort ist, also dürfen wir jetzt nicht alles um uns herum vergessen; und zweitens, ähm, einige von Naomis Familienmitgliedern werden dort sein.«

Amy erstarrte.

»Ich glaube, sie wollen dich kennenlernen. Und da es technisch gesehen Tristans Tickets sind, konnte ich nicht Nein sagen. Aber wenn dir das nicht passt, müssen wir nicht hingehen.«

Auch wenn die Aussicht, Naomis Familie gegenüberstehen zu müssen, sie mehr als nervös machte, schüttelte Amy den Kopf. »Nein, ist schon okay.« Es fühlte sich vielleicht ein bisschen zu sehr wie ein Treffen mit den Eltern der Auserwählten an, zu real für den Zustand der Verleugnung, in dem Amy sich immer noch befand, wenn es um ihre Beziehung ging. Trotzdem sagte sie: »Ich würde sie gern kennenlernen.«

»Würdest du?« Chloe sah sie erstaunt an.

»Ja.« Sie strich mit der Fingerspitze über Chloes Haut und zeichnete Muster auf ihre Hüfte. »Du kennst meine verrückte Familie. Vielleicht ist es an der Zeit, dass ich deine kennenlerne.«

Und Chloes Lächeln machte dieses beschissene Gefühl in ihrem Magen wett. Ihre Lippen waren weich und warm, als sie Amy in einen Kuss zog.

»Nicht, dass wir das hier zu weit treiben«, sagte Amy, als Chloe versuchte, sie auf den Rücken zu rollen. »Am Ende kommen wir noch zu spät, weil wir die Finger nicht voneinander lassen konnten.«

»Verdammt«, antwortete Chloe und ließ sich neben ihr auf den Rücken fallen. »Naomi würde das definitiv nicht unkommentiert lassen.«

Amy fragte sich, wie viel Naomi überhaupt wusste. Ganz sicher, dass sie miteinander schliefen. Aber wusste sie auch mehr? Es war nicht das erste Mal, dass sie einen Funken Eifersucht auf Naomi verspürte. Das war ungerechtfertigt und irrational. Trotzdem. Naomi war es gewesen, die damals die Scherben von Chloes gebrochenem Herzen aufgesammelt hatte und Naomi würde auch da sein, wenn Chloe Corthwaite wieder verließ. Darüber sollte Amy glücklich sein. Sie sollte froh sein, dass Chloe eine Schulter hatte, an der sie sich ausweinen konnte, eine Freundin, die sie unterstützte und hinter ihr stand, da war, wenn jemand sie auffangen musste.

Sie sollte sich keine Gedanken darüber machen, was Naomi von ihr denken könnte oder was Naomi in ihrem Gesicht sehen könnte, wenn sie einen Nachmittag zusammen verbrachten. »Was, ähm, was wissen sie über mich?«, fragte sie und bereute es sofort, diese Frage gestellt zu haben.

Chloe wandte sich ab und blickte aus dem Fenster. Ihre Wangen waren leicht gerötet. »Mehr, als mir lieb ist.«

Oh.

Wunderbar.

Chloe fuhr sich mit einer Hand durch ihr Haar. »Tut mir leid. Naomi ist eine dumme Bemerkung herausgerutscht und ihre Mutter hat Ohren wie ein Falke. Aber es wird schon gut gehen. Ich habe allen gesagt, dass sie sich benehmen sollen.«

»Und werden sie das auch tun?«

Chloe zog eine Grimasse. »Vermutlich nicht.«

Okay, sie war kein Teenager mehr. Sie war Mitte dreißig und damit eine erwachsene Frau. Und sie war in der Lage, die Schmetterlinge in ihrem Bauch lange genug zu unterdrücken, um ein Gespräch mit den wichtigsten Menschen in Chloes Leben zu führen. »Also, wer wird dort sein?«, fragte sie. »Ich brauche Namen. Berufe. Etwas, worüber ich peinlichen Smalltalk führen kann, wenn ich mit ihnen allein bin.«

Chloes Gesicht entspannte sich, während sie ihr etwas zu jeder der Personen erzählte, die sie heute treffen würden. Amy hörte aufmerksam zu und versuchte, sich nicht zu fragen, wie viele andere Frauen Chloe den Alleyenes schon vorgestellt hatte.

Das würde sicherlich eines der unentspanntesten Fußballspiele werden, die sie je miterlebt hatte.

─────⊱◈⊰─────

Amys Körper vibrierte praktisch vor nervöser Energie und Chloe legte ihr sanft eine Hand auf den Rücken, um sie zu beruhigen. *Schlechte Idee*, dachte Chloe, als sich in der Ferne die Tür zu ihrer Loge abzeichnete. *Das hier ist eine ganz schlechte Idee.*

Aber es war zu spät, um jetzt noch umzukehren.

Chloe war schlicht und ergreifend reingelegt worden. Sie war allein zu Tristan gegangen, weil sie wusste, wie viel es Amy bedeuten würde, ein Spiel wie dieses zu sehen. Tristan hatte nichts Besseres zu tun gehabt, als Kiara davon zu erzählen. Dann hatten es die Kinder mitbekommen und anschließend beharrte Jada darauf, dass es schon zu lange her war, dass sie alle zusammen einen Familienausflug gemacht hatten. Sie sagte, es gäbe jede Menge freie Plätze und es wäre eine Schande, sie zu vergeuden.

Und jetzt führte Chloe Amy direkt in die Höhle des Löwen, zu einem Treffen mit der ganzen gottverdammten Familie und es würde eine Katastrophe werden. Denn irgendjemand würde etwas sagen. Irgendjemand würde einen Kommentar dazu abgeben, wie Chloes Gesicht jedes Mal aufleuchtete, wenn Amy eine Nachricht schrieb, wie sehr Chloe sich auf ihre Wochenenden in Corthwaite freute. Oder sie würden sie damit aufziehen, wie gut sie zusammen aussahen, wie glücklich Chloe in den letzten Wochen gewesen war.

Sie seufzte. Das hier war einfach eine ganz schlechte Idee.

Aber der Blick in Amys Augen, als sie die Tickets gesehen hatte, war es wert gewesen. Ja, sie hatte ganz sicher ein paar nervige Stunden vor sich. Aber egal. Dies war Amys Überraschung. Und die war Chloe gelungen.

Als sie die Tür erreichten, lagen Chloes Finger immer noch auf Amys Rücken.

Amy spielte mit den Fransen des Schals, den sie draußen gekauft hatte, ein Andenken an den Tag, wenn er vorbei war.

Als sie die Loge betraten, verstummte das Stimmengewirr, und mehrere Personen sahen sie an. Naomi lümmelte auf einem der Stühle. Genau wie Tessa und Zara hatte sie Spielkarten in der Hand.

»Chloe!« Tessa rappelte sich auf, rannte auf sie zu und warf ihre Arme um Chloe. »Ich habe den Kunstwettbewerb gewonnen!«

»Hast du?« Chloe umfasste Tessas strahlende Wangen mit ihren Händen. »Gut gemacht. Ich habe dir doch gesagt, dass deine Zeichnung gut war.« Sie legte einen Arm um Tessas Rücken und drückte sie fest an sich. »Zara, bekomme ich keine Umarmung von dir?«

»Ich habe dich gerade vor etwa drei Tagen gesehen«, sagte sie und versuchte, älter zu klingen, als sie war.

Chloe presste eine Hand auf ihre Brust. »Du hast mich verletzt.«

Zara verdrehte die Augen, und Chloe grinste.

»Du bist unhöflich«, flüsterte Tessa und zog an Chloes Ärmel. »Du hast deine *Freundin* nicht vorgestellt.« Ihre Augen funkelten, als sie Freundin sagte.

Chloe stupste sie in die Seite. Von allen Leuten, von denen sie erwartet hatte, dass sie sie aufziehen würden, war Tessa die Letzte auf der Liste gewesen.

Die Verräterin.

»Richtig. Leute, das ist Amy.« Als wüssten sie nicht schon genau, wer sie war. Als ob Jada nicht bei jedem Familienessen nach ihr gefragt hätte.

»Und, Amy, du kennst Naomi bereits. Das ist ihre Schwester Kiara, ihr Mann Tristan und ihre Kinder Zara und Tessa.« Sie zählte die Namen auf, als hätte sie nicht eine Stunde damit verbracht, Amy jede einzelne Person, auf die sie heute treffen würde, im Detail zu beschreiben. Chloe hatte versucht, die Tatsache zu ignorieren, dass nicht eine einzige ihrer Ex-Freundinnen die Mühe auf sich genommen hatte, so viel zu erfahren, als sie sie zum Familienessen mitgenommen hatte. »Und Naomis Eltern, Leroy und Jada.«

Jada war die Erste, die herüberkam und Amy in eine Umarmung zog, die diese vor Überraschung leise quietschen ließ. »Schön, dich endlich kennenzulernen, Liebes«, sagte sie und warf Chloe einen bösen Blick über Amys Schulter zu.

»Es ist auch schön, Sie kennenzulernen, Mrs Alleyene. Chloe hat mir schon viel von Ihnen erzählt.«

»Und wir haben noch nicht annähernd genug über dich gehört.« Sie legte Amy einen Arm um die Schulter und führte sie zu dem Tisch in der Mitte der Loge. »Komm, setz dich. Erzähl mir von dir.«

Amy warf Chloe einen gehetzten Blick zu, doch bevor Chloe eingreifen konnte, wurde sie von einem Zupfen an ihrem Ärmel aufgehalten.

»Chloe, deine Freundin ist wirklich hübsch«, flüsterte Tessa.

»Sie ist nicht *meine* Freundin«, flüsterte sie zurück und betete, dass Amy zu sehr damit beschäftigt war, von den anderen gegrillt zu werden, um sie zu hören.

»Über fünfzig Kühe?«, rief Jada verwundert aus und legte beide Hände auf Amys Arm. »Wie behältst du den Überblick?«

»Haben sie alle einen Namen?«, fragte Zara.

»Welche Rasse?« Jetzt mischte sich sogar Leroy ein.

Sollte sie Amy retten?

»Warum ist sie nicht deine Freundin?« Tessa schaute sie mit Augen an, aus denen eine Art von Weisheit sprach, für die sie eigentlich noch zu jung war.

»Es ist kompliziert«, sagte Chloe, den Blick dabei auf Amys Gesicht gerichtet.

»Mir kommt es nicht kompliziert vor. Du magst sie.«

»Und manchmal ist das nicht genug«, sagte Chloe, brachte es aber nicht übers Herz, die Tatsache zu leugnen, dass sie Amy in der Tat sehr, sehr gernhatte.

»Das ist dumm.«

Chloe gluckste und drückte Tessa an sich. »Ja, ich weiß. Meinst du, wir sollten gehen und sie retten?«

»Vielleicht. Bevor Oma sie verscheucht.«

Chloe schlüpfte auf den Sitz neben Amy, legte ihre Hand auf deren Oberschenkel und drückte ihn sanft. Amy legte ihre Hand auf Chloes.

Jada beobachtete sie für einen Moment und sagte dann: »Seht ihr zwei nicht …«

Die Ankunft von Häppchen und Champagner rettete sie. Chloe atmete erleichtert auf, griff nach einem Glas und nahm einen großen Schluck.

»Ich werde Adam per Video anrufen«, sagte Amy, die das Telefon bereits in der Hand hielt. »Ich zeig ihm den Einwurf und mach ihn eifersüchtig.« Sie schob die Glastür zu ihren Plätzen auf und lehnte sich mit dem Rücken an das Geländer, während sie ihr Handy vor sich hielt. Ein breites Grinsen breitete sich auf ihrem Gesicht aus, als sie mit Adam sprach.

Ja, das ist es wert. Chloe lächelte.

»Girl, du steckst so tief drin«, erklang Naomis Stimme.

Chloe drehte sich zu Naomi und schüttelte den Kopf. »Das sagst du mir jetzt schon seit Monaten.«

»Ich weiß.« Sie stellte ihren Champagner ab und flüsterte: »Aber das ist das erste Mal, dass ich euch seit Corthwaite zusammen gesehen habe. Du glühst ja förmlich. Willst du mir weiterhin erzählen, dass da nichts ist?«

Chloe blickte wieder nach draußen. Amy gestikulierte wild mit ihren Händen, während sie über irgendetwas lachte, das Adam gesagt hatte. Chloe seufzte. An Naomi gewandt sagte sie: »Nein. Aber das ist egal. Das Haus ist fast fertig und dann werde ich wieder hier in London sein und sie im Lake District und keine von uns kann etwas dagegen tun.«

»Du wirst also weiterhin so tun, als wärst du nicht Hals über Kopf in sie verliebt?«

»Ja. Und du wirst aufhören, es zu erwähnen.«

Naomi runzelte die Stirn und öffnete gerade den Mund, um mehr zu sagen, als Amy wieder hereinkam.

»Irgendwann werden wir darüber reden müssen«, flüsterte Naomi. »Irgendwann wirst du dich *damit* auseinandersetzen müssen.«

»Ich weiß.« Sie war sich des Problems bewusst, des Schmerzes, den sie empfinden würde, wenn die Dinge zu Ende gingen. »Aber noch nicht«, flüsterte Chloe und zwang sich zu einem Lächeln, als Amy sich neben sie setzte. »Ist Adam ausgeflippt?«

»O ja. Du steckst in großen Schwierigkeiten.«

»Ich?«

»Jap«, sagte sie und griff nach einem Canapé. »Weil du ihn nicht eingeladen hast. Wenn du nach Hause kommst, wirst du zu Kreuze kriechen müssen.«

Chloes Herz krampfte sich zusammen bei dem Gedanken, dass Corthwaite ein Zuhause war – ihr Zuhause, ein Ort, an den sie zurückkehren könnte.

Naomi fing ihren Blick auf und Chloe kickte mit dem Fuß gegen ihr Schienbein, bevor sie zu Amy sagte: »Ich bin sicher, dass ich ihn mit irgendetwas bestechen kann.«

Auf dem Spielfeld strömten die Spieler langsam aus dem Tunnel, und Chloe berührte Amys Ellbogen. »Komm schon, es fängt gleich an. Zeit, dir dabei zuzusehen, wie deinem Team in den Hintern getreten wird.«

»In deinen Träumen.«

»Sag das nicht zu laut«, sagte sie und grinste, als sie die Tür aufschob. »Du bringst dich noch in Schwierigkeiten. Du bist von Gunners umzingelt, weißt du noch?«

»Erinnere mich nicht daran. Fan dieser Mannschaft zu sein, ist dein größter Fehler.«

Chloe lachte und legte einen Arm um Amys Schulter, nachdem sie sich gesetzt hatten. Tessa setzte sich auf ihren Schoß, Naomi auf ihre andere Seite und der Rest der Alleyenes verteilte sich hinter ihnen, als der Schiedsrichter das Spiel anpfiff.

Umgeben von ihrer Familie, mit Amy an ihrer Seite – ein sehr warmes Gefühl machte sich in Chloe breit.

Kapitel 29

»Bist du dir sicher?«, fragte Chloe, als sie mit Bella vor der Tür eines Bürogebäudes stehen blieb. *Roberts' Property Development* stand auf einem der Klingelschilder. »Ich bin mir sicher, es gibt viel schönere Möglichkeiten, als deinen letzten Tag in meinem Büro zu verbringen.«

»Nein, ich will sehen, wo du arbeitest.« Amy hatte im Laufe des Wochenendes alle anderen Aspekte von Chloes Leben kennengelernt. Lieblingsrestaurants und -cafés und ihre Wahlfamilie. Im Gegenzug hatte Amy Chloe ihre eigenen Lieblingsplätze gezeigt, die Orte, die sie früher häufig aufgesucht hatte, als sie noch in London lebte.

Das Büro war der letzte Teil von Chloes Leben, den sie noch nicht gesehen hatte, und in gewisser Weise fühlte er sich auch am wichtigsten an. Der Ursprung ihrer Karriere, die Entwicklung ihres Berufslebens, das, was sie von Grund auf mit ihren eigenen Händen aufgebaut hatte.

»In Ordnung.« Chloe stieß die Tür auf, nickte der Empfangsdame zu, die hinter dem Schreibtisch saß und presste eine Magnetkarte auf ein Display neben der Aufzugstür. »Das Büro ist im dritten Stock, aber wir sind an diesem Wochenende wirklich schon genug Treppenstufen gelaufen.«

Amy musste zustimmen. Ein Arbeitstag auf dem Bauernhof war nichts im Vergleich zu den Wegstrecken, die sie durch die Hauptstadt genommen hatten. Am Ende jedes Tages taten ihr die Füße weh, aber sie hätte keine Sekunde davon missen wollen.

»Ich habe ihnen gesagt, dass ich erst nach dem Mittagessen zurückkomme. Unser Auftauchen wird sie jetzt also überraschen«, sagte Chloe, als die Aufzugtür im dritten Stock aufging. »Falls überhaupt jemand da ist.«

Auf den ersten Blick war das Büro klein, aber gemütlich. Eine Handvoll Schreibtische standen verstreut in einem einzigen Raum. Zwei von ihnen waren besetzt und Chloe lächelte eine brünette Frau an, die hinter dem nächstgelegenen saß. Ein Spaniel tauchte darunter auf und Bella wedelte mit dem Schwanz, als sie sich gegenseitig beschnupperten.

»Was machen du denn hier, Boss? Wir haben dich heute nicht so früh erwartet.«

»Es wurde um eine Führung gebeten«, sagte Chloe und blickte wieder zu Amy.

Amy hatte gar nicht daran gedacht, dass sie einen guten Eindruck auf Chloes Kollegen machen sollte. Die waren ja eine eigene Art von Familie und spielten auch eine wichtige Rolle.

»Das ist Maria, unsere Empfangsdame, und das ist Dash. Maria, das ist meine Freundin Amy.«

»Freundin«, sagte Maria und sah Chloe interessiert an.

Es war keine Frage.

»Das habe ich doch gesagt.« In Chloes Stimme lag eine gewisse Schärfe.

Amy fragte sich, wie oft sie Leute hierherbrachte, die keine Kunden waren.

»Ich dachte, du hättest keine«, sagte Maria.

Chloe sah Maria böse an.

»Chloe ist nämlich ein Workaholic«, sagte sie an Amy gewandt und lehnte sich dann über den Schreibtisch, um ihre Hand zu schütteln. »Freut mich, dich kennenzulernen. Bist du aus der Nähe?«

»Äh, nein. Ich komme aus Corthwaite.«

»Aus der Heimat?« Interesse funkelte in Marias Augen auf.

»Zu Besuch übers Wochenende«, sagte Amy. »Ich konnte nicht gehen, ohne zu sehen, wo Chloe ihre ganze Zeit verbringt.«

»Nicht meine ganze Zeit.« Chloes Stimme klang scharf. »Ich habe ein Leben außerhalb dieser Mauern.«

»Seit wann? Wann hattest du das letzte Mal ein Date?«, fragte Maria mit hochgezogenen Augenbrauen.

Amy verdrängte die Welle des Entsetzens, die dieser Gedanke auslöste.

»Das geht dich wirklich nichts an.« Chloe wandte sich von Marias Schreibtisch ab, ihre Wangen waren rosa gefärbt. »Das ist Devon, unser Buchhalter. Sier ist viel netter zu mir als Maria.«

Devon grinste, streckte Amy eine Hand entgegen und schüttelte sie. Sier strich sich einige blaue Haarsträhnen aus den Augen. »Schön, dich kennenzulernen.«

»Wo ist dein Mann?«, fragte Chloe, die sich an die Kante des Schreibtisches gegenüber von Devon lehnte.

Ihr eigener Schreibtisch, vermutete Amy, als sie ein Foto von Naomis grinsenden Nichten darauf sah. Bella machte es sich auf dem Hundebett bequem. Neugierig strich Amy mit den Fingern über den Schreibtisch, während sie die anderen Dinge betrachtete, die darauf Platz gefunden hatten:

etliche Fotos, ein Tischkalender mit Welpen darauf und eine Tasse, auf der in aufdringlich großen Buchstaben *World's Best Boss* stand.

»Mein Mann hat den letzten Kaffee getrunken und ist losgerannt, um neuen zu holen, bevor du zurückkommst.«

»Er hat was?« Chloe tat so, als sei sie empört.

Amy hielt die Tasse hoch und hob eine Augenbraue.

»Ein Geschenk von Jin«, sagte Chloe. »Er wurde nicht dazu gezwungen.«

»Nur ein bisschen«, sagte Devon freundlich.

Chloe stöhnte auf. »Ich nehme zurück, was ich gesagt habe. Du bist genauso schlimm wie Maria. Warum, glaubst du, bringe ich nie jemanden mit hierher?«

Devons Mund öffnete sich und Chloe brachte sien mit einem Wink ihres Fingers zum Schweigen. »Antworte nicht darauf.«

Sier grinste. »Kommt Amy heute Abend zum Spieleabend?«

»Was für ein Spieleabend?« Amy stellte die Tasse beiseite und setzte sich auf Chloes Bürostuhl.

»Eine kleine Zusammenkunft bei mir und Jin. Wir spielen Spiele und essen Pizza. Es ist immer Platz für eine Person mehr.«

»Klingt lustig, aber ich fürchte, mein Zug geht schon um zwei.«

»Ah, das ist aber schade. Vielleicht beim nächsten Mal.«

Nächstes Mal, dachte Amy mit einem Schmerz in der Brust. Die Einladung war so locker ausgesprochen worden, als ob ihre Anwesenheit hier ein fester Bestandteil werden könnte, als ob Danny und die Farm jedes Wochenende ohne sie über die Runden kommen könnten.

»Ah, da ist er ja«, sagte Chloe, als sich die Bürotür öffnete. »Der Kaffeedieb.«

Jin, der sich aus seiner Jacke geschält hatte, blieb stehen und seine Augen weiteten sich, als er Chloes verschränkte Arme sah. »Was machst du denn hier?«

»Du sollst dich freuen, mich zu sehen.«

»Ich freue mich immer, dich zu sehen, Darling. Es ist nur eine Überraschung.« Er sah Amy an. »Wer«, sagte er und sah aus, als wäre Weihnachten spontan auf den heutigen Tag verlegt worden, »ist das?«

»Amy, Jin. Jin, Amy«, sagte Chloe und winkte mit einer Hand zwischen den beiden hin und her. »Mein Stellvertreter. Und eine ständige Nervensäge.«

»Du liebst mich.«

»Tu ich nicht«, sagte Chloe.

Amy grinste. Wenn Naomi so etwas wie die ältere Schwester war, schien Jin die Position des jüngeren Bruders eingenommen zu haben.

Ein leichtes Lächeln lag auf seinem Gesicht, als er fragte: »Ist Amy länger hier?«

»Nur lange genug, um sich hier umzusehen. Was wir jetzt aber bereits getan haben«, sagte Chloe und drehte sich zu Amy um. »Bist du bereit, noch etwas Aufregenderes zu erleben?«

Amy fand es hier im Büro eigentlich sehr aufregend. Chloe zu erleben, wie sie mit ihren Angestellten umging, die aber auch ihre Freunde waren, war wirklich interessant. Aber sie wusste nicht, wie sie das sagen sollte, ohne wie eine Verrückte zu klingen, also nickte sie nur. »Sicher. Ich schätze, wir schaffen noch eine weitere Galerie, bevor ich meinen Zug erwischen muss.«

Chloe stöhnte auf. »Noch eine? Haben wir sie nicht schon alle abgeklappert?«

»Es gibt ungefähr tausend Galerien in London, Chloe«, sagte Amy und stieß sie mit der Schulter an. »Und wir waren nur in drei. Aber wir können auch etwas anderes machen …«

»Nein, ist schon gut«, sagte Chloe. »Wir können gern noch mehr Fotos von alten Gemälden machen.« Ihre Stimme klang leidend, ihre Augen funkelten allerdings und Amy wünschte, sie könnte diesen Moment mit ihrer Kamera festhalten. »Kann ich Bella hier bei euch lassen?«

»Natürlich«, sagte Devon. »Ich werde Jin davon abhalten, sie mit zu vielen Leckereien zu füttern.«

»Du hast sie selbst schon mal überfüttert«, murmelte Jin.

»Bis später. Sei brav.« Chloe beugte sich vor, um Bella hinter den Ohren zu kraulen.

»Das werden wir«, sagte Jin.

Chloe streckte ihm die Zunge raus.

»Es war schön, euch alle kennenzulernen«, sagte Amy, bevor sie Chloe zur Tür folgte. Ein Chor von Verabschiedungen ertönte hinter ihnen, als die Tür ins Schloss fiel. »Sie scheinen nett zu sein.«

»Ja, sie sind ein guter Haufen.« Chloe lächelte und verschränkte ihren Arm mit dem von Amy, als sie sie auf die Straße hinausführte. »Also, wohin jetzt? Wir haben« – sie sah auf die Uhr – »vier Stunden, bevor dein Zug abfährt.«

»Ein Spaziergang zur Tate mit Zwischenstopps?«

»Du gehst voran.«

Kapitel 30

Chloe bestrich die Rückseite einer Tapetenbahn mit Kleister, bevor sie sie an der Wand ihres alten Schlafzimmers anbrachte. Das dunkle, stürmische Grau ihrer Teenagerjahre war von der Wand verschwunden und wurde nun durch ein zartes Blau ersetzt, das den Raum bereits heller – und mit Sicherheit weniger schmuddelig – aussehen ließ. Es war unglaublich und extrem befriedigend, wie anders der Raum nun aussah.

Chloe glättete die Tapete sorgfältig und versuchte, alle Luftblasen herauszudrücken, um ein perfektes Ergebnis zu erzielen. Die Arbeit half ihr, sich nicht auf das Gefühl des drohenden Untergangs zu konzentrieren, das sich in ihrem Magen breitmachte.

Denn nach dieser Arbeit musste sie nur noch das Büro und das Hauptschlafzimmer dekorieren, neue Teppiche verlegen und damit wäre der Großteil der Arbeit erledigt. Alles, was dann noch übrig war, waren kleine, oberflächliche Dinge. Dinge, die sie nicht unbedingt tun musste, Dinge, die dem Haus insgesamt wenig Extrawert verleihen würden, Dinge, die nichts weiter als eine Ausrede wären, um länger zu bleiben.

Eigentlich war sie schon jetzt an dem Punkt, an dem sie Immobilienmakler in das Haus einladen konnte, damit diese Schätzungen und Bewertungen einholen und herausfinden konnten, für wie viel Geld sie das Objekt auf den Markt bringen könnte. Aber sie wollte das nicht. Sie wollte den Hörer noch nicht abnehmen und die Anrufe tätigen. Ihre Zeit hier war fast vorüber und sie wusste nicht, wie sie sich jemals verabschieden sollte, ohne dass es ihr erneut das Herz brechen würde.

Amy tauchte immer auf, wenn Chloe eine Pause machte. Manchmal half sie, manchmal lenkte sie Chloe von der Arbeit ab. Ihre Küsse wurden verzweifelter, ihre Hände hielten Chloe fester, als ob sie versuchte, sie an Ort und Stelle zu halten. Als ob sie nicht wollte, dass sie ging.

Und das Haus? Es fühlte sich mehr und mehr wie ein Zuhause an. Amy hatte recht – Chloe hatte es genau nach ihrem Geschmack eingerichtet und das, ohne es zu merken. Naomi würde einen Heidenspaß haben, wenn sie die Bilder des fertigen Objekts sah.

Genauso schwer war die Vorstellung, erneut Abschied von diesem Dorf zu nehmen, wo ihr die Leute mittlerweile zuwinkten, wenn Chloe vorbeifuhr, weil sie ihren Wagen erkannten. Wo die Anrufe zugenommen hatten, Anrufe von »Mein Dach ist undicht, kannst du kommen und nachsehen?« über »Ich überlege, einen Anbau zu machen, kannst du kommen und mir sagen, ob das machbar ist?« oder »Kannst du kommen und ein paar Reparaturen an der Außenseite der Kirche vornehmen?« So viele Menschen baten um ihre Hilfe.

Chloe hätte nie erwartet, dass sie sich hier so wohl fühlen würde, hätte sich nie träumen lassen, dass sie das Leben hier vermissen könnte, wenn es endlich Zeit war, wieder zu verschwinden.

Das größte Problem aber war, dass Chloe sich mittlerweile niemand anderen mehr in diesen Räumen vorstellen konnte. In den Räumen, in denen ihr Vater regelmäßig an der Essenszubereitung verzweifelt war. In den Räumen, in denen sie sich vor dem Kamin zu einem Fernsehmarathon eingerollt hatte. In den Räumen, in denen sie ihren Kopf zur Ruhe legte, in denen sie so viel durchgemacht hatte.

Ihre Spuren waren überall im Haus und auch im Dorf zu sehen. Ihre Hände hatten bleibende Zeichen geschaffen.

Würde Amy auch in Zukunft hinüberschauen, wenn das Licht im Haus aufflackerte, und an sie denken?

Chloe presste ihre Kiefer aufeinander und machte sich an das nächste Stück Tapete. *Ein Schritt nach dem anderen*, dachte sie und legte die Tapete auf den Tisch. *Es ist noch nicht ganz vorbei.*

Aber das würde es bald sein.

Sie wurde aus ihren Gedanken gerissen, als Amy erschien und eine Schulter gegen den Türrahmen lehnte. »Wow. Es geht voran, nicht wahr?«

Chloe sah die Traurigkeit in ihren Augen und wusste, dass sie nicht die Einzige war, die damit zu kämpfen hatte, dass das Ende näher rückte.

»Ja. Es ist nicht mehr sehr viel zu tun.«

»Wie lange noch?«

Das war die eine Frage, der sie beide aus dem Weg gegangen waren, weil keine von ihnen das bevorstehende Verfallsdatum ansprechen wollte.

Chloe drehte sich um und drückte die nächste Tapete an die Wand, damit Amy ihren Gesichtsausdruck nicht sehen konnte. »Zwei Wochen. Vielleicht einen Monat, wenn es langsamer geht als angenommen.«

»Also eher zwei Wochen«, sagte Amy, die nichts davon ahnte, dass Chloe das Haus schon vor Wochen zum Verkauf hätte anbieten können.

»Wir werden sehen, wie es läuft«, sagte Chloe, die Kehle eng, voll von Gefühlen, denen sie keinen Namen geben wollte.

»Okay«, sagte Amy.

Chloe war dankbar, dass sie nicht weiter nachhakte.

»Kann ich dir irgendwie helfen?«

Nachdem sie sich vergewissert hatte, dass die Tapete an der Wand hielt, griff Chloe nach Amys Hüften und manövrierte sie an die Bettkante. »Du kannst dich hier hinsetzen und mir Gesellschaft leisten. Erzähl mir von deinem Tag.«

Amy rutschte nach hinten, bis sie an Chloes Kopfende saß. Sie lächelte, als Bella das als Einladung auffasste, auf das Bett sprang und sich neben sie legte. »Da gibt es nicht viel zu erzählen. Mein Leben ist langweilig, das weißt du doch.«

»Erzähl es mir trotzdem«, sagte Chloe und hoffte, dass das nicht zu sehr nach Betteln klang.

Erzähl mir irgendetwas, irgendetwas, damit ich nicht daran denken muss, dass unsere Tage miteinander gezählt sind.

─────⊱⋆⊰─────

Amy sah aus den Augenwinkeln, dass Gabi sie von der anderen Seite der Couch aus anstarrte.

»Warum bläst du Trübsal?«

»Ich blase keine Trübsal.«

»Äh, doch, das tust du.« Gabi stupste sie mit dem Fuß an. »Carlos hat seine Frau betrogen und du hast kein einziges Wort darüber verloren. Wo ist deine Empörung?«

Amy blinzelte, sah zum Fernseher und stellte fest, dass sie nicht eine Sekunde der Folge von *Hochzeit auf den ersten Blick* mitbekommen hatte. »Hat er? Wann?«

»Vor etwa fünf Minuten.« Gabi nahm die Fernbedienung in die Hand und unterbrach die Sendung. Dann richtete sie ihre volle Aufmerksamkeit auf Amy. »Ist alles in Ordnung mit dir?«

»Tut mir leid. Ich schätze, ich bin nur abgelenkt.«

»Und trübselig«, fügte Gabi hinzu.

Amy seufzte.

»Rede mit mir.«

»Es ist dumm.«

»Wenn es dich etwas fühlen lässt, ist es nicht dumm.«

»Ist das ein Spruch, den du bei den Kindern benutzt?«, fragte Amy und zeichnete mit den Fingern Muster auf die gefaltete Decke, die ihre Knie bedeckte. »Das klingt sehr nach einem Lehrerspruch.«

»Amy.«

Das wiederum klang noch viel mehr wie etwas, das ein Lehrer sagen würde.

Gabis Augen verengten sich, unbeeindruckt von Amys Versuch, das Thema zu wechseln.

»Na schön. Chloe hat morgen einen Makler im Haus, okay? Sie ist fast fertig.«

»Oh, Amy.« Gabi rutschte über die Couch zu ihr und zog sie in eine Umarmung. Amy drückte ihre Wange an Gabis Schulter. »Habt ihr nicht darüber gesprochen, das zwischen euch zu einer ernsten Sache zu machen?«

»Wir haben überhaupt nicht darüber geredet«, sagte Amy mit gedämpfter Stimme. »Es ist nicht ... wir sollten es nicht ernst miteinander meinen. Es sollte nur vorübergehend sein. Locker.«

»War es das jemals?«

Amy schloss ihre Augen, um die Tränen zurückzuhalten. »Nein. Aber das weiß sie ja nicht.«

»Meinst du nicht, du solltest es ihr sagen?«, fragte Gabi.

Amy schüttelte bereits den Kopf, bevor sie den Satz beendet hatte. »Das würde alles nur noch schlimmer machen.«

»Warum?«

»Weil ich sie nicht ständig bitten kann, wieder hierherzukommen. Sie hat so viel von ihrer Zeit geopfert, ist so viele Kilometer gefahren. Ich kann sie nicht um mehr bitten, als sie mir bereits gegeben hat.« *Kann nicht mehr verlangen, als sie angeboten hat.* »Sie hat dort ein Leben. Sie verdient es, nach London zurückkehren zu können. Ohne schlechtes Gewissen.«

Wenn Amys Entschlossenheit zu bröckeln begann, wenn ihr die Worte »Bitte geh nicht« zu entweichen drohten – meist spät in der Nacht, wenn Chloe neben ihr lag und ihr Verstand vor Müdigkeit vernebelt war –, erinnerte sie sich an diese Tatsache. Chloe hatte ein schönes, erfülltes Leben in London, eines, das Amy mit eigenen Augen gesehen hatte. Freunde, eine Familie, einen Job, den sie über alles liebte. Amy weigerte sich, irgendetwas zu tun, um das zu gefährden.

Chloe bedeutete ihr zu viel, um zuzulassen, dass sie das, was sie in London hatte, für Amy aufgab. Sie war sich mittlerweile fast sicher, dass Chloe genau das tun würde, wenn sie sie darum bat. Sie hatte es in ihren Augen gesehen, hatte beobachtet, wie sie den Verkauf des Hauses in den letzten Wochen immer mehr hinausgezögert hatte und wie sehr sie zögerte, das Projekt zu beenden.

»Kann ich irgendetwas tun?«, fragte Gabi, als Amys Tränen auf den Pullover fielen. »Willst du ein Eis? Oder die Brownies sind vielleicht fertig. Ich kann dir ein Stück davon holen.«

»Mir geht's gut.«

»Dir geht es ganz eindeutig nicht gut.« Sie hob Amys Kinn mit dem Zeigefinger an und wischte ihr mit einem Taschentuch über die Wangen.

»Das wird schon wieder. Aber ich brauche dich, wenn sie geht.«

»Ich werde immer für dich da sein«, sagte Gabi und zog sie in eine weitere Umarmung. »Wann immer du mich brauchst. Das weißt du doch.«

Das wusste Amy. Sie wusste, dass sie, was Familie anging, Glück gehabt hatte – auch wenn sie und Danny nicht immer einer Meinung waren. Amy hatte das Gefühl, dass sie sie alle brauchen würde, um die Flut der Traurigkeit in den kommenden Wochen einzudämmen.

Sie vertraute darauf, dass sie ihr helfen würden, den Abschied von Chloe zu überstehen.

─⁂─

»Sie haben in diesem Haus eine bemerkenswerte Arbeit geleistet.« Mit einem Klemmbrett und einem Stift bewaffnet, machte sich der Immobilienmakler zahlreiche Notizen, während Chloe ihn von Raum zu Raum führte.

Sie versuchte, sich von seiner Überraschung nicht irritieren zu lassen.

»Das haben Sie alles selbst gemacht?«

»Ja.« Immobilienbewertungen waren nichts, was ihr besonders viel Spaß machte, und manchmal wünschte sie sich, sie hätte die Fähigkeiten, Objekte ohne die Hilfe eines Dritten zu verkaufen.

»Das ist beeindruckend.«

»Warum?«, fragte Chloe und verschränkte die Arme vor der Brust, während Gareth sich im oberen Badezimmer umschaute. »Weil ich eine Frau bin?«

»N-nein.« Er sah erschrocken aus. Der Stift in seiner Hand schwebte ein paar Zentimeter über dem Papier. Panik trat in seine Augen, während er verzweifelt versuchte, einen Weg zu finden, seine Aussage zurückzunehmen.

»Ich sehe nicht viele Leute, die es schaffen, ein Haus im Alleingang zu renovieren, zumindest meiner Erfahrung nach. Und schon gar nicht so gut.«

Chloe beschloss, es dabei zu belassen. »Wenn Sie nicht noch in die Garage gehen wollen, haben Sie jetzt alles gesehen.«

»Ich glaube nicht, dass das nötig sein wird.« Gareth klemmte sich den Stift hinters Ohr und überflog schnell seine Notizen. »Sollen wir uns unten hinsetzen und alles durchgehen?«

»Sicher.«

Sie waren auf halbem Weg die Treppe hinunter, als sie ein zaghaftes Klopfen an der Haustür hörte.

Einen Moment später trat Amy herein und ihre Augen weiteten sich, als sie feststellte, dass Chloe nicht allein war. »Oh, Entschuldigung.« Sie hielt inne, halb im Haus und halb draußen. »Ich dachte, du wärst schon fertig.«

»Ist schon in Ordnung. Komm rein. Ich glaube nicht, dass es lange dauern wird.« Sie hoffte es jedenfalls. Sie hatte sich am Morgen schon mit einer Maklerin getroffen und wenn Gareth nicht vorschlug, das Haus für einen viel höheren Betrag zu verkaufen, würde sie sich wohl eher für sie entscheiden.

Das tat er nicht und sein Honorar war höher, so dass Chloe ihn schnell hinausbegleitete, bevor sie sich auf die Suche nach Amy machte. Sie fand sie in der Küche, eine Tasse Tee in der Hand und den Blick aus dem Fenster gerichtet. »Hey.«

Amy zuckte beim Klang ihrer Stimme zusammen und ein wenig Tee schwappte fast über den Rand ihrer Tasse. »Hey. Tut mir leid, ich war total in Gedanken versunken.«

»Geht es dir gut?«

»Ja.« Aber es klang wie eine Lüge, und in ihren Augen lag ein trauriger Ausdruck. »Wie ist es gelaufen?«

»Gut. Besser, als ich erwartet hatte.« Und das stimmte. Das Angebot war so gut, dass sie immer noch Gewinn machen würde, selbst wenn sie den Preis des Hauses senken musste. »Selbst wenn man alle Gebühren berücksichtigt.«

»Hast du jemals dran gedacht, es selbst zu verkaufen?«

»Ja. Habe ich. Aber das wäre eine Menge Arbeit. Ich denke, es ist einfacher, es jemand anderem zu überlassen. Vor allem wenn ich bei Besichtigungen und so weiter nicht dabei sein werde.«

»Stimmt, natürlich.« Amys Augen waren immer noch auf das Fenster gerichtet.

Chloe spürte die Traurigkeit, die in ihrer Stimme lag.

»Das war's dann also? Du bist fertig?«

Chloe schenkte sich mit leicht zitternden Händen eine Tasse Kaffee ein. »Ich werde nächstes Wochenende wiederkommen, um die letzten Kleinigkeiten zu erledigen und den Rest meiner Sachen zu holen, aber … ja. Dann bin ich fertig.«

Und ich werde wieder in London sein und du hier und nichts davon ist in Ordnung.

Es war nicht fair, dass sie den Weg zurück zueinander gefunden, so gut zusammengearbeitet hatten, nur um jetzt wieder getrennt zu werden, noch bevor die Dinge zwischen ihnen so richtig begonnen hatten. Chloe glaubte nicht an Seelenverwandte, aber manchmal, wenn sie mit Amy zusammen war, hatte sie das Gefühl, dass sie füreinander bestimmt waren.

»Also«, sagte Amy mit gezwungener Fröhlichkeit und brüchiger Stimme. »Wenn wir nur noch ein paar Tage zusammen haben …« Sie trat einen Schritt näher, bevor sie eine Hand auf Chloes Brust legte, »… sollten wir das Beste daraus machen, oder?«

Noch bevor Chloe eine Chance hatte, darauf etwas zu erwidern, hatte Amy sie in einen Kuss gezogen und ihre Zunge erforschte Chloes Mund. Sie schlang ihre Hände um Amys Hüften, wo sie die zarte Beugung ihres Beckens unter ihren Handflächen spürte. Amy zu küssen war wie eine Sucht. Ihre Lippen waren weich und einladend. Heute lag ein Hauch von Verzweiflung in der Art und Weise, wie Amy ihren Mund gegen Chloes presste, in der Art und Weise, wie sie sich an Chloe klammerte, als hätte sie Angst, dass sie sie verlieren könnte.

Und Chloe verstand dieses Gefühl, denn all das spiegelte sich in ihren eigenen Berührungen wider. Sie konnte nicht anders, als sich zu fragen, wie oft sie Amy noch küssen würde, bevor diese Sache zwischen ihnen zu Ende war. Wie oft sie noch hören würde, wie Amy ihren Namen stöhnte, wie sich ihre Nägel in ihre Haut gruben, als sie kam, wie stark ihr Geschmack auf Chloes Lippen war.

All diese Gedanken schnürten ihr die Kehle zu und ließen sie Amy noch härter küssen. Sie konzentrierte sich auf den Moment, auf die Tatsache, dass Amy hier bei ihr war, jetzt, an sie gepresst mit ihren Hüften, während Chloes Hände ihre weiche Haut erkundeten.

Amy legte ihre Hände auf Chloes Oberschenkel und drängte sie, sich auf den Tresen zu setzen. Chloe zögerte nicht, spreizte ihre Beine, damit Amy zwischen ihnen stehen konnte. Ihr Körper war warm, als sie sich an sie drückte, ihre Lippen leidenschaftlich, als sie ihren Mund auf Chloes Hals legte. Jeder Kuss ließ sie in Flammen aufgehen.

»Würde es deine Immobilienbewertung mindern, wenn sie wüssten, dass wir es auf diesem Küchentisch getrieben haben?«, fragte Amy, während sich ihre geschickten Finger an dem Knopf von Chloes Jeans zu schaffen machten.

Chloes Lachen ging in ein Stöhnen über, als Amys Zähne vorsichtig an ihrem Hals nippten und ihre Hände krallten sich in Amys Haar, während Amys Zunge den Schmerz linderte.

»Ich weiß es nicht.« Chloes Herz hämmerte in ihren Ohren. »Aber ich habe nicht vor, es ihnen zu sagen.«

»Das ist wahrscheinlich schlauer«, sagte Amy.

Amys Hände, die sie gut pflegte, aber die dennoch eine Menge Schwielen von der harten Arbeit auf dem Hof hatten, glitten unter Chloes Hemd und über ihre Rippen, bis Amy ihre Brüste in die Hand nahm und schnell ihre Daumen unter die Körbchen ihres BHs tauchten, um die Brustwarzen zu streicheln. Chloe drückte ihre Hüfte gegen die straffen Muskeln von Amys Bauch. Ein Kuss von Amy konnte sie zum Schmelzen bringen, sie in Flammen setzen, sie mit einem Durst erfüllen, der nur durch die geschickte Berührung der Finger und der Zunge gestillt werden konnte.

»Komm heute Abend vorbei«, schlug Amy vor, die Stirn an Chloes Stirn gelehnt, der Atem heiß auf ihren Lippen. »Damit ich mir die Zeit nehmen kann, mit dir zu tun, was ich jetzt gern tun möchte.«

»O-okay.« Chloe würde ein solches Angebot niemals ablehnen, nicht wenn Amy sie mit geweiteten Pupillen und geröteten Wangen ansah, als wolle sie sie verschlingen.

Amy beugte sich vor, um sie wieder zu küssen. Sanfte Hände drückten ihre Hüfte so weit nach oben, dass Amy Chloes Jeans und Unterwäsche herunterziehen konnte.

Chloe zischte, als sie den kühlen Marmor auf ihrer nackten Haut spürte. Sie umklammerte den Rand der Arbeitsplatte mit ihren Händen, als sie verzweifelt versuchte, nicht zu schnell zu kommen.

Amy wusste genau, was sie tat, was sie bei Chloe auslöste. Sie biss sich auf die Unterlippe, als Amys Mund ihre feuchte Hitze erforschte, während ihre Hände mit ihrem Körper spielten, als wäre er ein Instrument und sie wären gerade dabei, eine Ein-Frau-Symphonie aufzuführen.

Zwei Finger glitten leicht in sie hinein, während Amys Zunge ihre Klitoris neckte. Jede Bewegung brachte sie näher und näher an den Abgrund. Ihr Herz raste und Hitze baute sich in ihrer Magengegend auf, bis sie sie nicht mehr zurückhalten konnte. Ihr Orgasmus überspülte sie wie eine riesige Welle und ließ sie atemlos zurück.

»Komm her«, sagte Chloe schließlich und küsste ihren Geschmack von Amys Lippen. »Sag mir, dass ich noch Zeit habe, mich zu revanchieren.«

»Wenn du dich beeilst.«

»Das werde ich.« Sie hüpfte auf wackligen Beinen von der Theke und drückte Amy mit dem Rücken gegen die nächste Wand, wobei sie schnell erst die Gürtelschnalle und dann Amys Hose öffnete. Als sie eine Hand zwischen ihre Körper schob, fand Chloe Hitze und Feuchtigkeit.

Amy schlang ein Bein um ihre Hüfte und öffnete sich so für Chloes suchende Finger. Sie liebte es, wie feucht Amy für sie wurde. Sie liebte es, dass sie der Grund dafür war. Sie liebte das Gefühl, wenn Amy um sie geschlungen kam.

Ihre Handfläche rieb gegen Amys Klitoris und als Amys Kopf zurückschlug und an der Wand ruhte, nutzte sie die Gelegenheit, ihren Mund an Amys Hals zu drücken, sie zu küssen und sacht in ihre Haut zu beißen.

Amys Hände lagen auf ihrem Rücken und ihre Nägel gruben sich tief in ihre Haut. Chloe hatte mittlerweile ein Gespür dafür entwickelt, wann Amy kurz davor war zu kommen. Es waren Kleinigkeiten, die sie gelernt hatte zu lesen. Und wirklich, es dauerte Bruchteile eines Moments, bevor Amy explodierte.

Chloe zog sanft ihre Finger zurück und beugte sich vor, um Amy zu küssen. Amy atmete keuchend und stützte sich mit ihrem Gewicht auf Chloe. Ihre Stirn fiel auf Chloes Schulter und ihr Atem strömte in schnellen Zügen gegen Chloes Haut.

Sie drückten sich so eng aneinander, dass Chloe den Schlag von Amys Herz zusammen mit ihrem eigenen spüren konnte. Chloe würde alles dafür geben, für immer diese Nähe spüren zu können und Amy in ihren Armen zu halten. Das würde allerdings ein Traum blieben. Sie hatte ein Leben, zu dem sie zurückkehren musste. Wollte.

Wenig später brachte Chloe Amy zur Tür und sagte mit einem Lächeln auf den Lippen: »Rufst du mich an, sobald ich später vorbeikommen kann?«

»Natürlich.« Amy küsste sie ein letztes Mal, ein Versprechen auf das, was noch kommen würde.

Chloe sah ihr beim Wegfahren zu, bevor sie wieder ins Haus ging. Sie fuhr sich mit der Hand über das Gesicht. Es gab so viel zu tun. Sie musste einen

Makler anrufen, Kisten packen und die letzten kleinen Arbeiten am Haus erledigen. Aber sie hatte keinerlei Lust oder Motivation, irgendetwas davon zu tun.

Alles, was sie wollte, war, zum Haus der Edwards zu fahren und Amy zu sagen, dass sie bleiben würde.

Kapitel 31

»Wollen wir nicht hierbleiben?«, fragte Chloe am Samstagnachmittag. Sie versuchte, nicht daran zu denken, dass im Haus alles erledigt war, was sie sich vorgenommen hatte, und dass ihr das ein Gefühl der Traurigkeit und nicht das gewünschte Hoch bereitet hatte.

»Wir können morgen zu Hause bleiben«, sagte Amy und ließ sich von den Küssen, die Chloe auf ihrem Hals verteilte, nicht ablenken. »Komm, lass uns Bella zu Hause absetzen. Ich habe mir für heute was überlegt.«

»Warum gehören zu diesen Plänen nicht du, ich und ein Bett?« Grummelnd fügte sich Chloe und ließ Bella in Sams und Adams fähigen Händen, bevor Amy sie zu ihrem Auto zog. »Wohin fahren wir?«

»Das würde die Überraschung verderben.«

»Ich mag keine Überraschungen.« Sie schaute auf die Häuser, an denen sie vorbeifuhren, und brannte trotz ihrer Worte vor Neugierde.

»Ich dachte, es wäre schön, wenn wir den Tag gemeinsam verbringen würden«, sagte Amy und tippte mit den Fingern auf das Lenkrad. »Du hast mir einige deiner Lieblingsorte in London gezeigt, also …« Sie zuckte mit den Schultern. »Ich möchte dir einen von meinen zeigen. Einen, der auch mal deiner war.«

Chloe runzelte die Stirn und hatte keine Idee, wovon Amy redete. Erst als die Schilder für Keswick auftauchten, hatte sie einen Verdacht. Amy stellte das Auto schließlich auf einem Parkplatz ab, der ihr vage bekannt vorkam. »Ich war schon seit Jahren nicht mehr hier.« Keswick war die nächstgelegene Großstadt und als sie Kinder waren, waren sie an den Wochenenden oft hierhergekommen. »Ist das Bleistiftmuseum noch da?«

»Ja, natürlich. Wo sonst kann man den ersten Bleistift der Welt finden?«, fragte Amy mit ernster Stimme.

Chloe lachte.

»Die Jungs lieben es hier.«

Das Wetter war für Ende November erstaunlich schön. Der Himmel klar, aber die winterliche Sonne tat wenig, um die Kälte in der Luft zu vertreiben.

Chloe grub ihre Hände in die Taschen ihres Mantels, als sie aus dem Wagen kletterten und ihr Atem Nebelschwaden produzierte.

Obwohl es schon so spät im Jahr war, wimmelte es in den engen Straßen von Touristen, die den Sonnenschein ausnutzten, und Amy drückte sich dicht an Chloes Seite, um sie in der Menge nicht zu verlieren.

»Komm, am See sollte es ruhiger sein.« Amy führte sie weg von den Geschäften und sie schlängelten sich durch Gruppen kichernder Kinder, die Schwärmen hungriger Enten und Schwänen Vogelfutter zuwarfen.

Das Wasser glänzte in der Sonne, die Temperatur war nicht kalt genug, um irgendetwas einfrieren zu lassen, aber die Berge in der Ferne waren mit Schnee bedeckt.

»So eine Aussicht hat man in London nicht«, sagte Chloe mit schwerem Herzen, nachdem sie und Amy sich auf ein altes Stück Treibholz gesetzt hatten.

»Nein, das stimmt.« Chloe hob einen Stein auf, der besonders glatte Kanten hatte. »Weißt du noch, wie man Steine über das Wasser springen lässt? Ich konnte das nie.«

Amy stand auf und lief grinsend die paar Schritte bis zum Rand des Sees. Dann tat sie das mit ihrem Handgelenk, was Chloe nie verstanden hatte, geschweige denn selbst konnte. Und schon hüpfte der Stein viermal über die Wasseroberfläche, bevor er versank.

Chloe applaudierte.

Amy lächelte sie an. »Komm, versuch es.«

Chloe seufzte und suchte nach einem Stein, der perfekt aussah. Aber wie sie sich das schon gedacht hatte, plumpste er bei ihrem Versuch direkt ins Wasser. »Hab ich dir doch gesagt.«

»Es liegt alles am Handgelenk.«

»Dann sind meine Handgelenke anscheinend nicht für diese spezielle Aufgabe gemacht.«

»Komm her.« Amy reichte ihr einen Stein und stellte sich so dicht hinter sie, dass ihr Atem Chloes Nacken kitzelte. Dann legte sie eine Hand um Chloes Handrücken und zeigte ihr die Bewegung, die sie mit dem Handgelenk machen sollte. Diesmal hüpfte der Stein zweimal auf, bevor er in den Tiefen des Sees versank.

»Versuch es noch einmal«, schlug Amy vor und stellte sich neben Chloe.

Chloe schüttelte verbittert den Kopf, als der Stein direkt sank. Es war so frustrierend, dass es bei ihr nie klappte. »Ich schätze, du hast einfach magische Hände.«

Amy wackelte als Antwort nur mit den Augenbrauen.

»Sollen wir uns ein wenig bewegen? Es ist so kalt.«

»Klar.«

Dutzende von Pfaden schlängelten sich um den See herum oder in die Landschaft hinaus und sie wählten einfach den nächstbesten. Es ging ja nicht um ein bestimmtes Ziel, sondern um die Zeit, die sie gemeinsam verbringen wollten. Blätter und Zweige knirschten unter ihren Füßen und Amy zog Chloe immer wieder von den Hauptwegen weg, so dass die beiden sich schließlich durch das Dickicht der Bäume schlängelten und Eichhörnchen und Vögel mit ihren Schritten aufscheuchten.

»Wir haben uns hier einmal verlaufen«, sagte Amy, hielt unter einer Eiche inne und griff nach Chloes Jacke, um sie an sich zu ziehen. »Erinnerst du dich?«

»Ich weiß noch, dass du darauf bestanden hast, dass du den Weg zurück kennst und dich nicht verlaufen hast, ja.«

»Ich habe uns zu unseren Eltern zurückgebracht, oder?«

»Nach ungefähr einer Stunde, ja. Ich glaube, deine Mum wollte schon einen Suchtrupp losschicken.«

Amy zog Chloe lachend in einen Kuss und legte ihre Arme um Chloes Nacken.

Damals hätte Chloe nie davon geträumt, dies hier eines Tages zu tun. Amy dort zu küssen, wo jemand – so unwahrscheinlich es auch sein mochte – über sie stolpern konnte.

Jetzt war Amy diejenige, die sie an sich zog, deren Zunge ihre berührte, deren Finger sie fest umklammerten. Jetzt schien es Amy egal zu sein, wer sie beide sah, wer wusste, was sie füreinander waren. Sie ließ ihre Finger mit Chloes verschränkt, als sie sie zurück auf den Pfad zog.

Kurz darauf stießen sie auf eine Lichtung, die einen wunderbaren Blick auf das Wasser bot. Sie suchten sich einen Platz, an dem sie sich bequem nebeneinander setzen und die Aussicht genießen konnten. Amy lehnte ihren Kopf an Chloes Schulter und sie lauschten dem Plätschern der Wellen.

»Danke«, sagte Chloe und strich mit ihren Lippen über Amys Stirn. »Dafür, dass du mich hierhergebracht hast.«

Für die letzten Monate. Dafür, dass du meine Freundin bist. Dafür, dass sich Corthwaite mittlerweile mehr wie ein Zuhause anfühlt, als ich es je für möglich gehalten hätte.

»Der Tag ist noch nicht zu Ende«, sagte Amy, machte aber keine Anstalten, aufzustehen. »Was hältst du von chinesischem Essen im Golden Hills?«

»Das gibt es immer noch?«

»Hm-hm. Und es wird immer noch von der gleichen Familie geführt.«

»Klingt perfekt.«

Der ganze Tag war perfekt gewesen und Chloe wollte nicht, dass er zu Ende ging.

Kapitel 32

»Nope«, sagte Danny, als Amy am Sonntagmorgen aus ihrer Haustür trat. »Geh wieder ins Bett.«

Amy, die noch gar nicht richtig wach war und sich nur widerwillig von dem warmen Körper, der in ihrem Bett lag, hatte losreißen können, runzelte die Stirn. »Was?«

»Ab ins Bett.« Danny versuchte, sie wieder durch die Tür zu scheuchen. »Geh zurück zu Chloe.«

Amy erstarrte. »Was?«

»Ach, komm schon.« Er rollte mit den Augen. »Es ist offensichtlich, dass da etwas zwischen euch läuft. Ich habe nichts gesagt, weil ich dachte, wenn du wolltest, dass ich es weiß, hättest du es mir gesagt. Ich weiß, dass sie heute abreist, also solltest du wieder zu ihr gehen. Verbring Zeit mit ihr.«

»Ich – danke.«

»Schon okay. Du schenkst mir und Gabi immer wieder die Möglichkeit, viel Zeit miteinander zu verbringen. Es wird Zeit, dass ich mich revanchiere.«

Amy schlüpfte kopfschüttelnd zurück in ihre Scheune, zog sich aus und legte sich wieder zu Chloe unter die Laken.

Chloe schlug die Augen auf und legte eine Hand auf Amys Hüfte. »Du bist immer noch hier.« Ihre Stimme war rau vom Schlaf, ihr Haar zerzaust.

Das war ein Bild, das Amy nie vergessen wollte. »Anscheinend habe ich den Tag frei bekommen. Ich gehöre also ganz dir.«

»Das hört sich gut an.« Chloe murmelte die Worte gegen Amys Schulter. Dann wurde ihr Atem wieder sehr gleichmäßig.

Amy ließ sie noch eine Weile weiterschlafen, zeichnete Muster auf die nackte Haut ihres Rückens und beobachtete, wie die Wolken am Dachfenster vorbeizogen. Chloe zuckte zusammen, als Amys Finger über ihre Rippen strichen, die selbst im Schlaf kitzlig waren, und eine müde Hand schlug gegen ihre Schulter, als sie es wieder tat.

»Hör auf damit.«

»Zwing mich doch«, sagte Amy.

Chloe brummte, dann packte sie Amys Handgelenke, rollte sich auf sie und drückte ihre Arme auf beiden Seiten ihres Kopfes ans Bett. »Du bist viel zu wach.«

»Und du bist es nicht.«

»So langsam werde ich es«, sagte Chloe, als sich Amys Hüften unter ihr bewegten.

Amy lachte. »Ich habe daran gedacht, unter die Dusche zu gehen. Willst du mir Gesellschaft leisten?«

Gemeinsames Duschen hatte eine Art von Intimität, die Amy schon immer geliebt hatte. Die Möglichkeit, mit einer anderen Person verletzlich zu sein, Haut auf Haut, aber nicht unbedingt sexuell. Chloes Händedruck war sanft, als sie Amys Haare einseifte. Als Nächstes goss Amy dann Duschgel in ihre Hände und fuhr damit über Chloes Körper, bewunderte die Spuren, die sie am Abend zuvor auf dieser Haut hinterlassen hatte. Eine bleibende Erinnerung an das, was sie miteinander geteilt hatten.

Chloe zog sie in einen Kuss. Amys Hände ruhten auf ihren Hüften, Wasser floss über ihre Köpfe und Amy wünschte, sie könnten den ganzen Tag so zusammen verbringen. Aber ihre Wasserrechnung würde es ihr nicht danken, also beendeten sie die gemeinsame Dusche, trockneten sich ab und schlüpften in ihre bequemsten Kleider, bevor sie in die Küche gingen.

»Worauf hast du Hunger?«, fragte Amy, während sie in den Schränken nachsah, was fürs Frühstück im Haus war.

»Du musst nicht für mich kochen.«

»Ich weiß, aber es macht mir nichts aus. Willst du wieder ein komplettes englisches Frühstück? Oder Pancakes? Ich habe irgendwie Lust auf Pancakes.«

»Dann Pancakes.«

Chloe leistete Amy Gesellschaft, während sie, auf dem Küchentisch sitzend, den Teig anrührte und versuchte, sich nicht von dem Anblick des feuchten Haars, das sich in Chloes Nacken kräuselte, oder von dem schweren Gefühl in ihrem Magen ablenken zu lassen.

Je mehr sie sich wünschte, dass sich die Zeit verlangsamen würde, desto mehr hatte sie das Gefühl, dass sie sich beschleunigte, dass dieser letzte Tag ihnen entglitt, während sie erst aßen und dann Hand in Hand mit Bella spazieren gingen.

Als sie später gemeinsam auf der Couch kuschelten, fragte Amy: »Wann musst du los?« Sie wünschte sich, dass die Antwort »niemals« sein könnte.

»Ich möchte wieder in London sein, bevor es zu dunkel wird. Also vielleicht gegen halb zwei?«

Amy warf einen Blick auf die Uhr und ihre Kehle schnürte sich zusammen, als ihr klar wurde, dass sie wirklich nur noch ein paar gemeinsame Stunden vor sich hatten.

»Die Jungs wollen dich sicher noch sehen, bevor du gehst.«

»Sie wollen eher Bella sehen«, sagte Chloe.

Amy schüttelte den Kopf. »Und dich. Sie lieben dich.«

»Sam liebt mich? Wirklich?«

»Er mag dich viel mehr, als andere Menschen.«

»Okay.«

»Und Mum und Gabi werden sich auch von dir verabschieden wollen. Du wirst hier vermisst werden.« Sie versuchte, ihre Stimme leicht zu halten, versuchte, ihre Tränen zu unterdrücken. »Ich werde dich vermissen.«

»Ich werde dich auch vermissen.« Chloe kuschelte sich enger an Amy. »Aber wir werden doch in Kontakt bleiben, oder? Es ist kein Abschied für immer.«

Nein, aber es ist ein Lebewohl von dem, was wir in den letzten Wochen hatten. Lebewohl von Chloe, die warm an ihrer Seite lag. Lebewohl von Chloe, hier, in ihrem Zuhause, nahe genug, um sie zu berühren.

Amy schob ein Knie über Chloes Hüfte und küsste sie sanft auf die Lippen. Es dauerte nicht lange, bis die Küsse stürmischer wurden. Wie sollte Amy sich von dem hier verabschieden, von dem Gefühl von Chloes Haut auf ihrer, dem leisen Stöhnen in ihren Ohren, diesen intensiven Gefühlen, wo immer Chloes Finger sie berührten?

Sie ließ eine Hand an Chloes Bauch hinuntergleiten, tauchte sie zwischen ihre Schenkel und zog spielerisch Kreise um ihre Klitoris. Chloe stöhnte und ließ ihre eigenen Händen wandern. Bald schon war Amy nicht mehr in der Lage, noch einen klaren Gedanken zu fassen. Sie spürte, wie sich langsam aber sicher, Berührung für Berührung, die Energie in ihr aufstaute, bis sie Sekunden nach Chloe kam und sich diesem Gefühl hingab, das durch ihren Körper schoss.

Sie sackten schwer atmend aneinander, Amys Mund an Chloes Hals gepresst.

»Wir hätten mit der Dusche warten sollen«, sagte Chloe.

Amy kicherte. »Du kannst ja wieder duschen. Ich werde dir nichts berechnen.«

»Wie großzügig.«

Geduscht wurde nicht, aber sie brauchten einige Zeit, bis sie so weit waren, dass sie das Gefühl hatten, sich dem Rest der Familie stellen zu können.

»Wir sollten pünktlich zum Mittagessen drüben sein«, sagte Amy nach einem letzten Blick in den Spiegel.

Das schafften sie dann auch. Auf dem Tisch standen bereits Schüsseln mit Suppe für sie beide. Es war nicht fair, wie nahtlos sich Chloe einfügte, neben Adam Platz nahm und nickte, während er über die Schule und Football plapperte. Es war nicht fair, dass sie das Gefühl hatte, dazuzugehören und mit Gabi und Danny lachte, als würde sie dies hier schon seit Jahren tun.

Es war nicht fair, wie die Zeit wie Wasser durch ihre Finger glitt, bis die Uhr zwei schlug und Chloe aufstand, um zu gehen.

»Ich, äh, ich habe jedem von euch ein Geschenk mitgebracht«, sagte sie zu Adam und Sam und öffnete ihre Tasche. »Hier bitte, Adam.« Sie reichte ihm ein sorgfältig gefaltetes Tottenham-Trikot, auf dessen Rückseite in großen schwarzen Buchstaben »Edwards« stand.

Nun war Amy endgültig den Tränen nahe.

»Ich weiß, das macht es nicht wett, dass ich dich nicht zu einem Spiel mitnehmen konnte, aber ich hoffe, es gefällt dir trotzdem.«

»Danke!« Er schlang seine Arme um ihren Hals und zog sich das Hemd über den Kopf, kaum dass er sich von ihr gelöst hatte.

»Ich habe eine große Größe genommen, damit du hineinwachsen kannst«, sagte sie und grinste, als das Hemd fast seine Knie berührte. »Ich dachte, so hält es länger.«

»Ich werde es nie wieder ausziehen.«

»Doch, das wirst du«, sagte Gabi und schüttelte den Kopf. »Ich danke dir, Chloe.«

»Und für dich, Sam, habe ich das hier.« Sie reichte ihm einen Satz PAW-Patrol-Spielzeug und ein paar Malstifte. »Als ich das letzte Mal hier war, ist mir aufgefallen, dass dir ein paar davon bald ausgehen.« Sie tippte auf die Stifte. »Also habe ich dir ein paar neue besorgt. Ich habe darauf geachtet, die gleiche Marke zu nehmen.«

Er erwiderte die Umarmung blitzschnell und Chloe hatte auf einmal seltsam feuchte Augen.

»Ich habe auch ein paar Sachen für euch. Wein und eine Flasche Whisky.« Sie stellte sie auf dem Küchentisch ab. »Um euch zu danken für alles, was ihr in den letzten Monaten für mich getan habt. Und dafür, dass ihr mir das Gefühl von einem Zuhause gegeben habt.«

»Oh, Chloe.« Amys Mutter zog Chloe in eine heftige Umarmung, Tränen standen ihr in den Augen. »Lass von dir hören, ja? Du bist hier willkommen, wann immer du willst.«

»Ja, wir würden uns freuen, dich wiederzusehen.« Gabi war die Nächste und drückte sie fest an sich. »Es war schön, dich kennenzulernen.«

Ihr Bruder entschied sich für einen Händedruck und Amy fragte sich, ob Chloe jemals gedacht hatte, dass sie und Danny dieses Niveau an Höflichkeit erreichen würden.

»Komm gut nach Hause, ja?«, sagte Danny.

»Das werde ich.«

»Ich fahre dich zum Haus«, sagte Amy, die sich nicht verabschieden wollte, noch nicht. Nicht vor ihrer Familie.

»Danke.«

Leanne umarmte Chloe ein letztes Mal und dann folgte Chloe Amy zur Tür.

Auf der Fahrt herrschte eine angespannte Stille zwischen ihnen. Jeder Atemzug fühlte sich wie ein Messer in Amys Brust an.

»Das war's dann wohl?«, sagte sie, als sie in Chloes Einfahrt hielten.

»Ja.« Chloe drehte sich um und sah sie an. Tränen glitzerten in ihren Augen. »Ich schätze, das ist es.«

Und Amy wusste nicht, was sie sagen sollte, wie sie dieses gemeinsame Kapitel abschließen sollte, welche Wörter auch nur annähernd beschreiben konnten, wie viel Chloe ihr bedeutete, wie sehr sie sie vermissen würde. Stattdessen entschied sie sich für einen Kuss. Einen letzten Kuss. Einen, an den sie sich beide erinnern würden.

»Wenn du so weitermachst«, sagte Chloe nach dem Kuss, atemlos und mit großen Augen, »werde ich nie gehen können.«

Gut. Bleib.

Ein Opfer für sie, erinnerte sie sich ernsthaft. *Du kannst sie nicht hierbehalten. Du musst sie gehen lassen.*

»Ich, äh, ich habe auch etwas für dich.« Chloe sah nervös aus, ihre Finger spielten mit dem Reißverschluss ihrer Tasche und schließlich holte sie eine Schachtel hervor. »Du musst es nicht tragen oder so. Es ist dumm, aber ich … ich habe es gesehen, und na ja.« Sie reichte es weiter. »Ich dachte, es gefällt dir vielleicht.«

Amy öffnete den Deckel und starrte, für einen Moment sprachlos, auf ein Armband. Es war zierlich und silbern und in der Mitte hing ein kleines Hufeisen. »Ich liebe es. Danke. Ich ... ich habe nichts für dich.«

»Das ist okay. Du hast mir ... du hast mir in den letzten Monaten so viel gegeben.«

Und was ist mit dem, was du mir gegeben hast? Vergebung? Eine zweite Chance? Liebe?

»Ich sollte dich jetzt gehen lassen«, sagte Amy und ihre Kehle wurde eng. Wenn Chloe nicht bald ausstieg, würde sie zusammenbrechen. »Sagst du mir Bescheid, wenn du angekommen bist?«

»Natürlich.« Chloe legte ihre Hand um Amys Knie und drückte es. »Wir sprechen uns bald wieder.« Sie beugte sich vor und ließ ihre Lippen ein letztes Mal über Amys Lippen gleiten.

Amy spürte Tränen auf ihrer Wange und wusste, dass es nicht ihre eigenen waren, dass sie nicht die Einzige war, die gegen all diese Gefühle ankämpfte.

»Auf Wiedersehen, Amy.« Chloe kletterte mit Bella im Schlepptau aus dem Wagen.

Amy wartete nicht, bis sie im Haus verschwunden war. Sie startete den Wagen. Sie musste weg, musste nach Hause, brauchte einen sicheren Ort, um zusammenzubrechen.

Tränen tropften von Chloes Kinn, als sie ein letztes Mal das Haus betrat. Die Erinnerung an Amys Gesicht, das beim Wegfahren vor Schmerz verzerrt war, hatte sich in ihren Kopf eingebrannt.

Das hier sollte nicht so hart sein. Ihre Brust sollte nicht bei jedem Atemzug schmerzen. Sie sollte nicht den Drang verspüren, in ihren Wagen zu steigen, zur Edwards-Farm zurückzufahren und zu sagen, dass sie doch nicht gehen würde.

So war das nicht geplant gewesen. Sie sollte froh darüber sein, diesen Teil ihres Lebens für immer abschließen zu können, ihre letzte Verbindung zu diesem winzigen Dorf zu kappen, das sich mittlerweile um ihr Herz geschlungen hatte und es fest umklammerte.

Stattdessen fühlte sie sich diesem Ort näher als je zuvor und es fiel ihr schwer, die Kraft zum Aufbruch aufzubringen, obwohl all ihre Habseligkeiten bereits abfahrbereit in ihrem Van verstaut waren.

Chloe wischte sich mit dem Ärmel über die Wangen. Sie war ja selbst schuld an allem. Sie hätte Nein sagen können, als Amy sie damals an sich gezogen und sie zum ersten Mal geküsst hatte.

Naomi hat dir gesagt, dass es eine schlechte Idee ist und du hast nicht zugehört, dachte sie und fuhr sich mit der Hand durch die Haare. *Du hast nicht zugehört und jetzt musst du damit klarkommen.*

Würde sie alles zurücknehmen, wenn sie es könnte? Wäre es besser gewesen, sich gar nicht auf dieses Abenteuer mit Amy einzulassen?

Nein, beschloss sie. Sie würde die letzten Monate gegen nichts eintauschen wollen. Der Schmerz würde irgendwann nachlassen, sagte sie sich, während noch mehr Tränen die Wangen hinunterliefen, und es würden die schönsten Erinnerungen zurückbleiben.

Sie zwang sich, ein letztes Mal durch das Haus zu gehen und alles in sich aufzunehmen, was sie hier erreicht hatte. Die Renovierung war gut gelaufen. Das wusste sie. Sie war stolz auf das, was sie geschafft hatte, und sie hoffte, dass ihr Vater das auch sein würde.

Chloe blieb in der Tür zu seinem Büro stehen und wenn sie die Augen schloss, konnte sie sich fast vorstellen, dass er da war. Chloe glaubte nicht an Geister, aber es fühlte sich an, als wäre er mit ihr in diesem Raum, als würde er nach ihr greifen und sie anflehen, nicht zu gehen.

»Ich hoffe, dir gefällt, was ich aus dem Haus gemacht habe«, sagte sie mit leiser Stimme in dem leeren Raum.

Mit schwerem Herzen verließ sie den Raum und schloss die Tür. Chloe glaubte nicht, dass sie jemals zurückkommen würde, und sie erlaubte sich einen letzten Moment, um in Erinnerungen zu schwelgen und sich an all die glücklichen und traurigen Zeiten in diesen Wänden zu erinnern, bevor sie Bella rief und mit ihr gemeinsam zum Van ging.

»Sieh dich noch einmal um, Mädchen«, sagte sie zu Bella. »Ich hoffe, du vermisst die offenen Felder nicht zu sehr.«

Bellas Antwort bestand aus einem Blinzeln.

Chloe stieg in den Van, drehte den Schlüssel im Zündschloss um und fuhr aus der Einfahrt. Sie sah immer wieder in den Rückspiegel, bis das Haus außer Sichtweite war. Es war gar nicht so einfach zu fahren, während ihr Tränen die Wangen herunterliefen. Sie wischte sie weg und drehte ihre Musik laut auf, sang aus voller Kehle, alles, um die Gedanken zu übertönen, die in ihrem Kopf herumschwirrten. Um die Stimme in ihrem Inneren zu ignorieren, die sie drängte, den Van zu wenden.

Als sie zu Hause ankam, schickte sie Amy eine Nachricht, während sie die Treppe hinaufstapfte, ohne sich den Luxus zu gönnen, ihre alten Nachrichten durchzulesen. Sie hatte nicht erwartet, Naomi auf ihrer Couch vorzufinden.

»Oh, Chlo«, sagte Naomi. Ihre Stimme war voller Mitgefühl. »Komm her.«

Chloe setzte sich neben sie und vergrub ihr Gesicht in Naomis Schulter, während diese sie in eine Umarmung zog.

»Was kann ich für dich tun?«

»Hier zu sein ist genug.«

»Lass mich eine Flasche Rotwein aufmachen.« Sie drückte Chloe einen Kuss auf die Schläfe und stand dann auf, um ihnen beiden ein Glas Wein einzuschenken. »Ich habe auch etwas zu essen mitgebracht. Schokolade, Popcorn und deine Lieblingseissorte Ben & Jerry's.«

»Auch wenn du denkst, dass die überteuert ist?«

»Die ist überteuert, aber ich habe sie trotzdem gekauft, weil ich dachte, es würde dich aufheitern. Hier, nimm einen Löffel.«

»Ich bin nicht hungrig …«

»Pech gehabt, ich habe es gekauft, also essen wir es.« Naomi legte ihr einen Becher mit Cookie-Dough-Eis in den Schoß, dessen Ränder mit Kondenswasser beschlagen waren. »Danach wirst du dich besser fühlen.«

Chloe war sich da nicht sicher, aber sie entschied sich, nicht zu widersprechen, und aß stattdessen, den Löffel in der einen und das Glas Rotwein in der anderen Hand.

»Kommst du zurecht?«, fragte Naomi, nachdem auch sie ein paar Löffel Eis gegessen hatte.

Als sie Naomi ansah, musste Chloe lachen. Irgendwie hatte diese es geschafft, Eiscreme um ihren Mund und auf ihrem Kinn zu verschmieren.

Naomi runzelte die Stirn. »Warum lachst du über mich?«

»Weil du aussiehst, als wärst du mit dem Gesicht voran in den Becher gefallen. Es ist überall.«

»Glaubst du, du siehst besser aus?«

»Ja, weil ich kein Tier bin.«

»Oh, das werden wir ja sehen.«

Naomi strich mit einem Finger erst durch das Eis und dann über Chloes Nase.

Das Eis war kalt und klebrig. Chloe starrte Naomi ungläubig an. »Was hast du gemacht?«

»Nichts.« Naomi blinzelte unschuldig.

Das Spiel konnten zwei spielen. Chloe nahm selbst etwas Eiscreme auf ihre Hand und bestrich Naomis Wangen.

Naomi versuchte aufzustehen. Chloe hielt sie fest.

»Hör auf! Das ist eine Verschwendung von wertvollen Ressourcen! Weißt du, wie viel das kostet?«

»Du hast damit angefangen!«

»Okay, da hast du nicht ganz unrecht«, gab Naomi zu und versuchte, Chloe mit ihren langen Armen in Schach zu halten. »Waffenstillstand?«

»Nur weil es ein Albtraum wäre, die Couch sauber zu machen, wenn sie was davon abbekommt.« Chloe stoppte ihren Angriff und lehnte sich zurück gegen die Kissen. Ihre Hände und ihre Nase fühlten sich klebrig an und die Hälfte von Naomis Gesichts war mit Eis bedeckt. »Du siehst immer noch lächerlich aus.«

»Ja, aber das tust du auch.«

Sie leerten den Becher – eine Entscheidung, die Chloe wahrscheinlich später bereuen würde –, bevor sie sich beide Gesicht und Hände wuschen. Chloe warf einen Blick in den Spiegel, als sie fertig war. Ihre Augen waren rot umrandet und von einer Traurigkeit gezeichnet, die sie selbst dort noch nie gesehen hatte. Aber ihre Wangen waren vom Lachen gerötet. Naomi wusste immer genau, was sie sagen oder tun musste, damit Chloe ihre Sorgen vergaß.

»Du hast mir noch nicht geantwortet«, sagte Naomi, als Chloe in die Küche zurückkehrte. »Bist du in Ordnung?«

»Im Moment nicht«, sagte sie. Sie würde lügen, wenn sie versuchte, so zu tun, als wäre ihr Herz nicht gebrochen, als wünschte sie nicht, sie wäre jetzt wieder in Corthwaite, an Amys Seite. »Aber das werde ich sein.«

Kapitel 33

»Hey, Boss.« Jin und Devon begrüßten Chloe am Montagmorgen mit einem Lächeln.

Chloe erwiderte es und hoffte, dass es nicht so aussah, wie sie sich fühlte.

»Du bist früh hier.«

»Ich muss wieder in meinen Rhythmus kommen«, log sie. In Wirklichkeit hatte sie letzte Nacht kaum geschlafen. Hatte sich stundenlang hin und her gewälzt und versucht, zu vergessen, wie es sich angefühlt hatte, als Amy zu Besuch in London gewesen war.

»Also bist du jetzt endgültig zurück?« Jin ließ sich in seinem Stuhl nieder, fuhr seinen Computer hoch und beugte sich vor, um Bella zu begrüßen, als diese an ihm vorbeitrottete.

»Das bin ich. Zum Glück für dich.«

»Hast du Fotos von dem Haus? Ich will sehen, ob es dem Standard entspricht.«

Chloe lachte und öffnete das Inserat.

Jin und Devon drängten sich um ihren Schreibtisch.

»Oh, ich liebe diese Küche«, sagte Devon, während Chloe durch die Bilder blätterte. »Und das Bad. Und diese Aussicht! Es ist umwerfend. Es wird sich im Handumdrehen verkaufen.« Sier klopfte Chloe auf die Schulter.

Sie wünschte sich, die Worte wären beruhigend, wünschte sich, der Gedanke an einen Verkauf würde ihr nicht den Magen umdrehen.

»Boss«, sagte Jin zögerlich. »Ist dir bewusst, dass diese Wohnung deiner verblüffend ähnlich ist?«

»Warum betonen das eigentlich alle?« Sie schloss die Internetseite. »Ich wähle solche Küchen in allen Häusern, die wir verkaufen.«

»Tust du das?« Jin sah sie mit hochgezogenen Augenbrauen an.

Chloe blinzelte verwirrt.

»Genau dieser Stil? Diese Badezimmerfliesen?«

»Ich mag sie, okay? Ist das ein Verbrechen?«

Jins Augenbrauen hoben sich noch weiter und Chloe wusste, dass sie aufhören musste zu protestieren. Sie knirschte mit den Zähnen. Zur Arbeit zu gehen, sollte ihr helfen Amy zu vergessen und nicht dazu führen, dass sie sich noch schlechter fühlte. Sie sollte sich nicht mit dem Ort und den Menschen beschäftigen, die sie hinter sich gelassen hatte. »Schon gut, schon gut. Es ist ein Zufall.«

Ihr Telefon klingelte und sie hoffte, dass es sich um einen Notfall handelte, der ihre sofortige Aufmerksamkeit erforderte. Eine Ablenkung, an die sie sich klammern konnte. Sie zögerte, als sie »Amelia: Immobilienmaklerin« auf dem Display aufblinken sah.

»Hallo?«

»Hi, Chloe. Ich habe eine gute Nachricht.«

»Jetzt schon?«, fragte sie mit einem Hauch von Panik in der Stimme. Sie hatte damit gerechnet, dass das Haus mindestens ein paar Wochen auf dem Markt bleiben würde. Ein paar Wochen, in denen ihr Bedauern nachlassen würde, in denen sie sich damit abfinden könnte, nie wieder einen Fuß in das Haus und diese Gegend zu setzen.

»Ich habe Ihnen doch gesagt, dass Sie wunderbare Arbeit geleistet haben und dass es in einer schönen Gegend liegt. Das Angebot liegt unter dem Preis, aber –«

Chloe klammerte sich an diesen Strohhalm von Information. »Wie viel weniger?«

»Zehntausend, aber es gibt keine Verbindlichkeiten und im Interesse eines schnellen Verkaufs denke ich …«

»Ich würde gern warten«, sagte sie. »Es ist erst seit ein paar Tagen auf dem Markt.«

Zwei Augenpaare starrten sie an.

Chloe drehte ihren Stuhl weg. »Ich denke, wir können noch etwas warten. Ein besseres Angebot einholen.«

»Sind Sie sicher? Das ist ein gutes Angebot, Chloe. Sie sollten zumindest darüber nachdenken.«

»Das habe ich. Ich würde gern warten.«

»Okay.« Amelia klang nicht beeindruckt. »Ich werde noch einmal nachfassen, aber ich glaube nicht, dass die Interessenten ihr Angebot erhöhen. Ich sage Bescheid, wenn sich etwas ändert.«

»Danke.«

Sie legte auf und ihr Gesichtsausdruck signalisierte wohl deutlich genug, dass sie in Ruhe gelassen werden wollte. Weder Jin noch Devon sagten ein Wort. Selbst Maria, die um neun Uhr ins Büro schlenderte, schien die

Stimmung zu spüren und bot Chloe statt ihres üblichen Geplauders nur ein kurzes Hallo.

Es war keinem von ihnen gegenüber fair, sie ihrer miesen Laune auszusetzen, vor allem wenn sie nicht wussten, was los war.

Der Versuch, sich auf die Budgetberichte für ihr neuestes Projekt zu konzentrieren, funktionierte nicht. Es juckte ihr in den Fingern. Sie musste sich beschäftigen. Sie musste etwas mit ihren Händen tun, das nichts mit Zahlen auf ihrem Computerbildschirm zu tun hatte. »Ich werde mal nachsehen, wie Chris und seine Jungs in der York Street vorankommen«, sagte sie zu Jin. Das Haus, das sie letzte Woche ersteigert hatten, war ein einziges Chaos. Geradezu heruntergekommen und baufällig. Es würde genug Aufgaben geben und genug Möglichkeiten, sich die Hände schmutzig zu machen und das war genau das, was sie jetzt brauchte. »Kommst du hier auch ohne mich klar?«

»Natürlich«, antwortete Jin. »Geht es dir gut, Boss?«

»Ja. Ja, ich habe nur …« Sie brach ab und suchte nach einer Ausrede. »Ich muss ein bisschen raus. Ich vermisse es, an einer Renovierung zu basteln.«

Jin sah nicht überzeugt aus, drängte aber nicht weiter und versprach, sich um Bellas Mittagessen zu kümmern.

Die York Street war nicht allzu weit vom Büro entfernt, also fuhr sie mit dem Auto, da sie keine Lust hatte, mit fünfzig anderen Leuten in einem Zugabteil zusammengepfercht zu sein. Gerüste säumten die Außenseite des Hauses, Dachdecker arbeiteten hart daran, das Leck zu beseitigen, das den größten Teil der Decken im Obergeschoss zerstört hatte.

Ein echter »Fixer-upper«, wie Chris sagen würde. Die Art von Projekt, die sowohl ihm als auch Chloe gefiel.

»Was machst du denn hier?«, fragte er, als er sie in der Tür bemerkte.

»Ich hatte Lust, mir die Hände schmutzig zu machen. Ist das in Ordnung?«

Er deutete auf die halb zerstörte Wand vor ihm. »Nimm einen Vorschlaghammer.«

Chris war nicht der gesprächige Typ und Chloe war noch nie so dankbar dafür gewesen. Es war leicht, alle anderen Gedanken zu verdrängen, wenn sie sich darauf konzentrieren konnte, einen Vorschlaghammer zu heben, die Vibrationen zu spüren, wenn er in die Wand schlug, und das Ganze zu wiederholen.

Das war es, was sie brauchte: Putz und Beton aufreißen, vor Anstrengung brennende Muskeln und den Schweiß, der von ihrer Stirn perlte.

Hier gehörst du hin, dachte sie und versuchte, nicht daran zu denken, dass es sich wie eine Lüge anfühlte.

Kapitel 34

Ein unglaubliches Chaos begrüßte Amy, als sie das Wohnzimmer des Bauernhauses betrat. Offene Kisten waren überall verstreut und ein Weihnachtsbaum nahm den halben Raum ein, so groß, dass seine Spitze die Decke berührte. Danny balancierte auf einer Leiter, eine Schere in der Hand, und versuchte, den Baum gleichzeitig zu trimmen und zu richten. Adam und Sam saßen auf dem Boden und stöberten in den Kisten mit der Dekoration. Amys Mutter saß zusammengerollt in einem Stuhl und strickte wie wild, um ihre Decke noch vor den Feiertagen fertig zu bekommen. Gabi stand am Fuß von Dannys Leiter, rief Anweisungen in schnellem Spanisch und nippte an einem Becher Eierlikör.

»Tía Amy! Bist du gekommen, um zu helfen?«

»Aber natürlich. Das würde ich um nichts in der Welt verpassen wollen.«

Gabi machte sich Sorgen um sie und tauchte immer wieder mit der einen oder anderen Aufgabe auf – neue Kuchen zum Backen oder Rezepte zum Ausprobieren oder eine neue Fernsehsendung, die sie sich ansehen mussten. Amy wusste, dass Gabi es gut meinte, aber ihr Verhalten machte sie verrückt. Sie brauchte Zeit für sich, Zeit zum Trauern, Zeit, um die zerbrochenen Teile ihres Herzens wieder zusammenzusetzen.

»Er ist immer noch schief«, sagte Amy, als Danny von der Leiter stieg. Sie lehnte mit einer Schulter an der Wand und biss in einen Lebkuchenmann, den sie vom Küchentisch gestohlen hatte. »Er muss weiter nach links.«

Danny durchquerte den Raum und stellte sich neben sie. »Quatsch. Er ist gerade.«

»Er ist schief!«

»Deine Augen sind schief. Er ist gerade.« Er nahm ihr den Lebkuchenmann aus der Hand und brach ein Bein ab, bevor er ihn ihr zurückgab. »Und wenn er nicht gerade ist«, sagte er kauend, »dann musst du damit klarkommen, denn ich rühre ihn nicht wieder an.«

Er ließ sich in seinem Sessel nieder und überließ es ihr und den Jungs, das Ungetüm zu schmücken. Ein Teil der Dekoration, stellte Amy fest, als sie in den Kartons nach der Weihnachtsbeleuchtung suchte, war so alt wie sie und Danny selbst.

Es gab Teile, die sie in der Grundschule gebastelt hatten, grell und furchtbar bemalt, aber ihre Mutter bestand darauf, dass sie einen Ehrenplatz am Baum bekamen. Dort hingen sie direkt neben denen, die Sam und Adam gebastelt hatten.

Sie nahm einen Schneemann aus Filz in die Hand. Sein Kopf neigte sich zur Seite, seine Augen waren vor langer Zeit von ungeschickten Händen aufgenäht worden. Amy konnte sich genau an den Tag erinnern, als er entstanden war. Sie und Chloe, beide dreizehn Jahre alt, hatten am Küchentisch gesessen und so getan, als ob sie sich langweilten. Dabei waren sie über den Tisch gebeugt und versuchten, die beste Familiendekoration herzustellen.

Nicht viele der Teile, die sie als Kinder gebastelt hatten, hatten all die Jahre überlebt. Bis auf den Filzschneemann, der Chloes Werk war. Sie schluckte hart und fragte sich, was Chloe wohl gerade machte. Ob ein Baum in ihrer Wohnung stand oder ob sie zu den Leuten gehörte, die bis zur letzten Minute warteten, um ihn aufzustellen. So wie Chloes Vater. Er war immer erst ein paar Tage vor Weihnachten losgefahren, um einen Baum zu holen, und Amy hatte den beiden dann geholfen, ihn zu schmücken.

Sie schoss schnell ein Foto von dem Schneemann und schickte Chloe eine Nachricht – *Erinnerst du dich daran?* Sie hatten vereinbart, in Kontakt zu bleiben, aber die Gespräche waren spärlich, seit sie wieder in London war.

Amy wusste oft nicht, was sie sagen oder schreiben sollte. *Ich vermisse dich* schien zu schwer zu sein. *Ich wünschte, du wärst hier* sogar noch mehr. *Was machst du gerade?* erschien ihr zu unpersönlich. Jedes Mal, wenn sie ihr Telefon in die Hand nahm, zweifelte sie an sich selbst, tippte einen Text, löschte ihn, tippte einen weiteren Text, löschte ihn wieder. Sie blätterte durch die Gespräche, die sie vorher geführt hatten, als es noch einfach gewesen war. Als die Distanz zwischen ihnen noch nicht so unüberwindlich zu sein schien.

Sie steckte ihr Handy wieder in die Tasche, ohne eine Nachricht geschrieben zu haben.

Adam und Gabi halfen ihr, die Lichterketten über den Baum zu hängen, und dann war es Zeit für die Kugeln. Amy setzte Sam auf ihre Schultern, damit er die höchsten Zweige erreichen konnte, während Adam die niedrigsten Zweige übernahm. Als sie fertig waren, trat Amy zurück, um ihr Werk zu bewundern, und lächelte. Die Deko am Baum war ein einziges Durcheinander, ein Mischmasch aus nicht zusammenpassenden Farben. Alles in Rot und

Grün und Blau und Gold und Silber war wild über die Äste verstreut. Ihre selbstgemachten Dekorationen waren wahllos dazwischengemischt. Manche hingen zu dicht beieinander, manche zu weit auseinander. Aber Amy gefiel der Baum. Er war ein Unikat. So wie ihre Familie.

»Also, wir werden in nächster Zeit nicht an einem Baumschmuckwettbewerb teilnehmen«, sagte sie und setzte Sam vorsichtig wieder auf den Boden. »Aber das Wichtigste ist, dass wir Spaß hatten.«

»Es hat super viel Spaß gemacht! Können wir jetzt das Pfefferkuchenhaus machen, Mami?«

»Klar. Auf geht's, wir holen die Formen dafür.«

Adam trottete hinter Gabi her, Sam folgte ihnen und Amy griff nach ihrem Handy und bekam Herzklopfen, als sie eine Nachricht von Chloe sah.

Ja. Ich kann nicht glauben, dass es ihn noch gibt.

Ein bisschen, als wäre er betrunken, aber er sieht immer noch gut aus, tippte Amy lächelnd.

Zeig mir deinen Weihnachtsbaum.

Es sieht chaotisch aus, tippte Amy. Aber sie machte trotzdem ein Foto und stellte sich in den Türrahmen, um den ganzen Raum einzufangen. Hier herrschte eine Mischung aus englischer und mexikanischer Kultur. Weihnachtssterne standen auf dem Kaminsims neben dem Kamin, eine Krippe stand in der Ecke und auch Gabis Dekoration war am Baum aufgehängt worden.

Sieht schön aus. Ein bisschen groß. Meiner ist im Vergleich dazu erbärmlich.

Das dazugehörige Bild zeigte einen viel kleineren Baum in der Ecke von Chloes Wohnung, vor dem sich Bella ausgestreckt hatte. Nach der Dekoration zu urteilen, vermutete Amy, dass Naomis Nichten ihr beim Aufstellen geholfen hatten.

Wenigstens ist deiner proportional.

Sie stellte sich Chloe vor, wie sie sich auf ihrer Couch zusammengerollt hatte, um das Foto aufzunehmen, die Decken über ihren Beinen. Ein vertrauter

Schmerz machte sich in Amys Brust breit. Sie wünschte sich so sehr, bei ihr zu sein. Wann würde dieser Schmerz aufhören? Wann würde er vergehen? Wann würde sie an Chloe denken können, ohne das Gefühl zu haben, weinen zu müssen?

Das stimmt. Freust du dich auf die Ferien?

»Amy!« Gabis Stimme ertönte aus der Küche. »Schwing deinen Hintern hier rein. Ich brauche deine Backkünste. Hast du eine Ahnung, wie viele Plätzchen du für ein ganzes Haus backen musst? Kein Wunder, dass wir das noch nie gemacht haben.«

Amy kicherte und tippte eine Antwort an Chloe, während sie in die Küche ging, um Gabi zu retten.

Kapitel 35

Ein paar Stunden, nachdem sie nach Hause gekommen war, flog Chloes Haustür auf und sie war nicht wirklich überrascht, als Naomi plötzlich hineingeschlendert kam.

Sie musste allerdings zweimal hinschauen, als sie sah, was Naomi trug: ein tiefblaues Kleid, das eng an ihren Hüften anlag, bevor es sich weitete und kurz vor ihren Knien endete. Chloe hob die Augenbrauen.

»Wir gehen aus.«

»Wohin gehen wir?«

»Raus. Komm schon, zieh dich an.«

Naomi zog sie hoch und in ihren Augen lag eine Entschlossenheit, die Chloe deutlich machte, dass es nicht leicht sein würde, sich aus dieser Situation herauszuwinden.

»Ich will nicht ausgehen. Ich bin hier zufrieden, danke.« Chloe wehrte sich und stemmte sich gegen Naomis Griff.

Sie fluchte, als es Naomi trotzdem gelang, Chloe auf die Beine zu bringen. »Mein Gott, warst du etwa im Fitnessstudio?«

»Ja, danke, dass es dir aufgefallen ist.«

Naomi ließ ihr Handgelenk erst los, als sie in Chloes Schlafzimmer waren. Chloe ließ sich seufzend auf der Bettkante nieder, während Naomi ihren Kleiderschrank durchstöberte.

»Du wirst hier nicht noch ein Wochenende lang schmollen.«

»Ich schmolle nicht.«

»Oh, bitte«, entgegnete Naomi spöttisch und schürzte nachdenklich die Lippen, bevor sie ihr eine Anzughose und ein weißes Hemd an den Kopf warf. »Zieh das an.«

»Naomi …«

»Komm schon, Chlo. Du kannst hier nicht ewig rumsitzen wie ein Häufchen Elend.«

»Mir geht's gut …«

»Dir geht es eindeutig nicht gut. Und du verdienst es, rauszugehen und Spaß zu haben und was noch wichtiger ist, ich verdiene es, rauszugehen und Spaß zu haben, also schluck es runter und zieh das an.«

»Wenn du Spaß haben willst, warum rufst du dann nicht Melissa an? Wie viele Dates hattest du schon, jetzt wo die Bibliothek fertig ist? Vier?«

»Fünf«, sagte Naomi und ein Lächeln umspielte ihre Lippen.

Chloe war froh, dass sie so glücklich war. Naomi hatte das verdient.

»Und ich will heute Abend nicht mit ihr zusammen sein. Ich will bei dir sein.«

»Aber –«

»Kein Aber.« Naomi hielt ihr eine Jacke hin. »Es ist entschieden. Akzeptiere es.«

Chloe seufzte erneut, tat aber, wie ihr geheißen, schlüpfte in die Kleidung und gab sich genug Mühe mit ihrem Make-up, damit sie nicht wie ein Zombie aussah. »Keine Clubs«, warnte Chloe, als sie in ein Paar Stiefel schlüpfte. »Nur Bars.«

»Ja, Ma'am. Ich weiß, dass Clubs mit ihrer lauten Musik deinem empfindlichen Kopf wehtun.«

»Bei dir klinge ich alt.«

»Weil du dich alt anhörst.«

Chloe schob Naomi zur Vordertür hinaus und versprach Bella, dass sie nicht zu lange wegbleiben würde. »Gott, ist das kalt.« Chloe fröstelte in der Nachtluft, als sie in Richtung Bahnhof gingen.

»Beruhige dich, Oma, wir sind bald drinnen.«

»Nicht erfrieren zu wollen, macht mich nicht zur Oma.«

»Du bist so dramatisch.«

Chloe rollte mit den Augen und weigerte sich, sich auf eine Diskussion einzulassen. In den Zügen, die in Richtung Innenstadt fuhren, herrschte reges Treiben. Viele Leute waren auf dem Weg zu ihren Dates. Chloe beobachtete eine Gruppe von Mädchen, die ihnen gegenübersaßen – ihre Kleider bedeckten kaum ihre Hintern und keine von ihnen hatte einen Mantel dabei.

Sie schüttelte den Kopf. »Wir werden zu alt für so etwas.«

Naomi grinste sie an. »Was waren das früher für Zeiten. Bis vier Uhr morgens in die Clubs zu gehen und am nächsten Tag nicht mit einem Kater aufzuwachen?«

»Ich vermisse sie nicht.« Schon damals hatte sich Chloe lieber mit einem guten Buch auf ihrer Couch zusammengerollt, als sich zu betrinken und auf einer Tanzfläche herumzutreiben.

Die Gruppe Mädchen stiegen an der gleichen Haltestelle aus wie sie und Chloe und Naomi folgten ihnen hinaus bis auf die Old Compton Street.

Dort herrschte ein reges Treiben, vor einigen Clubs hatten sich schon lange Schlangen gebildet und an den Türen der beliebteren Bars standen Türsteher. In den Fenstern um sie herum hingen Pride-Fahnen. Chloe würde immer eine Schwäche für diesen Ort haben, weil er ihr einen sicheren Raum bot, an dem sie sie selbst sein konnte. Das hatte ihr damals viel bedeutet, als sie mit gerade einmal achtzehn Jahren immer noch Angst davor hatte, was es bedeutete, lesbisch zu sein.

Ihre bevorzugte Bar war eine der ruhigeren, versteckt am Ende der Straße. Die Preise waren für ein Studentenbudget zu teuer und somit war sie nicht ganz so voll wie viele andere Bars in der Gegend. Sie ergatterten problemlos einen Tisch am Fenster.

»Ich zahle die ersten beiden Runden, denn ich bin der Grund, warum du hier bist. Ich nehme an, du willst einen Pornstar Martini?«

»Wie immer.«

»Bin gleich wieder da.«

Naomi verschwand in Richtung der Theke und Chloes Blick huschte durch den Raum. Sollte sie jemals eine Bar eröffnen, würde sie wahrscheinlich genau so aussehen: einfarbig, elegante Tische zwischen bequemen schwarzen Stühlen und sichtbare Holzbalken an der Decke.

Eine Frau schaute sie von der anderen Seite des Raumes an. Eine wunderschöne Rothaarige, die an einem Glas Champagner nippte und lächelte. Normalerweise würde Chloe zurücklächeln, diesen Kontakt als Einladung verstehen, sich ihr zu nähern. Aber nicht heute Abend. Ihr Herz war nicht bei der Sache. Es war noch immer dreihundert Meilen entfernt bei einem Paar eindringlicher blauer Augen und Chloe glaubte nicht, dass sich das in nächster Zeit ändern würde.

»Tut mir leid, die Schlange war länger, als ich erwartet hatte.« Naomi ließ sich auf den Stuhl fallen und schob Chloe ihr Getränk über den Tisch, in der anderen Hand einen Manhattan. »Der DJ fängt um elf an.«

»Also gehen wir um halb elf?«

»Ja, Oma, wir können um halb elf gehen.«

»Lange Woche gehabt?«, fragte Chloe, als Naomi die Hälfte ihres Drinks in ein paar Schlucken trank.

»Einen langen Tag. Warum nehme ich immer wieder Kunden an, die auf den ersten Blick reizend erscheinen, sich aber in einen Albtraum verwandeln, wenn es darum geht, mit ihnen zu arbeiten? Ich habe heute zwei Stunden damit verbracht, mir Farbmuster anzuschauen. Zwei. Stunden. Und weißt du was? Sie konnte immer noch keinen Farbton finden, der ihr gefallen hat.«

»Kannst du sie nicht an einen Praktikanten weiterreichen?«

»Das kann ich den armen Schluckern nicht zumuten. Sie würden nie wiederkommen.«

»Du magst deine Praktikanten also?« Sie hatten beide im Laufe der Jahre mehrere Praktikanten gehabt, gute und schlechte, und hatten in Nächten wie diesen oft Horrorgeschichten ausgetauscht.

»Ja, sie sind wirklich in Ordnung. Becky hat echtes Potenzial, aber sie ist nicht mehr lange bei mir. Ich hoffe, sie ist noch interessiert, wenn sie nächstes Jahr ihren Abschluss macht.«

»Ich denke, die meisten Kids würden die Chance auf einen festen Job direkt nach der Uni ergreifen. So wie ich.«

»Na, dann hoffen wir mal. Wie sieht es eigentlich mit deiner Arbeit aus? Ich habe ein paar Mal vorbeigeschaut, aber du warst nicht da. Du gehst mir doch nicht aus dem Weg, oder?«

»Als ob du mir das durchgehen lassen würdest«, sagte Chloe spöttisch. »Ich war in letzter Zeit viel unterwegs.«

»Du bist also ins Büro zurückgekommen … um nicht im Büro zu sein?«

»An manchen Tagen war ich da«, sagte Chloe defensiv, obwohl sie wusste, dass sie keinen Grund dazu hatte. »Es ist ja nicht so, als wäre ich noch nie für einen Job viel unterwegs gewesen.«

»Nein, aber normalerweise sind es die wichtigeren und ich weiß, dass du im Moment nicht viele davon am Laufen hast. Was gehst du aus dem Weg, Chlo?«

»Ich gehe nichts aus dem Weg.«

»Natürlich tust du das.« Naomi lehnte sich in ihrem Stuhl zurück, die scharfsinnigen Augen auf Chloes Gesicht gerichtet. »Ich kenne dich so gut, wie ich mich selbst kenne, schon vergessen? Also, lass mich raten. Es fühlt sich nicht so gut an, wieder hier zu sein, wie du es dir vorgestellt hast?«

Chloe presste den Kiefer zusammen. Sie hasste es, dass sie so leicht zu durchschauen war. »Ich habe mich noch nicht daran gewöhnt.«

»Oh, bitte. Wir beide wissen, dass es nur einen Grund gibt, warum es dir nicht gefällt, wieder hier zu sein, und der beginnt mit Amy und endet mit Edwards.«

»Es wird leichter«, sagte Chloe mit wenig Souveränität in der Stimme. »Mit mehr Zeit.«

»Gegenargument – vielleicht wird es das auch nicht.«

»Was meinst du?« Chloe runzelte die Stirn.

»Du bist unglücklich, Chloe.«

»Ach was.«

»Und lass mich nicht mit dem Haus anfangen.«

Chloe stocherte mit ihrem Strohhalm in der halbierten Passionsfrucht am Boden ihres Glases herum. »Was ist mit dem Haus?«

»Du zögerst den Verkauf hinaus. Immer noch.«

»Tue ich nicht.«

»Doch, tust du. Wie viele Angebote hast du schon abgelehnt? Sechs, sieben?«

Neun, aber das brauchte Naomi nicht zu wissen. Die Maklerin war schon völlig frustriert. »Sie waren alle unter meiner Preisgrenze.«

»Ist das immer noch die Ausrede, die du vorbringst?«

»Es ist keine Ausrede. Die Angebote waren nicht gut genug. Ich weiß, was das Haus wert ist, was ich dafür bekommen kann. Und darauf warte ich.«

»Bist du sicher, dass du nicht auf etwas anderes wartest?«

»Was zum Beispiel?«, fragte Chloe verärgert. »Es ist auf dem Markt und ich werde es verkaufen, wenn ich das richtige Angebot bekomme.«

Naomi sah nicht überzeugt aus. »Und was ist mit deinem Amy-Problem?«

»Es gibt kein Amy-Problem. Jedenfalls keines, das ich lösen kann.«

»Chloe …«

»Ich will nicht mehr darüber reden«, sagte sie und leerte ihr Glas. »Lass uns über dich reden. Und über Melissa. Erzähl mir, wie es läuft.«

Naomi zögerte.

Chloe seufzte. »Ich möchte nicht, dass du dich schuldig fühlst, weil die Dinge für dich gut laufen. Ich weiß, dass du in letzter Zeit nicht viel über Melissa gesprochen hast, weil du dich schlecht fühlst. Das ist schon in Ordnung.«

»Es … läuft wirklich gut. Zu gut fast? Ich warte immer noch auf den Haken.«

»Was meinst du, ist sie eine Serienmörderin?«

»Nach einigen meiner Ex-Partnerinnen zu urteilen«, sagte Naomi und zog eine Grimasse, »würde mich das nicht überraschen.«

»Würde mich auch nicht überraschen. Also, wann werde ich sie offiziell kennenlernen?«

Naomi schüttelte den Kopf. »Uh-uh. Das wird nicht passieren.«

»Warum?«

»Weil du mich in Verlegenheit bringen wirst, und die Dinge laufen gerade richtig gut.« Naomi schnappte ihre leeren Gläser. »Neue Regel: Wenn ich von der Bar zurückkomme, reden wir für den Rest des Abends nicht mehr über Melissa oder Amy. Abgemacht?«

Chloe nickte dankbar.

Kapitel 36

Als Amy die Küche betrat, erwartete sie nicht, dass eine Intervention auf sie wartete.

Gabi, Danny und ihre Mutter saßen am Küchentisch und hatten alle die Arme verschränkt.

»Setz dich«, sagte Gabi mit ernster Stimme.

»Wir müssen reden«, merkte Danny an

»Über dich und Chloe«, sagte ihre Mutter.

Amy ließ sich auf den nächsten Stuhl fallen. Sie zupfte nervös an den Ärmeln ihres Pullovers. »Was ist mit mir und Chloe?«

»Amy, du bist nicht glücklich.« Gabis Stimme war sanft. »Seit sie weg ist, bist du ... nicht mehr du selbst. Ein Geist fast. Als ob du hier wärst, aber nicht wirklich.«

»Ich weiß.« Sie wickelte eine Haarsträhne um ihren Finger. »Aber ich brauche einfach Zeit, und –«

»Nein«, sagte ihre Mutter und schüttelte den Kopf. »Was du brauchst, ist, mit ihr zusammen zu sein.«

»Aber das kann ich nicht«, zischte Amy. Es gab nichts, was sie tun konnte. Sie hatte die Entscheidung getroffen, Chloe gehen zu lassen, weil sie Chloe nicht bitten konnte, ihr Leben für sie aufzugeben.

»Und wenn du es könntest?«

Amy beäugte ihren Bruder misstrauisch.

»Wir wissen doch alle, dass du nie hierher zurückkommen wolltest. Das war nie dein Plan gewesen, aber dann hat sich alles geändert. Und wir wissen, dass du es hier liebst, dass du in den letzten zehn Jahren alles, was du hast und bist, in diesen Ort gesteckt hast, aber, Amy ... Es ist an der Zeit, dass du dir nimmst, was du willst. Du hast Chloe schon einmal gehen lassen und wir – keiner von uns – möchte dich so unglücklich sehen. Sie macht dich glücklich.« Er fuhr sich mit seiner Hand durch die Haare. »Und wir können die Dinge hier klären. Ich gebe euch etwas Zeit zusammen. Gabi und ich haben uns die Finanzen angesehen ...«

»Du hast dir die Finanzen freiwillig angesehen?« Amy zog die Augenbrauen hoch.

»Ja und ich denke, wir können es uns leisten, noch jemanden einzustellen. Jemanden, der den Rest von uns entlastet, wenn du mehr Zeit in London verbringen willst.«

»Aber was ist mit der Buchhaltung? Den Lieferungen? Die – …«

»Das kriegen wir schon hin.« Danny griff über den Tisch, um ihre Hand mit seiner zu umfassen. »Du bist für mich und für Mum zurückgekommen, als wir dich brauchten, um den Laden vor dem Untergang zu bewahren. Jetzt ist es an der Zeit, dass ich etwas für dich tue. Denk darüber nach, okay? Und wir können reden. Du kannst entscheiden, ob du mir genug vertraust den Laden zu führen, ohne dass du immer hier bist und mir im Nacken sitzt.«

Sein Grinsen war schief, so wie früher, als er noch klein war.

Tränen stiegen ihr in die Augen. Sie wusste nicht, wer überraschter war – sie oder er –, als sie den Tisch umrundete, um ihn in eine Umarmung zu ziehen, erfüllt von unendlicher Dankbarkeit. »Das würdest du für mich tun?«

»Natürlich würde ich das.«

»Du wolltest immer in London leben«, sagte ihre Mutter und griff nach Amys Hand. »Du warst so traurig, als du den Teil deines Lebens aufgeben musstest. Und so glücklich, als du von deinem Besuch von Chloe zurückkamst.«

Weil ich ein Wochenende lang so tun konnte, als ob es funktionieren würde. Weil ich all die Dinge sehen konnte, die sie liebt, und mich auch in diese verliebt habe.

»Ich würde nicht … ich würde nicht dauerhaft dorthin ziehen.« Sie konnte ihre Familie nicht zurücklassen. Nicht jetzt, wo sie und Danny sich gut verstanden, nicht jetzt, wo Gabi da war, nicht, während die Jungs groß wurden und sich jeden Tag veränderten, nicht, während die Falten im Gesicht ihrer Mutter immer tiefer wurden.

»Das musst du nicht. Du musst überhaupt nicht hingehen, wenn du nicht willst«, sagte Danny. »Aber es ist eine Möglichkeit. Es ist eine Möglichkeit für euch beide, zusammen zu sein, wenn ihr es wollt.«

Wenn du es willst.

Amy hatte sich noch nie in ihrem Leben etwas mehr gewünscht.

Vor achtzehn Jahren hatte sie Chloe weggestoßen, vor fünf Wochen hatte sie sie gehen lassen. Sie wusste, dass es an ihr war, sie zurückzugewinnen. Sie wusste, dass sie diejenige war, die die Hand ausstrecken musste, dass sie ehrlich sein musste, dass sie ihre Gefühle offenlegen musste, dass sie Chloe zeigen musste, wie viel sie ihr bedeutete, so dass es keinen Zweifel daran gab, dass Amy Chloe wirklich wollte.

<hr />

»Ich habe ein verfrühtes Weihnachtsgeschenk für Sie. Ein Angebot. Diesmal liegt es über dem Verkaufspreis.« In der Stimme der Maklerin schwang Aufregung. »Eine Familie. Mutter, Vater und zwei Kinder. Sie kommen aus der Stadt und suchen einen kleinen Ort, um sich niederzulassen. Sie sind reizend, Chloe. Sie würden perfekt in das Dorf passen.«

Chloe wurde übel. Sie nahm ihre Umgebung nur noch verschwommen wahr. »Ich … kann ich Sie zurückrufen?«

»Chloe.« Amelia seufzte schwer. »Das ist ein unglaubliches Angebot. Ich glaube nicht, dass Sie ein besseres bekommen …«

»Ich brauche etwas Zeit«, sagte sie, wohl wissend, dass sie hysterisch klang und doch nichts dagegen tun konnte. »Ich rufe später wieder an.«

Sie beendete den Anruf trotz Amelias Protesten, legte ihr Telefon auf den Schreibtisch und zog sich in die Sicherheit der Küche zurück.

Jin war derjenige, der hereinkam, und er näherte sich ihr mit der gleichen Vorsicht, die man bei einem scheuen Tier an den Tag legen würde. »Boss? Alles in Ordnung?«

»Mir geht's gut.«

»Okay, aber du siehst nicht gut aus.« Er schnappte sich die Keksdose vom Tisch und drückte sie ihr in die Hand. »War es … war es wegen des Hauses?«

»Wie kommst du darauf?«, fragte Chloe mit einem Bissen Chocolate Digestiv im Mund.

»Weil du immer diesen Gesichtsausdruck hast, wenn du einen Anruf deswegen bekommst. Als ob man dir die Zähne ziehen würde.«

Chloe seufzte und ging zum Fenster, wo sie ihren Kopf an den Rahmen lehnte und auf die Stadt hinausblickte. Diese Aussicht gab ihr nicht mehr das gleiche Gefühl von Trost wie früher. »Ich habe ein Angebot bekommen. Für den Preis, den ich will.«

»Das sollte eine tolle Nachricht sein, aber du siehst aus, als wäre jemand gestorben.«

»Ich weiß, ich sollte mich freuen, aber ich … ich tue es nicht.«

Jin stellte sich neben sie und legte ihr eine Hand auf die Schulter. »Weil du es nie wirklich verkaufen wolltest«, sagte er mit sanften Worten. »Weil es deine letzte Verbindung zu diesem Ort ist und ohne diese wirst du nie wieder einen Grund haben, dorthin zurückzukehren.«

Sie schloss die Augen und atmete tief ein und aus, denn sie wusste, dass er recht hatte. Sie wusste, dass sie in den letzten Wochen die Wahrheit verleugnet und darauf beharrt hatte, dass sie nur auf den richtigen Preis wartete.

»Weißt du, du bist nicht mehr dieselbe, seit du zurückgekommen bist. Du hast nicht mehr dieses Feuer in deinen Augen. Wir haben es alle bemerkt. Und ich weiß nicht genau, aber ich vermute, dass es etwas mit der hübschen Blondine zu tun hat, die du vor ein paar Wochen hierhergebracht hast.«

Chloe stieß ein Lachen aus. »Ist es so offensichtlich?«

»Wenn du Liebeskummer hast, ja.« Er stupste ihre Schulter mit seiner eigenen an. »Und komm schon. Eine Freundin, die den ganzen Weg für ein Wochenende hierunterkommt und die du uns allen vorstellen musstest?«

»Sie war diejenige, die euch kennenlernen wollte.«

»Dann muss sie auch Hals über Kopf in dich verliebt sein«, sagte er und warf die Worte achtlos in den Raum, als würden sie Chloes Herz nicht zum Stillstand bringen. »Denn keine Frau, die bei Verstand ist, würde einen Vormittag hier verbringen wollen, wenn es die ganze Hauptstadt zu erkunden gibt, oder?«

Um ehrlich zu sein, war ihr der Gedanke nie gekommen. Sicher, sie hatte Amys Wunsch seltsam gefunden, aber Amy hatte immer gesagt, Chloe wisse alles über ihre Arbeit, also wäre es nur fair, dass sie sich revanchierte.

Chloe grübelte. Wenn sie nach Corthwaite zurückkehrte, wenn sie Amy sagte, was sie fühlte, würde Amy sagen, dass sie genauso empfand? Würde Amy sie wollen? Chloe wusste es nicht und ein Teil von ihr hatte Angst, es herauszufinden. Denn was, wenn nicht? War es dann nicht besser, es erst gar nicht zu wissen, damit sie weiter hoffen konnte? Die Realität konnte so grausam sein.

»Hör zu, Boss«, sagte Jin. »Ich möchte, dass du weißt, dass, wenn du dorthin zurückgehen willst, wenn du es jemals zu einer dauerhaften Sache machen willst … Wir könnten uns etwas überlegen. Ich denke, dass ich den Laden in den Tagen, in denen du weg warst, gut geführt habe und ich habe im Laufe der Jahre viel von dir gelernt. Ich könnte eine größere Rolle übernehmen, wenn du das möchtest. Denk mal drüber nach, okay? Du bist nicht an diesen Ort gebunden. Und du verdienst es, glücklich zu sein.« Er klopfte ihr auf die Schulter und ging dann wieder zu seinem Schreibtisch.

Chloe wischte sich Tränen aus den Augenwinkeln. Sie dachte an das Haus. Daran, dass sie die Papiere unterschreiben würde, daran, dass jemand anderes dort leben würde und … Sie konnte es sich nicht vorstellen. Sie wollte es sich nicht vorstellen. Ihr Magen brodelte bei dem Gedanken.

Sie dachte über Jins Worte nach und wusste, dass sie diese Entscheidung nicht allein treffen konnte. Es wäre auch nicht richtig, das zu tun. Nicht, wenn die Stadt nicht das Einzige war, was sie zurücklassen würde.

»Ich haue ab«, sagte sie und nahm ihre Schlüssel vom Schreibtisch. »Jin, kannst du dich um alles kümmern, während ich weg bin?«

»Absolut.«

»Ich will das Haus nicht verkaufen«, sagte Chloe und stürmte wie eine Besessene in Naomis Büro.

»Natürlich, Mr Stephenson«, sagte Naomi mit ihrer besten Kundendienststimme in das Headset und sah Chloe böse an.

Chloes Wangen wurden heiß. »Mist. Tut mir leid.« Sie schnappte sich einen Stuhl vom Nachbartisch, setzte sich darauf und drehte sich langsam im Kreis, den Blick auf die Decke gerichtet. Sie wartete ungeduldig darauf, dass Naomi ihr Gespräch beendete.

»Hm-hm. Hm-hm. Ich werde den neuen Plan bis zum Ende der Woche fertig haben. Wie hört sich das an? Ja, gut. Ich melde mich bald bei Ihnen.« Naomi beendete das Gespräch und drehte sich mit hochgezogenen Augenbrauen zu Chloe um. »Konferenzraum, vielleicht?«

Sie legte das Headset ab und führte Chloe dorthin, weg von den neugierigen Blicken und Ohren ihrer Angestellten.

»Also, was soll das mit dem Haus?«, fragte sie, ließ sich auf ihrem üblichen Stuhl im Konferenzraum nieder und lehnte sich zurück.

»Ich will es nicht verkaufen.« Chloe konnte nicht still sitzen und ging stattdessen um den Tisch herum.

Naomi beobachtete sie, ein Lächeln auf dem Gesicht. »Ach, was du nicht sagst. Das hätte ich dir schon vor Wochen sagen können. Habe ich auch, obwohl du es immer geleugnet hast. Was hat den Ausschlag gegeben?«

»Ich habe ein perfektes Angebot bekommen.« Sie hielt inne und fuhr sich mit einer Hand durch die Haare. »Aber ich will es nicht annehmen. Ich kann es nicht annehmen. Ich glaube, ich will es behalten. Ich kann nicht glauben, dass ich das sage, aber ich vermisse Corthwaite. Und nicht nur, weil Amy dort ist.«

»Es ist dein Zuhause, Chloe. Natürlich vermisst du es.«

»Ich weiß. Ich weiß, aber so hat es sich noch nie angefühlt, weißt du? Verdammt, ich wollte erst gar nicht zurückgehen und jetzt ... kann ich mir nicht vorstellen, es zu verlassen.«

»Dann behalte das Haus«, sagte Naomi, als ob es das Einfachste überhaupt wäre, als ob Chloe das schon vor langer Zeit hätte erkennen müssen. »Es ist ja nicht so, dass du es dir nicht leisten könntest. Und du hast so viel Zeit dort reingesteckt. Dort liegen so viele Erinnerungen. Nimm es vom Markt.«

»Okay.«

»Und du kannst in dem großen alten Haus wohnen, wenn du hinfährst, um Amy zu sagen, dass du sie liebst.«

»Was?« Chloe sah sie mit großen Augen an.

»Ach komm schon, Chloe. Es ist schon Wochen her und du bist nicht im Entferntesten über sie hinweg. Du zuckst jedes Mal zusammen, wenn ich ihren Namen sage. Und glaub nicht, dass ich es nicht merke, wenn sie dir Nachrichten schickt. Dein ganzes verdammtes Gesicht leuchtet dann auf. Es ist ekelhaft.«

Chloe konnte nichts davon leugnen.

»Du bist in sie verliebt und das ist in Ordnung. Aber um Himmels willen, sag es ihr. Schluss mit dem Scheiß, wie du mit deinen Gefühlen umgehst. Sei ehrlich zu ihr, oder du wirst nie bekommen, was du willst.«

»Aber was ist, wenn sie nicht dasselbe fühlt?«

»Chloe, ich habe gesehen, wie sie dich ansieht. Sie tut es. Und wenn ich mich irre und sie es doch nicht tut ... werden wir damit fertig. Zusammen, wie wir es immer tun. Es wäre nicht das erste Mal, dass ich dein gebrochenes Herz zusammenflicke, oder? Und wäre es nicht besser, die Wahrheit zu wissen? Wirklich zu wissen, was sie fühlt?«

Chloe wusste, dass Naomi recht hatte. Und selbst wenn Amy Nein sagte, würde ihr das zumindest ermöglichen mit allem abzuschließen. Zwar mit gebrochenem Herzen. Aber immerhin. Es würde ihr das Weiterleben erleichtern, wenn sie sich nicht mehr fragen müsste, was hätte sein können, wenn sie mutiger gewesen wäre. Aber der Gedanke an ein Ende der Träume und Hoffnungen? Zu Amy zu gehen und alles auf den Tisch zu legen, ihr Herz und ihre Seele zu offenbaren?

Schrecklich.

»Selbst wenn sie es tut«, sagte Chloe und weigerte sich, zu sehr zu hoffen, dass Amy sagen würde, dass sie sie auch liebte. »Es ist immer noch nicht ... Ich kann das Geschäft nicht verlassen. Sie kann die Farm nicht verlassen.«

»Du bist in den letzten Monaten gut zurechtgekommen«, sagte Naomi. »Wir leben nicht eine Million Meilen voneinander entfernt. Du könntest dir etwas einfallen lassen, wenn du wolltest. Du könntest einen Weg finden, damit es funktioniert, wenn du es wolltest. Die Frage ist also, Chloe: Willst du das?«

Darüber brauchte sie nicht lange nachzudenken. »Ja.«

»Dann geh. Pack deine Tasche. Fahr hin und sprich mit ihr. Finde heraus, was ihr beide wollt und die restlichen Details können später geklärt werden.«

»Was? Ich kann nicht. Morgen ist Heiligabend. Deine Mutter würde mich umbringen, wenn ich das verpassen würde.«

»Meine Mutter wird es verstehen. Sie würde dich sogar eigenhändig in den Wagen schieben.«

Chloe schüttelte den Kopf. »Nein, ich will Amy nicht an Weihnachten stören.«

»Weil ein Teil von dir immer noch glaubt, dass sie dich abschießen wird und du an den Feiertagen nicht traurig sein willst?«

Chloes Kiefer krampfte sich zusammen. Naomi kannte sie zu gut. »Hör zu, ich werde am zweiten Weihnachtsfeiertag hinfahren, okay? Ich habe achtzehn Jahre auf diesen Tag gewartet. Zwei Tage mehr werden mich nicht umbringen.«

Kapitel 37

»Das ist verrückt«, sagte Amy, als Danny am Bahnhof von Lancaster in eine Parklücke fuhr. Es war Heiligabend und er hatte eine Stunde seiner Zeit dafür geopfert, sie in einen Zug nach London zu stecken. »Das ist verrückt, wir sollten zurückfahren …«

»Das Einzige, was du tun solltest«, sagte Dany mit geduldiger Stimme, als er den Motor abstellte, »ist in den Zug zu steigen und Chloe zu suchen.«

»Aber es ist Weihnachten.« Sie war so nervös, dass ihr Bein rumwippte, als ob sie dafür einen Preis bekommen würde. »Ich kann mich nicht erinnern, wann ich das letzte Mal an den Feiertagen nicht auf der Farm war.«

»Es wird andere Weihnachten geben.«

»Aber was ist, wenn du Hilfe brauchst bei …«

»Wir kommen auch ein paar Tage ohne dich aus. Das haben wir doch auch getan, als du das letzte Mal in London warst, oder? Und wir haben ja jetzt ein paar zusätzliche Hände. Du weißt, dass Gabis Papi mir gern aushilft.«

»Aber …«

»Nichts aber.« Er reichte ihr die Hand und klopfte ihr auf die Schulter. »Hör auf auszuflippen.«

»Tut mir leid.« Ihre Finger spielten mit dem Armband an ihrem Handgelenk, das sie seit dem Tag, an dem Chloe es ihr geschenkt hatte, nur selten abgenommen hatte. »Ich kann nicht glauben, dass ich das tue.«

Vor allem ohne Chloe zu sagen, dass sie kommen würde. Was entweder eine schöne Überraschung war oder in einer Katastrophe enden würde. Amy war sich nicht sicher, was passierte, wenn Letzteres der Fall wäre und sie an ihrem Lieblingsfeiertag in der Hauptstadt stranden würde.

»Ehrlich gesagt? Ich auch nicht.« Danny lächelte sie an. »Hey, wer hätte vor all den Jahren gedacht, dass ich dir eines Tages helfen würde, das Mädchen zu kriegen?«

»Ich jedenfalls nicht. Das steht fest.« Sie sah ihn jetzt an, älter, weiser und erwachsener, als sie es je für möglich gehalten hatte. Da war keine Spur mehr von dem boshaften Teenager, den sie früher gekannt hatte.

»Es tut mir wirklich leid«, sagte er ernst. »Für alles. Ich war ein Scheißbruder.«

Sie beugte sich vor, um ihn in eine Umarmung zu ziehen, und versuchte, nicht zu weinen. »Du machst das jetzt mehr als wieder gut.«

Er drückte sie fest an sich. »Sag mir Bescheid, wenn du da bist.« Ein freches Grinsen breitete sich auf seinem Gesicht aus. »Wenn ihr euch lange genug voneinander losreißen könnt, um ans Telefon zu gehen.«

Sie schlug ihn mit der Faust auf die Schulter, bevor sie ihren Koffer aus dem Kofferraum holte und sich zwang, den Bahnhof zu betreten. Die Halle war erstaunlich leer, die meisten Leute waren wohl bereits nach Hause gereist. Etwas, das Amy nur recht war. Es bedeutete, dass sie eine Fahrkarte kaufen konnte. Eine unglaublich teure Fahrkarte, wie sie feststellen musste.

Das ist es wert, dachte sie, als sie die hundert Pfund bezahlte. *Das ist es wert, wenn wir einen Weg finden, zusammen sein zu können.*

Vier Stunden, zwei verschiedene Züge und eine U-Bahn lagen vor ihr und Amy war froh über einen Fensterplatz, an dem sie die Stirn an die Scheibe lehnen und die Landschaft vorbeiziehen sehen konnte. Sie blickte auf schneebedeckte Hügel mit Schafen, auf immergrüne Bäume, die sich über Kanäle erstreckten, und auf einen Fuchs, der an den Bahngleisen vorbeihuschte. Es war so schön hier.

Aber die Stadt hatte auch etwas Verlockendes an sich. Die Schönheit der hoch aufragenden Gebäude, die Möglichkeit, sich in einer Menschenmenge zu verlieren, irgendwo zu sein, wo nicht jeder deinen Namen kannte. So viele Geschäfte, so viele unterschiedliche Essensangebote. So viele Galerien.

Als sie in Twickenham aus dem Bahnhof trat, zog sie ihre Jacke enger um sich, um die Kälte in der Luft abzuwehren. Dann fing sie ein paar Schneeflocken mit der Zunge auf. Ein gemischtes Leben, teils in Corthwaite, teils in London, würde perfekt zu ihr passen. Vielleicht könnte sie auch wieder anfangen, mehr zu fotografieren.

Das Einzige, was noch fehlte, war Chloe, und Amy hoffte, als sie um die Ecke bog und Chloes Haus in der Ferne auftauchen sah, dass auch sie einen Platz in ihrem neuen Leben haben wollte.

»Du wolltest mir beim Packen helfen«, sagte Chloe und schob ein paar Klamotten in die Reisetasche, die neben Naomi auf dem Bett lag.

»Ich habe gesagt, dass ich vorbeikomme, damit wir zusammen zum Bahnhof gehen können«, sagte Naomi und kraulte Bella hinter den Ohren. »Ich habe nichts vom Packen gesagt.«

Chloe verdrehte die Augen, warf das Ladegerät fürs Handy in Naomis Richtung und erntete dafür einen bösen Blick.

»Weißt du, es ist immer noch Zeit, deine Meinung zu ändern«, sagte Naomi, während Chloe einen Weihnachtspulli einpackte. Mit dem würde sie zum Rest der Alleyenes auf dem Weihnachtsfoto passen. »Du könntest bis Mitternacht in Corthwaite sein. Mach Amy ein schönes Geschenk.«

»Am zweiten Weihnachtsfeiertag«, sagte Chloe, damit ihr Entschluss nicht ins Wanken geriet und sie nicht leichtsinnig in die Nacht hinausfuhr. »Ich möchte …«

Ein Klopfen ertönte an der Tür.

»Was, wenn das die Sternsinger sind? Stell dir mal vor.« Naomi eilte davon, um die Tür zu öffnen.

Chloe schüttelte kurz den Kopf und suchte dann das Zimmer nach Gegenständen und Kleidungsstücken ab, die sie für ihren zweitägigen Aufenthalt bei den Alleyenes brauchen würde. Sie griff gerade nach der Haarbürste, als die Haustür aufschnappte und ein »Oh, Scheiße« sie innehalten ließ.

»Chloe?«, rief Naomi mit einer Stimme, der deutlich anzuhören war, dass irgendetwas nicht stimmte. »Du solltest vielleicht mal herkommen.«

Stirnrunzelnd ließ Chloe die Bürste in ihre Tasche fallen und machte sich auf den Weg ins Wohnzimmer. Als sie Amy über Naomis Schulter hinweg erblickte, den Koffer in der Hand, blieb sie wie angewurzelt stehen.

»Ich, äh, ich werde dann mal gehen«, sagte Naomi, griff nach ihrer Jacke und schob sich an Amy vorbei. »Ich gebe euch beiden etwas Zeit zum Reden. Ich werde Mum sagen, dass du später kommst. Oder … überhaupt nicht kommst. Ihr könnt machen, was ihr wollt. Bye.«

Die Tür schloss sich hinter ihr.

Chloe riss sich aus ihrer Starre und ging ein paar Schritte, bis sie vor Amy stehen blieb. »Bist du … bist du wirklich hier?«

»Ich bin wirklich hier.« Amy ließ ihren Koffer auf den Boden fallen und legte ihr die Hände auf die Wangen. »Ich habe dich so sehr vermisst.«

»Ich habe dich auch vermisst.« Sie schloss die Augen, lehnte ihre Stirn gegen Amys und atmete tief ein. Amy wieder berühren zu können, sie riechen zu können … »Was machst du denn hier?«

»Ich konnte nicht noch einen Tag ohne dich auskommen. Ich weiß, wir haben gesagt, dass wir das zwischen uns locker halten würden, dass es nur ein paar Monate dauern kann, aber ich … ich kann nicht aufhören, an dich zu denken. Die letzten Wochen haben mich gelehrt, dass mein Leben ohne dich miserabel ist.«

Chloes Herz pochte in ihren Ohren. Sie konnte kaum glauben, was geschah, dass Amy hier war, in ihren Armen, und die Worte sagte, die sie schon immer hatte hören wollen.

»Ich will mit dir zusammen sein. Ich will, dass es funktioniert. Wenn du es auch willst.«

Chloe antwortete ihr mit einem Kuss. Amys Nase war kalt. Ihre Lippen waren rissig, aber ihr Mund warm und Chloe spürte, wie der Stress der letzten Monate mit jeder Sekunde dahinschmolz. Tränen des Glücks liefen ihr die Wange hinunter und als sie die Umarmung beendete, stellte sie fest, dass auch Amy weinte.

»Willst du etwas Lustiges hören?«, fragte sie und wischte Amys Tränen sanft mit den Daumenkuppen weg. »Ich wollte zu dir fahren und dich besuchen. Dir sagen, wie ich mich fühle. Dir sagen, dass ich auch will, dass es funktioniert.«

Amy lachte. Sie legte eine Hand um Chloes Nacken und zog sie in einen weiteren Kuss.

»Ich habe das Haus vom Markt genommen«, sagte sie, als sie das nächste Mal Luft holten und ihre Hände auf Amys Rücken verschränkte. »Ich konnte es nicht verkaufen.«

»Heißt das ... Ziehst du zurück?«

»Nicht sofort. Vielleicht eines Tages.« Ein ruhiges Leben auf dem Lande war im Moment noch nichts für sie, aber sie hatte ein paar Ideen. Ein Bauunternehmen konnte nicht nur Aufträge in London bekommen. Vielleicht war es für sie an der Zeit, über eine Ausweitung des Geschäfts nachzudenken. Und dann waren da noch die Anrufe, die sie immer wieder erreichten: Leute aus Corthwaite fragten, ob sie für sie arbeiten könne. »Aber ich würde gern mehr Zeit dort oben verbringen. Mit dir.«

»Und ich ... ich würde auch gern mehr Zeit hier verbringen. Ich hatte vergessen, wie gern ich hier gelebt habe, aber diese paar Tage mit dir ... Ich würde gern öfter hier sein. Vielleicht fange ich an, meine Kamera wieder in die Hand zu nehmen.«

»Das kriegen wir schon hin«, sagte Chloe und küsste Amy zärtlich auf die Nase. »Ich werde überall glücklich sein, solange ich bei dir bin.«

Worte, die sie vor achtzehn Jahren niemals laut auszusprechen gewagt hätte. Aber hier, jetzt, war es leicht, dies zu tun.

Das Klingeln von Chloes Telefon ließ sie zusammenschrecken. Auf dem Display stand Naomis Name und kurz war Cloe versucht, auf Ignorieren zu drücken. »Hallo?«

»Tut mir leid, aber Mum würde gern wissen, ob du kommst oder nicht. Anscheinend geht es um Leben und Tod bei der Frage, wie viele Teller sie vorbereiten muss.«

»Äh, ich weiß es nicht.« Sie warf einen Blick auf Amy. »Wir haben noch nicht darüber geredet.«

Naomi schnaubte. »Natürlich habt ihr das nicht.«

Chloe rollte mit den Augen. »Ich denke, wir werden wahrscheinlich hierbleiben.«

»Tu das nicht«, sagte Amy und schüttelte den Kopf. »Ich will eure üblichen Pläne nicht stören.«

Aber Chloe wollte nicht von Amys Seite weichen. Es sei denn … »Kommst du mit mir?«

»Zu Weihnachten? Bei Naomi?«

»Ja. Lass uns … lass uns dieses Weihnachten mit meiner Familie verbringen und das nächste können wir mit deiner verbringen.«

Amys Lächeln war so hell, dass es fast mit den Lichtern konkurrierte, die Chloe von ihrem Fenster aus sehen konnte. Die Aussicht auf ein nächstes Weihnachten und eine gemeinsame Zukunft ließen ihr Herz schneller schlagen.

»Wir kommen beide«, sagte Chloe zu Naomi und hörte, wie die Information weitergegeben wurde, während im Hintergrund ein seltsames Quietschen zu hören war.

»Ich will das junge Glück nicht zu sehr stören. Aber ihr seid schon spät dran«, warnte Naomi, bevor sie auflegte.

Chloe zog Amy in eine Umarmung und küsste sie sanft und langsam.

Es gab eine Menge Dinge zu besprechen und viele Kompromisse einzugehen. Sie beide würden Opfer bringen müssen. Aber für diese Gespräche war später Zeit, morgen und übermorgen und überübermorgen. Jetzt und hier waren andere Dinge wichtiger: Amys Hände in ihrem Haar, Amys Mund auf ihrer Haut, Amys geflüstertes »Ich liebe dich« an ihrem Ohr, und das …

Das war alles, was Chloe jemals gewollt hatte.

Ebenfalls im Ylva Verlag erschienen

www.ylva-verlag.de

Sag niemals »Nein« zum Glück

Rachael Sommers

ISBN: 978-3-96324-622-7
Umfang: 234 Seiten (79.000 Wörter)

Mit ihrem Collegeabschluss in der Tasche freut sich Emily auf New York. Gleich in der ersten Woche erhält sie ein fantastisches Jobangebot als Nanny. Der Haken: Ihre Chefin Camila ist Geschäftsführerin eines Fernseh-Imperiums, offen bisexuell und Emilys Schwarm.

Ein Liebesroman, der beweist, dass Gegensätze sich manchmal wirklich anziehen.

Neue Chance fürs Happy End

KD Williamson

ISBN: 978-3-96324-618-0
Umfang: 283 Seiten (82.000 Wörter)

Als Detective Rebecca Wells nach Jahren in ihre Heimatstadt zurückkehrt und ihre Ex Dani wiedersieht, stellt sie geschockt fest, dass aus der einst warmherzigen Ärztin eine kalte, unnahbare Zynikerin geworden ist. Können die beiden Frauen das Feuer wiederentdecken, das sie einst verbunden hat und gibt es eine zweite Chance für ein Happy End?

Eine Lady mit Leidenschaften

Lola Keeley

ISBN: 978-3-96324-498-8
Umfang: 197 Seiten (68.000 Wörter)

Ein lesbischer Liebesroman aus den schottischen Lowlands.

Wenn eine selbstbewusste Tierärztin und eine arrogante Großgrundbesitzerin aufeinandertreffen, bleibt die Spannung nicht aus.

Weil es immer noch Liebe ist

Clare Lydon

ISBN: 978-3-96324-665-4
Umfang: 206 Seiten (71.000 Wörter)

Sie waren mal das Traumpaar, bis Maddie ohne ein Wort der Erklärung Justine verlassen hat. Zehn Jahre später treffen sich die beiden wieder. Justine muss sich eingestehen, dass sie sich noch immer stark zu ihrer alten Liebe hingezogen fühlt. Aber kann sie Maddie vertrauen und ist Maddie an der ganzen Torte interessiert oder nur an einem Stückchen?

Über Rachael Sommers

Rachael Sommer wurde im Nordwesten Englands geboren und ist dort auch aufgewachsen. Mit dreizehn hat sie ihre erste Geschichte geschrieben und seitdem nicht mehr aufgehört. Sie hat einen Abschluss in Biologie und arbeitet im Moment im Bildungswesen, träumt aber ständig davon, die Welt zu bereisen. In ihrer Freizeit geht sie gern reiten, spielt Brettspiele, besucht Escape Rooms, und natürlich liebt sie Bücher.

Bibliografische Information der Deutschen Bibliothek
Die Deutsche Bibliothek verzeichnet diese Publikation in der Deutschen Nationalbibliografie; detaillierte bibliografische Daten sind im Internet über www.dnb.de abrufbar.

1. Auflage

Taschenbuchausgabe 2023 bei Ylva Verlag, e.Kfr.
ISBN: 978-3-96324-755-2

Dieser Titel ist als Taschenbuch und E-Book erschienen.

Copyright © der Originalausgabe 2021 bei Ylva Publishing
Copyright © der deutschsprachigen Ausgabe 2023 bei Ylva Verlag

Übersetzung: Melanie Pilszek und Astrid Ohletz
Korrektorat: Claudia Volland
Satz & Layout: Ylva Verlag e.Kfr.
Bildrechte Umschlagillustration vermittelt durch Shutterstock LLC; iStock; AdobeStock
Coverdesign: Maria Klokow

Kontakt:
Ylva Verlag, e.Kfr.
Inhaberin: Astrid Ohletz
Am Kirschgarten 2
65830 Kriftel
Tel: 06192/9615540
Fax: 06192/8076010
www.ylva-verlag.de
info@ylva-verlag.de
Amtsgericht Frankfurt am Main HRA 46713

Druck und Bindearbeiten
booksfactory
PRINT GROUP Sp. z o.o.
ul. Ks. Witolda 7-9
71-063 Szczecin
Poland
tel./fax 91 812-43-49
NIP/USt-IdNr.: PL8522520116